D1149965

Testament mortel

KAREN HARPER

Testament mortel

editions Harlequin

*Cet ouvrage a été publié en langue anglaise
sous le titre :*
SHAKER RUN

Traduction française de
FRANÇOIS DELPEUCH

HARLEQUIN®

est une marque déposée du Groupe Harlequin
et Best-Sellers® est une marque déposée d'Harlequin S.A.

Photos de couverture

Femme : © CORBIS
Lampe à pétrole : © BOB WINSETT / CORBIS
Lettre manuscrite : © PHOTODISC

*Toute représentation ou reproduction, par quelque procédé que ce soit, constituerait
une contrefaçon sanctionnée par les articles 425 et suivants du Code pénal.*
© 2001, Karen Harper. © 2005, Traduction française . Harlequin S.A.
83-85, boulevard Vincent-Auriol, 75013 PARIS — Tél. : 01 42 16 63 63
Service Lectrices — Tél. : 01 45 82 47 47
ISBN 2-280-08659-X — ISSN 1248-511X

Ce livre est dédié à tous les bénévoles, conférenciers et guides qui œuvrent sans relâche à la sauvegarde de nombreux villages historiques en Amérique et, en particulier, à Ellen Maurer, directrice du Musée historique de Milan, dans l'Ohio, ainsi qu'à Lois Wolf et au personnel de cette institution.

1.

O Rose, tu es malade !
Le ver invisible
Qui vole dans la nuit,
Dans les hurlements de la tempête,
A découvert ta couche
De joie cramoisie,
Et son noir amour secret
Dévore ta vie.

WILLIAM BLAKE, *La Rose malade*.
(Traduction d'Alain Suied, Éd. Arfuyen.)

Toledo, Ohio
Samedi 25 septembre 1999

La résidence et le domaine de Groveland débordaient de
lumière, de roses et d'invités dont la plupart portaient le smoking
ou la robe du soir de rigueur. Sarah Denbigh, leur hôtesse, avait
cependant noté que certains, parmi les plus jeunes, arboraient des
jeans provocants, ornés de bijoux. Mais à quoi d'autre pouvait-
on s'attendre de la part d'une génération qui avait banalisé

tatouages, scarifications et piercings ? Tous, du moins, étaient venus dans l'intention d'aider le Foyer pour femmes battues au profit duquel était organisée cette soirée.

Il y avait du monde partout, jusque dans la maison, mais c'était un risque que Sarah avait pris en toute connaissance de cause, malgré ses soixante-quinze printemps et Palmer, son défunt mari, devait se retourner dans sa tombe.

Dans cette entreprise, Kate s'était révélée d'une aide précieuse : non seulement elle avait entretenu les grands massifs de rosiers pour prolonger leur floraison, mais elle veillait au bon déroulement de la soirée.

Sarah regrettait seulement l'absence de ses deux enfants qui étaient furieux de la voir financer toutes ces œuvres de bienfaisance avec « leur » argent. L'héritage Denbigh, comme disait Palmer junior…

— Ah, Kate, vous voilà ! s'exclama Sarah à l'adresse de sa rosiériste qui était également devenue son amie.

Kate était blonde, grande et svelte. Elle avait de magnifiques yeux bleus et une bouche charnue. Sarah voyait en elle la plus adorable des « protégées » qu'elle eût jamais accueillies chez elle.

La jeune femme s'était vu reprocher les frasques de son mari qui, après avoir détourné une fortune, l'avait laissée affronter seule le scandale soulevé par son forfait. Même si elle en avait été très affectée, Kate était toujours debout et plus combative que jamais, et Sarah l'admirait beaucoup pour ça.

Ce soir-là, elle portait la seule robe habillée qu'elle n'avait pas mise en gage, et qui consistait en un simple fourreau de satin noir à manches longues et encolure carrée. Elle était éblouissante dans cette toilette, bien qu'elle eût refusé de porter le collier de perles que Sarah lui avait prêté pour l'occasion. Cette réaction n'avait guère étonné la vieille dame car elle savait qu'en dépit de ses déboires financiers, son amie détestait tout ce qui, de près ou de loin, ressemblait à de la charité. D'un caractère foncièrement humble, Kate ne mesurerait sans doute jamais l'importance du cadeau qu'elle avait fait à la vieille dame en lui accordant sa compagnie.

— Les enchères silencieuses pour les bouquets et les rosiers paraissent bien lancées, annonça Kate, hors d'haleine, comme si elle venait de traverser le domaine en courant.

Deux ans auparavant, Katherine Browne Marburn et son mari, Mike, avaient d'importantes responsabilités dans la haute société de Toledo. Michael Marburn, affable et bel Irlandais, était un conseiller financier réputé. Veuf et père d'une fille unique, il avait associé sa seconde épouse, Kate, à ses affaires alors en pleine expansion, afin de profiter du carnet d'adresses que la jeune femme s'était constitué dans son métier de jardinière-paysagiste.

La modeste entreprise de Kate et le gros cabinet de son mari avaient ensuite fusionné en une seule société, devenue, depuis, objet d'opprobre public : la Marburn Securities.

Kate ne connaissait à peu près rien en matière de courtage et de placements, si bien qu'elle avait passé la majeure partie de cette période à s'occuper de sa belle-fille, Erin, à cultiver des roses et à organiser des réceptions pour Mike... jusqu'à ce que tout lui explose à la figure.

Mike avait certainement eu vent des soupçons qui pesaient sur lui car, avant même d'être mis en examen pour vente illégale de billets à ordre, il avait disparu en emportant les millions de dollars que lui avaient rapportés ces manœuvres frauduleuses, et en laissant à sa femme une note écrite où il lui annonçait son intention de mettre fin à ses jours.

Toutefois, son corps n'avait jamais été retrouvé, et Kate avait affirmé à la police qu'elle ne pouvait croire au suicide de Mike.

Un an plus tard, elle obtenait une ordonnance de divorce par défaut pour abandon du domicile conjugal.

— J'aimerais qu'Erin soit là pour voir comment nous avons décoré le domaine, déclara Kate.

Sa belle-fille venait d'entrer à l'Ohio University, dans le sud de l'Etat. Elle n'avait quitté Groveland que depuis un mois, mais elle lui manquait déjà beaucoup.

— Rendez-vous compte, poursuivit Kate, les enchères atteignent des sommes fabuleuses, non seulement pour les bouquets et les hybrides de roses, mais aussi pour le fauteuil à bascule et les autres meubles shakers.

— Oh, vous savez comme moi à combien s'estiment, de nos jours, les antiquités provenant de cette secte, répliqua Sarah en tapotant le bras de la jeune femme. Fort heureusement, Palmer et moi avons commencé notre collection avant que les prix ne deviennent astronomiques... Mais que se passe-t-il donc là-bas, Kate ?

La jeune femme se retourna.

— On dirait que quelqu'un est tombé ou a sauté dans la fontaine aux pétales, dit-elle. Cette personne a dû boire tellement de champagne qu'elle s'est crue capable de marcher sur l'eau. Je vais voir s'il faut appeler la sécurité.

— Laissez donc ! Je sais à quel point vous détestez attirer l'attention ou avoir affaire à la police...

— Ne vous inquiétez pas, Sarah, ça ne me dérange pas, assura Kate.

Puis elle se hâta vers la fontaine, tout en retroussant ses manches, comme si elle s'apprêtait à éliminer quelque vermine à coups de pulvérisateur.

La jeune femme était devenue, pour Sarah, la fille que Varina avait refusé d'être. Elle et son frère cadet, Palmer, avaient décrété que la fortune des Denbigh leur revenait de droit, alors que ni l'un ni l'autre n'avaient jamais rien fait pour la mériter. Et puis, leur mère n'était pas encore dans la tombe.

En réaction à tant d'égoïsme, Sarah avait décidé de modifier son testament en faveur de Kate et de certaines organisations caritatives qui étaient chères à son cœur — sans, toutefois, déshériter complètement ses enfants.

La vieille dame secoua la tête avec tristesse, en repensant à l'incident survenu le mois précédent, et qui avait achevé de lui ouvrir les yeux.

Elle était en train de couper des roses thé à longues tiges pour en faire un bouquet, tout en s'entretenant avec sa fille par portables interposés.

— Varina, lui disait-elle, je sais bien que toi et Brad êtes très occupés, mais j'aimerais vraiment que vous rencontriez les personnes qui doivent dîner ici, demain. Et, puisque tu me poses la question, je te réponds que oui : j'imagine que nous parlerons beaucoup d'antiquités shakers, mais… Ah !

Sarah avait lâché la brassée de roses qu'elle tenait, et avait regardé d'un air hébété la profonde entaille qu'elle venait de se faire à l'index gauche. La blessure lui avait d'abord paru bénigne, puis elle lui avait fait de plus en plus mal et, bientôt, le sang s'était mis à couler de la plaie.

— Mère ? Qu'y a-t-il encore ?

— Je… Je viens de me couper avec le sécateur. Gravement, je crois.

— Beurk, je déteste le sang ! Pour l'amour du ciel, demande donc à tes gens de téléphoner à un médecin ou aux urgences. Ou, mieux encore, appelle à l'aide ta chouchoute : Sainte Kate des Catastrophes. Je n'arrive pas à croire que tu aies pu te couper, toi qui manies cet engin depuis des années, sans compter que tu es déjà tombée sur la tête, il n'y a pas si longtemps. Enfin quoi, essaie d'être un peu plus attentive à ce que tu fais, et aux autres aussi…

Mais, déjà, Sarah n'écoutait plus les remontrances acides de sa fille car Kate, qui avait dû capter la scène depuis l'autre bout du jardin, arrivait en courant. En découvrant le sang, la jeune femme avait eu un sursaut d'effroi, et avait aussitôt enveloppé le doigt de la vieille dame dans le bas de son chemisier.

— Les secours risquent de mettre un certain temps à venir, et ils ne pourront pas faire grand-chose de plus, à part vous emmener à l'hôpital, avait-elle déclaré.

Ses yeux étaient remplis de larmes, mais elle parlait d'une voix ferme. Tout en serrant l'index de Sarah pour arrêter l'hémorragie, elle avait relevé le bras autant que le lui permettait l'ampleur de son chemisier.

— Je peux vous conduire moi-même aux urgences, avait-elle repris. Laissez-moi simplement couper le bas de ce vêtement.

Puis, ôtant le portable des mains de Sarah, elle avait ajouté :

— A moins que la personne à qui vous parliez au téléphone ait déjà appelé les secours ?

— Non, avait répondu Sarah avec calme, en dépit de la douleur et de la panique qui l'envahissaient peu à peu. Je doute qu'elle y ait même pensé.

— Si vous vous sentez mal ou sur le point de vous évanouir, avertissez-moi tout de suite, avait dit Kate tout en découpant le bas de son vêtement avec les cisailles.

Comme elle entraînait Sarah vers le garage, la bonne et le jardinier étaient arrivés en courant pour s'enquérir de l'état de la vieille dame.

— Tout va bien, leur avait-elle affirmé d'une voix tremblante. Kate est là.

Plus tard, Sarah s'était dit que Varina avait dû tout entendre au téléphone. Et elle s'était répété, une fois de plus, qu'une amie pouvait parfois être plus précieuse qu'une fille. Par sa seule présence, Kate était déjà un réconfort pour elle. Mais il est vrai qu'elle-même avait joué le même rôle pour la jeune femme quand celle-ci avait été blessée au cœur par la fuite et la trahison de Mike, et que tout le monde voulait la saigner à blanc.

Sarah secoua la tête pour s'arracher à ces pensées et, revenant au moment présent, elle nota que Kate semblait avoir repris la situation en main, du côté de la fontaine. Comme elle relevait les yeux, elle remarqua de la lumière dans son appartement qui surplombait la terrasse où elle se trouvait ainsi que les jardins qui s'étendaient à l'arrière de la maison. Elle en fut étonnée, et songea que certains des invités avaient dû croire que cette partie de la demeure leur était également ouverte. Elle décida, néanmoins, de monter à l'étage pour jeter un coup d'œil.

Tout en échangeant en chemin quelques mots et poignées de main avec ses invités, elle se glissa hors de la foule, et pénétra dans la maison par la porte de la cuisine. Puis elle emprunta l'escalier de service et gagna le couloir du premier étage, dont les murs étaient recouverts de lithographies anciennes représentant des scènes de chasse — souvenir de son défunt mari.

Alors qu'elle se hâtait vers son appartement, elle surprit son reflet en pied dans le haut miroir placé au bout du corridor. Elle était toujours atterrée de constater combien elle avait vieilli. Mais qu'espérait-elle donc ? Retrouver la svelte et blonde ingénue que Palmer avait demandée en mariage ? Ridicule !

Parvenue devant sa porte, elle constata que celle-ci était close, et songea qu'elle avait sans doute eu tort de croire que des importuns s'étaient introduits chez elle. Mais il se pouvait aussi que les intrus aient refermé la porte derrière eux.

Avant d'entrer dans son salon, elle se le représenta, avec sa tapisserie florale aux couleurs extravagantes. Les deux plus grandes pièces de son mobilier shaker se trouvaient dans ce salon : un secrétaire double et un solide coffre de bois de pin et d'arbre fruitier, dont elle se servait comme table d'appoint, à l'extrémité du sofa. Devant les grandes fenêtres étaient également disposés deux fauteuils à bascule. Kate aimait la franche robustesse du style shaker — que Varina, pour sa part, avait toujours qualifié de primitif et d'austère.

Sarah foula le tapis moelleux du couloir, poussa la porte de son salon, et laissa échapper un hoquet de stupeur. Deux étrangers habillés d'amples survêtements sombres et coiffés de casquettes de base-ball dont ils avaient rabattu la visière sur leur front étaient occupés à emballer dans des caisses à vin les pièces les plus petites mais également les plus précieuses de sa collection d'antiquités shakers : un fauteuil à bascule pour enfant et une table de toilette… Non, en fait, ils étaient en train de les *déballer*.

L'espace d'un instant, ils demeurèrent tous trois tétanisés par la surprise, et se regardèrent en silence.

Les accords assourdis d'une musique d'orchestre leur parvenaient, de l'extérieur, mêlés aux échos lointains des bavardages des invités.

— Mais que faites-vous ici ? demanda Sarah d'une voix blanche.

— Attrape-la ! s'exclama l'un des deux lascars.

C'était une voix de femme, et Sarah en fut stupéfaite.

Elle voulut s'enfuir, et actionna l'interrupteur pour replonger la pièce dans l'obscurité avant de rebrousser chemin. Elle avait à peine rejoint le couloir qu'une main lui empoignait le bras et la tirait brutalement en arrière. Ses lunettes lui échappèrent. Elle tomba et se cogna la tête. Portant une main à son front, elle sentit un liquide épais et tiède lui mouiller les cheveux. Son propre sang ?

Non... non, elle s'était juste coupé le doigt, comme l'autre jour, ou bien elle avait trébuché dans l'allée du jardin...

Oui, ça devait être ça, car le soleil réapparaissait. Et cette musique qu'elle entendait était probablement diffusée par la station classique que Kate affectionnait et qu'elle aimait écouter en s'occupant des roses. Quant à l'humidité qu'elle sentait sous sa tête, elle provenait sans doute d'une flaque laissée par l'arrosage matinal. Kate était en train de lui dire quelque chose au sujet des roses... Kate lui assurait qu'elle allait prendre soin de son doigt et de sa tête.

Sarah crut alors percevoir le bourdonnement des abeilles et sentir le parfum qui émanait de chacune des magnifiques fleurs de ses rosiers... Cependant, comme elle sentait Kate l'aider à se relever, un nuage occulta le soleil, et tout devint terriblement noir et froid.

Sitôt réglé l'incident de la fontaine, Kate s'éclipsa derrière les odorantes haies de buis pour longer le premier rang de rosiers anciens. La cueillette à grande échelle, qu'elle avait effectuée en prévision de la soirée, ainsi que les frimas précoces étaient en train de dépouiller les massifs de leur floraison annuelle. Cependant, les envolées et les retombées des longues et gracieuses tiges la ravissaient toujours. Même la nouvelle variété de Blood Thorn — Epine de Sang — qu'elle avait obtenue par croisement de Bourbon et de Bengale, et qui occupait le rang suivant, ne pouvait rivaliser avec ces ancêtres que la nature avait dotés d'une constitution d'acier — et qui, en cela, ressemblaient bien à leur propriétaire…

Comme elle reportait son attention sur la résidence, elle vit les fenêtres de l'appartement de Sarah s'éteindre puis se rallumer. Elle pensa que son amie avait dû monter à l'étage après qu'elles s'étaient parlé. Pourtant, l'heure était presque venue de donner le nom des vainqueurs des enchères silencieuses. Sarah avait promis d'en faire elle-même l'annonce, et de livrer à l'assistance un petit commentaire sur chacune des antiquités skakers qui venaient d'être acquises.

Kate espérait, en tout cas, que la vieille dame tiendrait parole en ne l'invitant pas à présenter les roses mises en vente. Elle préférait, pour l'instant, demeurer en coulisses : elle avait déjà été sévèrement brûlée sous les feux de la rampe. Mais elle ne souhaitait pas non plus se terrer, comme si elle avait quelque chose à se reprocher. D'ailleurs, s'il n'y avait eu Erin, et si elle avait su où chercher, elle aurait retrouvé Mike elle-même et l'aurait obligé à revenir, non pour revivre avec lui mais pour qu'il fût traduit en justice. Pour ça, oui, elle aurait été prête à occuper de nouveau le devant de la scène.

Tout en inspectant les jardins, elle entreprit de contourner la fête en direction de la résidence. Sarah avait tenu à ce qu'elle occupe, avec Erin, la maison d'hôtes, après la déclaration de faillite. Me Mason James l'ayant délestée du peu d'argent qu'il lui restait, la jeune femme avait dû quitter son ancienne demeure et vendre aux enchères la plupart de ses biens. Mais elle ne regrettait rien : Mᵉ Mason James lui avait apporté une aide précieuse en démontrant devant la cour qu'elle ignorait tout des manœuvres frauduleuses de son mari et du détournement de fonds dont il s'était rendu coupable. Evidemment, pour lui éviter d'être reconnue responsable des énormes dettes de Mike, il avait été contraint de la faire passer pour la dernière des idiotes. Ce qui, au fond, n'était pas totalement faux puisqu'elle avait accordé toute sa confiance et tout son amour à Mike Marburn !

En tout cas, elle avait payé son erreur très cher, aussi bien sur le plan affectif que dans sa vie sociale. Mais elle s'était juré que cela ne lui arriverait plus. Plus jamais elle ne se laisserait avoir par un homme.

Elle pénétra dans la résidence, dont le calme contrastait avec le brouhaha qui régnait dehors, et monta le grand escalier de marbre qui contribuait à la splendeur du lieu, au même titre que les grandes fenêtres qui semblaient absorber toute la lumière du soleil ainsi que la clarté des étoiles.

Ce Versailles-sur-Maumee, comme l'appelait ironiquement Sarah, avait été édifié en 1930, grâce à la fortune que les Denbigh avaient acquise en fabriquant du vitrage en série, dans cette ville qu'on avait jadis baptisée la capitale mondiale du verre.

N'apercevant la vieille dame ni dans le hall ni dans l'escalier, Kate se demandait si elle ne ferait pas mieux de la chercher à l'extérieur quand elle se rappela que son amie, à laquelle toute prétention était étrangère, utilisait parfois l'escalier de service pour gagner l'étage. Elle continua donc de monter. Curieusement, la maison donnait une impression de vide. Parvenue sur le palier, la jeune femme jeta un coup d'œil dans le couloir desservant l'appartement de Sarah, et constata que la porte en était close.

— Sarah ? appela-t-elle.

Sans pouvoir se l'expliquer, elle avait l'intuition que son amie se trouvait là. Depuis quelque temps, Sarah était sujette aux accidents. Elle s'était entaillé le doigt, le mois dernier, et, avant, elle était tombée dans l'allée du jardin… Elle semblait ne plus être très stable sur ses pieds.

Se pouvait-il qu'elle fût tombée de nouveau ?

— Sarah ? répéta-t-elle.

En tournant la grosse poignée en cuivre du salon, elle se rappela les quelques moments « mémorables » qu'elle avait passés avec Sarah, pour reprendre l'expression de la vieille dame.

Sarah avait été pour elle comme un ange envoyé par le ciel, alors même que sa situation lui paraissait plus sombre que jamais. Après qu'elle s'était installée dans la maison avec Erin, Sarah les avait invitées toutes les deux à prendre le thé dans le jardin. Puis, plus tard, elle les avait conviées à des dîners dans le salon, avec chandelles et robes du soir.

Erin avait d'abord levé les yeux au ciel devant de telles mondanités, puis elle avait fini par aimer la vieille dame. D'une certaine manière, les attentions de Sarah avaient aidé Kate à arracher Erin à la dépression persistante qui l'accablait depuis le départ de son père. Et puis, la jeune fille était partie pour l'université, et Kate s'était encore plus rapprochée de Sarah.

Kate actionna l'interrupteur. Tout lui parut en ordre dans la pièce. Sauf, peut-être, une odeur singulière : un relent âcre qui plombait l'atmosphère.

Elle s'avança dans le salon, inspecta les alentours, et remarqua une tache par terre, près du coffre shaker. Notant que le vase en cristal posé sur le meuble n'était ni renversé ni cassé, elle appliqua une main sur la moquette couleur corail, et se rendit compte qu'il s'agissait d'une tache de sang. Horrifiée, elle s'essuya les doigts sur sa robe.

— Sarah !

Elle se précipita dans la chambre à coucher. Rien n'y avait été dérangé, mais la porte de la salle de bains était fermée. Sarah devait se trouver dans cette pièce, ce qui expliquait qu'elle ne l'ait pas entendue. Mais alors... d'où venait ce sang ?

Kate frappa à la porte.

— Sarah, vous êtes là ? Vous allez bien ?

Pas de réponse. Lentement, la jeune femme poussa le battant, et vit que la salle de bains était plongée dans l'obscurité. D'une main tremblante, elle actionna l'interrupteur.

Sarah était étendue sur le ventre près de la commode, sa tête blanche auréolée de sang écarlate.

— Sarah ! Sarah, c'est moi ! s'écria Kate en s'agenouillant près de son amie.

Puis elle chercha fébrilement son pouls au niveau des jugulaires.

Elle ne sentit rien. Sarah avait-elle glissé et heurté le sol de la tête, alors qu'elle entrait dans la salle de bains ?

— Oh, mon Dieu, aidez Sarah, je vous en supplie ! s'écria Kate en revenant précipitamment dans la chambre pour prévenir les secours.

Ce fut un appel affolé qu'elle lança au téléphone, un appel qui allait être diffusé à maintes reprises, à la télévision comme à la radio, et reproduit mot pour mot dans les journaux.

2.

Les choses les plus belles finissent le plus vite.
Leur parfum survit à leur terme ;
Mais le parfum de la rose est amertume
A celui qui aima la rose.

FRANCIS THOMPSON, *Marguerite*.
(Traduction de Pierre Danchin, Éd. Aubier.)

— Vous vous êtes donc écartée de la réception pour gagner les jardins, répéta patiemment l'inspecteur, puis vous avez contourné la maison, de loin, et vous êtes entrée par la porte principale que vous empruntez, pourtant, rarement. C'est bien ça ?

« Attention : il y a plusieurs questions en une seule », se dit Kate.

Epuisée, envahie par le chagrin, elle était assise dans la bibliothèque de la résidence Denbigh, et se demandait confusément si elle devait appeler son avocat. Pour l'instant, personne ne l'accusait de quoi que ce soit, et elle-même ne se sentait en rien coupable vis-à-vis de la femme la plus merveilleuse qu'elle ait jamais connue.

Enfin, la plus merveilleuse depuis la mort de sa mère qu'elle avait à peine connue mais qu'elle se représentait, bien entendu, comme une bonne fée.

L'équipe du médecin légiste était en train de photographier chaque centimètre carré de la résidence. Kate avait l'impression de revivre le cauchemar auquel elle avait cru échapper, naguère, sauf que celui-ci était pire encore.

Le corps de Mike n'ayant pas été retrouvé, Erin et elle avaient d'abord éprouvé du chagrin, puis de l'espoir et ensuite du ressentiment à l'idée qu'il pût être encore en vie. Kate entendait encore les pleurs déchirants de sa belle-fille ; elle sentait son corps trembler, après que la police avait confisqué le message d'adieu de Mike ainsi que la plupart de ses affaires.

— Ils n'ont pas le droit de prendre sa lettre ! avait bredouillé Erin d'une voix entrecoupée par les sanglots.

Kate avait alors voulu prendre la jeune fille dans ses bras, mais, comme elle s'accrochait à son oreiller, elle s'était contentée de la caresser doucement.

— Erin, ma chérie, je ne peux pas croire qu'il se soit… qu'il se soit fait du mal.

— Ils ont pris ses affaires, mais ils ne peuvent pas le prendre lui ! s'était-elle écriée. Maman, il ne peut pas être mort !

Elle essayait de repousser Kate, mais celle-ci resserrait son étreinte. Et puis, petit à petit, Erin avait cessé de pleurer et s'était accrochée à elle.

Policiers et assistants du légiste grouillaient encore dans la résidence. Des rubans servant à délimiter des scènes de crime étaient tendus un peu partout, bien que l'inspecteur Rudzinski et sa coéquipière, le lieutenant Tina Martin, aient affirmé à Kate que personne n'était inculpé, pour l'instant. Notant une tache de sang sur sa robe, ils l'avaient priée de la leur confier, de sorte qu'elle s'était retrouvée dans une tenue prêtée par la femme de chambre. Les assistants du légiste avaient recueilli les dépôts qui se trouvaient sous ses ongles parce qu'elle avait touché le sang, par terre. Mais ils avaient également relevé les empreintes digitales ainsi que le nom et les coordonnées de chacune des deux cents personnes présentes à la réception, et ne les avaient relâchées qu'au petit matin. Les enchères silencieuses l'étaient ainsi restées, cependant que les plaintes d'Erin résonnaient dans la mémoire de Kate, couvrant presque les questions de Stan Rudzinski.

— Poursuivez, dit le lieutenant Martin en hochant sèchement la tête. Vous avez vu le sang près de la table basse…

Tina Martin ouvrait rarement la bouche, et semblait tout superviser en même temps qu'elle interrogeait Kate. C'était une femme à l'allure efficace et aux cheveux prématurément argentés, auprès de laquelle Rudzinski semblait être encore un bleu. Ce dernier, plus jeune que Kate de quelques années, avait des cheveux blonds coupés au rasoir et un maintien militaire. Tina Martin paraissait assez vieille pour être sa mère. En outre, elle était bâtie comme Monsieur Univers, si bien que, par comparaison, Rudzinski avait l'air d'un gringalet.

— C'est un authentique coffre shaker, dit la jeune femme, en réponse à une question qui venait de lui être posée.

Elle avait le plus grand mal à se concentrer, et sa propre voix lui semblait étrangère. Elle se sentait étourdie, comme le jour où les représentants du ministère public l'avaient interrogée, des heures durant, sur les magouilles financières de Mike.

— Soit, mais vous nous avez dit qu'il y avait beaucoup plus de sang à l'endroit où vous avez trouvé le corps, dans la salle de bains… N'est-ce pas, madame Marburn ?

— Vous avez eu l'occasion d'y jeter un coup d'œil, non ? De plus, vous m'avez déjà posé cette question deux fois, inspecteur, et je ne vois pas pourquoi ma réponse varierait. Ecoutez, je désire sincèrement vous apporter un témoignage oculaire fiable, mais je suis épuisée. Vous serait-il possible de reprendre cet interrogatoire demain ?

— On est en train de fouiller la maison d'hôtes, dit-il, tandis que le lieutenant Martin quittait la pièce.

— Sans mandat ?

— Ce bâtiment nous est immédiatement accessible en tant que partie de la propriété, répliqua l'inspecteur. Ecoutez, madame Marburn, restez tranquillement assise, et vous serez bientôt libre de vos mouvements. Quand la maison d'hôtes aura été examinée, vous pourrez y dormir, cette nuit. Cela dit, les héritiers m'ont paru très affectés par la nouvelle. Je vous conseille donc de chercher un autre domicile sans trop tarder.

— Oh, oui, ils vont se dépêcher de rappliquer, grommela Kate, même s'ils ne parlaient presque plus à leur mère depuis des mois.

— Ah bon ? Il y avait donc un différend entre eux ?

Au soulagement de Kate, un agent en tenue vint les interrompre en passant la tête dans l'entrebâillement de la porte qui donnait sur le couloir.

— On a terminé, Zink ! lança-t-il avant de refermer le battant derrière lui.

— J'étais encore patrouilleur, il y a peu, dit Rudzinski, comme s'il se parlait à lui-même. Vous avez entendu, madame Marburn ? Permettez-moi de vous raccompagner. Votre logement est libre.

Le ton sur lequel il avait prononcé ce dernier mot rappela à Kate l'affaire O. J. Simpson. A l'époque du double meurtre, ce parasite de Kato Kaylin logeait dans la maison d'hôtes…

Mais, fort heureusement, la comparaison s'arrêtait là : les inspecteurs n'avaient pas dit que Sarah avait été assassinée, et Kate n'était pas un parasite...

— Je tenais à ce que Sarah déduise de mon salaire l'équivalent d'un loyer, confia-t-elle à Rudzinski, tandis qu'ils s'engageaient dans la roseraie, après avoir traversé la terrasse arrière. J'étais son employée, même si j'habitais la maison d'hôtes.

— Et son amie, aussi, pour reprendre vos propres termes. Mais, vous savez, la fille de la défunte n'a pas présenté les choses de manière aussi... délicate.

Kate sentit son estomac se contracter. Elle percevait dans les propos de l'inspecteur une allusion menaçante pour elle. Elle s'était déjà gravement trompée sur le compte de Mike, et en avait payé le prix. Mais, quand même, personne n'irait la soupçonner d'avoir voulu le moindre mal à Sarah — quoique, si Varina devenait vraiment vindicative... Oui, ce danger-là était réel.

Perdue dans ses pensées, la jeune femme sursauta lorsque l'inspecteur reprit la parole.

— Il y aura des agents en tenue, cette nuit, dans la propriété. Et, demain, quand ils seront repartis, j'aimerais vous emmener de nouveau sur la scène du crime pour que vous me disiez, notamment, si rien ne manque dans l'appartement de la victime. D'accord ?

— Je vous aiderai de mon mieux, inspecteur, dit Kate, tandis qu'il semblait hésiter devant la porte de la maison d'hôtes.

La jeune femme frémit à l'idée que les techniciens en blouse blanche aient fouillé dans ses affaires. Elle se sentait violée dans son intimité, tout comme jadis, quand la police avait cherché des preuves de sa complicité dans le scandale de la Marburn Securities.

— Madame Marburn, reprit le policier, j'imagine à quel point tout ceci doit être pénible pour vous, après tout ce que vous avez déjà vécu...

Kate ne put que hocher la tête en silence. Elle avait l'impression d'évoluer dans un océan de fatigue et d'hébétude, à deux doigts d'être submergée par la houle glacée d'une terreur trop familière.

La sonnerie stridente du téléphone arracha Kate aux abîmes d'un sommeil sans rêve. Pourquoi donc se trouvait-elle sur le canapé et non sur son lit ? se demanda-t-elle aussitôt.

Un rayon de soleil matinal l'aveugla, puis la mémoire lui revint.

Sarah était morte. Elle avait perdu son amie — et le désastre par lequel s'était soldé son mariage lui faisait d'autant plus craindre de se retrouver mêlée — voire incriminée — à cette nouvelle catastrophe.

Mais, cette fois, elle ne serait pas une victime, se promit-elle farouchement.

Le téléphone posé sur la table de chevet continuait à sonner. Elle décrocha d'une main hésitante, comme si elle craignait que l'appareil ne la morde.

— Allô ?

— C'est Erin.

Kate ferma les paupières, tandis que les traits de sa belle-fille surgissaient dans son esprit : d'immenses yeux verts aux cils pâles qu'Erin recouvrait de mascara bleu nuit, des taches de rousseur qu'elle s'efforçait de dissimuler sous diverses crèmes, un visage au nez mutin encadré par des cheveux coupés au carré, d'une couleur blond ardent qu'elle s'obstinait à appeler « roux irlandais » parce que cette expression plaisait à son père.

— Mais il est… oh, 8 heures du matin, et nous sommes un dimanche, ma chérie ! Qu'est-ce qui se passe ?

— Pourquoi tu ne m'as pas appelée, hier soir ? Il a fallu que ce soit un journaliste qui le fasse. Il m'a posé des tas de questions sur nous et Mme Denbigh. Il m'a dit qu'elle était morte et que c'était toi qui l'avais trouvée.

Kate sentait la migraine l'envahir. L'espace d'un instant elle crut qu'elle allait être victime d'un violent malaise. Elle n'avait dormi que deux heures, ce qui était fort peu, même pour une insomniaque comme elle.

— Kate, tu es toujours là ?

— Oui, ma chérie, je suis là. Je suis désolée… vraiment désolée que tu sois impliquée dans… une nouvelle tragédie.

Erin n'avait que huit ans quand sa mère était morte. Ce malheur était l'une des raisons qui les avaient d'abord rapprochées l'une de l'autre. Puis, au fil des jours, Kate n'avait pas ménagé ses efforts pour construire leur relation. Elle en avait même fait un peu trop pour compenser les absences de Mike, elle s'en rendait compte avec le recul. En disparaissant, Mike leur avait laissé une lettre qui était un message d'amour. Mais son départ n'avait pas consolidé leurs liens. Au contraire, il avait eu l'effet exactement inverse.

— Maintenant, je suis *vraiment* une orpheline ! s'était écriée Erin.

Elles rentraient à la maison après un après-midi de shopping quand elles avaient trouvé la lettre qui avait marqué le début de leur cauchemar. Plus tard, Erin avait fini par s'enfermer dans sa chambre, refusant les paroles apaisantes de sa belle-mère aussi bien que ses conseils. Elle avait même recommencé à l'appeler « Kate » plutôt que « maman ».

— Tu ne vas pas être inculpée, hein ? lança la jeune fille. Parce que ce journaliste m'a posé certaines questions que j'ai trouvées plutôt… euh, équivoques.

— Non, bien sûr que non ! On ne m'accuse de rien, mais comme c'est moi qui l'ai trouvée…

— Je parie que cette garce de Varina a pété un câble quand elle a appris que tu étais près de Sarah, au moment de sa mort.

— Erin, tu n'es pas censée parler des enfants de Sarah en termes aussi désobligeants.

— Parce que les adultes sont incapables de causer le moindre mal, peut-être ? Je te rappelle que, quand papa est parti, tu ne savais même pas ce qui se passait ni quoi faire pour l'aider…

Sur ces mots, Erin se mit à pleurer. C'était à peine audible, mais Kate n'en douta pas. Son estomac se crispa sous les reproches de sa belle-fille, ceux qu'elle venait de proférer clairement, comme ceux qui étaient sous-entendus.

— Ecoute, ma chérie, il ne faut pas faire d'amalgame. Tout va s'arranger. En attendant, juste pour m'assurer que nous ne serons plus dérangées par des journalistes, je vais demander à Mason James de…

— Oh, non, ça ne va pas recommencer !

— Tu es perturbée, Erin, et je le comprends. Je le suis aussi, crois-moi. Sarah était plus qu'une amie. Elle était presque une mère.

— Et, pour moi, c'était une marraine-gâteau, chuchota Erin avant de renifler bruyamment.

— Ecoute, reprit Kate, je ne veux plus que tu t'inquiètes de ce qui se passe ici. Je viendrai te voir dès que je pourrai me libérer. Je vais peut-être devoir changer encore une fois de numéro de téléphone, mais je te donnerai le nouveau aussitôt que je l'aurai… Mais parle-moi un peu de toi. Comment ça se passe à l'université ?

— Ça va. Sauf que Amy déprime… c'est ma copine de chambre. A force, elle me fout le cafard.

— Ma chérie, essaie de ne pas tenir compte de ce qui se passe ici, et profite de ta vie sur le campus. Je t'appellerai tous les jours — et on se verra bientôt, de toute façon. Peut-être pourrais-tu remonter le moral d'Amy en ayant une bonne discussion avec elle. Ne la laisse pas seule, en tout cas.

— Ouais, j'ai saisi, répliqua la jeune fille avant de laisser échapper un nouveau reniflement. « Tends la main vers ton prochain et tu te sentiras mieux toi-même. » Ça a toujours été ton leitmotiv, hein ? Alors, tu fais la même chose de ton côté, promis ?

— Oui, promis.

— Mais si on… si tu dois déménager de Groveland, où sera notre chez-nous, maman ?

Après tout le reste, ces derniers mots achevèrent de bouleverser Kate, qui ne put même pas répondre à sa belle-fille.

La sonnerie de la porte d'entrée incita Jack à se blottir encore plus profondément sous les couvertures. Puis il cligna des paupières, tout en se demandant quelle heure il pouvait être. L'aube n'éclairait pas encore le ciel à l'est, remarqua-t-il, tout en consultant du regard le réveil à affichage digital posé sur la table de chevet. 6 h 20… Mais qui pouvait avoir besoin d'un ébéniste spécialisé dans la copie de meubles anciens à cette heure de la journée ? se demanda-t-il avec humeur. Et on était dimanche, en plus !

Il s'extirpa laborieusement du lit, et ne se soucia même pas de chercher ses chaussures ni ses chaussettes. Encore ensommeillé, il sortit de la chambre en titubant, et longea le couloir menant à la pièce où il avait installé son bureau. Il regarda par la fenêtre la vieille route pavée qui filait vers le village shaker, à huit cents mètres de là. Il habitait seul dans cette maison qui, jadis, avait hébergé des groupes fort nombreux.

Il se rappela alors qu'il n'avait toujours pas ôté les moustiquaires des cadres des fenêtres. Il n'avait pas non plus pris le temps d'y installer les volets antitempête ni même celui de nettoyer son jardin dévasté par le gel. Il détestait les corvées domestiques.

Il déverrouilla le châssis et le souleva.

— Qui est là ? lança-t-il dans la brume grise de ce matin d'automne.

— C'est moi, Josh Harvey, monsieur Kilcourse, répondit une voix jeune. J'aide mon père, aujourd'hui, parce que c'est dimanche, et on a une lettre recommandée très importante pour vous. Il faut que vous signiez le reçu.

Se rapprochant de la fenêtre, Jack aperçut, effectivement, la fourgonnette blanche et trapue de la poste garée près de la maison. Il était irrité de voir Frank Harvey confier aussi souvent à son gamin le travail pour lequel l'Etat le payait. Il était également agacé de constater à quel point le garçon buvait les paroles de son père et lui vouait un véritable culte. Enfin, songea-t-il, c'était peut-être surtout son propre caractère de cochon qui l'horripilait le plus.

— Je descends ! cria-t-il.

Il se hâta d'enfiler un jean et un pull. Une fois en bas, il alluma la lampe de la véranda avant d'ouvrir un des deux vantaux de la porte d'entrée. Ce ne fut pas le garçon qui lui tendit la lettre sur sa planchette réglementaire, mais Frank lui-même, sous le regard émerveillé de son fils. La peine que Jack ressentit à la vue de ce spectacle le secoua si profondément qu'il faillit chasser père et fils de la véranda.

Il parvint, toutefois, à griffonner sa signature au bas du reçu et à articuler deux ou trois mots.

— Au revoir, monsieur Kilcourse ! s'exclama le gamin avant de tourner les talons. Passez une bonne journée de repos — c'est comme ça que maman appelle le dimanche. D'après elle, on aurait dû attendre qu'il fasse jour pour venir !

Frank se contenta de lui tapoter la tête en adressant à Jack un sourire où l'on pouvait lire tout à la fois de la timidité et de la fierté. Puis il rebroussa chemin. Son fils sautillait pratiquement sur place, tandis qu'ils revenaient vers la camionnette. Quand ils furent remontés en voiture, Frank actionna l'avertisseur et s'éloigna. Les phares du véhicule cinglèrent de leur faisceau le visage de Jack qui sursauta. Puis l'obscurité qui s'étendait à l'ouest engloutit la fourgonnette. Jack resta à contempler la route d'un œil vide, jusqu'à ce qu'il s'aperçoive qu'il grelottait sous l'effet de la gelée matinale.

Il rentra aussitôt, claqua la porte derrière lui, alluma la lampe de l'entrée et déchira le rabat de la lettre recommandée. Elle provenait des services de la police de Toledo, dans l'Ohio. Jack était habitué à recevoir commandes et demandes d'expertises d'un peu partout... mais de la police ? Il examina la signature, et constata que l'expéditeur était un certain Stanley Rudzinski, inspecteur de la brigade criminelle. Ce nom ne lui dit rien.

« Comme vous êtes l'expert en mobilier shaker le plus proche et que nous avons un cas urgent à traiter... »

Jack s'assit sur la première marche de l'escalier et laissa retomber la lettre entre ses genoux. Le mobilier shaker, se répéta-t-il. Oui, c'était bien le seul domaine où il pouvait, effectivement, se prétendre expert. Et puis, il était prêt à accepter n'importe quoi pour tuer le temps, n'importe quelle tâche concrète qui saurait le distraire de ses tourments.

3.

L'argent, qui représente la prose de la vie, et dont on parle à peine dans les salons sinon en s'excusant, est, dans ses effets et ses lois, aussi beau que des roses.

RALPH WALDO EMERSON, *Nominaliste et Réaliste.*

— Compte tenu du fait que vous avez découvert la défunte dans la salle de bains, suggéreriez-vous qu'elle ait chuté ici, étant donné que l'on a retrouvé du sang à cet endroit ? demanda Rudzinski à Kate, tout en désignant un trou rectangulaire dans la moquette qui portait le numéro 4.

Comme la jeune femme ne répondait pas immédiatement, il ajouta :

— Elle n'a laissé que quelques gouttes de sang derrière elle avant de gagner la salle de bains. Là, par contre, elle s'est mise à saigner abondamment.

Kate suivit du regard la direction qu'il lui indiquait. A la lumière de cette fin d'après-midi, elle distinguait, effectivement, une série de moucheterures numérotées de 5 à 12 qui dessinaient une ligne sur la moquette.

— Je ne les ai pas vues, l'autre nuit, dit-elle en s'efforçant de ne pas paraître sur la défensive.

33

— Vous étiez affolée. Il est plutôt normal que vous n'ayez pas remarqué ces quelques gouttes de sang par terre, n'est-ce pas ?

Bien que l'inspecteur lui parût plutôt bien disposé à son égard, Kate sentit l'inquiétude l'envahir de plus belle. Rudzinski guettait ses réactions à chaque question. Elle aurait préféré que Mason James soit là, même si elle n'avait rien à cacher.

— Oui, admit-elle, mais, en les suivant, j'aurais pu retrouver Sarah plus vite et, par conséquent, l'aider plus efficacement.

L'inspecteur Rudzinski — Zink, ainsi que le surnommaient tous les agents qui se trouvaient là — semblait bien plus nerveux que la veille. Il avait l'air d'un tout jeune étudiant un peu rétro avec ses mocassins et son débardeur en laine qu'il avait enfilé par-dessus sa chemise soigneusement boutonnée. « Un tout jeune étudiant… », se répéta Kate. Bon sang, elle devait arrêter de penser à Erin et se concentrer sur ce que lui disait l'inspecteur.

Ils se tenaient dans le salon de Sarah, sur une bande de plastique qui protégeait la moquette et qui, partant de la porte d'entrée, rejoignait le coffre shaker, puis la chambre et, enfin, la salle de bains que la jeune femme apercevait de loin. Le morceau de moquette corail portant la tache de sang avait été enlevé, et le sol était ponctué de petits drapeaux portant chacun un numéro ainsi que des indications manuscrites que Kate ne pouvait déchiffrer, depuis l'endroit où elle se trouvait.

La jeune femme ne parvenait pas encore à croire que Sarah ait pu être assassinée.

— Vous m'avez dit, hier soir, que vous aviez « senti » qu'elle se trouvait ici, bien que vous n'ayez rien remarqué d'inhabituel à cet étage, hormis le fait que la lumière y avait été éteinte puis rallumée. Vous avez souvent ce genre de pressentiments ? demanda Zink. Serait-ce une sorte de perception extrasensorielle ?

Kate eut beau se répéter que les épreuves qu'elle venait de traverser la rendaient hypersensible, chacune des paroles du policier sonnait à ses oreilles comme une accusation. Elle remarqua que ce dernier semblait avoir pour habitude de ne pas prendre de notes, à la différence des enquêteurs de la brigade financière et de la commission de surveillance des opérations boursières qui l'avaient interrogée des heures durant sur les malversations de Mike. Elle fut tentée de lui demander s'il était doué d'une mémoire phénoménale, mais s'en abstint.

— Vous savez ce qu'on dit de l'intuition féminine, répliqua-t-elle. Je vous signale, par ailleurs, que j'ai appelé mon avocat. Il m'a conseillé de ne plus répondre à vos questions importunes jusqu'à son arrivée, c'est-à-dire demain.

— Importun : c'est tout moi, ça, déclara Zink en étirant son mètre soixante-cinq.

Kate nota que son pantalon et sa chemise étaient froissés, comme s'il avait dormi avec ou qu'il était resté debout toute la nuit.

— Ecoutez, madame Marburn, je m'efforce simplement de découvrir comment est morte la femme que vous appelez votre protectrice et à laquelle vous affirmez avoir été très attachée. Pour ne rien vous cacher, je vous dirai que l'hypothèse d'un accident est difficilement recevable.

Le cœur de Kate se mit à battre plus vite et plus fort.

— Cette fin brutale me surprend, moi aussi, dit-elle, mais il se trouve que Sarah avait déjà fait une chute, le mois dernier.

— C'est ce que nous ont appris son employée de maison et son médecin traitant. Le coroner nous a, par ailleurs, signalé l'existence de contusions récentes sur ses bras. On peut donc admettre raisonnablement que la victime ait fait une nouvelle chute : qu'elle soit tombée sur ce coffre, puis qu'elle ait réussi à arrêter le plus gros de l'hémorragie avant de se rendre dans la salle de bains où elle serait tombée une fois encore.

Tout en parlant, il marchait le long du ruban de plastique, allant et venant d'un air concentré.

— Cela dit, nous n'avons rien retrouvé sur elle qui ait pu lui servir à compresser sa blessure à la tête et, par ailleurs, la quantité de sang répandue sur sa robe était tout à fait négligeable.

— Je vous répète que j'ignore totalement ce qui s'est passé, inspecteur. Vous m'avez demandé de venir ici pour vérifier que rien ne manquait dans l'appartement privé de Sarah, ce que je vous confirme. Je crains, malheureusement, de ne pas pouvoir vous aider davantage.

— Si je vous montre le contenu de sa boîte à bijoux, serez-vous en mesure de me dire si rien ne manque, là non plus ? En plus des biens qu'elle conservait dans le coffre-fort mural, elle avait dans sa chambre une boîte à bijoux posée sur une commode ancienne…

Kate lutta pour recouvrer calme et sang-froid. En dépit de ses manières trompeusement placides, le policier la dévisageait maintenant ouvertement.

— Je n'ai vu le contenu de cette boîte à bijoux qu'une seule et unique fois, répliqua-t-elle, quand Sarah a voulu me prêter un collier de perles pour la soirée d'hier, collier que j'ai refusé de porter.

— Pour la soirée d'hier ? Et vous avez refusé parce que…

36

— Parce que je ne voulais pas prendre le risque de le casser ou de le perdre. J'ai si souvent accroché mes vêtements ou mes bijoux aux tiges et aux épines des roses, en jardinant !

— Je vois, dit Zink en haussant ses sourcils blonds.

— Je l'espère vivement, rétorqua Kate d'une voix plus stridente qu'elle ne l'aurait souhaité, car je commence à me sentir dans une position désagréable. Aussi, avec votre permission…

— Mon intention n'était nullement de vous stresser, madame Marburn, lui assura Zink tout en se déplaçant de manière à lui interdire l'accès à la porte donnant sur le couloir.

Comme elle était légèrement plus grande que lui, elle devait baisser légèrement la tête pour le regarder dans les yeux. Mais, en cet instant, ça ne l'empêchait pas d'être aussi menaçant qu'un pitbull.

— Avant de nous quitter, reprit-il, auriez-vous l'obligeance de répondre à ma question sur les perceptions extrasensorielles ? Auriez-vous, par hasard, un don pour lire dans l'esprit d'autrui ?

— Pas vraiment. Si c'était le cas, je ne serais pas revenue ici avec vous en l'absence de mon avocat, inspecteur Rudzinski. Et j'aurais deviné que mon mari était un escroc prêt à tout pour ruiner ses clients et amis, sans parler de sa fille et de sa femme. Maintenant, si voulez bien m'excuser…

Elle passa devant lui pour rejoindre le couloir… et percuta Varina Wellesley. Les gros bijoux en or de Varina tintèrent sous le choc avant que les deux femmes ne s'écartent l'une de l'autre. Dotée d'une robuste constitution et d'une présence imposante, Varina portait habituellement ses cheveux de jais en chignon sur la nuque, coiffure qui la vieillissait par rapport à Kate, bien qu'elles eussent le même âge. Dans son tailleur strict et sans son maquillage habituel, la fille de Sarah présentait une peau d'une pâleur spectrale. Elle ne ressemblait à sa mère que par la structure osseuse de son visage, mais certainement pas par sa taille ni par son allure — et moins encore par le cœur. A cette pensée, un sentiment glacial de perte étreignit de nouveau Kate.

— Sitôt que ces messieurs en auront fini avec vous, s'exclama Varina en la désignant du doigt, vous disparaîtrez de cette propriété.

Kate remarqua qu'elle avait les yeux injectés de sang, et en déduisit qu'elle aussi devait souffrir, finalement.

— En d'autres termes, vous allez me faire le plaisir de quitter immédiatement la maison d'hôtes, précisa Varina.

— Hé, madame Wellesley, je vous en prie, intervint Rudzinski en s'interposant entre les deux femmes. Il est évident que Mme Marburn va devoir déménager, mais votre mère n'aurait certainement pas souhaité que vous la jetiez dehors avant même qu'elle ait trouvé un autre logement.

— Le conditionnel est, en effet, de rigueur, riposta Varina avant de passer un index à l'ongle verni sous chacune de ses paupières pour y écraser une larme. Ma mère n'est plus, et Palmer et moi-même sommes ses seuls héritiers.

— Et, à ce titre, comment vivez-vous sa disparition, madame ? demanda le policier.

Varina le fusilla du regard.

— J'en suis profondément affligée. Mais je suis également déterminée à prendre toutes les mesures qui s'imposeront pour sauvegarder le fruit de son travail auquel mon père a, d'ailleurs, grandement participé.

Kate se força à s'éloigner. Au moins, se dit-elle, la police semblait n'exclure aucune piste. Et si meurtre il y avait eu, Varina et Palmer risquaient d'être suspectés à leur tour.

— Hé, madame Marburn, s'écria Zink, dans votre intérêt, je vous conseille d'attendre que je vous aie assigné un agent pour vous raccompagner.

Tout en se demandant où était passée sa coéquipière, jusqu'alors omniprésente, Kate l'entendit ajouter à l'adresse de Varina :

— Restez ici, madame Wellesley, et n'entrez pas tout de suite dans l'appartement.

— Ecoutez, inspecteur, tout ce que je sais du mobilier d'époque de ma mère, c'est qu'elle ne cessait de le céder à d'autres, par des prêts, des ventes ou bien des dons.

Debout en haut de l'escalier, Kate contemplait par la fenêtre le fleuve Maumee qui scintillait au-delà des jardins.

— D'ailleurs, poursuivit Varina, je croyais que vous alliez mander un expert de ce nouveau village shaker où se trouve une grande partie de son mobilier. Palmer et moi souhaitons qu'il nous soit rendu le plus vite possible afin de pouvoir rassembler toutes ces vieilleries.

Varina s'en fichait sans doute éperdument, mais Kate savait que les Shakers avaient, jadis, brillé en bien des domaines. Tant en horticulture et en ébénisterie que dans le mouvement de libération des femmes et des esclaves, les Shakers avaient imprimé leur marque. Et c'était ce précieux trésor constitué par l'héritage shaker que Varina osait appeler des « vieilleries » !

L'avocat de Sarah, un homme d'un certain âge, s'éclaircit la gorge et entama sa lecture.

— « Je, soussignée Sarah Clayton Denbigh, demeurant dans le comté de Lucas, Etat de l'Ohio, établis comme suit ce qui constitue l'expression de mes dernières volontés et qui annule, de ce fait, tout autre testament par moi rédigé à la présente date. »

Quatre jours s'étaient écoulés depuis le décès de Sarah. En compagnie de Mason James, son avocat aux cheveux gris et à l'expression intraitable, Kate était assise à une longue table de conférence, en face de Varina, de Brad, d'un Palmer qui avait l'air nerveux et de Pete Scofield, leur avocat. Ils s'étaient réunis pour assister à la lecture des dernières volontés de Sarah Denbigh par l'avocat de celle-ci, l'imposant Seth Myerman. Sitôt que le testament avait été validé, il avait convoqué par lettre recommandée les ayants droit et descendants directs de la défunte. Kate avait été émue et surprise d'en faire partie. Varina, quant à elle, semblait bouillir de rage.

Cependant, Kate était moins ravie que tendue. Cette hâte à régler la succession lui paraissait indécente — d'autant plus qu'à cause du délai exigé par l'autopsie et du temps qu'il avait fallu laisser aux parents éloignés pour s'organiser en prévision des funérailles, Sarah ne serait pas enterrée avant le surlendemain.

Derrière les verres en demi-lune de ses lunettes, l'avocat parcourait le document page après page, ses bajoues frémissant au rythme de sa lecture. Il s'exprimait avec la voix sonore et percutante d'un évangéliste ou d'un présentateur du journal télévisé.

— « Je donne à titre de legs les biens suivants aux personnes désignées ci-après… »

La résidence ainsi que le terrain de Groveland étaient cédés aux Parcs et Jardins de la municipalité de Toledo, auxquels serait, en outre, versé un fonds destiné à l'entretien de la demeure. La gestion en serait assurée par Katherine Marburn qui percevrait sur ledit fonds, aussi longtemps qu'elle choisirait d'assumer cette fonction, un salaire annuel de cinquante mille dollars, salaire qui serait augmenté chaque année de trois pour cent afin de compenser l'inflation. Par ailleurs, si tel était son souhait, et puisque la propriété comme les jardins seraient ouverts au public, Mme Marburn pourrait continuer à habiter la maison d'hôtes.

Myerman marqua une pause que ponctua un reniflement sonore émis par Varina. Kate n'aurait su dire s'il s'agissait d'une manifestation de chagrin ou de mépris.

La grande générosité de Sarah touchait profondément la jeune femme. Quant aux héritiers, s'ils acceptaient sans protester d'être ainsi privés de la résidence de leur mère, c'était sans doute parce que les droits de mutation risquaient d'être fort élevés, songea la jeune femme.

Varina changea de position sur sa chaise, mais garda un visage de marbre, tandis que Palmer affichait une expression maussade sous son bronzage. Sa sœur se pencha soudain vers lui pour lui tapoter le bras, et Kate l'entendit murmurer :

— Le plus gros de l'héritage reste à venir.

S'ensuivit une longue énumération d'objets d'art et de meubles — dont aucun n'appartenait à la collection d'antiquités shakers — attribués à Varina et à Palmer. Puis ces derniers se prirent la main, comme par solidarité, en entendant l'interminable liste de dons et de legs accordés à diverses œuvres charitables. Enfin, Seth Myerman en vint à ce qu'ils attendaient probablement avec impatience car ils se penchèrent aussitôt en avant.

— « Lot dix-neuf. Un demi-million de dollars à chacun de mes deux enfants, Varina Clarissa Denbigh Wellesley et Palmer Jones Denbigh. »

Ce chiffre laissa Kate confondue. Elle pensa à son père, ancien professeur de math, qui jugeait les femmes incapables de s'occuper d'argent, et qui ne lui avait laissé que dix mille dollars, à sa mort. Varina et Palmer, en revanche, semblèrent à la fois surpris et déçus.

— Continuez donc ! s'exclama Varina d'une voix tremblante en voyant l'avocat marquer une nouvelle pause. Sous quelle forme nous a-t-elle donné le reste ? En actions ? En obligations ? En nous cédant la collection shaker ?

— Je ne vois rien de semblable, répondit l'homme de loi en parcourant rapidement les trois pages restantes. Deux lots encore sont attribués à Katherine Marburn.

Il jeta un coup d'œil à la jeune femme, puis rajusta ses lunettes et poursuivit sa lecture.

— « Lot vingt. Ma collection de mobilier shaker, laquelle comprend les pièces que j'ai gardées chez moi, celles que j'ai prêtées à divers musées (voir liste jointe) ainsi que le fonds principal actuellement en exposition au nouveau village de Shaker Run, dans le sud-est de l'Ohio, à ma chère amie, Katherine Marburn, qui admire les Shakers autant que moi. »

— C'est insensé ! s'écria Varina en frappant la table du plat de la main. Certains de ces meubles appartiennent à mes deux parents. Mère n'avait pas le droit d'en disposer comme bon lui semblait. Et vous savez à combien sont évaluées certaines de ces pièces ? L'autre jour, il y a eu des enchères sur le Net pour un établi provenant des Shakers de Sabbath Lake — un *établi*, vous m'entendez ? Eh bien, il est parti à deux cent vingt mille dollars. Et des chaises ont été adjugées à vingt mille dollars chacune. Alors, cette histoire… cette histoire ne tient pas la route.

— Ainsi, vous vous êtes déjà renseignée sur les prix auxquels vous pourriez vendre ce que vous appelez les « vieilleries » de Sarah ? lança Kate, incapable de réprimer plus longtemps son irritation. Votre mère devait s'en douter : elle savait que vous disperseriez l'intégralité de ses trésors, aussitôt après son décès…

— Parce que ce n'est pas votre intention, peut-être ? répliqua Varina.

— Aucunement.

— Bah ! lança Palmer, le visage livide, toujours accroché à la main de sa sœur.

Tous deux se mirent à parler à voix basse. Kate entendit seulement Palmer bredouiller :

— Rina, tu imagines un peu ? Comment a-t-elle pu nous faire ça ?

Cependant, Myerman s'était empressé de reprendre sa lecture.

— « Quant à mes variétés de rosiers anciens, à l'exclusion des nombreux autres plants de la même espèce qui, eux, devront rester dans les jardins de Groveland, je les lègue à Katherine Marburn, au cas où elle quitterait la propriété.

En témoignage de quoi, j'ai apposé mon paraphe en marge des douze pages précédentes ainsi qu'à la fin de ce testament qui rapporte avec exactitude mes dernières volontés telles qu'exprimées en ce 4 août 1999 à Toledo, dans l'Etat de l'Ohio. »

— Attendez, il y a forcément autre chose ! protesta Palmer.

— Oh, oui, il y a autre chose ! s'écria Varina. Août 1999 : cette année, donc. Mère a changé son testament il y a un mois à peine ? Et cela pour procurer une sinécure à une amie de fraîche date qui, par le plus grand des hasards, la retrouve morte peu de temps après ce revirement qui joue si bien en sa faveur ?

— Morte, ajouta Palmer, après avoir heurté l'un de ces meubles qui reviennent aujourd'hui à Mme Marburn.

Tous deux proféraient ces paroles d'une voix égale, mais leur frustration comme leur fureur se devinaient sous cet apparent sang-froid.

— Je comprends que tout ceci soit un choc pour vous, dit Me Scofield, mais, en temps utile, nous pourrons entamer une...

— Vous avez laissé Mère se faire embobiner sans lever le petit doigt pour la mettre en garde ! lança Varina à l'adresse de Me Myerman, l'avocat de Sarah, qui accueillit l'accusation avec un air de bouddha courroucé. Vous auriez pu, au moins, nous avertir qu'elle avait transféré le plus gros de l'héritage au nom d'une nouvelle employée ! Je n'arrive pas à croire que Mère ait pu changer son testament comme ça, sur un coup de tête, si peu de temps avant un décès aussi suspect qu'inopiné.

— Minute ! répliqua Mason James. Madame Wellesley, je ne tolérerai pas que vous accusiez Mme Marburn, même à mots couverts. Ce document est parfaitement légal, et…

— Ce document peut être attaqué, et il le sera ! l'interrompit Varina en se redressant et en s'appuyant des deux mains sur la table. N'est-ce pas, Pete ?

Elle consulta du regard son avocat qui, comme Palmer, se mit à hocher la tête.

— Absolument, confirma-t-il avec un air pénétré, les mains jointes sous le menton. L'Etat de l'Ohio accorde un délai de quatre mois pour dénoncer la validité d'un testament aux motifs d'abus de confiance, de contrainte, d'intimidation, d'inhabilité à tester…

— Inhabilité de notre pauvre mère et d'elle seule, repartit Varina avec aigreur, car, pour ce qui est de Kate Marburn, je dois admettre qu'à l'évidence, elle a montré beaucoup d'habileté, depuis son installation à Groveland — et pas seulement en tant que rosiériste. J'ai toujours pensé, madame Marburn, que votre CV devrait stipuler que vous êtes douée pour tromper les gens en toute impunité. Mais vous êtes quand même culottée de retenter le coup juste après vous être tirée d'une sale affaire de détournement de fonds.

— Varina, ça suffit ! lança Scofield en prenant sa cliente par le poignet.

Elle se dégagea de son étreinte.

— Non, ça ne suffit pas ! rétorqua-t-elle. Si l'on veut geler l'exécution de ce testament et empêcher Kate Marburn d'en profiter — et l'en empêcher *à jamais*, vous m'entendez ? —, il va falloir qu'elle soit inculpée et condamnée pour... pour davantage que contrainte et intimidation !

Kate sentait son sang se glacer dans ses veines, mais elle n'était pas près de fuir. Telle avait été la réaction de Mike, et elle le haïssait pour ça. Elle se leva en faisant grincer sa chaise sur le sol, et Mason l'imita, croyant, apparemment, qu'ils allaient partir. Mais Kate désirait seulement regarder Varina Wellesley droit dans les yeux.

— Varina, dit-elle d'une voix égale malgré son désarroi, je peux comprendre que tout ceci soit pénible pour vous, mais je vous conseille de bien réfléchir avant d'accuser les autres publiquement. Etant donné que Palmer et vous pensiez que le précédent testament de votre mère, qui vous attribuait le plus gros de son héritage, était toujours valable, si j'étais à la place de l'inspecteur Rudzinski, j'estimerais que vous aviez tous deux une kyrielle de mobiles pour...

— N'essayez pas de détourner les soupçons ! lança Palmer.

— A propos, reprit Kate en se rasseyant, tant ses jambes tremblaient, Sarah ne m'a jamais informée du changement qu'elle avait apporté à ses dernières volontés, même si je savais, par ailleurs, qu'elle souhaitait me confier ses roses, plus tard.

Varina ouvrit la bouche pour répliquer, mais la jeune femme ne lui en laissa pas le temps.

— Tous ces dons généreux sont aussi pour moi une surprise — heureuse, je le reconnais. Cela étant, je regrette profondément la disparition de cette femme, de cette grande dame qui restera à jamais dans mon souvenir, non pas pour ses richesses matérielles mais pour les trésors que recelait son cœur.

Elle se leva de nouveau, avec lenteur, et se tint debout à côté de Mason.

— Au moins, conclut-elle, il y aura quelqu'un pour veiller sur les deux amours qui ont marqué la fin de sa vie : les meubles et les roses.

Durant un moment, Kate regretta d'avoir tenu des propos aussi durs à l'encontre de Varina et Palmer, mais elle s'était promis de ne plus jamais porter le chapeau pour un acte qu'elle n'aurait pas commis. Et puis, elle avait éprouvé une certaine satisfaction en constatant que ses paroles laissaient trois avocats sans voix.

Dès le lendemain matin, les médias étaient au courant des modifications apportées au testament de Sarah Denbigh ainsi que des soupçons qui pesaient sur Kate.

Jack Kilcourse n'avait jamais été esclave de l'argent, mais cette mission consistant à vérifier l'authenticité de meubles shakers de grande qualité et à en estimer la valeur était trop lucrative et le fascinait trop pour qu'il puisse la refuser. Aussi avait-il quitté son atelier où il fabriquait des répliques exactes de meubles shakers, laissant en plan une commande très importante émanant du P.-D.G. d'une entreprise de haute technologie de Tokyo, pour se rendre en voiture à Toledo. En outre, il pouvait se dire qu'il faisait ça en hommage à la charmante vieille dame qui avait prêté une grosse partie de sa collection au nouveau village shaker pour lui permettre de s'installer. Elle avait ainsi démontré combien l'héritage shaker était digne d'être honoré et préservé, aussi bizarres qu'eussent été les premiers Croyants, fondateurs de la secte.

Une fois à pied d'œuvre, Jack avait installé de puissants projecteurs afin de pouvoir examiner les meubles de près. Il avait ensuite ouvert sa trousse à outils qui comportait une loupe, des épingles, des gants, des pochettes en plastique ainsi que des sachets à échantillon. Il se sentait un peu dans la peau d'un de ces assistants du légiste qui venaient juste de quitter les lieux.

Après une rapide inspection du mobilier, Jack avait choisi la pièce qui semblait la plus prometteuse, et l'avait transportée en pleine lumière pour procéder à son examen.

— Hé, tout se passe bien ? lui lança soudain le jeune inspecteur, Stan Rudzinski, en revenant près de lui, un exemplaire plié du *Toledo Blade* à la main. Je vous rapporte de quoi manger, tout à l'heure ? Faut que je retourne en ville pour cette affaire.

Le policier lui montra la une du journal qui portait en titre : « Que sait Kate Marburn… cette fois ? » Le texte qui suivait évoquait une histoire de testament modifié.

Rien de tout cela n'avait la moindre signification pour Jack ni la moindre importance non plus. Il ne lisait dans les journaux que ce qui avait trait aux grands événements internationaux. Comme il ne supportait pas les petits faits locaux dont les médias se repaissaient, il leva à peine la tête, et replongea dans son travail. Il ne put, toutefois, s'empêcher de remarquer que Kate Marburn était ravissante, malgré son air de bête traquée.

— Je me passerai de nourriture ce matin, répondit-il à Rudzinski. Ce travail exige beaucoup de minutie et de concentration.

— Entendu, pas de problème. Vous trouverez l'agent Cook à l'entrée si vous avez besoin de quelque chose. Vous savez, ajouta l'inspecteur tout en se redressant de toute sa hauteur, comme pour gagner quelques centimètres face au mètre quatre-vingt-dix de l'expert en mobilier ancien, vous êtes une sorte d'enquêteur, vous aussi. Je suppose que, si l'un de ces meubles présente la moindre anomalie — si c'est un faux, par exemple —, ça va me faire un mobile supplémentaire à prendre en compte. Comme si, avec toutes les personnes qui gravitaient dans l'entourage de Sarah Denbigh, je n'avais pas assez de pain sur la planche !

— Techniquement parlant, repartit Jack en tapotant du doigt le plateau du secrétaire, je n'ai trouvé aucun faux, mais je crois bien avoir repéré une falsification.

— Comment ça ? demanda Rudzinski, l'attention brusquement en éveil. C'est quoi, la différence ?

— Un faux est une contrefaçon de A à Z. Une re-création, si vous préférez, expliqua Jack tout en ôtant un tiroir du bureau. Une falsification, en revanche, se pratique sur un vrai meuble d'époque et consiste à en modifier l'apparence pour lui donner celle d'une pièce plus prisée par les collectionneurs. Ce genre de produit est plus facile à écouler qu'un faux, et son commerce est donc plus lucratif.

— Et c'est le cas de ce bureau ? demanda Rudzinski en examinant avec un œil soudain suspicieux le meuble en bois de cerisier et en noyer cendré.

— Je serais prêt à le parier, mais je ne l'ai pas encore suffisamment étudié.

— A première vue, moi, je dirais qu'il ne date pas d'hier.

— Il est facile de bosseler ou d'érafler un meuble pour le vieillir. On appelle ça « stresser » une pièce.

— Le mot est bien choisi. Moi-même, je ressens souvent cette impression dans mon boulot.

Jack réprima un sourire.

— J'ai relevé quelques échantillons à fin d'analyses, mais j'ai déjà l'impression qu'on a projeté des taches d'encre au hasard sur ce secrétaire, pour imiter des salissures dues à l'usage, et qu'on a fumé le bois des étagères pour le brunir et l'assécher artificiellement. L'odeur de brûlé a sans doute été masquée ensuite par immersion dans de l'eau de mer.

— Ça alors ! marmonna Rudzinski en secouant la tête avec étonnement.

— Tenez, voici un autre indice révélant que les faussaires n'étaient pas suffisamment minutieux, poursuivit Jack en insérant sans difficulté une épingle dans de minuscules trous qui parsemaient l'une des parois latérales de l'étagère. Les trous de ver, qui sont naturels et qu'on s'attend à trouver sur n'importe quel mobilier d'époque, présentent des tours et des détours. Ceux-là, à l'évidence, ont été pratiqués à la chignole ou au plomb de petit calibre.

— Eh bien, quel travail ! J'imagine que ce genre de falsification doit rapporter gros.

— Rien que les sacs à grains des Shakers coûtent, aujourd'hui, jusqu'à deux cents dollars, de même que les étiquettes à semences. Alors, je vous laisse imaginer le prix du mobilier.

— Pigé, déclara Rudzinski. Et pour les autres pièces qui sont ici ?

— Comme je vous le disais tout à l'heure, il va me falloir du temps pour en vérifier l'authenticité. J'ai commencé par ce secrétaire parce qu'il sortait du lot.

— Qu'est-ce que les meubles shakers ont donc de si particulier ? demanda l'inspecteur en croisant les bras sur sa poitrine, ce qui eut pour effet de déplacer le journal et de mettre en évidence la photo de Kate Marburn. Avant de m'occuper de cette affaire, je ne connaissais même pas l'existence de ce style, et encore moins celle de la secte portant ce nom.

— En fait, il n'y a plus de Shakers. Jadis, la secte comptait près de vingt communautés réparties dans l'est du pays et le

Midwest. Leurs membres se livraient à des danses échevelées, durant le culte. Et, bien entendu, cette secte possédait une face obscure. Aujourd'hui, ce qui caractérise encore ces communautés, c'est leur refus du mariage.

— Mais, à part ça, en quoi se singularisaient-ils ?

Jack n'aimait pas trop les fouineurs, mais il n'en appréciait pas moins la franchise avec laquelle le policier avouait son ignorance.

— Permettez-moi d'être bref, puisque vous devez partir et que j'ai moi-même fort à faire avant de pouvoir vous livrer un rapport qui se tienne, repartit Jack en se remettant à examiner le secrétaire. Les Shakers étaient des perfectionnistes dans leur travail, mais ils étaient également des gens pragmatiques. Ils suivaient en cela l'un des préceptes de leur fondatrice qui disait ceci : « Œuvrez comme si vous aviez mille ans devant vous mais que vous risquiez de mourir demain. »

Jack regretta un peu ces paroles en voyant Rudzinski parcourir la pièce du regard, comme si le fantôme de Sarah Denbigh hantait les lieux.

— Certains menuisiers shakers croyaient fermement que la conception de leurs meubles venait du ciel et leur était inspirée par des anges, reprit Jack.

— En bref, ils fabriquaient des produits concrets mais vivaient dans un monde bizarre qu'ils avaient inventé. Vous savez, monsieur Kilcourse...

— Jack.

— Jack, je dois avouer que je me méfie un peu de ce genre de personnes, déclara l'inspecteur en secouant la tête avant de se diriger vers la porte. Je repasserai vous voir à mon retour. D'ici là, j'espère que votre travail d'enquêteur nous aura apporté de quoi relancer le mien.

4.

Tu peux briser, tu peux fracasser
Le vase, si tu le désires,
Mais le parfum des roses
Demeurera alentour.

THOMAS MORE, *Adieu ! Mais quoi qu'il en soit…*

Kate essayait de se calmer et de se préparer aux funérailles de Sarah, prévues le lendemain, en s'occupant de ses fleurs.

Au fur et à mesure qu'elle taillait les rosiers, elle transportait les tiges dans une brouette jusqu'à un enclos à déchets où Jeff, le factotum de Groveland, les transformerait en compost. Elle manipulait les cisailles avec hargne, tout en fulminant intérieurement contre Pete Scofield — l'avocat de Varina et Palmer — qui avait divulgué le contenu du nouveau testament de Sarah à la presse. Un journal avait même cité Rudzinski déclarant que la mort de Sarah Denbigh était « toujours l'objet d'une enquête, bien qu'elle semble accidentelle ».

En tout cas, s'il s'avérait que Sarah avait été victime de violences volontaires, Kate se promettait de chercher elle-même le coupable et de faire passer la brigade criminelle de Toledo pour une bande d'amateurs.

51

Elle avait parfaitement conscience d'avoir comblé un grand vide dans l'existence de Sarah, mais la vieille dame, de son côté, avait représenté pour elle une planche de salut.

— Je ne vois pas ce que je pourrais désirer de plus que m'occuper de vos rosiers tout en habitant sur votre magnifique domaine, avait-elle dit à Sarah, le jour où celle-ci lui avait offert un avenir, alors même qu'elle craignait d'être traduite en justice pour les malversations de Mike. Mais ma belle-fille a le plus grand besoin de stabilité, en ce moment, et si nous emménagions ici, elle serait obligée de changer d'école, ce que je désire absolument éviter. De plus, je passe encore tellement de temps dans le bureau de mon avocat, quand ce n'est pas avec les enquêteurs fédéraux, que je ne pourrais vous consacrer que quelques heures de temps à autre.

Sarah avait hoché la tête d'un air compréhensif. Puis elle s'était rapprochée de Kate et avait posé une main frêle sur son épaule. La jeune femme avait alors senti les fragrances florales qui émanaient d'elle. Rien à voir avec les relents suffocants de poudre ou de parfum qui collaient à la peau de certaines femmes, à l'église ou au concert. Non : Sarah Denbigh dégageait une fraîcheur et une authenticité qui avaient réveillé en Kate un brusque souvenir.

Sa mère. C'était le souvenir de sa mère, cette jeune femme jeune et gaie : une odeur de terreau récemment remué, de soleil et de ciel pur. Une odeur de vent vif et de fleurs mêlées. Sa mère adorait jardiner et, toute petite, Kate l'avait parfois aidée à cueillir des fleurs... bien avant que la jeune femme soit emportée sur les ailes du temps...

— Kate, est-ce que ça va ? lui avait demandé Sarah d'une voix soucieuse qui avait interrompu ses pensées. Vous savez, il ne se passe pas une journée sans que la bonne ou le jardinier n'aille faire des courses en ville, de sorte que, si vous étiez retenue quelque part, ils pourraient aller chercher Erin à l'école. Votre belle-fille aurait aussi la possibilité d'emprunter l'une des voitures, si elle le souhaitait. Je suppose qu'elle a le permis... Et puis, je suis certaine que nous pourrions obtenir une dérogation pour qu'elle reste dans son école actuelle.

— Je... oui, avait bredouillé Kate en retenant de son mieux les larmes qui lui montaient aux yeux.

A cette époque, elle avait déjà renoncé à pleurer sur les cruautés ordinaires de la vie, mais ces simples manifestations de gentillesse l'émouvaient profondément.

— Je lui communiquerai votre généreuse proposition, madame Denbigh. Je ne sais moi-même comment vous en remercier.

Et maintenant, c'était devenu tout à fait impossible, songea la jeune femme en continuant à travailler.

C'était quand elle jardinait ainsi qu'elle réfléchissait le mieux et que Sarah ainsi que sa mère lui manquaient le plus cruellement.

Elle se força à rester concentrée sur sa tâche, et décida qu'après avoir taillé les rosiers et paillé les racines, elle recouvrirait les pieds de branches de sapin. On prévoyait un hiver rude, et les vents qui soufflaient du lac Erié étaient capables de déraciner les arbustes.

Tout en essayant de se détendre, Kate continua ainsi à rabattre les tiges des plants et à les jeter dans la brouette, sans se soucier des épines ni des accros qu'elles pouvaient occasionner à ses vêtements.

Dans le lointain, le vrombissement du sécateur électrique de Jeff s'interrompit. En fait, il n'était pas en train d'égaliser les haies mais de nettoyer et de graisser l'essentiel de ses outils. Le bruit blanc de ses machines ne déplaisait pas à la jeune femme. Ce jour-là, les programmes de sa station classique préférée lui inspiraient trop de réflexions et de chagrin, comme si la musique elle-même avait participé à une conspiration menée contre elle.

Elle travaillait de bon cœur, coupant les tiges d'un coup net et légèrement incliné afin d'ouvrir le centre de chaque massif au soleil et à l'air du printemps suivant. Comme Jeff relançait le moteur du taille-haie, elle se baissa pour éteindre de nouveau la radio, puis quitta les Bengale pour se consacrer aux Belle-de-Crécy, qui produiraient des fleurs d'une teinte des plus exquises, mêlant l'incarnat et le violet au gris bleuté, et que Sarah aimait passionnément.

Bien qu'elle portât son casque stéréophonique sur les oreilles, elle entendit Jeff s'approcher. Se demandant ce qu'il pouvait bien venir tailler ici, elle se redressa et se retourna, les bras chargés de tiges épineuses. Elle laissa alors échapper un hoquet de stupeur en voyant Varina tronçonner avec le sécateur électrique les précieux rosiers anciens situés à l'extrémité de la rangée dont elle était en train de s'occuper.

— Arrêtez, Varina ! Stop ! s'écria-t-elle en lâchant son fardeau. Ce sont… c'étaient les rosiers de votre mère !

Varina ne lui accorda qu'un bref coup d'œil avant de reprendre le massacre. De toute façon, le bruit du taille-haie aux longues lames oscillantes dominait sa voix.

Arrachant son casque d'une main, Kate se précipita vers la fille de Sarah en répétant sa supplique.

Varina pivota alors sur elle-même et brandit l'engin vers la jeune femme, comme pour la tenir à distance. Puis elle s'attaqua résolument au rosier suivant.

— Arrêtez, Varina ! répéta Kate encore une fois.

Même réaction, même manège. Kate bondit en arrière, puis essaya de tirer sur le cordon d'alimentation, mais ce dernier était trop lâche pour qu'elle puisse en arracher la prise.

— Je vous ai vue tailler les rosiers ! hurla Varina. Alors, je vous aide ! Je vais vous montrer à quel point je tiens, moi aussi, à ces fichues fleurs !

Comme Kate esquissait un mouvement pour la prendre à revers, Varina dirigea de nouveau les lames vers elle. Leur extrémité mordit le gant de jardinage de Kate et en déchira l'épais tissu. Une rage folle envahit la jeune femme. Elle serait bien partie demander de l'aide, mais elle refusait de laisser les rosiers à la merci de cette... de cette furie.

Elle courut jusqu'à la commande de la buse d'arrosage principale, et l'actionna. Pourquoi personne n'était-il sorti de la maison pour arrêter cette femme ? se demanda-t-elle. Dieu seul sait jusqu'où elle pourrait aller ! Faudrait-il demander une ordonnance d'éloignement à son encontre pour protéger les rosiers ?

Le coûteux système d'arrosage se mit bientôt en action et aspergea les deux femmes. Kate en profita pour revenir à la charge : elle saisit son râteau, et en inséra les dents dans les lames du sécateur. L'appareil tressauta et finit par s'échapper des mains de Varina. Kate s'aperçut alors, mais un peu tard, qu'elle avait pris ainsi le risque de les électrocuter toutes les deux.

Trempée, en sanglots, Varina se jeta à bras raccourcis sur la jeune femme. Sous l'impact, elles roulèrent par terre. Kate se tourna sur le côté, réussit à se dégager, et rampa pour échapper à son assaillante. Celle-ci bondit de nouveau sur elle et la tint plaquée au sol sous son poids... jusqu'au moment où Kate la sentit s'envoler. Relevant la tête, la jeune femme vit un inconnu de haute taille, à la chevelure sombre, qui tenait Varina, les bras plaqués le long du corps, à quelques centimètres au-dessus du sol. La forçant ensuite à s'agenouiller sur l'herbe humide, il tira sur le cordon d'alimentation du taille-haie pour lui redonner du mou, et l'enroula trois fois autour de Varina qui se débattait en vain. Avant qu'il puisse aider Kate à se relever, celle-ci s'était déjà redressée et courait couper l'eau et arracher la prise du sécateur électrique.

Tout en repoussant les pans de sa chemise sous la ceinture de son jean trempé, Kate revint vers l'homme et sa prisonnière qui éructait de colère. Ayant conscience de présenter un tableau affligeant, elle ôta feuilles et paille de ses cheveux, et essuya la boue qui lui tachait le visage. Elle se sentait d'autant plus misérable que l'inconnu conservait, pour sa part, une fière allure, malgré l'eau qui ruisselait sur son visage.

Sa chemise trempée collait à ses larges épaules et à son torse. Quant à son jean, il était maculé de grosses éclaboussures, et tendu sur ses cuisses puissantes.

Bien qu'elle fût grande, il la dominait encore de quinze bons centimètres. Ses cheveux noirs qui, en temps ordinaire, devaient être d'un aspect vigoureux étaient plaqués sur son front. Il les repoussa en arrière d'un large geste de la main. Ses sourcils fournis s'inclinaient selon un angle malicieux au-dessus de ses yeux d'un bleu sombre, profondément enfoncés dans leurs orbites. Son visage semblait tout en reliefs. Des pattes d'oie au coin de ses paupières indiquaient qu'il n'avait pas l'habitude de porter des lunettes de soleil.

— Je suis désolée de ce qui s'est passé mais ravie de votre intervention, déclara-t-elle, tout en essuyant avec embarras ses paumes sur les jambes de son jean.

Il l'étudiait avec autant d'intensité qu'elle l'avait dévisagé elle-même. Leurs regards, aussi nerveux l'un que l'autre, s'accrochèrent et gardèrent le contact, ce dont la jeune femme se sentit troublée au-delà du raisonnable.

— Je jetais un coup d'œil par les fenêtres de l'appartement de maître quand j'ai vu cette femme devenir folle avec le taille-haie, expliqua-t-il.

Sa voix avait un timbre rauque qui s'accordait avec son visage aux traits rudes et à la mâchoire carrée.

— L'appartement de maître ? répéta Kate. Oh, vous êtes l'un des assistants du légiste qui travaillent avec les inspecteurs Rudzinski et Martin ?

— Je m'appelle Jack Kilcourse, et je suis expert en mobilier ancien, spécialisé dans le style shaker. Un flic était censé se tenir en faction dans le couloir, mais j'ai l'impression qu'il a fait une pause. Sinon, je vous l'aurais envoyé. Désirez-vous que cette femme soit arrêtée pour coups et blessures ?

Kate fut stupéfaite de constater que cet inconnu avait presque réussi à lui faire oublier Varina.

— Non, mais si vous êtes prêt à confirmer devant le juge la description que je compte donner de son comportement, j'arriverai peut-être à lui faire interdire l'accès à ces jardins. Quel malheur ! Sa mère aimait tellement ces rosiers, et voilà qu'elle en a mutilé un bon quart.

Puis, se tournant vers Varina, elle ajouta à son intention :

— Il y a tout de même une différence entre une taille de rosiers et un massacre à la tronçonneuse !

Jack délia Varina et voulut l'aider à se remettre debout, mais elle le repoussa vivement et se releva toute seule.

— Peu importe ce que ça me coûtera, grommela-t-elle en fusillant Kate du regard, mais je récupérerai tout ce que Mère avait l'intention de me donner. Et ne vous avisez pas de venir aux funérailles, demain !

Puis elle recula de quelques pas et, après avoir lancé un coup d'œil haineux à Jack, elle tourna les talons et s'éloigna d'un pas vif.

— Vous êtes sûre que ça va ? demanda Jack en s'adressant à Kate. Vous avez l'air... sonné.

— Je dois avoir l'air pire que ça ! murmura-t-elle, tout en se penchant vers le râteau pour dégager ses dents des lames du sécateur.

Elle se redressa ensuite, et écarta de ses yeux une mèche de cheveux mouillés.

— A propos, reprit-elle, je suis Kate Marburn, la rosiériste de Mme Denbigh.

— Ah, d'accord ! dit Jack, comme si son nom ou son visage lui disait enfin quelque chose.

Un léger sourire aux lèvres, il lui tendit la main. Une main immense, calleuse et si chaude, en dépit de la brise qui soufflait sur le jardin, que Kate la retint dans la sienne un peu plus longtemps que nécessaire.

— Pour tout vous avouer, reprit-elle, c'est à moi que Mme Denbigh a donné sa collection de meubles shakers, mais ce legs, manifestement, est contesté.

Elle marqua une pause.

— J'adore ces meubles, reprit-elle en contemplant la maison.

Elle reporta son attention sur Jack, et planta ses yeux dans les siens qui étaient d'un bleu perçant.

— Ils sont si fins et en même temps si solides, si beaux…

Sa voix mourut. Elle détourna les yeux et, à son grand désarroi, se sentit rougir. Elle s'était, pourtant, juré de rester réservée avec les hommes. Alors, pourquoi se confiait-elle autant à celui-là ?

— Je vous remercie pour votre aide, dit-elle tout en repartant vers la maison d'hôtes où elle avait commencé à faire ses bagages.

Pour l'instant, elle ne pouvait plus supporter le regard scrutateur de cet homme, pas plus que le spectacle des rosiers détruits. Toutefois, aussi menaçante que Varina puisse être à son égard, elle comptait bien se rendre à l'enterrement de Sarah, le lendemain.

Après la cérémonie qui eut lieu à l'église, tous les yeux se tournèrent vers Kate Marburn, au moment où elle descendit de voiture, devant le cimetière de Woodlawn. La tête haute et les épaules droites, elle ne prêta attention ni à la famille en deuil ni aux amis de la défunte ni aux journalistes ni aux policiers.

S'infiltrant entre les nuages, le soleil dardait ses rayons qui traversaient les feuilles frémissantes d'un hêtre, juste au-dessus du lieu d'inhumation. La concession familiale où Sarah allait être ensevelie près de son mari se trouvait à l'ombre du fameux mausolée Denbigh, qui dominait le site. Au-delà de la sépulture, les étendues de pelouse ponctuées, à intervalles réguliers, de statues, de pyramides et d'urnes donnaient au cimetière l'allure d'un immense échiquier sur lequel une partie serait en cours.

Une fois de plus, Kate pensa à sa mère. Elle se rappelait ce jour où, serrant la main de son papa, elle se tenait devant un semblable trou dans le sol, un trou qui lui semblait alors terriblement profond. On y avait descendu une jolie boîte dans laquelle se trouvait le corps de sa maman, puis on y avait lancé des fleurs qui allaient se faner très vite. La petite fille qu'elle était alors n'aimait pas ça. Elle aurait voulu sauver chacune de ces fleurs et les mettre dans l'eau, comme elle le faisait, naguère, avec sa maman...

Et voilà qu'aujourd'hui, Sarah la quittait à son tour...

— « Ne laissez pas votre cœur se troubler », commença le prêtre.

Les têtes se tournèrent de nouveau vers le cercueil. Kate ne put s'empêcher de parcourir la foule des yeux, à la recherche de la haute silhouette aux cheveux sombres de

Jack Kilcourse. Mais bon, pensa-t-elle, il n'avait aucune raison de venir ici.

— « Nombreuses sont les demeures dans la maison de mon Père… »

Kate se renfrogna en découvrant le faux gazon déroulé jusqu'au bord de la tombe. Ce morceau de plastique d'un vert claquant, ce tas d'œillets roses, ce cercueil métallique surchargé d'ornements… rien de tout cela ne convenait. Sarah aurait certainement préféré une simple brassée de ses roses anciennes préférées, disposée sur un cercueil de bois fabriqué avec amour, tel un beau meuble shaker.

La banderole amidonnée qui coupait la couronne d'œillets proclamait avec emphase, en lettres dorées : « A notre bien-aimée et regrettée mère. Ses chers Varina et Palmer. » L'extrémité du ruban qui portait les noms des enfants de Sarah ne cessait de heurter le couvercle de la bière, comme si la défunte frappait à l'intérieur du cercueil pour en sortir.

Un frisson parcourut la jeune femme. Elle ne supportait pas de voir Sarah au fond d'un trou. Son amie aimait tant être dehors, sous la vaste étendue du ciel.

— « S'il en allait autrement, je vous l'aurais dit… »

Les deux roses de Damas écarlates tremblaient presque dans la main de Kate quand elle s'avança en fendant l'assistance. Sarah avait comblé le vide douloureux qui s'était creusé dans son existence, tout comme elle-même avait tenté de remplir l'abîme qui était apparu dans la vie de la pauvre Erin.

— « Je pars vous préparer une place… »

Varina lui lança un regard venimeux par-dessus les têtes courbées, alors que le prêtre entamait une prière. Kate baissa les paupières pour ne plus voir ce visage haineux ni celui de Palmer, qui se tenait à côté de sa sœur. Elle leur en voulait tellement à tous deux qu'elle les aurait avec plaisir jetés dans la fosse qui s'ouvrait à leurs pieds. Mais elle se rappela que

Varina avait, elle aussi, subi une perte, et que le chagrin avait, assurément, bien des façons de s'exprimer.

— « Et pour te présenter sans faute à Celui qui est à même de t'empêcher de chuter... »

Kate aperçut Stan Rudzinski. Engoncé dans un trench-coat noir, adossé au tronc d'un arbre, il la regardait, lui aussi, en haussant les sourcils dans une mimique interrogative.

— « ... maintenant et pour toujours. » Amen.

Comme l'assistance commençait à présenter ses condo-léances à la famille Denbigh, Kate contourna l'arrière du cercueil sous le dais de toile verte. Bien qu'elle vît Palmer se diriger vers elle, elle jeta les deux odorantes Damas, les dernières de l'été, sur le tas d'œillets tape-à-l'œil.

— Si je comprends bien le sens de votre geste, lui glissa Palmer, vous désirez nous faire savoir que nous aurions dû acheter des roses ? C'est curieux, vous savez, mais il se trouve qu'en ce moment, Varina n'en a pas trop envie.

Kate se tourna lentement vers lui.

— Et, bien entendu, personne ne se soucie de ce que Sarah aurait souhaité, n'est-ce pas ? Toutes les roses de ses jardins étaient à votre disposition, Palmer. Mais non, vous avez apporté des œillets, alors que vous savez fort bien qu'elle en détestait l'odeur.

Elle le vit rougir sous son hâle et détourner les yeux.

— Il ne vous revient plus de prendre la moindre décision à sa place, marmonna Palmer tout en tripotant le ruban qui pendait de la couronne.

— Ça n'a jamais été le cas. Vous connaissiez suffisamment Sarah Denbigh pour ne pas avoir à en douter.

Alors, comme s'il avait dix ans d'âge mental, il ôta les deux roses sur la couronne et les rejeta au milieu des autres compositions disposées autour du cercueil. Kate eut quelque plaisir à constater qu'il s'était piqué les doigts sur les épines.

— Que se passe-t-il ici ? demanda l'inspecteur Rudzinski en les rejoignant.

Kate avait appris qu'il venait tout juste d'être affecté à la brigade criminelle et qu'il brûlait de montrer ses compétences, surtout dans une affaire de cette importance, et cette situation l'effrayait.

— Je n'arrive pas à croire que vous vous montriez ici, alors que je vous l'ai interdit, pas plus tard qu'hier ! lança Varina en émergeant de la foule pour venir se planter en face de Kate.

— Je suis venue rendre hommage à une femme que j'admirais profondément, qui m'avait ouvert et son cœur et sa maison, répliqua Kate sur un ton mesuré, tandis que l'assistance, qui s'était mise à les regarder, commençait à se rapprocher d'elles. Elle était merveilleuse. Il n'y a personne… *personne* comme elle.

Après avoir prononcé ces mots en regardant Varina droit dans les yeux, elle tourna les talons et s'écarta rapidement.

Les murmures reprirent, alors que Kate s'éloignait du lieu d'inhumation. Elle entendit le ronronnement des caméras de télévision avant même que Mandy Ross, l'une des présentatrices vedettes de la chaîne locale qu'elle ne connaissait que trop bien, fonde sur elle.

— Que répondez-vous aux accusations de la famille Denbigh, madame Marburn ?

— Ce que j'ai déjà répondu aux différentes calomnies que vous semblez prendre plaisir à déverser sur moi. Je n'ai rien à ajouter.

Sur ce, elle força le passage, une épaule en avant, et reprit son chemin. Fort heureusement, la journaliste portait des hauts talons qui entravaient sa marche sur l'épais gazon et, de plus, elle devait tenir compte du cameraman qui l'accompagnait.

Kate avait atteint sa voiture quand un couple s'avança vers elle. Ils semblaient l'attendre. Etaient-ils des amis de Sarah ? La jeune femme eut beau interroger sa mémoire, elle ne les reconnaissait pas.

— Madame Marburn, un instant, s'il vous plaît ! lança l'homme, tout en demeurant poliment à distance.

Il avait les cheveux gris et paraissait plus âgé que sa compagne.

— Je suis désolée mais, comme vous pouvez le constater, je suis pressée.

— Laissez-nous nous présenter : Dane et Adrienne Thompson, du conseil d'administration de Shaker Run. Mme Denbigh nous a prêté un grand nombre de ses meubles d'art…

Malgré la présence des journalistes qui commençaient à se rapprocher dangereusement, Kate se contenta d'ouvrir la portière de sa voiture sans y monter.

— Shaker Run avait beaucoup d'importance pour Sarah, dit-elle. C'est vraiment gentil à vous d'être venus jusqu'ici. J'ai visité votre village avec elle, l'hiver dernier.

Elle se souvenait d'eux, maintenant. Ils avaient discuté ensemble des emplacements prévus dans les différentes maisons du village pour chacun des meubles prêtés par Sarah.

— Nous souhaiterions faire appel à vous pour un petit travail, déclara Adrienne.

Elle avait des manières onctueuses et s'exprimait avec une pointe d'accent français. Par ses paroles comme par son allure, elle semblait complètement déplacée en ce lieu, et devait le paraître plus encore dans le cadre simple d'un village shaker, même si celui-ci était une attraction touristique.

— Je dois quitter la maison d'hôtes que j'occupe à Groveland, leur annonça Kate tout en montant dans sa voiture.

Elle claqua la portière derrière elle et baissa légèrement la vitre.

Juste à cet instant, Mandy Ross surgit et glissa son micro dans l'habitacle, tandis que le cameraman filmait la jeune femme. Puis les reporters des chaînes concurrentes fondirent à leur tour sur le véhicule, telles des chauves-souris tombant sur leur proie.

— Je vous rappellerai plus tard, au village ! lança Kate à l'adresse du couple.

Puis elle remonta sa vitre, tourna la clé de contact et enfonça la pédale d'accélération, sans s'apercevoir que le micro de Mandy était resté coincé dans l'habitacle. Jetant un coup d'œil dans le rétroviseur, elle émit un petit cri de stupeur en voyant la veste de la journaliste, sur laquelle était fixé le fameux micro, se déchirer et découvrir un soutien-gorge en dentelle blanche.

Bien que la réputation de Kate fût mise à mal pour la deuxième fois en deux ans, elle éclata de rire si fort que les larmes lui montèrent aux yeux. Puis son rire se transforma en sanglots si déchirants qu'elle dut se garer dans une ruelle, le long du trottoir. Enfin, ayant réussi à se calmer, elle baissa sa vitre et repoussa le micro qui tomba sur la chaussée.

Comme elle s'essuyait les yeux et les joues, elle sentit sur ses mains le parfum persistant des roses qu'elle avait déposées sur le cercueil. Et cette simple odeur, curieusement, la rendit plus forte et plus sûre d'elle-même qu'elle ne l'avait jamais été depuis qu'elle avait découvert, la semaine précédente, Sarah gisant dans une grande fleur de sang écarlate.

— J'ai trouvé un mignon petit appartement, annonça Kate à Erin avec un entrain forcé. Bien sûr, il ne donne pas sur un paysage aussi fabuleux que celui que j'ai ici, mais c'est tout à fait correct.

— Je croyais que tu détestais les petits logements ! lança Erin.

C'était le lendemain de l'enterrement de Sarah, et Kate avait travaillé toute la matinée pour réparer en partie les dégâts que Varina avait infligés aux rosiers. Ensuite, elle avait appelé sa belle-fille. Bien qu'elle fût prête à quitter la maison d'hôtes avec son dernier carton, elle avait voulu parler encore une fois à Erin depuis ce refuge où elles avaient tenté toutes deux de reconstruire leur existence.

Elle donna à la jeune fille son nouveau numéro de téléphone, ainsi que l'adresse de l'appartement qu'elle louait, dans une grande et vieille maison, à la sœur de la femme de chambre de Sarah.

— Je t'assure, celui-là est très bien, dit-elle. J'ai juste besoin de quelques mètres carrés dans un entrepôt pour stocker mes plus gros outils de jardinage et aussi les cartons qui contiennent mes livres sur les roses et les dossiers de mes anciens clients. Comme ça, je pourrai reprendre mes activités si l'envie m'en prend un jour.

Il y eut un moment de silence.

— Tu veux vraiment rester à Toledo à attendre que le testament soit homologué ? Tu sais que Varina et Palmer vont l'attaquer et porter plainte contre toi ?

— Si je pars d'ici, j'aurai l'air de fuir. Et ça, je ne peux pas le supporter.

— Qu'est-ce que tu ne peux pas supporter ? *Lui* ou juste ce qu'il t'a fait ? demanda Erin, comme si Kate lui avait parlé de Mike.

La jeune femme fut choquée par la rapidité avec laquelle la voix de sa belle-fille avait dérapé dans les aigus.

— Peu importe, reprit Erin, soudain calmée. Oublie ma question. Cela dit, il est bon, parfois, de s'éloigner un peu — rien que pour se retrouver et retrouver sa liberté.

« Se retrouver et retrouver sa liberté », se répéta Kate. Oui, c'était bien ce qu'elle avait toujours voulu, et voilà que la réalisation de ce désir était de nouveau compromise. Il était hors de question qu'elle le tolère.

— Ma chérie, j'aimerais vraiment pouvoir me réfugier sur le campus de l'université d'une adorable petite ville au pied des Appalaches, répondit-elle en décrivant ainsi Athens, la ville au sud des collines de l'Ohio où était nichée l'Ohio University. Malheureusement, cela m'est impossible. Mais je te répète que je descendrai te voir aussitôt après avoir emménagé dans mon nouvel appartement.

Après ce coup de fil, Kate récupéra son dernier carton et jeta un ultime coup d'œil à l'univers qu'elle allait laisser derrière elle. Elle allait partir définitivement quand le téléphone se remit à sonner. Etait-ce Erin qui rappelait ? Ou son avocat qui avait un renseignement à lui communiquer ? Ou encore Stan Rudzinski qui souhaitait l'interroger une fois de plus ?

Elle reposa le carton pour aller décrocher.

— Kate Marburn.

— Madame Marburn, ici Dane Thompson.

Kate entendait une voix de femme derrière lui, comme si Adrienne lui dictait ses paroles. Encore plus loin, en fond sonore, elle percevait une sorte de rumeur, comme des voix résonnant dans une grande salle.

— Voyez-vous, poursuivit Dane avec précipitation, comme s'il craignait qu'elle raccroche, nous sommes encore en ville, et nous avons pensé qu'avec un peu de chance, vous seriez toujours joignable chez Mme Denbigh. Nous avons d'abord appelé chez elle, et c'est sa femme de chambre qui nous a communiqué ce numéro.

— Je m'apprêtais, justement, à quitter les lieux — définitivement, je le crains —, expliqua Kate avec patience.

Elle entendit de nouveau l'accent chantant et exotique d'Adrienne, mais assourdi, comme si Dane avait, en partie, masqué le microphone avec sa main. Puis la voix de ce dernier retentit de nouveau avec clarté.

— Franchement, madame Marburn, nous avons une proposition très intéressante à vous soumettre. Une proposition que vous auriez vraiment tort de refuser.

« On dirait une menace sortie tout droit du *Parrain* », songea Kate.

Mais sa curiosité était éveillée.

En dépit de sa réticence à parler affaires avec qui que ce fût, Kate décida de rencontrer les Thompson, en espérant, toutefois, qu'ils ne souhaitent pas lui racheter le mobilier prêté par Sarah car, ainsi qu'elle l'avait assuré à Varina, elle n'était pas près de le vendre.

Dan proposa comme lieu de rendez-vous la cafétéria du Toledo Museum of Art, en expliquant à Kate que sa femme et lui avaient décidé de rester un jour de plus afin de pouvoir visiter l'exposition itinérante de la collection d'objets d'art en provenance du château de Versailles.

Alors que Kate rangeait son dernier carton dans le coffre de la voiture, elle se remit à penser à Sarah, et contempla la résidence de Groveland qui s'étendait au-delà des ramures frémissantes des arbres.

— Versailles-sur-Maumee, murmura-t-elle.

Les yeux fixés sur les hautes fenêtres étincelantes de l'appartement de Sarah, elle se demanda si Jack Kilcourse s'y trouvait toujours ou s'il avait fini son travail d'expertise.

Phénomène tout à fait étrange — car elle estimait être devenue réaliste, voire même pragmatique —, elle sentit son cœur battre plus vite au seul souvenir de Jack.

Secouant la tête avec un sourire désabusé, elle monta dans sa voiture et s'éloigna.

5.

Les pétales de rose, lorsque la rose est morte,
Entassés servent de lit à l'aimée.
Ainsi sur tes pensées, quand tu seras partie,
Sommeillera en personne l'Amour...

PERCY BYSSHE SHELLEY,
La musique, quand meurent de douces voix...
(Traduction d'Yves Abrioux, Éd. Textuel.)

Il fallut moins de une heure à Kate pour se changer et gagner le musée, longue bâtisse de marbre flanquée de colonnes. Le gracieux bâtiment de style néo-grec avait été donné à la municipalité, longtemps auparavant, par Edward Drummond Libbey, l'un des barons de l'industrie du verre, qui avait amassé une fortune à Toledo, au tournant du siècle. En pénétrant dans le musée, la jeune femme fut accueillie par la fraîcheur qui régnait à l'intérieur de l'édifice. Ses pas résonnèrent sur le sol de la cafétéria, leur écho couvrant même le brouhaha des conversations éparses.

Kate serra la main aux Thompson qui lui indiquèrent une table d'angle.

Tandis que la jeune femme évoquait avec Adrienne le souvenir de Sarah, Dane alla chercher du café et trois parts de gâteau aux carottes.

Sitôt de retour, il se hâta d'entrer dans le vif du sujet.

— Comme vous avez déjà visité Shaker Run, dit-il à Kate, vous n'êtes pas sans savoir que nous sommes en train de procéder à la restauration du village pour en faire non seulement une attraction touristique, mais aussi un vivant témoignage de la vie d'autrefois.

La jeune femme hocha silencieusement la tête.

— Bien. Alors voilà : nous aurions besoin d'une rosiériste pour concevoir, planter et entretenir nos parterres de fleurs ainsi que nos futures grandes roseraies — lesquelles, bien évidemment, ne comporteront que les deux variétés tolérées par les Shakers.

Kate se sentit immédiatement intéressée par ce projet. Un travail loin d'ici, songea-t-elle, au milieu de rosiers anciens…

— Si mes souvenirs sont bons, dit-elle en se rappelant ce qu'elle avait appris durant sa visite au village, les deux variétés en question sont la *rosa gallica officinalis* appelée aussi « rose d'apothicaire », et une Damas estivale. Toutes les deux ont une seule grosse floraison annuelle, mais leurs pétales séchés constituent un trésor qui dure toute l'année.

— Absolument, dit Dane en hochant la tête, tandis qu'Adrienne se penchait vers lui, suspendue à ses lèvres. Nous espérons que vous pourrez distiller la fameuse eau de rose shaker, afin de la vendre au village — enfin, si vous acceptez notre proposition, bien entendu.

C'était pour Kate une offre en or. Malheureusement, elle se sentait tenue de rester à Toledo pour s'occuper des roses de Sarah. En admettant, bien sûr, qu'on lui en laisse la possibilité, car la remise en cause du testament par Varina et Palmer risquait d'en retarder l'exécution, voire d'aboutir à son annulation pure et simple. De plus, elle se sentait tout aussi attachée à Shaker Run qu'à Groveland.

— Et puis, ajouta Adrienne, nous souhaiterions que vous travailliez en étroite collaboration avec l'herboriste que nous avons engagé à temps partiel…

Sans compter, pensa soudain Kate avec excitation, que l'Ohio University n'était qu'à une trentaine de kilomètres de Shaker Run, soit dix fois moins que la distance qui séparait Erin de Toledo ! La jeune femme dut se mordre la lèvre inférieure pour se retenir de crier son assentiment immédiat et inconditionnel.

— Nous sommes, naturellement, prêts à discuter de votre salaire si vous voulez bien venir jusqu'au village pour rencontrer les autres membres du conseil d'administration ainsi que le personnel, déclara Dane en agitant nerveusement les pieds sous la table.

Pour sa part, Kate avait les orteils tellement crispés sous l'effet de l'enthousiasme que ça lui donnait presque des crampes.

— Nous aimerions vous communiquer notre vision de l'avenir de Shaker Run, ajouta Dane. Une vision, oui, le terme me paraît juste, étant donné l'importance que les Shakers accordaient aux visions qui, selon eux, leur venaient des anges ou de ceux qui les avaient précédés au paradis.

Ces derniers mots retinrent l'attention de Kate. Elle savait déjà que les Shakers n'étaient pas des gens ordinaires, mais elle avait nettement l'impression qu'il lui faudrait en apprendre plus à leur sujet. Quelle vie étrange devaient-ils mener, s'ils accordaient crédit aux visions, aux anges et aux messages en provenance de l'au-delà… Et, à propos, s'ils croyaient aux anges, croyaient-ils également à l'existence de démons ?

— Mon chéri, intervint Adrienne durant la brève pause qui s'ensuivit, tu as oublié de parler de l'appartement...

— Ah, oui, exact, dit Dane d'une voix redevenue ferme. Notre proposition comporte également une offre d'hébergement dans le spacieux foyer situé au-dessus des bureaux du Conseil. Bien entendu, la demeure et le site ne sont pas comparables à ceux de la maison d'hôtes de Mme Denbigh mais, si vous me permettez de l'exprimer ainsi, nous pensons que c'est une opportunité à saisir, compte tenu des centres d'intérêt et des compétences qui sont les vôtres.

— Votre proposition me paraît merveilleuse, dit Kate qui, néanmoins, hésitait toujours à abandonner le poste que Sarah lui avait confié. Si je l'accepte — et je dis bien *si* —, je pourrai apporter mes propres rosiers, ce qui vous dispensera de chercher de jeunes plants.

— Magnifique ! s'exclama Adrienne avec un soulagement évident. Dane, n'est-il pas merveilleux qu'elle réfléchisse à notre offre ?

Puis, s'adressant à Kate directement — et cela pour la première fois —, elle ajouta :

— Je suis sûre que Mme Denbigh approuverait cet accord, car, manifestement, elle soutenait notre cause.

— Si vous pouvez rassembler le conseil d'administration et le personnel, je viendrai vous voir cette semaine, promit Kate tout en souriant à la perspective de faire un travail qui lui plairait — et qui la rapprocherait d'Erin.

— Votre mère ne vous a donc pas appris à vous méfier des propositions trop belles pour être honnêtes ? lui demanda l'inspecteur Rudzinski, le lendemain, quand elle lui eut expliqué en quoi consistait l'offre d'emploi des Thompson.

Ils étaient assis dans le petit coin-séjour de l'appartement que Kate venait de louer. La jeune femme n'était pas vraiment ravie d'y recevoir le policier, mais elle ne souhaitait pas non plus, pour reprendre les mots de ce dernier, « organiser une rencontre officielle à quatre avec Tina Martin et son avocat dans les locaux de la police ».

— Ecoutez, inspecteur, j'ai perdu ma mère quand j'étais très jeune, ce qui explique que j'aie peu de souvenirs de ce qu'elle a pu me dire dans mon enfance, répliqua Kate.

Elle n'avait pas l'intention de lui faire cette confidence, et elle avait conscience que sa voix redevenait trop stridente, mais Rudzinski commençait à l'irriter sérieusement.

— Je sais, reprit-elle d'un ton égal, que vous ne pensiez pas à mal en me faisant cette remarque, mais vous ne pouvez pas vous imaginer à quel point la présence de ma mère me manque, en ce moment.

— En fait, si, je crois que je me l'imagine très bien. Mon père a été abattu en allant acheter une bouteille de lait. J'avais cinq ans, et le seul fichu souvenir que j'ai gardé de lui, c'était son dévouement envers son travail.

Il détourna un instant les yeux.

— C'était un simple agent qui a fait des rondes pendant des années et qu'on ne voyait pas beaucoup à la maison, reprit-il. Et puis, voilà qu'il se prend une balle perdue parce qu'une crémerie est attaquée pour une poignée de dollars, juste une semaine avant Noël.

— Je suis désolée, murmura Kate en se penchant légèrement vers lui. Je comprends.

Et elle comprenait vraiment, car cet événement tragique expliquait en grande partie la ténacité de l'inspecteur.

— Et moi qui croyais que vous étiez entièrement dévouée aux jardins de Mme Denbigh, dit-il, apparemment aussi désireux qu'elle de changer de sujet.

— Je n'ai pas encore accepté la proposition des Thompson. J'explore seulement les possibilités qui s'offrent à moi.

— En tout cas, ce boulot a l'air de drôlement vous attirer.

— Si le testament de Sarah ne risquait pas d'être remis en cause, je pourrais attendre ici son homologation et m'occuper de ses roses qui sont aussi un peu les miennes. Mais, en l'état actuel des choses, je risque de devoir attendre des années avant de savoir si je suis autorisée à assumer la fonction qu'elle m'a confiée.

— A votre place, je resterais dans le coin, dit Rudzinski tout en posant un bras sur le dossier du petit canapé, comme s'ils avaient tous deux la vie devant eux. Ça vous permettrait de garder un œil sur Varina qui, à mon avis, peut sacrément remercier le ciel que vous n'ayez pas porté plainte contre elle, à la suite de l'agression dans la roseraie.

— En vérité, dit Kate, je préfère penser qu'elle est très éprouvée par le décès de sa mère et qu'elle a seulement… enfin…

— Perdu l'esprit ? suggéra l'inspecteur. Vous savez, Kate, au premier abord, vous et Varina semblez aussi différentes l'une de l'autre que le jour l'est de la nuit, mais sans doute avez-vous un point commun : vous aimez toutes les deux prendre des risques.

Elle nota qu'il l'avait appelée par son prénom. S'il avait en tête de lui jouer la comédie de l'amitié, se dit-elle, il allait en être pour ses frais.

— Vous êtes destinée à devenir riche si un juge déclare le testament valide, reprit-il.

— Seulement si je revends la collection de meubles shakers, ce qui n'est pas dans mes intentions.

74

— Peut-être les responsables de Shaker Run croient-ils que vous allez les leur vendre, à eux — ou, mieux encore, les leur donner.

— J'ignore ce qu'ils s'imaginent mais, de toute façon, je ne peux pas rester indéfiniment dans l'incertitude, à attendre le décret de quelque juge ou la prochaine plainte de Varina. Ma belle-fille suit des études à l'université, près de Shaker Run, et c'est un aspect non négligeable de la situation. Et puis, franchement, j'aurais bien besoin de changer d'air. Je pense que Sarah me comprendrait...

Elle marqua une pause et considéra l'inspecteur avec un air de défi.

— Vous n'allez quand même pas m'interdire de quitter la ville ?

— Pourquoi ? Je devrais ? rétorqua Zink tout en tapotant des doigts le dossier du canapé. D'un autre côté, si vous souhaitez réellement vous installer là-bas, j'en profiterai pour en apprendre un peu plus sur les Shakers, à l'occasion d'une visite ou deux.

Kate le dévisagea en silence. Ainsi, il avait l'intention de s'immiscer dans sa nouvelle existence ?

— La mort de Mme Denbigh va sans doute être classée comme décès accidentel, reprit-il. Mais je vous avoue que cela ne me satisfait pas. Et vous ?

— Je pense que nous en avons tous les deux assez dit pour aujourd'hui, rétorqua la jeune femme. Si vous tenez, malgré tout, à continuer cette petite conversation, je vous suggère de le faire en présence de mon avocat. Si vous êtes venu ici, c'était pour me communiquer une information, je suppose, non pour recueillir une nouvelle déposition de ma part.

— Vous savez, dit-il comme s'il ne l'avait pas entendue, si je descends vous rendre visite là-bas, je tomberai aussi sur cet expert en mobilier que nous avons engagé. Il habite à deux pas du village. Il fabrique même des répliques de meubles shakers.

— Vous parlez de Jack Kilcourse ?

— Il prétend vous connaître... Et si me racontiez dans le détail votre altercation avec la fille de Mme Denbigh ?

Kate hocha la tête avec lassitude.

— Vous aviez, apparemment, déserté votre poste, et M. Kilcourse a été assez aimable pour m'aider à me débarrasser de cette furie.

Rudzinski s'esclaffa.

— Elle a, effectivement, la tête près du bonnet, et elle ne se gêne jamais pour exprimer ses sentiments — ce qui, du reste, me porte à croire qu'elle n'est pour rien dans la mort de sa mère. Qu'en pensez-vous ? demanda-t-il en se penchant brusquement en avant, le menton dans les mains et les coudes sur les genoux.

— Vous ne lâchez jamais le morceau, n'est-ce pas, inspecteur ? Vous voulez dire, en fait, que Varina se serait montrée plus subtile si elle avait été coupable ?

— Ce n'est pas votre avis ? Elle se laisse peut-être facilement emporter, mais elle est loin d'être idiote. D'ailleurs, elle a mis la pédale douce dans ses prétentions concernant le mobilier shaker et la fortune qu'il représente. Et puis, je la vois mal agresser quelqu'un près de l'endroit où sa mère est morte, même si elle est convaincue de la culpabilité de cette personne.

Kate fut une nouvelle fois hérissée par les propos de l'inspecteur. Elle le toisa de haut. Il avait raison, bien évidemment, mais il s'avérait encore plus retors qu'elle ne l'aurait cru. Et, à l'évidence, il la considérait toujours comme suspecte, sinon comme *la* suspecte numéro un, dans le meurtre de Sarah. En admettant qu'il y ait eu meurtre...

Kate songea soudain que si son amie avait, effectivement, été assassinée, c'était à cet homme que revenait la tâche de trouver le coupable. Or, elle avait encore moins confiance en Zink qu'en aucun autre homme. Autant dire que le crédit qu'elle lui accordait approchait le zéro absolu...

— Je pense avoir, d'ores et déjà, démontré que je ne fuis pas et que j'ai la conscience tranquille, déclara-t-elle avec froideur tout en se levant. De plus, je suis convaincue qu'il faut saisir ce que la vie nous offre de meilleur, et c'est pour cette raison que je compte réfléchir sérieusement à la proposition des Thompson. Maintenant, si vous voulez bien m'excuser...

Elle traversa la pièce pour aller lui ouvrir la porte.

Il sortit, et commença à descendre l'escalier d'une démarche allègre. Puis il s'arrêta subitement pour la regarder par-dessus son épaule.

— Bon, marmonna-t-il, j'ai comme l'impression qu'il va falloir que j'attende un autre moment pour vous parler des éclaboussures de sang. Bonne chance pour l'entretien ! Je vous souhaite de faire le bon choix.

Kate reconnaissait que c'était une idée un peu folle, mais elle avait envie de parler à Sarah — ou, du moins, de se rendre sur sa tombe pour lui dire tout ce qu'elle n'avait pas pu exprimer le jour de son enterrement. Avant même de se rendre à l'entretien à Shaker Run, elle songeait déjà à accepter la proposition des Thompson.

Elle décida d'aller au cimetière tôt dans la matinée, dans l'espoir de ne rencontrer personne. La dernière chose qu'elle souhaitait était de se retrouver avec Varina et Palmer sur la tombe de leur mère. Hélas, elle avait mal calculé son temps de trajet, si bien qu'à son arrivée, seule l'issue piétonne était déverrouillée, tandis que la grande porte cochère donnant sur Central Avenue était encore fermée. Elle gara donc sa voiture non loin de là, et entra par la petite porte latérale : celle qu'empruntait le gardien. Le battant de fer émit un grincement de protestation quand elle le poussa.

Elle avait apporté deux autres roses en boutons, cueillies juste avant qu'elle ne quitte Groveland. Peut-être ne s'ouvriraient-elles pas, mais elle pensait que Sarah comprendrait la signification de ce geste puisque sa propre vie était, désormais, riche de possibilités qui, comme ces fleurs, étaient prêtes à s'épanouir tout en demeurant, pour l'instant, en suspens.

Woodlawn était le grand cimetière historique de Toledo. Kate avait toujours admiré la beauté de ses vieux arbres. Néanmoins, le lieu demeurait oppressant, tant il était encombré par les lourds monuments dédiés aux familles prestigieuses de la ville, telles que les Libbey, les DeVilbiss, les Talmadge, les Berdan et, bien sûr, les Denbigh.

Un reste de brume matinale planait encore, et le gazon était humide de rosée. Kate resta dans l'allée principale, qui partait de l'entrée et contournait d'abord, sur la gauche, le secteur gitan réservé aux Tziganes de la région. Il était pourvu de nombreux bancs car cette communauté aimait rendre fréquemment visite à ses morts dans un esprit de communion fraternelle. Les Tziganes organisaient même des pique-niques sur les sépultures, en hommage à l'existence d'errances et d'aventures qu'avaient vécue les disparus.

En cet instant, Kate trouvait cette forme de cérémonie aussi touchante qu'appropriée.

Tournant vers la gauche, elle s'engagea ensuite sur le pont qui traversait le lac étroit, la concession des Denbigh n'étant guère éloignée de la grille d'enceinte. A quelques mètres de là se trouvait le vieux crématorium. Kate frissonna dans la fraîcheur de l'aube, alors qu'elle traversait les pelouses argentées par la rosée, cheminant entre stèles et mausolées, sous les ramures automnales des hêtres qui se densifiaient au-dessus de sa tête. Plus elle s'enfonçait dans les profondeurs du cimetière, plus les langues de brouillard qui l'environnaient se faisaient épaisses.

Dans la solitude de ce matin d'automne, la sépulture de Sarah semblait différente. Elle était nue, à l'exception de la couronne d'œillets à demi fanés qui penchaient la tête et s'étiolaient au-dessus de la tombe replantée de gazon.

La jeune femme ferma les yeux pour imaginer cette sépulture toute fleurie d'antiques roses de Provins, de Bengale et de Bourbon. Oui, se dit-elle, c'était ainsi qu'elle penserait à son amie, à l'avenir : elle la verrait reposant sous un magnifique parterre de roses.

— Sarah, murmura-t-elle en déposant les fleurs sur le tertre, on m'a fait une magnifique offre d'emploi. Il va falloir que je quitte les jardins de Groveland, mais je veillerai sur les Apothicaire et les Damas que j'emporterai avec moi à Shaker Run.

Se sentant idiote de parler ainsi tout haut, elle jeta des coups d'œil nerveux autour d'elle. La rumeur de la circulation n'était plus qu'un bourdonnement assourdi. S'il avait fait plus chaud, elle se serait assise près de la tombe pour méditer un instant, pensa-t-elle. Ce fut à ce moment qu'elle s'en aperçut : la porte du mausolée familial des Denbigh était grande ouverte.

Elle ne l'était pas le jour des funérailles, Kate en était sûre. Et, même si le gardien ou un membre de la famille s'était introduit dans le monument, il aurait certainement pris soin de refermer ensuite...

Dans l'intention de repousser au moins le battant, la jeune femme contourna la tombe en direction du mausolée... et s'arrêta net en poussant un hoquet de stupeur : une jonchée

79

de roses sans tige parsemait la pelouse en une ligne menant tout droit à l'édicule de pierre couvert de mousse. Ce dernier avait deux fois sa taille et, comme tous les autres monuments du cimetière, il était construit dans un style néoclassique. Comme elle s'en approchait, elle perçut l'odeur de moisi qui émanait de son entrée béante et ténébreuse.

Elle tendait les mains pour fermer le vantail d'acier quand elle remarqua que le loquet paraissait avoir été brisé, voire scié. Il devait donc s'agir d'un acte de vandalisme.

Au lieu de fermer la porte, la jeune femme inspecta les environs. Il était hors de question pour elle de pénétrer dans le bâtiment exigu pour s'assurer que tout y était en ordre. D'où elle se tenait, elle pouvait voir que les niches dans les murs semblaient intactes mais que le sol, en revanche, était parsemé de pétales de roses. Etait-ce le fait de Varina et Palmer ? se demanda-t-elle. Mais pourquoi des roses ? Et, surtout, pourquoi avoir fracturé le loquet ?

Elle fronça les sourcils, les yeux fixés sur les pétales écarlates qu'éclairait à peine un reflet de lumière blafarde. En vérité, il ne s'agissait pas de pétales mais de simples boutons, tout comme ceux qui ponctuaient le gazon derrière elle. Elle les compta rapidement, en y ajoutant ceux qui se trouvaient dans le mausolée. Il y en avait douze. Quelqu'un, apparemment, avait acheté chez un fleuriste une botte de douze roses, puis les avait étêtées avant de répandre les fleurs par terre, depuis la tombe de Sarah jusqu'ici.

Kate s'apprêtait à refermer la porte quand elle entendit un claquement étouffé. Elle sursauta, croyant que le bruit provenait de l'intérieur. Puis elle se raisonna, et comprit qu'en fait, le bruit avait seulement résonné entre les parois de l'édifice.

Pivotant sur elle-même, elle avisa une voiture ancienne de couleur noire, garée dans l'allée, près du crématorium. Un homme en était sorti et c'était lui qui, en repoussant sa portière, avait produit le claquement dont elle avait perçu l'écho. Revêtu d'un trench-coat sombre sans ceinture et coiffé d'un borsalino à l'ancienne mode, il se tenait immobile de l'autre côté des massifs et des sépultures, et se contentait de la regarder. A un moment, il porta une main gantée à son chapeau pour en rabattre encore plus le bord sur son visage.

La jeune femme trouvait à cet homme un air familier. Mais ce n'était qu'une impression bien vague qu'elle ne savait trop à quoi rattacher — au port de tête de l'inconnu, peut-être, ou encore à la manière dont il avait levé la main.

Au moins, se dit-elle, la porte cochère devait être ouverte, désormais, et d'autres visiteurs n'allaient pas tarder à arriver. Tout en plissant les paupières pour mieux distinguer les traits de l'homme, elle se dirigea vers lui, contournant stèles et troncs d'arbres.

L'espace d'un instant, elle crut que c'était Palmer. Certes, elle avait du mal à l'imaginer avec un chapeau pareil, mais qui en portait encore, aujourd'hui ?

— Bonjour ! lança-t-elle. Je peux vous aider ? Vous cherchez une tombe ?

Comme elle n'obtenait aucune réponse, elle reprit :

— Je m'apprêtais, justement, à aller voir le gardien.

Aucune réaction.

— Qui êtes-vous ? demanda-t-elle enfin.

Il rouvrit alors sa portière et remonta en voiture. Kate crut entrapercevoir une autre personne sur le siège passager. Elle ne put, cependant, le vérifier, car les vitres du véhicule étaient réfléchissantes et ne laissaient voir que le ciel et les arbres alentour.

Elle entendit bientôt le moteur gronder. Comme la voiture s'éloignait, elle se mit à courir, dans l'espoir de déchiffrer le numéro... Mais le véhicule était dépourvu de plaque minéralogique.

— Les gens sont sacrément bizarres ! grommela-t-elle en ralentissant le pas.

Après avoir tourné une dernière fois la tête vers la concession des Denbigh, Kate reprit d'un bon pas la direction du pavillon du gardien. Il allait falloir réparer le loquet du mausolée, et elle n'était pas près de téléphoner à Varina pour l'en avertir. Elle songeait même à quitter le cimetière sans rien dire, puis elle passerait un coup de fil anonyme au gardien.

Soucieuse de rejoindre au plus vite sa voiture, elle laissa l'allée pavée pour s'engager dans un petit sentier gravillonné qui constituait un raccourci.

Elle avait adopté un rythme assez soutenu, et se retrouva bientôt en nage et essoufflée.

Soudain, elle entendit un véhicule dans son dos. Pivotant sur elle-même, elle dut mettre sa main en visière pour se protéger les yeux du soleil levant. Devant elle, écrasant le gravillon sous ses pneus, la même automobile ancienne de couleur noire progressait bien plus lentement que ne l'imposaient les panneaux de limitation de vitesse. Ayant jeté un coup d'œil par-dessus son épaule, la jeune femme monta sur l'accotement et observa le véhicule. Un bref instant, elle eut la certitude que deux personnes se trouvaient dans l'habitacle, mais le pare-brise teinté obscurcissait silhouettes et visages.

Entre-temps, la voiture n'avait cessé de se rapprocher, et elle longeait maintenant le côté de l'allée où elle se trouvait, se dirigeant droit sur elle. Le capot avant était garni d'une calandre décorative en forme de grille qui donnait au véhicule un sourire carnassier.

Kate tressaillit de stupeur et d'incrédulité. Les vitres de l'automobile formaient un seul et grand miroir sombre dans lequel elle pouvait voir son image légèrement déformée.

Juste avant que le véhicule ne l'atteigne, elle se retrancha une nouvelle fois au milieu des tombes. Comme si elle avait l'intention de la pourchasser entre les stèles, la voiture accéléra subitement et passa en trombe dans l'allée avant de ralentir dans un crissement de pneus sur le gravier. S'amusait-on à ses dépens à quelque jeu insensé ?

Quand l'automobile eut atteint un carrefour, elle opéra un prudent demi-tour, et remonta lentement vers sa proie.

S'enfonçant plus profondément au milieu des concessions, Kate se remit à courir, et vit qu'elle allait devoir contourner la pointe extrême du lac. Elle nota également qu'elle était assez proche de la partie de la grille qui longeait Central Avenue, et que c'était le moment où la circulation du matin était la plus dense. Regardant de nouveau devant elle, elle aperçut l'automobile qui l'attendait en haut de l'allée principale, tassée sur ses essieux, comme prête à lui bondir dessus dès qu'elle approcherait de la porte cochère ou de la maison du gardien.

Se réfugiant de nouveau au milieu des tombes, Kate fila entre les grandes urnes et les mausolées, puis s'accroupit derrière une sépulture pour surveiller le véhicule, prête à filer vers la sortie dès qu'il disparaîtrait de son champ de vision.

— Tout va s'arranger, se dit-elle à voix haute, le souffle court. Ce n'est qu'un petit imbécile qui s'amuse à harceler une femme qu'il ne connaît même pas.

La voiture se remit en route, et descendit lentement l'allée dans sa direction, comme si elle l'avait repérée de loin. Kate se cacha aussitôt derrière un ange de pierre, et suivit discrètement la progression du véhicule. Celui-ci s'arrêta, son moteur grondant tout bas.

Kate décida alors de tenter le tout pour le tout. Le pavillon du gardien n'était plus qu'à quelques pas. Si elle bondissait vers le bâtiment, la voiture n'aurait certainement pas le temps de la rattraper avant qu'elle s'y soit réfugiée.

Accroupie derrière l'ange de marbre blanc, la jeune femme prit deux profondes inspirations. Cependant, comme elle se redressait pour s'élancer vers la sortie, l'ange parut reprendre vie devant elle, autour d'elle, tourbillon blanc et chatoyant se soulevant dans les airs avec force claquements d'ailes. Kate n'eut que le temps d'entendre un crissement suraigu avant de ressentir une douleur violente et de sombrer dans l'inconscience.

6.

Quand je serai morte, mon bien-aimé,
Ne chante pas de chansons tristes pour moi ;
Ne plante aucun rosier à ma tête,
Ni de cyprès ombreux.
Que l'herbe verte au-dessus de moi
Soit humide de pluies et de rosée ;
Et si tu le veux bien, souviens-toi
Et si tu le veux bien, oublie.

CHRISTINA GEORGINA ROSSETTI, *Chanson.*

— Hé, madame, ça va ? lança une voix masculine. Vous avez dû faire une mauvaise chute, pour sûr.

Kate ouvrit les paupières et découvrit, accroupi près d'elle, un homme trapu et barbu, revêtu d'un jean et d'un pull vert. En dépit de la migraine qui lui taraudait les tempes, elle fut soulagée de constater qu'il ne portait ni imperméable noir ni borsalino. Elle pensa un instant qu'elle avait peut-être tout simplement rêvé cet homme et cette voiture noire.

Se redressant, elle avisa un ange de pierre puis, au-delà, la ramure d'un conifère ou d'un cyprès. Au moins, l'ange

85

ne bougeait plus. Et l'homme à côté d'elle devait être un ouvrier ou un jardinier.

— Je crois que je suis tombée et que je me suis cogné la tête, murmura-t-elle.

Elle eut l'impression de se répéter. « Sarah », pensa-t-elle soudain. Sarah était tombée, elle aussi, et s'était cogné la tête. Et elle était morte...

— Normalement, vous ne devriez pas être ici, à cette heure, déclara l'homme, alors qu'elle se remettait debout péniblement. On vient tout juste d'ouvrir les portes.

— Alors, qui conduisait la voiture noire ? demanda-t-elle, tout en tâtant la bosse douloureuse qu'elle sentait palpiter sous la peau de son crâne.

— J'ai pas vu de voiture noire, répondit l'homme. Personne n'aurait pu entrer dans le cimetière, de toute façon, vu que les grilles étaient encore fermées. A moins qu'ils soient passés par la porte de service, comme vous l'avez sûrement fait, mais il y a pas beaucoup de monde qui connaît cette issue-là. Le gardien, qui habite le pavillon, là-bas, il conduit une camionnette rouge.

— C'était une voiture noire avec des vitres teintées.

— Si vous le dites. A propos de voiture, voulez pas que j'aille vous en chercher une pour vous conduire à l'hôpital ? Vous avez quand même une sacrée bosse, et faudrait voir si vous avez pas une commotion ou je sais pas quoi.

Tout un essaim de questions grouillaient dans l'esprit de Kate, sans qu'elle puisse leur apporter aucune réponse. Elle avait bel et bien vu un homme dans une voiture, et cet homme l'avait suivie avant d'essayer de la percuter. Elle s'était ensuite cachée derrière la statue de l'ange et, au moment où elle s'était relevée...

— Vous n'avez pas entendu des freins crisser, tout à l'heure ? Je ne me souviens pas exactement quand, mais...

86

Sa voix mourut, tandis que lui revenait à la mémoire l'image de l'ange vengeur fondant sur elle.

— Le seul crissement que j'ai entendu, c'est celui du paon blanc, le dernier qui nous reste dans le cimetière. Si vous vous êtes approchée de lui, il aura fait la roue en criant comme une sorcière. Peut-être même qu'il vous a volé dans les plumes, si vous me passez l'expression. Les riches, en Europe, ils se servent des paons comme de chiens pour garder leur propriété, expliqua-t-il d'un air suffisant. On en avait deux, avant, mais il y en a un qui est mort. Et, d'ailleurs, maintenant que j'y pense, il me semble bien l'avoir vu à deux pas d'ici, tout à l'heure, juste avant que je tombe sur vous. Allez, laissez-moi vous conduire jusqu'à la maison du gardien. Il s'occupera de vous, même s'il n'est pas ravi que vous vous soyez évanouie dans le cimetière avant l'heure d'ouverture.

« La belle affaire ! » pensa Kate. Elle avait déjà eu à se défendre contre des accusations autrement plus graves.

— Bon, d'accord, dit-elle. De toute manière, il faut que je lui signale que le loquet du mausolée Denbigh a été fracturé.

— Denbigh ? répéta le bonhomme. Je savais bien que votre tête me disait quelque chose !

Il se renfrogna aussitôt et, les bras croisés sur la poitrine, il la considéra comme si elle l'avait insulté. C'était toujours la même histoire, songea Kate. Et elle en avait plus qu'assez. Elle refusait d'être, encore une fois, la victime expiatoire. Il était également hors de question qu'elle se laisse abattre sous prétexte qu'elle avait perdu, pour un temps au moins, le droit de veiller à l'entretien des jardins Denbigh, et qu'elle était probablement soupçonnée d'avoir causé la mort de Sarah.

Regardant, derrière elle, l'ange qu'elle avait cru voir s'animer, elle prit alors la décision d'accepter l'emploi qu'on lui proposait à Shaker Run.

*
* *

Le surlendemain, par un après-midi frais et ensoleillé, Kate arrêta sa voiture devant les bureaux du conseil d'administration du village de Shaker Run, et contempla le panorama qui s'offrait à elle. Elle était si nerveuse qu'elle n'avait guère eu besoin de lutter contre l'épuisement, durant le trajet. Ces derniers temps, pourtant, ses crises d'insomnie avaient connu un paroxysme et, quand elle prenait la voiture pour parcourir de longues distances, elle devait laisser sa vitre baissée et se mettre à chanter pour ne pas s'assoupir au volant. En outre, depuis sa visite au cimetière, elle ne cessait de regarder par-dessus son épaule, ainsi que dans le rétroviseur, pour s'assurer qu'elle n'était pas suivie.

Mais, ce jour-là, elle n'avait éprouvé ni lassitude ni angoisse.

Elle inspira une longue bouffée d'air frais. Les prairies et les champs du plateau où elle se trouvait s'étendaient jusqu'aux forêts et contreforts des Appalaches. Le cours d'eau, qui avait donné au lieu son nom de Shaker Run — le Ru du Shaker —, traversait le village en scintillant au soleil. Pas étonnant qu'on ait cherché refuge ici, à l'approche du XIXe siècle, songea la jeune femme. Même à l'aube du nouveau millénaire, on s'y sentait en sécurité.

Kate parcourut des yeux les maisons, ateliers et dépendances en poutres et pierres massives construits avec soin dans les années 1820. Elle savait que cette communauté avait, jadis, possédé plus de deux mille arpents de terrain et compté plus de quatre cents membres de « The United Society of Believers in Christ's Second Appearing », « La Société Unifiée des Croyants dans le Second Avènement du Christ », ce dernier s'étant réalisé, selon eux, avec la naissance et le sacerdoce de l'immigrante analphabète, Ann Lee, la fondatrice de leur secte.

Les Shakers ou « Secoueurs », comme on les appelait communément, en raison des danses convulsives et échevelées auxquelles ils se livraient durant leur culte, avaient renoncé aux rapports sexuels ainsi qu'au mariage, de sorte que, pour créer leur paradis, ils n'avaient eu d'autre choix que d'augmenter leur nombre par des conversions. Soumis à la règle édictée par « Mère » Ann, ils cultivaient la terre et faisaient du commerce avec le monde extérieur. La prospérité qu'ils connaissaient dans le négoce des semences, des balais, du mobilier et de l'eau de rose leur avait permis de se développer mais, après la guerre de Sécession, les Croyants avaient commencé à se disperser, et les villages shakers avaient été abandonnés les uns après les autres.

Finalement, quatre ans auparavant, les Thompson avaient persuadé de riches investisseurs de financer la restauration de Shaker Run. Le village n'était ouvert aux touristes que depuis le printemps précédent, et la tâche consistant à lui redonner sa splendeur d'antan était loin d'être terminée — tâche à laquelle Kate se promettait de participer activement.

— Je vous ai vue arriver en voiture ! lui lança Dane Thompson en descendant le perron de la Maison du Conseil.

Deux portes s'ouvraient en façade du bâtiment. Celle que Dane venait d'emprunter était, manifestement, l'entrée réservée aux hommes.

— Vous jetiez un coup d'œil ? demanda-t-il à la jeune femme qui était sortie de son véhicule.

— Exactement, répondit-elle en serrant la main qu'il lui tendait. J'ai l'impression de voir le village avec des yeux neufs.

— Vous allez finir par l'adorer si vous vous joignez à nous. Je vous le promets, déclara Dane avec ferveur. Le monde extérieur n'aura plus jamais le même attrait pour vous.

— Quelles sont exactement les limites du village ? demanda Kate.

Bien qu'il ne portât ni veste ni manteau pour se protéger du vent frais, il la guida à l'écart du bâtiment, et se mit en demeure de répondre à sa question en accompagnant ses explications de gestes de la main.

— A l'ouest, sur la Vieille Route Pavée, par laquelle vous êtes arrivée et que longe aujourd'hui la nationale, se trouvait le Foyer familial ouest et ce qui servait de lieu d'enseignement pour ce qu'on appelait l'Ordre du Rassemblement.

— C'est là que se déroulait l'initiation des novices et des nouveaux convertis jusqu'à ce qu'ils soient prêts à jurer fidélité, n'est-ce pas ?

— Je constate que vous êtes bien renseignée, dit Dane avec un sourire. Nous aimerions bien racheter ces deux bâtiments ainsi que les terrains sur lesquels ils sont situés — ils ne sont qu'à huit cents mètres d'ici —, mais ils appartiennent à un fabricant de mobilier shaker qui a un caractère très indépendant. Il habite le foyer, et il a installé son atelier dans l'école. A part ça, tout ce que vous pouvez voir sur ce plateau est à nous.

— Comment s'appelle-t-il… cet ébéniste solitaire ? demanda la jeune femme.

— Jack Kilcourse. Il vit en ermite, et il a refusé de nous aider dans nos efforts de restauration du village. Cela dit, je dois reconnaître que les meubles qui sortent de chez lui sont parmi les meilleures pièces shakers qui existent au monde. Ah, mais vous semblez intéressée… Vous connaissez ce monsieur, peut-être ?

— J'ai eu l'occasion de le rencontrer, répondit Kate, déçue que Jack ne soit pas partie prenante dans l'entreprise menée par les Thompson. Il était en train d'expertiser la collection de meubles Denbigh, à Toledo… Vous disiez donc que tous les autres bâtiments que l'on peut voir d'ici appartiennent au village ?

— C'est ça. Nous n'avons pas encore tout restauré, loin de là. Mais pour les ateliers de jardinage, nous n'attendons plus que vous et l'herboriste. Ils se trouvent derrière la Maison de Réunion, de l'autre côté de cette allée latérale, du côté du vieux cimetière et du site consacré où les Shakers rendaient parfois le culte en plein air. Mais je demanderai à quelqu'un de vous montrer ça plus tard. Rentrons, voulez-vous ? Tout le monde vous attend.

Kate revint avec lui en direction de la Maison du Conseil. Elle admira l'aspect bien tenu de l'édifice de bois dans lequel les Thompson avaient promis de l'héberger provisoirement. Personne d'autre n'y passait la nuit, si bien que Jack serait son plus proche voisin, ce qui la rassurait et l'inquiétait tout à la fois. En tout cas, elle qui avait toujours voulu vivre à la campagne, elle ne pouvait rêver meilleure occasion de satisfaire son désir. Les Thompson, quant à eux, habitaient à vingt minutes de là. Ils lui apprirent, par ailleurs, que tous les autres résidaient soit à Athens, soit dans les collines environnantes.

En arrivant devant le bâtiment, Dane ouvrit la double porte et indiqua à la jeune femme qu'à l'avenir, elle devrait emprunter celle de gauche.

— Voici notre dernière convertie en date ! s'exclama-t-il à l'adresse des personnes rassemblées autour de la longue table qui occupait la première pièce. Et nous espérons qu'elle acceptera de signer sur les pointillés, tout comme dans les anciens pactes conclus à la vie, à la mort !

En dépit des termes que Dane avait choisis, Kate se sentit aussitôt comme chez elle.

Outre les Thompson, quatre autres personnes se trouvaient dans la pièce, et formaient ce que Dane appelait « l'équipe au travail sur place ».

— Voici Clint Barstow, dit-il en désignant un robuste gaillard qui se redressa pour tendre à Kate son énorme main. Clint est le contremaître des quatre charpentiers qui veillent à l'entretien et à la réparation des bâtiments du village et consacrent aussi beaucoup de temps à la fabrication des copies de meubles shakers que nous comptons vendre ici même, au printemps prochain.

— Il paraît que vous n'entretenez aucun rapport avec Jack Kilcourse ? dit Kate.

— Il ne fait pas partie de notre communauté, grommela Barstow. Il n'est proche de nous que physiquement, à cause de la situation de son atelier en bordure du village. Mais bon, je suppose que c'est par lui que vous avez connu Dane et Adrienne.

— Euh, oui, répondit Dane tout en fusillant Barstow du regard, comme s'il s'était montré trop bavard. Kilcourse ne nous est pas hostile, mais, en règle générale, il ne nous aide pas beaucoup non plus. C'est effectivement lui qui nous a appris que Mme Denbigh avait engagé une rosiériste, et que cette jeune femme se retrouvait sans emploi.

Kate était extrêmement surprise. Jack Kilcourse avait-il deviné tout ça rien qu'en la sauvant des griffes de Varina ? Ou bien avait-il sondé Rudzinski ? En tout cas, elle se sentait doublement redevable envers cet ange gardien.

Ce qui l'étonna le plus, toutefois, ce fut de découvrir que Dane lui avait menti ou, du moins, l'avait induite en erreur. Il lui avait, en effet, demandé si elle connaissait Jack alors que, manifestement, il savait qu'ils s'étaient déjà rencontrés.

Elle remarqua, du reste, que Dane s'était interrompu un bref instant avant de continuer :

— Vous aurez compris, bien sûr, qu'Adrienne et moi-même jouons ici le rôle d'éléments moteurs — ou « secoueurs », si vous préférez.

Tout le monde s'esclaffa à ce trait d'esprit. Kate eut néanmoins l'impression que ce n'était pas la première fois que Dane l'utilisait.

— J'exerce à Shaker Run la fonction de conservateur en chef et de président du Conseil, poursuivit-il. Adrienne, pour sa part, dirige les achats et les ventes de la boutique de souvenirs installée dans la Maison de Réunion, au bout de la rue où nous nous trouvons. Et ce couple, aussi adorable qu'authentique, nous est d'un secours inestimable. Ils s'appellent Ben et Louise Willis ; ils sont tous deux bénévoles.

— Je me plais à croire, déclara Ben avec une certaine raideur, que tous les vrais Shakers étaient des bénévoles.

A cet instant seulement, Kate nota qu'ils étaient habillés à la mode shaker. Le chapeau de Ben Willis était posé sur la table, à côté de ses notes. Il portait une chemise blanche sans col, à manches longues, et Louise une robe couleur prune qui lui tombait aux chevilles et dont l'encolure était garnie du mouchoir traditionnel masquant la poitrine. Sa coiffe — un haut chapeau de paille tressée serrée — était pendue par ses rubans au dossier de sa chaise. Mais, hormis leurs vêtements, ces gens avaient un aspect des plus communs. Kate leur donnait la cinquantaine ; elle songeait qu'ils auraient très bien pu être frère et sœur — et pas seulement au sens shaker du terme.

— C'est exact, convint Dane sans que la jeune femme se rappelle clairement le propos précédent de Ben Willis. Toujours est-il que j'allais vous expliquer, Kate, que les Willis sont en train de lancer un nouveau projet avec certains des guides.

— En fait, Kate — si vous permettez que je vous appelle également par votre prénom —, intervint Ben, tous ceux qui travaillent au village sont censés *devenir* des Shakers, et répondre en tant que tels aux questions que les visiteurs poseront sur la vie quotidienne du village à la manière des vrais Croyants de jadis. Ça se fait déjà dans d'autres endroits : à Jamestown, par exemple, ou sur le Mayflower, et cela ajoute encore à l'authenticité.

— A ce propos, ajouta Louise, ses yeux bruns luisant de détermination, Ben et moi allions justement proposer au Conseil que chacun de nous lise quelques-uns des journaux intimes shakers — c'étaient de merveilleux chroniqueurs — et se choisisse un personnage à jouer.

— Bonne idée, approuva la seule femme qui n'avait pas encore été présentée à Kate, une jeune Afro-Américaine. Mais il est hors de question qu'on les imite en tout. Parfois, ils se lançaient dans des trucs vraiment bizarres, comme quand ils se prétendaient possédés par l'esprit des morts qui étaient censés parler par leur bouche.

— Enfin, voyons, Tanya, protesta Louise en se redressant encore plus sur sa chaise, ce n'était pas ce que j'avais en tête ! Pourquoi faut-il toujours que vous critiquiez les idées des autres ?

— Bon, fit Dane en levant les mains, nous reviendrons sur cette suggestion plus tard. En attendant, ma chère Kate, permettez-moi de vous présenter Tanya Dodridge, notre talentueuse herboriste. Ce sera avec elle que vous collaborerez le plus étroitement. Tanya, voici Kate Marburn, éminente rosiériste.

— Allons, venez, dit Tanya. Je vais vous montrer les endroits vraiment importants.

Après une heure d'entretien avec le conseil d'administration de Shaker Run, suivie d'une visite du charmant quatre pièces sous les combles réservé à Kate, Tanya Dodridge montra à la jeune femme les ateliers qu'elles partageraient toutes les deux si elle acceptait le poste. Il se trouvait que Kate en avait justement l'intention, même si son salaire, dont Dane lui avait promis de discuter avant son départ, n'était que… correct.

— Là, il y aura mon grand jardin d'herbes, expliqua Tanya en désignant, près de la Maison de Réunion, un carré de terre nue, binée avec soin et portant encore la trace des rangs et des parcelles nettement délimités qui le divisaient, à la belle saison précédente. Vous pourrez en aménager un de l'autre côté de la maison, symétrique à celui-ci, et cultiver des haies entières de rosiers un peu partout dans le village. D'après ce que je sais des Shakers, ils en avaient eux-mêmes planté dans tous les coins ainsi que le long des allées. J'en ai aperçu des vestiges qui s'accrochaient encore à certains murs, mais vous devrez les tailler droit, vous savez ? A la manière shaker.

— Oui, je m'en doute. Je vais devoir procéder à des sortes de fouilles archéologiques pour retrouver les emplacements des rosiers d'origine.

— A propos de fouilles, il paraît que l'université va bientôt nous creuser un joli trou par là, reprit Tanya en s'animant de plus belle, le doigt pointé vers l'autre côté du village. Ils vont dégager un vieux puits dont ils s'attendent à retirer tout un tas d'objets manufacturés shakers.

— J'ai hâte de voir ça… et de m'y mettre moi-même !

— J'étais *sûre* que vous accepteriez le poste, dit Tanya avec une satisfaction proche de la suffisance.

Elle avait la manie de souligner ainsi certains mots avec emphase, et affichait fréquemment un grand sourire qui dévoilait des dents parfaites et illuminait tout son visage, relevant ses pommettes au dessin vigoureux vers le coin de ses yeux étincelants. Elle avait, par ailleurs, les cheveux coupés ras, et portait, ce jour-là, un ensemble en jean comprenant une veste et une jupe longue qui descendait jusqu'aux talons de ses bottes de cow-boy — tenue qui, d'après Kate, devait constituer un compromis entre le style shaker et ses propres goûts.

— Ce sont ces quatre bâtiments que nous allons partager, reprit-elle. Je suis pratiquement certaine que, jadis, ils étaient déjà réservés aux jardiniers et aux herboristes du village, même si, sur les vieilles cartes, ils portent simplement le nom d'Echoppes des Sœurs.

Elle s'interrompit un moment.

— Des sœurs, répéta-t-elle avec un rire rauque, c'est ce que nous serons, nous aussi. Deux *âmes-sœurs shakers*, tout le jour au labeur...

Kate trouvait l'enthousiasme de Tanya contagieux. Elle aurait aimé qu'elle habite, elle aussi, au village. Malheureusement, elle logeait toujours dans l'appartement d'Athens qu'elle occupait à l'époque de ses études.

Comme la jeune femme lui désignait les différents ateliers, Kate nota ses longs doigts aux ongles vernis de blanc — luxe que n'aurait pu se permettre un jardinier. Elle cacha ses propres ongles, tandis que Tanya la précédait vers le groupe de bâtiments, sans cesser un seul instant de parler.

— Là, c'est l'échoppe de jardinage ; là, l'herboristerie ; ici, l'atelier de distillation. Et là, l'appentis pour les finitions. L'échoppe de jardinage se résume, en fait, à un abri pour les outils, flanqué d'une aire de travail. C'est dans l'atelier de distillation qu'on élabore l'eau de rose, et je compte, par ailleurs, préparer quelques médicaments à partir des simples du jardin...

96

— Pas pour les vendre comme les Shakers le faisaient autrefois ? demanda Kate. Je sais bien que la mode est aux remèdes naturels, mais…

— Non, je n'ai pas l'intention de vendre ces préparations. Certainement pas celles que j'ai en tête, en tout cas, et qu'on obtient à partir des herbes que les Shakers cultivaient ici même, répondit Tanya d'une voix plus hachée. A l'époque, les maladies étaient souvent fatales et nécessitaient des cures de cheval — ce que les Croyants appelaient des « médecines héroïques » : digitale, aconit ou belladone, par exemple. Cela dit, je planterai aussi des espèces plus communes.

— La digitale est un médicament puissant mais qui peut être mortel s'il n'est pas soigneusement dosé, fit remarquer Kate.

— Les Shakers savaient ce qu'ils faisaient, répliqua Tanya. Et moi aussi. Je compte même semer des laitues sous ces châssis, cet hiver.

Kate ignorait totalement que la laitue pouvait avoir des vertus médicinales, voire servir de base pour des préparations « héroïques », mais elle jugea préférable de s'en enquérir plus tard, car Tanya était en train de lui montrer les serres à compost dont les vitrages étaient constitués de petites menuiseries de fenêtres. C'était une fabrication qui correspondait bien à l'esprit shaker, songea Kate, mais des matériaux plus modernes auraient sans doute été mieux appropriés.

Tout en examinant la pétulante jeune femme, Kate espéra qu'elles deviendraient bientôt amies. Tanya Dodridge changeait aussi vite d'humeur que d'expression, telle une serre vivante où auraient germé en toute liberté émotions, idées et opinions.

— Et je le répète : des rangs droits et des jardins soignés, sans mauvaises herbes ni détritus, dit Tanya tandis qu'elles revenaient vers l'herboristerie. Certaines conceptions des

Shakers étaient plutôt tirées par les cheveux, il faut bien le dire. Ils pensaient, notamment, que les plantes étaient nourries par ce qu'ils appelaient les « forces invisibles de l'air ».

— Ce qui prouve qu'ils étaient en avance sur leur temps, et qu'ils avaient compris l'importance d'une bonne aération pour les végétaux, n'est-ce pas ? dit Kate.

— Pas exactement, répondit Tanya en secouant la tête. Je crois plutôt qu'ils se référaient aux êtres de l'autre monde qui sont censés surveiller nos moindres gestes. Mais, oui — ou plutôt *voui*, comme ils disaient toujours —, c'étaient aussi des esprits pragmatiques. Ils ne cultivaient que des plantes utiles. Les espèces ornementales ne les intéressaient pas. Vous savez, quand ils cueillaient une rose, par exemple, eh bien, ils ne prenaient *jamais* la tige ni les feuilles avec, et cela afin qu'elle serve uniquement à concocter des remèdes ou leur précieuse eau de rose. En aucun cas elle ne devait être utilisée à des fins purement esthétiques ou mondaines.

A ces mots, Kate se figea sur le seuil de la porte à vantail unique qui donnait dans l'herboristerie. Les roses qu'elle avait trouvées sur la tombe de Sarah, ainsi que sur le sol du mausolée Denbigh, avaient été, elles aussi, cueillies sans leur tige…

— Vous êtes d'accord ? demanda Tanya en se retournant vers la jeune femme.

— Pas avec cette partie de leur philosophie, non.

— Je ne parlais pas de ça, mais de cette inscription, expliqua Tanya en pointant un index nacré vers le plafond. Je croyais que vous étiez en train de la regarder.

Levant la tête, Kate avisa alors, sous des bouquets d'herbes séchées à l'odeur âcre pendus à des ficelles, un panneau où était écrit en lettres fantaisie, calligraphiées à l'ancienne : « Cultivez son jardin, c'est cultiver sa vie. »

— Mère Ann ! lança Tanya sur un ton presque fier. Cette femme connaissait encore plus de dictons abracadabrants que ma propre mère… Allons, venez, que je vous montre l'intérieur. Ensuite, je vous conseille de retourner au plus vite dire à Dane que vous acceptez le boulot, sinon il va nous faire une attaque. Il est comme ça, vous savez !

Kate aurait voulu lui demander des éclaircissements à ce sujet, mais Tanya lui parlait déjà d'autre chose.

7.

Dans les salles à manger victoriennes, un motif de rose au plafond rappelait que, pour les Romains, cette fleur était un symbole de discrétion. « Parler sub rosa » a ce sens depuis que Vénus dédia sa fleur, la rose, à Harpocrate, le dieu du Silence, afin de cacher ses tendres larcins.

PETER COATS, *Les Fleurs dans l'histoire.*

— Ohé ! s'écria Kate. Il y a quelqu'un ?

Avant de prendre le chemin d'Athens, où elle comptait rejoindre Erin, Kate s'était arrêtée chez Jack Kilcourse. Les murs de la grande maison d'époque, tout comme ceux du bâtiment qui avait abrité l'école shaker, étaient en charpente. Deux appentis attenants semblaient servir, l'un de garage, l'autre de remise puisque ses portes étaient fermées et même cadenassées. Tous ces édifices parfaitement entretenus se dressaient au milieu de jardins qui, par contraste, paraissaient à l'abandon. Tous les végétaux y avaient monté en graines dans une totale anarchie, et s'étiolaient maintenant sous les premiers frimas de l'automne. La jeune femme se demanda si, derrière la façade toute proprette de la maison, de l'atelier, du garage et de la remise régnait un semblable désordre.

— Ohé ! cria-t-elle une nouvelle fois.

En désespoir de cause, elle se résolut à klaxonner. Dans le silence qui suivit, elle entendit soudain le bourdonnement d'une scie, et s'aperçut qu'il provenait de l'atelier dont la porte était grande ouverte.

Elle s'y rendit aussitôt.

Comme elle pénétrait dans le bâtiment, elle sentit une odeur de sciure chaude, et perçut une légère vibration qui se propageait dans le plancher. Elle éternua, mais Jack ne l'entendit pas. Il était penché sur la lame d'une scie à ruban.

Kate faillit frapper au battant, mais elle retint son geste, de peur de le faire sursauter. Elle profita même de cet intermède pour admirer ses larges épaules ployées vers l'avant. Puis, comme l'intensité même de sa présence la bouleversait, elle détourna les yeux, et se mit à examiner l'intérieur de l'atelier.

Celui-ci ne comportait qu'une seule pièce, encombrée par un assortiment de magnifiques meubles de bois : table à tréteaux, placard d'angle, fauteuil à bascule. Mais, à la différence des jardins, tout était, ici, parfaitement rangé.

Tournant la tête, la jeune femme avisa, tout près du seuil, une baignoire remplie d'eau fumante dans laquelle trempaient de fines lames de bois. La sciure ainsi que la lumière du soleil couchant qui filtrait par les fenêtres orientées à l'ouest nimbaient d'une aura mordorée la silhouette sombre de Jack — ses cheveux noirs, son jean noir et sa chemise bleu nuit dont les manches retroussées révélaient des avant-bras musclés et mouchetés de poils.

Lentement, comme s'il avait deviné sa présence, il pivota vers elle. Le ruban de la scie ralentit, puis s'arrêta. Les yeux cachés derrière de grosses lunettes de protection, Jack avait un peu l'allure d'un extraterrestre. Il remonta les lunettes sur son large front, puis retira de ses oreilles les bouchons qui les obstruaient.

— Je ne vous ai pas entendue arriver, dit-il. D'ailleurs, je ne m'attendais pas à vous voir ici.

A ces mots, Kate eut presque l'impression de s'être montrée importune, d'autant plus que Jack la considérait avec un regard dur.

— Je viens juste d'accepter l'emploi de rosiériste à Shaker Run, et j'ai appris que je vous le devais en partie. Je voulais donc vous remercier — pour ça et aussi pour m'avoir sauvée des griffes de Varina, l'autre jour.

— Ne me remerciez pas trop, répliqua-t-il tout en calant sur son établi la mince pièce de bois qu'il venait de découper. Chaque nouvelle entreprise soulève des défis, y compris cette tentative pour restaurer l'éden shaker. On vous a dit que j'habitais ici ?

— Oui. Et que vous y fabriquiez des meubles. Ils sont très beaux, d'ailleurs. Sur quoi travaillez-vous, en ce moment ?

— Des boîtes shakers.

Il en prit une grande sur son établi massif, et en sortit deux plus petites afin de lui montrer un exemplaire de chaque taille.

— Les Croyants s'en servaient pour ranger des tas de trucs. Vous savez comment ils étaient : une place pour chaque chose et chaque chose à sa place.

— Moi, je trouve que ce sont de véritables œuvres d'art, d'une très grande délicatesse, dit Kate en caressant les courbes douces de l'un des objets.

— En fait, c'est d'une robustesse à toute épreuve, lui dit Jack en repoussant ses lunettes de protection sur le haut de son crâne, ce qui eut pour effet d'ébouriffer ses cheveux. Les arrondis sont plus résistants que les angles. Vous pourriez vous mettre debout sur l'une de ces boîtes sans parvenir à la casser. Vous voulez essayer ? proposa-t-il à Kate, en lui adressant le premier sourire qu'elle lui ait jamais vu.

Elle songea aussitôt qu'elle devait avoir l'air étonné.

— Je vous crois, dit-elle. C'est pour pouvoir cintrer le bois que vous le mouillez ainsi ?

— Oui. On gauchit ces lattes autour d'une forme, pendant qu'elles sont humides, et on les cloue en place...

Il mimait vaguement les gestes, tout en parlant, et Kate se surprit à contempler ses mains. Elles paraissaient à la fois rudes et fines, puissantes et capables de la plus grande tendresse.

Elle frémit légèrement, agacée de constater que non seulement les mains de cet homme, mais aussi sa voix et toute sa personne la bouleversaient.

— Je ne monte ces boîtes que pour me distraire des gros projets, expliqua-t-il. Le boulot s'est accumulé, dernièrement. Il faut dire que j'avais besoin d'un peu de temps à moi, ajouta-t-il maladroitement, comme s'il était déjà gêné de lui avoir livré cette esquisse de confidence.

Voilà un homme, songea Kate, qui se reposait de la construction de gros objets en en fabriquant des petits. Un homme qui sollicitait trop ses propres forces — pour compenser quoi ? Elle reconnaissait bien ces symptômes pour les avoir éprouvés elle-même et, d'ailleurs, elle n'avait toujours pas réussi à se guérir de la carence qui était à leur origine.

— Alors, comme ça, vous allez travailler avec Tanya Dodridge ? reprit-il. Si ça ne vous dérange pas, j'aimerais clouer ces queues-d'aronde avant que le bois ne se fende ou ne se déforme dans le mauvais sens.

— Je vous en prie, allez-y. Pour ce qui est de Tanya, oui, je vais travailler avec elle. Vous les connaissez bien, elle et les autres membres de l'équipe de Shaker Run ?

— Pas vraiment, même si leur cause a toute ma sympathie.

— Il semble que Clint Barstow et son équipe soient sur le point de vous faire de la concurrence.

Elle avait compris qu'il n'en dirait pas plus sur Tanya, et jugea préférable de questionner directement la jeune femme.

— Non, répondit-il. Il est exact que Barstow produit des répliques de meubles shakers dans son atelier, tout comme moi, mais ils ne me feront pas concurrence. Avec mes deux casquettes d'ébéniste et d'expert, j'ai presque plus de commandes que je ne peux en honorer.

— Pourtant, les menuisiers de Shaker Run espèrent que vous vous joindrez à eux.

— Je leur ai déjà clairement exprimé mon désir de ne pas m'enga… de continuer à travailler seul, répliqua-t-il sans cesser d'enfoncer de minuscules semences en cuivre dans les trous qu'il avait, auparavant, forés le long des lattes ainsi qu'à l'extrémité des queues-d'aronde. Quant à Tanya, si je la connais un peu mieux que les autres, c'est parce que sa grand-tante possède l'une des plus importantes collections privées de meubles shakers du pays, ce qui l'a amenée à s'intéresser à mes productions.

— Je vois, dit Kate, bien que cette explication fût loin de satisfaire la curiosité qu'elle éprouvait au sujet des relations que Jack entretenait avec la belle herboriste.

Elle se demandait aussi si Sarah et la tante de Tanya s'étaient déjà rencontrées.

— Cette grand-tante n'est pas la célèbre présentatrice Oprah Winfray, par hasard ? J'ai appris par Mme Denbigh qu'elle possédait une remarquable collection de meubles shakers.

— Cette grand-tante est Samantha Sams, la chanteuse de gospel. Certains Afro-Américains collectionnent les meubles shakers par admiration pour la manière dont les Croyants traitaient les Noirs. Et, de fait, poursuivit-il tout en enfonçant le dernier clou, même avant la guerre de Sécession, ils achetaient des esclaves pour les affranchir et leur permettre ensuite de s'élever aussi haut que les Blancs dans la hiérarchie de la secte. Jamais entendu parler d'un Shaker ayant des préjugés raciaux ou autres. Ils semblaient peut-être bizarres, par certains côtés, mais ils étaient aussi des êtres remarquables.

Tout en l'écoutant avec la plus grande attention, Kate suivait des yeux le ballet de ses grandes mains habiles. Si leurs yeux se croisaient, elle avait presque peur qu'il devine la folle attirance qu'elle éprouvait pour lui. Elle n'en avança pas moins d'un pas, tandis qu'il ajustait un couvercle sur la boîte qu'il venait de terminer. L'ensemble était parfait.

— Venez que je vous montre ce que je suis en train de faire pour Tanya, reprit-il en traversant la pièce. Ce n'est pas encore terminé, mais je l'ai prévenue qu'elle devrait attendre un peu, parce que mes plus grosses commandes doivent partir avant.

Il repoussa un grand placard d'angle qui se dressait dans un coin, et tira de l'obscurité ce qui ressemblait à une commode à moitié terminée, surmontée de tout un tas de petits compartiments. Même sous la maigre lumière qui éclairait vaguement cet angle sombre de l'atelier, le bois encore nu paraissait nimbé d'une lueur chaude.

— Un bahut d'herboriste en noyer cendré, annonça-t-il. Le haut sera garni de tiroirs dans lesquels Tanya pourra ranger ses récoltes de simples.

— Il est superbe. J'imagine qu'avec vos talents, vous vous êtes aménagé un intérieur magnifique.

Elle comprit immédiatement qu'elle avait commis un impair car elle vit le visage de Jack s'assombrir.

Jusqu'alors, le cœur de Jack avait battu au même rythme que ses coups de marteau. Et puis, Kate Marburn avait franchi le seuil de son atelier, alors qu'il était, justement, en train de penser à elle.

Pour rien au monde, il n'aurait accepté que quelqu'un vienne mettre le nez dans ses affaires. Malheureusement, il se sentait attiré par cette jeune femme, et cette sorte de complication était bien la dernière chose dont il avait besoin. Pourtant, comme si le destin lui adressait un signe, voilà que c'était *elle* qui faisait le premier pas et lui rendait visite.

Il voyait très bien où elle voulait en venir avec sa remarque sur son « intérieur ». Les femmes dangereuses, il les flairait de loin. Il était donc décidé à satisfaire sa curiosité sans pour autant lui révéler quoi que ce soit de ses pensées, quand elle reprit le fil de son interrogatoire :

— Je veux dire, votre famille a bien de la chance…

— Je ne suis pas marié, affirma-t-il, sinon à mon métier. Les pièces que je fabrique sont un peu mes enfants, vous savez ?

— Et puis, le reste de votre temps est occupé par l'expertise des meubles anciens, ajouta-t-elle, comme si elle souhaitait elle-même le tirer d'embarras.

Il lui sut gré de ne pas insister sur le sujet de la famille.

— En fait, précisa-t-il, je ne suis expert que pendant mes heures de loisir. Du moins, en temps normal. Mais votre copain, l'inspecteur de Toledo, sait se montrer très persuasif.

— Si c'est de Stan Rudzinski que vous parlez, je vous signale qu'il n'est pas mon copain… Au fait, avez-vous découvert des faux parmi la collection de Mme Denbigh ?

— Je ne suis pas autorisé à vous en parler, répliqua Jack tout en repoussant le bahut dans le coin de l'atelier. Mais n'allez pas croire que je sois de mèche avec ce policier. On m'a seulement demandé de ne pas divulguer mes conclusions avant que tous les autres éléments matériels de l'enquête n'aient été rassemblés.

Elle hocha la tête, l'air soudain maussade, et Jack éprouva alors l'envie quasi irrésistible de la toucher, de la réconforter. Kate Marburn était typiquement le genre de femme gracieuse et sensible — avec ses cheveux blonds, ses longues jambes, et tout — qui le séduisait, jadis, avant que son existence ne devienne un enfer.

Elle rompit, finalement, le silence gêné qui s'était installé entre eux.

— Bon, lâcha-t-elle, tandis qu'ils revenaient vers son établi, il faut que j'y aille. Je vais voir ma belle-fille. Je compte l'emmener dîner au restaurant et, demain, je retournerai à la maison. J'ai encore beaucoup à faire pour transplanter mes rosiers dans ce nouvel environnement.

Jack entendit à peine ces dernières paroles qui se perdirent dans un brouillard confus, tandis qu'une vieille plaie se rouvrait en lui. Kate Marburn avait un enfant auquel elle pouvait rendre visite, pensa-t-il. Un enfant qu'elle pouvait aimer et regarder grandir. Andy aurait quatorze ans, la semaine prochaine, et serait en section sports-études au lycée.

— Je vois, fit-il tout en prenant sur l'établi la plus petite des boîtes ovales. Je vous raccompagne.

Ils rejoignirent sa voiture, et il lui ouvrit la portière. Puis, quand elle fut montée dans le véhicule et qu'elle eut baissé sa vitre, il lui tendit la boîte.

— Tenez, un cadeau pour fêter votre arrivée ici, lui dit-il.

À sa grande gêne, il vit alors qu'elle semblait bel et bien sur le point de pleurer.

— Oh, je ne peux pas l'accepter, après tous les services que vous m'avez déjà rendus. À moins que... J'ai un marché à vous proposer.

« De mieux en mieux ! » pensa-t-il, complètement fasciné. Peut-être allait-elle l'aider à réaliser la petite combine qu'il avait en tête ?

— Je vous écoute, dit-il.

Il la vit hésiter et s'humecter nerveusement les lèvres. Il se pencha alors vers elle, les coudes appuyés sur la portière.

— J'ai noté, tout à l'heure, en arrivant, que vous n'aviez pas préparé vos jardins pour l'hiver. Alors, je vous propose de venir les nettoyer et de les entretenir. À une condition, toutefois : que vous me permettiez d'y planter une douzaine de mes rosiers anciens. Ils donnent des fleurs splendides, même si ce ne sont pas les variétés traditionnelles des Shakers.

— Super ! J'adore l'ancien, surtout quand il est encore vivant, murmura Jack en plongeant son regard dans les yeux bleus de la jeune femme. Marché conclu.

Et il lui tendit la main pour sceller leur accord.

— Comment ça, elle n'est pas là ? demanda Kate à Amy Baldwin, la colocataire d'Erin. Elle savait, pourtant, que je passerais la prendre en fin d'après-midi.

— Je veux dire, euh, elle va revenir : elle est sur le campus, répondit Amy tout en croisant les bras sur sa chemise de flanelle avachie. Elle est juste sortie une minute. Mais entrez, madame Marburn.

Se rendant compte qu'elle avait réagi un peu trop vivement, Kate préféra s'asseoir sur le lit d'Erin plutôt que de prendre la chaise qui était rangée sous le bureau encombré de sa belle-fille. Les deux colocataires avaient plus ou moins divisé l'espace en deux, avant de décorer leur partie respective. Amy avait tapissé les murs de photos de famille et de portraits d'amis, tandis qu'Erin avait opté pour un poster de George Clooney et une affiche du film *Titanic*.

— Elle n'est pas partie chercher une pizza ou quelque chose comme ça, j'espère ? demanda Kate à Amy qui venait de lui sortir un jus de fruits du miniréfrigérateur. Je l'avais prévenue que nous irions dîner en ville.

— Oh, vous savez, repartit Amy avec un haussement d'épaules qui secoua son casque de cheveux blonds et raides, elle s'absente souvent, le dimanche après-midi.

Kate ne voulait pas trop insister, mais elle voyait bien qu'Amy semblait vraiment nerveuse. Elle sentit son estomac se contracter plus encore.

— Tout va bien, Amy, n'est-ce pas ?

— Oh, oui, pas de problème. Il se trouve seulement qu'elle fréquente quelqu'un, en ce moment, et qu'ils ont voulu se promener un peu ensemble.

— J'ignorais qu'elle avait un petit ami. Elle voulait sans doute m'en faire la surprise. Doit-il revenir ici avec elle ?

— Je ne crois pas. En tout cas, elle ne m'en a pas parlé.

— Vous le connaissez ?

— Euh… C'est un gars de son coin. Elle l'a rencontré à Toledo, alors vous le connaissez sûrement, dit la jeune fille en se laissant tomber sur son lit.

Kate nota qu'elle évitait de croiser son regard.

— Mark Winslow ? Mark vient la voir ici… le dimanche ?

Comme Amy hochait la tête, Kate se redressa d'un bond et se mit à arpenter le peu d'espace libre qui restait dans la pièce. Aussi minuscule que fût cette chambre, Kate trouvait que les gamines y vivaient dans un luxe qui lui était totalement inconnu, à l'époque où elle étudiait elle-même à l'université de Toledo. Elles disposaient non seulement d'un miniréfrigérateur mais aussi d'un poste de télévision, d'un lecteur de C.D., de deux micro-ordinateurs, d'une imprimante et d'un répondeur téléphonique.

Kate écarta les rideaux pour regarder par la fenêtre. La chambre se trouvait en face des bâtiments de l'administration, de l'autre côté de la route qui montait vers la ville. La jeune femme scruta les trottoirs et la chaussée, à la recherche d'un couple en train de marcher ou assis sur un banc. Soudain, elle poussa un cri de surprise, et se pencha si brusquement en avant qu'elle se cogna le front à la fenêtre : une voiture noire aux vitres teintées était garée en double file, à quelques mètres de là.

— Quand elle rentrera, dites-lui de m'attendre : je reviens de suite ! cria Kate à l'adresse d'Amy, avant de se ruer hors de la chambre.

Elle remonta le couloir en courant, et déboucha en trombe dans la salle d'attente du premier étage, où elle tomba sur Erin.

— Oh, ma... Kate !

— Tu ne bouges pas de là ! ordonna Kate à sa belle-fille, après l'avoir serrée un bref instant dans ses bras. Il faut que j'aille vérifier quelque chose, dehors.

— Non, attends ! s'exclama Erin en lui courant après. Qu'est-ce qui se passe ? Reviens !

Kate constata que la voiture était toujours là. Elle portait des plaques d'immatriculation établies en Floride, qui étaient agrémentées d'un dessin de la navette spatiale *Challenger*. La jeune femme s'aperçut alors que le véhicule — une Pontiac — n'était pas celui qui l'avait pourchassée, au cimetière.

— Qu'est-ce qu'il y a ? lui demanda Erin. Qu'est-ce que tu as vu ?

110

— Je pensais que cette voiture était celle d'une personne de ma connaissance, expliqua Kate en entraînant sa belle-fille vers le bâtiment. Mais dis-moi plutôt où tu étais passée ! Mark Winslow est venu te voir, c'est ça ?

— Amy a cafté, hein ?

— Pourquoi ne m'en as-tu pas parlé *toi-même* ? Et ne va pas blâmer Amy ! ajouta-t-elle en voyant sa belle-fille blêmir. En vérité, je l'ai cuisinée jusqu'à ce qu'elle me dise tout.

— Je, euh… il vient juste de repartir. Je crois que je lui ai manqué, depuis mon départ de Toledo.

— Et il vient te rendre visite le dimanche ? En d'autres termes, je vous gêne, tous les deux, c'est ça ?

— Non, pas du tout. Je suis contente de te voir.

— Tant mieux, parce que tu vas me voir de plus en plus souvent. J'ai accepté l'emploi qu'on me proposait à Shaker Run.

— Alors « Bye-bye, Toledo » ? Youpi ! s'écria Erin.

Elles s'étreignirent au milieu du hall avant de regagner la chambre de la jeune fille.

— Décidément, c'est le jour des surprises ! dit Kate. Toi et Mark, moi…

Elle s'interrompit, horrifiée par les paroles qu'elle avait failli prononcer et qui incluaient Jack Kilcourse. Par bonheur, elle s'était retenue à temps.

— Moi et Shaker Run, reprit-elle. Allons, viens, je suis affamée. Si on retournait dîner au 7 Sauces ? Tu m'as dit que c'était ton restaurant préféré, et puis je parie que tu n'y es pas allée, depuis que je t'ai aidée à emménager ici.

— Eh bien… si tu veux, répondit Erin avec une réticence manifeste.

Il était 18 heures quand elles remontèrent ensemble la route menant à la ville. Kate aimait contempler le campus. Celui-ci était principalement constitué de bâtiments en brique rouge de style géorgien, et son centre était occupé par une grande pelouse d'où l'on pouvait entendre un carillon sonner toutes les heures. A la porte du campus, une plaque indiquait que l'université avait été fondée en 1804 — c'est-à-dire au moment où les Shakers s'installaient dans la région, songea Kate, tout en pensant qu'il n'y avait sans doute aucun lien entre les premiers étudiants de cette institution et les Croyants qui vivaient alors plus ou moins en autarcie, à une trentaine de kilomètres de là.

Pendant le dîner, Kate remarqua qu'Erin repoussait sur le côté de son assiette ses délicieuses pâtes *primavera*.

— Tu as déjà dîné avec Mark, n'est-ce pas ? demanda-t-elle. Tu aurais dû me le dire, et commander juste une salade ou un dessert. On aurait même pu se contenter d'un fast-food.

— Ouais, j'ai déjà mangé, avoua Erin, mais ne t'inquiète pas pour ça. Et puis, tu n'as jamais vraiment aimé les fast-foods, Kate.

La jeune femme se sentit soudain très mal. Elle avait l'impression qu'un mur invisible — comme la manifestation de l'une de ces forces auxquelles croyaient les Shakers, et dont lui avait parlé Tanya — se dressait entre Erin et elle. En outre, elle constatait que sa belle-fille persistait à l'appeler « Kate » au lieu de « maman ».

Elle se rappela l'immense désarroi qu'elle avait ressenti, la première fois qu'Erin s'était comportée de cette façon. De toute évidence, c'était pour marquer ses distances.

Erin la tenait-elle pour responsable du départ de son père ?

— Tu sais, je n'ai rien contre les visites de Mark, assura Kate en reposant sa fourchette, mais je veux que tu aies aussi tout le temps nécessaire pour étudier. Et puis, il est difficile de vivre sur un campus quand on sort avec quelqu'un qui n'y habite pas. On a plus de mal à s'y faire des amis, à se trouver une place dans le milieu de l'université, tu comprends ?

Erin se renfonça dans le box avec un soupir.

— Je ne suis pas encore tout à fait adaptée à mon nouvel environnement, reconnut-elle.

— Bien sûr, et c'est peut-être pour ça que tu te raccroches à Mark : parce qu'il te rappelle un peu la maison. Cela dit, je croyais que tu en avais assez de Toledo. En plus, ça fait presque deux ans que ton père est parti et que tu as rompu avec Mark, alors j'ai été un peu surprise d'apprendre que tu avais renoué avec lui, déclara Kate en posant la main sur celle de sa belle-fille.

La peau d'Erin lui parut froide, et la jeune fille n'esquissa aucun mouvement pour répondre à sa pression.

— Tu sais, ma chérie, ajouta Kate, depuis que vous vous êtes séparés, et depuis que son oncle…

— Tais-toi ! Je sais tout ça, je le sais parfaitement ! s'écria Erin en retirant vivement sa main.

Puis elle jeta sa serviette sur la table, à côté de son assiette, et se redressa d'un bond.

— Son oncle, comme la moitié de Toledo, a été la victime des magouilles de papa. C'est bien ce que tu allais me sortir, hein ? Et qu'est-ce que tu veux que je te dise ? Que je suis d'accord ?

— Erin, je n'avais pas l'intention…, bredouilla Kate en se levant à son tour.

— Je reviens tout de suite, dit Erin en secouant la tête, comme pour dissuader la jeune femme de la suivre. Il faut que j'aille aux toilettes, c'est tout.

Kate se laissa retomber sur la banquette, et baissa les yeux sur son assiette presque vide. Elle avait ardemment espéré que la nouvelle de son installation à Shaker Run les rapprocherait affectivement.

— Je crois que je vais vous demander l'addition, dit-elle au serveur. Ma fille est un peu patraque.

— Oh, elle a dû trop manger, tout simplement, répliqua Stone avec un sourire entendu tout en prenant l'assiette encore pleine de la jeune fille. Elle est déjà venue ici, tantôt. Je me rappelle bien ses cheveux roux.

— Et… elle n'était pas seule, je suppose ?

— Non, effectivement. Elle était avec un homme. Celui-là, il ne m'a laissé aucun souvenir. Comme je vous le disais, les cheveux roux de votre fille ont retenu toute mon attention. Bon, je vous apporte l'addition.

Stone s'éloigna juste au moment où Erin revenait s'asseoir.

Kate s'abstint de lui rapporter ce qu'elle venait d'apprendre, estimant que cet incident avait, malgré tout, un côté positif. En effet, Erin n'avait pas voulu la froisser en la prévenant qu'elle avait déjà mangé dans ce restaurant avec Mark, et elle avait accepté d'y revenir pour fêter avec elle son nouvel emploi.

« N'empêche, songea la jeune femme, je vais devoir travailler tout aussi dur pour reconstruire ma relation avec Erin que pour en nouer de nouvelles à Shaker Run. »

Jusqu'à Noël, Kate eut l'impression de vivre comme dans un songe. Elle avait transplanté ses roses d'apothicaire au village et ses autres variétés anciennes — celles qui n'étaient pas autorisées par les Shakers — dans les jardins de Jack qu'elle avait, auparavant, nettoyés. Le plus souvent, elle ne le trouvait pas chez lui, tant il était occupé à superviser la livraison des meubles commandés pour les fêtes de fin d'année. Il dut même passer trois semaines au Japon, à l'époque de Noël, une période où chacun préfère généralement rester en famille.

Tout en consacrant plus de temps à Erin, Kate se mit à étudier de son côté, en particulier sur Shaker Run et l'industrie de l'eau de rose. Bien qu'elle fût surtout la collaboratrice attitrée de Tanya, elle participait à tous les projets lancés en prévision de l'inauguration prochaine du village, prévue pour le mois de mai.

Entre-temps, carton après carton, elle installait ses affaires dans le spacieux appartement du deuxième étage de la Maison du Conseil, dont les fenêtres donnaient sur le cimetière et le site jadis consacré aux cultes en plein air. Quant aux meubles, elle les avait transférés à Athens, dans un lieu de stockage, car elle disposait, sur place, de tout le nécessaire sous la forme d'authentiques pièces shakers. Ce décor lui donnait, d'ailleurs, l'impression d'avoir été projetée dans le passé et, si elle avait sorti son téléphone et son micro-ordinateur, elle n'avait pas encore déballé le poste de télévision ni le magnétoscope ni le lecteur de C.D. Son environnement lui plaisait dans sa simplicité. Elle s'y sentait en sécurité, et espérait pouvoir s'y détendre et profiter de nouveau de la vie.

Durant la dernière semaine des vacances, elle avait emmené Erin à Pensacola, en Floride, et elles avaient passé un moment ensemble au bord de la mer. Hélas, le caractère de la jeune fille était vite redevenu aussi épineux que la tige d'un rosier grimpant, et Kate priait pour que leurs relations repartent d'un meilleur pied, en ce nouveau millénaire.

Malheureusement, elle avait encore affaire aux avocats de Toledo et à Stan Rudzsinski, après la pagaille qu'avait suscitée la lecture du testament de Sarah. Si elle n'avait pas tant tenu à respecter les dernières volontés de son amie, elle aurait renoncé sans regret à tout ce que celle-ci lui avait légué. Mais cela n'aurait sans doute guère dissuadé Zink de s'accrocher à elle comme de la Superglu. La mort de Sarah, quoique officiellement classée comme « décès accidentel », hantait encore la jeune femme. Elle avait, en outre, entendu Zink confier à Tina Martin qu'il y avait « quelque chose de louche là-dessous » et que « jamais, au grand jamais il n'abandonnerait l'affaire ».

C'est avec ces pensées en tête qu'en cette fin du mois de janvier, elle rejoignit sa voiture, après un dernier entretien avec Varina et Palmer au sujet de la procédure qu'ils avaient entamée à son encontre. La réunion avait été pour le moins houleuse.

Avant de reprendre le chemin de Shaker Run, elle posa son front sur le volant. Elle se sentait complètement lessivée. Elle ne savait au juste si elle souffrait d'un excès ou d'une absence totale d'émotions. Non, se dit-elle, ses réactions à la présence de Jack prouvaient qu'elle n'avait pas perdu toute sensibilité. Car, aussi austère et revêche qu'il fût, parfois, il exerçait sur elle une fascination indubitable. Elle sourit en se rappelant une discussion à son sujet qu'elle avait eue avec Tanya.

— Epargne-moi, je t'en prie, ces airs entendus, Kate Marburn ! avait répliqué l'herboriste, après qu'elle lui eut enfin demandé quels étaient, au juste, ses rapports avec Jack. Crois-tu vraiment que Kilcourse puisse entretenir une liaison avec la petite célibataire shaker entre deux âges que je suis ?

Levant les yeux au ciel, elle avait alors confié à la jeune femme que, pour le moment, sa vie sentimentale était inexistante.

— Jack et moi ne sommes rien de plus que deux amis ayant quelques centres d'intérêt en commun. En bref, nous ne partageons pas le même lit — car c'est surtout ça que tu *mourais* d'envie de savoir, hein, gamine ? Entre parenthèses, tu aurais mieux fait de me le demander franchement.

— C'est que... j'avais peur de t'importuner, voire de te blesser.

Tanya s'esclaffa.

— Je pense surtout que tu as besoin d'une autre dose du *fabuleux* cocktail végétal de Tanya.

— C'est vrai, avait répondu Kate en étirant ses muscles contractés par les heures qu'elle venait de passer, le dos courbé, au-dessus des plants de rosiers. J'ai juste besoin d'une bonne dose de ces herbes-roulette russe que tu cultives — ces drogues magiques qui peuvent aussi bien vous guérir que vous tuer sur le coup.

— Tout bien réfléchi, je crois que je vais mettre une pincée de safran dans l'excellente tisane à la valériane que je t'ai concoctée pour lutter contre tes insomnies, avait déclaré Tanya.

— Du safran ? Pourquoi ?

— Tu sais, je me suis souvent demandé si les Shakers n'en glissaient pas subrepticement dans les aliments de leurs frères et sœurs, tout simplement parce que ça inhibe les pulsions sexuelles. Cela dit, à trop fortes doses, ça peut être *mortel*. Comme le sexe, d'ailleurs.

Puis Tanya avait éclaté d'un bon gros rire, et Kate avait trouvé que sa nouvelle amie avait un sens de l'humour plutôt bizarre. Ce qui ne l'empêchait pas, alors qu'elle entamait les quatre heures et demie de trajet qui devaient la ramener à Shaker Run, de regretter de n'avoir pas emporté avec elle quelque remède végétal contre l'épuisement. Si seulement elle pouvait s'endormir comme un bébé, le soir, en posant la tête sur l'oreiller. Si seulement...

Elle se réveilla en sursaut, en sentant la voiture dévier. Son cœur cognait dans sa poitrine, et elle fut prise de sueurs froides à l'idée de l'accident qu'elle aurait pu provoquer. Dieu merci, c'était une autoroute à quatre voies, et aucun véhicule ne roulait à côté du sien.

Elle jeta un coup d'œil dans le rétroviseur. La voiture la plus proche était loin derrière. Le cœur battant la chamade, elle se donna une claque, puis baissa sa vitre et laissa le vent glacé envahir l'habitacle. Elle voyait d'ici les gros titres des journaux : « La meurtrière présumée s'endort au volant… »

— Maudit sois-tu, Mike Marburn ! grommela-t-elle tout en remontant sa vitre.

Jamais elle n'avait eu de problèmes de sommeil avant la trahison de Mike et sa fuite. Et jamais elle ne s'était sentie aussi en colère contre son ex-mari. Mais, au moins, elle ne l'aimait plus, songea-t-elle avec soulagement. Et puis, peut-être sa colère l'aiderait-elle à rester éveillée ? Le psychiatre qui l'avait suivie après le départ de Mike serait fière d'elle : elle avait l'impression d'être complètement guérie de son ex, ainsi que des crises d'angoisse qu'elle avait traversées après son départ et qui la poussaient à croire qu'on l'espionnait. La rencontre perturbante de la voiture noire dans le cimetière de Woodlawn l'aurait rendue totalement paranoïaque, à cette époque, mais aujourd'hui, elle arrivait à se dire qu'elle avait simplement joué de malchance en tombant sur un individu doté d'un sens de l'humour plutôt tordu.

Elle avait acquis, en somme, une nouvelle personnalité, laquelle n'était autre que sa personnalité profonde, pensa-t-elle tout en allumant la radio et en mettant à plein volume la première station qu'elle put capter sur la bande FM. Malgré les séquelles qu'Erin en gardait encore, elle savait qu'elle avait eu raison de divorcer de Mike sans attendre qu'il soit déclaré mort. D'ailleurs, en dépit de son message d'adieu, le salaud devait vivre quelque part sur la Côte d'Azur, avec une femme aussi jeune que sa propre fille et le paquet d'argent qu'il avait escroqué aux Etats-Unis.

Enfin, se dit Kate, le village isolé de Shaker Run lui apportait un sentiment de sécurité, même si elle en était la seule habitante à la nuit tombée. Elle allait certainement se remettre à mieux dormir, d'ici peu, quand elle en aurait définitivement terminé avec son passé, comme avec ces assommantes navettes entre Toledo et Shaker Run.

Tout en jetant un nouveau coup d'œil dans le rétroviseur, elle se mit à fredonner l'air qu'elle entendait à la radio. Elle voulut y voir un bon signe, car il s'agissait d'une chanson gaie et entraînante : *Everything's Coming Up Roses* — « Tout fleurit en roses. »

— Tu as vu l'embardée qu'elle a faite ? demanda la passagère au conducteur. Elle a dû vouloir attraper quelque chose à l'intérieur de la voiture. Au moins, on sait où elle va, alors garde tes distances.

— Ouais, et elle se tient de plus en plus à carreau, marmonnat-il. Elle reste tranquillement là où on voulait qu'elle soit, en se croyant bien à l'abri. Tant mieux : à la campagne, on peut la surveiller plus facilement.

— Certes, mais si elle ne coopère pas, il faudra agir. On ne pourra plus se contenter d'attendre.

— Je sais, répliqua le conducteur avec un profond soupir, tout en ôtant son chapeau qu'il jeta sur la banquette arrière. Nous avons commis une erreur avec Sarah Denbigh, mais...

— Mais, cette fois-ci, il n'y aura pas d'erreur.

8.

Les déserts arides doivent fleurir comme la rose.

MÈRE ANN LEE.

— Alors, est-ce que cette robe ne vous donne pas plus l'impression d'être une Shaker à part entière que toutes les études dans lesquelles vous êtes plongée depuis votre arrivée ici ? demanda Louise Willis à Kate qui descendait l'escalier menant à son appartement.

La jeune femme s'immobilisa un instant pour considérer les autres. Elle avait l'impression d'avoir remonté le temps et de se retrouver dans une époque plus obscure, plus étrange, en voyant des Shakers lever les yeux vers elle et la jauger d'un regard scrutateur. Ils habitaient, pour la plupart, des résidences campagnardes, non loin du village, Tanya étant la seule à loger à une trentaine de kilomètres de là, dans la banlieue d'Athens.

Comme les autres, Kate avait revêtu son nouveau costume shaker en prévision de la photographie de groupe.

— C'est très confortable pour marcher, reconnut-elle en franchissant les dernières marches qui la séparaient du rez-de-chaussée, mais je me vois mal jardiner dans cette tenue.

120

S'apercevant qu'elle avait vexé Louise, qui avait supervisé la confection des costumes, elle s'empressa d'ajouter :

— Mais la robe est charmante, et cette tenue m'aide à me sentir dans la peau d'une Shaker.

— Qu'est-ce que je vous disais ? lança Louise avec satisfaction tout en rajustant la petite cape blanche que les Shakers appelaient « le mouchoir d'épaule ».

Ce collet recouvrait l'échancrure de la robe et, comme le long et étroit tablier, ainsi que la jupe qui descendait jusqu'aux chevilles, il était censé cacher le corps féminin pour prévenir les tentations parmi les frères de l'univers célibataire des Shakers.

S'il faisait froid, comme c'était le cas aujourd'hui, la météo ayant annoncé l'arrivée d'une des premières tempêtes du printemps, les femmes revêtaient aussi de longues pèlerines à capuche, aux teintes parfois très vives. Leur robe, toutefois, était dans des tons délavés. Celle de Kate était bleu pastel, celle de Louise couleur prune et celles de Tanya et d'Adrienne, marron et grise.

Kate tenait à la main le gros chapeau de paille tressée, au lieu de le porter par-dessus la résille qui couvrait ordinairement la tête des femmes, et elle n'avait pas non plus épinglé ses cheveux sur la nuque, comme Louise avait coutume de le faire. Quant au tablier, elle appréciait fort peu d'en être affublée.

— Veuillez, je vous prie, vous tenir tous entre la table et le poêle pour l'une des illustrations de la nouvelle brochure ! dit Dane d'une voix forte, au moment où le photographe pénétrait dans le bâtiment en apportant du dehors un courant d'air glacial. Ensuite, tempête ou pas, nous allons devoir sortir pour être pris en photo de part et d'autre des entrées réservées aux sœurs et aux frères.

— On reconnaît bien là les Shakers ! lança Tanya. Deux sexes asexués. Des escaliers et des portes allant par paires, des ateliers différenciés — la première version de la ségrégation, quoi.

Dane lui lança un regard noir, puis se mit à placer chacun à son idée, sans attendre les directives du photographe. A l'instar des autres hommes du personnel, il avait revêtu le costume traditionnel masculin, qui consistait en un pantalon rayé, une chemise blanche sans col, une veste et une redingote de couleur sombre. Après les durs mois de labeur de l'hiver, le projet de transformer les membres de l'équipe de Shaker Run en guides s'habillant et s'exprimant comme d'authentiques frères commençait ainsi à prendre forme.

Dane et Adrienne assumaient les rôles d'aînés, les Willis ceux de diacre et de diaconesse, c'est-à-dire de coordinateurs de toutes les activités en cours. Clint Barstow et ses menuisiers joueraient des frères, tandis que Kate et Tanya seraient des sœurs. Louise et Ben avaient, par ailleurs, réussi à organiser une liste tournante de guides bénévoles en costume qui viendraient renforcer leur équipe, d'ici un mois, après l'inauguration officielle du village.

Chacun se préparait avec excitation à cet événement crucial dans la vie de Shaker Run.

Quant à Kate qui, dans l'immédiat, frissonnait de froid et sentait la chair de poule lui hérisser la peau, elle était très heureuse de l'existence qui était la sienne, depuis le nouvel an. C'était, du moins, ce qu'elle ne cessait de se répéter.

D'abord, elle n'avait jamais aussi bien dormi depuis des années, et cela grâce aux tisanes à la valériane de Tanya.

— Utilisée avec parcimonie, c'est un sédatif très efficace, lui avait expliqué l'herboriste en lui montrant comment doser le produit, mais si tu en prends plus qu'une simple

122

cuillère à café, ça te tiendra éveillée toute la nuit — pour ne pas dire plus.

Kate voyait aussi Erin plus souvent, et la jeune fille semblait lui en vouloir moins qu'avant. Et puis, elle s'était liée d'amitié avec Jack Kilcourse, tout en sentant bien qu'un désir charnel électrisait constamment leurs rapports. Elle apprenait à lui faire un peu confiance, même si elle le connaissait fort peu. Une barrière les séparait encore, elle en avait bien conscience, une barrière aussi épineuse que ses rosiers et aussi solide que les meubles de l'ébéniste.

— Kate, s'il vous plaît, auriez-vous l'amabilité de déposer votre chapeau sur cette table, à côté des autres, pour la photo ? lui demanda Louise.

Ce n'était manifestement pas la première fois qu'elle lui adressait cette demande, et Kate comprit qu'elle s'était de nouveau égarée dans ses rêveries.

— Nous avons la chance de posséder un grand nombre de clichés des Shakers, ce qui nous permettra de les imiter avec un maximum d'exactitude, reprit Louise à l'adresse des autres. En cela, ils étaient bien différents des Amish, qui évitaient toute reproduction de leur image. Au fond, je trouve qu'ils étaient moins attachés à leur solitude que fidèles à leurs idées.

Kate en était venue à penser la même chose de Louise. Si pinailleuse et ergoteuse fût-elle, elle était farouchement déterminée à rendre l'évocation des heures glorieuses de Shaker Run aussi authentique que possible.

Les Willis avaient conservé, à Columbus, un appartement ainsi que des bureaux, et la mère de Louise vivait toujours là-bas. Ils s'y rendaient d'ailleurs souvent, malgré tout le temps qu'ils consacraient au village, au point que Kate se demandait quand ils trouvaient celui de dormir. Mais il était vrai que, pour les Willis, comme pour Dane et Adrienne, Shaker était une véritable passion.

Tout en prenant sagement la pose devant l'objectif, Kate se rendit compte qu'elle-même se sentait, désormais, un peu shaker. Ce qui était assez normal, après tout : elle avait rejoint un groupe de personnes réunies autour d'un idéal commun, qui étaient devenues pour elle une sorte de grande famille. Avec Tanya, notamment, même si elles n'étaient pas vraiment des sœurs, elle avait rapidement noué des liens d'amitié, et cela en dépit de leurs origines différentes. Comme cela avait dû être le cas pour bien des Shakers, se plaisait-elle à penser, cet endroit où elle pouvait cultiver ses roses était un petit paradis tranquille qui la protégerait de la violence qui avait hanté son passé. Parfois, néanmoins, lorsqu'elle se retrouvait seule au village, à près de un kilomètre de Jack, les nuits lui paraissaient bien longues, bien silencieuses et bien sombres.

— On dirait qu'on va se prendre la saucée, fit remarquer Dane en regardant par l'une des fenêtres donnant sur la rue. Plutôt qu'une tempête précoce de printemps, j'ai l'impression qu'on va essuyer une méchante tempête tardive d'hiver.

Les membres de l'équipe de Shaker Run, qui étaient encore en costume, après avoir posé, une heure durant, devant l'objectif, s'étaient, finalement, réunis autour de la table de conférence.

— Je serai bref, reprit Dane, pour vous permettre de partir tôt. Je pense en particulier à Tanya.

La jeune femme était, en effet, invitée dans le Kentucky, chez sa grande-tante, la chanteuse *soul* Samantha Sams, dont on devait fêter le quatre-vingt-dixième anniversaire à l'église baptiste.

— Si vous n'aviez eu cette obligation familiale qui vous retiendra loin d'ici tout le week-end, Tanya, j'aurais différé cette séance photo, ajouta Dane, mais impossible d'attendre la semaine prochaine pour porter cette brochure à l'imprimeur. Ce qui m'amène à la question principale à l'ordre du jour : le thème qui sera le fil directeur de ladite brochure.

— N'oublie pas non plus de parler du puits ! lui dit Adrienne tout en tapotant son stylo sur le bloc-notes qui ne la quittait jamais.

— Ah, oui, exact.

Kate était toujours étonnée de constater que les interruptions que se permettait Adrienne ne semblaient jamais gêner Dane. Si elle-même avait osé bredouiller le moindre mot alors que Mike pérorait, le sang irlandais de son mari n'aurait fait qu'un tour.

— Etant donné que le temps devrait redevenir plus clément, continua-t-il en jetant un coup d'œil maussade aux nuages menaçants qui approchaient du village, les archéologues vont pouvoir procéder au dégagement du puits. Je dois vous avouer que j'ai hâte de voir ce qu'ils vont en sortir, car il est désormais établi qu'il s'agit d'un authentique puits shaker remontant à l'âge d'or de la communauté.

— Et c'est également un investissement, précisa Adrienne.

— Absolument, dit Dane. Shaker Run subventionne en partie les fouilles, et nous pouvons en attendre une bonne publicité. Tel sera, d'ailleurs, notre mot d'ordre, jusqu'à ce que le village trouve sa vitesse de croisière. D'un point de vue financier, pour l'instant, nous ne cessons de tirer sur la corde, pour reprendre une expression que les frères et sœurs du temps jadis auraient pu utiliser… Bien, venons-en maintenant au motif de cette réunion, ajouta-t-il en se mettant à parler encore plus vite. Puisque nous entamons, cette année, un nouveau millénaire, Adrienne et moi-même avons pensé que nous pourrions mettre en avant le fait que les Shakers aspiraient à ce qu'ils appelaient eux-mêmes un nouveau millénaire, expression qui, dans leur bouche, ne renvoyait pas à une période de temps mais à l'établissement d'une ère d'union et de force.

— Pourtant, d'après ce que j'ai lu, fit remarquer Kate, le nouveau millénaire attendu par les Shakers était censé être un temps de plus grande rigueur encore, de plus grande introspection, d'éloignement plus marqué par rapport au monde profane — alors que nous, à Shaker Run, devons, au contraire, nous ouvrir à l'extérieur.

— C'est juste, dit Tanya. Toute cette conception millénariste se résumait, en fait, à un ensemble de lois et de règlements destinés à *tout* régenter. Des lois sur la manière de s'exprimer et de manger, sur la façon de se lever et de quitter une assemblée et, bien évidemment, sur ce qu'ils appelaient le *commerce* entre les sexes…

— Il faut donner à ce terme son sens ancien, intervint Louise tout en fusillant du regard son mari qui avait eu l'impudence de rire de la repartie de Tanya. En réalité, *commercer* avec quelqu'un signifiait juste, à l'époque, communiquer avec lui dans le cadre du travail.

— C'est vrai, admit Tanya, mais, en vertu de ces règlements, frères et sœurs n'avaient pas le droit d'emprunter ensemble le même escalier ni de se serrer la main ni de s'adresser des murmures ou des clins d'œil. Leurs petits bavardages en rang d'oignons sur leur chaise, après le boulot, étaient sévèrement contrôlés. En plus, je viens de lire qu'une autre loi proscrivait toute forme de secret à l'égard des aînés. Est-ce vraiment vers ça que nous allons, Dane ? conclut-elle avec un sourire aguicheur et un battement de paupières qui n'avaient absolument rien de shaker. Aucun secret pour les aînés ?

126

Tout le monde s'esclaffa, quoique Dane affichât, pour sa part, un air vaguement contrarié.

— Ouais, renchérit Clint Barstow qui, d'habitude, s'exprimait si peu, au cours des réunions, que Kate avait l'impression de le connaître à peine. C'est aussi pour ça qu'ils avaient percé ces petits regards en haut des murs de la Maison de Réunion : pour que les aînés, les « observateurs », comme ils les appelaient, puissent espionner les autres quand ils étaient en assemblée ou qu'ils se livraient à leurs danses sacrées.

Kate eut soudain la chair de poule. Elle entendit le vent gémir autour du bâtiment. Malgré les plaisanteries qui l'émaillaient, cette conversation, si sérieuse fût-elle, commençait à la rendre mal à l'aise. Mais bon, l'approche de l'orage contribuait sans doute à la perturber...

— Mais non, ce n'était pas pour ça ! lança Louise avec indignation. Il est exact qu'à Shaker Hill, dans le Kentucky, les aînés plaçaient des observateurs sur les toits pour s'assurer que certains membres de leur communauté ne se comportaient pas en disharmonie avec le groupe, ainsi qu'ils aimaient à le formuler. Mais ce n'était pas le cas ici, comme j'ai pu en juger au cours des recherches approfondies que j'ai menées sur Shaker Run. Les ouvertures pratiquées dans notre Maison de Réunion devaient, en réalité, permettre aux diacres ou aux aînés de vérifier que les danses ne dégénéraient pas, ce qui était à craindre quand les Croyants étaient visités par des esprits.

— Ouais, répliqua Clint sur un ton franchement moqueur, je vois très bien comment les danses en question pouvaient *dégénérer.* Hé ! Si on rapportait ce petit détail dans la brochure, ça nous ferait une publicité hypercool !

— J'aimerais, dit Ben Willis, que nous puissions, à l'avenir, nous passer de toutes ces expressions modernes comme « hypercool », étant donné que, dès le jour de l'inauguration, nous serons censés nous comporter mais aussi nous exprimer en authentiques frères et sœurs du siècle passé. Nous devrions même nous entraîner à utiliser leurs expressions favorites afin que...

— Ne déviez pas la conversation ! lança Clint en l'interrompant. Et n'allez pas croire que je parle de certains rites shakers à la légère. Je sais très bien ce qui se passait quand ils rendaient le culte en plein air. Cela dit, Louise, je vous préviens : si jamais vous avez l'intention de nous pousser à effectuer des démonstrations de danse shaker, moi, je m'enferme dans mon atelier !

— Je vous entends fort bien. D'ailleurs, ce n'est pas la première fois que vous nous lancez cet avertissement, rétorqua Louise avec un reniflement dédaigneux. Pour vous rassurer, je vous informe que je compte inviter des danseurs diplômés de l'université. Adrienne et moi sommes volontaires pour leur enseigner les pas et les faire répéter à la Maison de Réunion. Cela dit, Clint, si vous préférez vos meubles, tant pis pour vous !

— A ce propos, Kate, intervint Adrienne, pouvons-nous espérer que les meubles prêtés par Mme Denbigh resteront au village ? Je suppose que le litige qui vous oppose à ses enfants n'a pas encore été réglé.

Kate fut soulagée de parler d'un autre sujet, même s'il s'agissait de celui-là.

— En l'état actuel de la procédure, répondit-elle en s'adressant à tout le monde, il semble, d'après mon avocat, que le souhait exprimé par Mme Denbigh de me léguer ses meubles ne sera pas invalidé, même si ses héritiers contestent toujours son testament.

Il s'ensuivit un silence que troublèrent seulement le tic-tac de la pendule et le hurlement du vent.

Kate remua nerveusement sur son siège.

— Enfin, sois certaine que nous sommes tous de ton côté, Kate, lui dit Tanya. Pour *tout*.

Cette remarque surprit Kate car, si elle leur avait, effectivement, parlé des meubles et du testament, elle s'était abstenue de leur révéler que les enfants de Sarah, sinon la police elle-même, en la personne de l'inspecteur Rudzinski, la soupçonnaient d'avoir une part de responsabilité dans la mort de Sarah. Et, comme personne ne demandait à Tanya de précisions sur ce *tout*, Kate en déduisit que les Thompson avaient sans doute rapporté aux autres ce qu'ils avaient pu apprendre eux-mêmes dans les journaux de Toledo.

La jeune femme se demanda s'ils étaient également au courant du scandale financier auquel elle avait été précédemment mêlée. C'était fort possible, mais rien, dans leur attitude à son égard, ne l'avait laissé supposer, jusqu'ici.

Elle s'aperçut alors, non sans tristesse, qu'elle ne pouvait se fier à personne. Croire que ces gens étaient susceptibles de constituer une sorte de famille pour elle était une illusion. A cette pensée, elle eut l'impression que la tempête qui se déchaînait derrière les grandes fenêtres de la salle soufflait directement dans son cœur ses bourrasques glacées.

Ce fut, en fait, un vrai blizzard, tantôt sifflant, tantôt hurlant, qui s'abattit sur Shaker Run et plongea le village dans une nuit prématurée. Après le départ des autres, Kate se sentit oppressée par un terrible sentiment de solitude. Et voilà que, pour couronner le tout, les lumières s'éteignirent brusquement.

A sa grande irritation, la jeune femme ne trouva pas sa lampe torche. Elle aurait pourtant juré l'avoir rangée dans le tiroir de sa table de chevet.

Elle marcha prudemment jusqu'au téléphone… pour s'apercevoir que la ligne était coupée. Avec cette tempête, elle n'en fut guère surprise. Comme elle n'utilisait pas son portable au village, la batterie avait fini par se décharger sans qu'elle s'en rende compte. Elle espérait que Shaker Run n'était pas la seule localité touchée car, dans ce cas, téléphone et électricité ne seraient sans doute pas rétablis avant un certain temps. Mais la vie à Toledo, où régnaient des hivers particulièrement rigoureux, l'avait habituée à ce genre d'incidents.

Kate se dirigea vers la kitchenette pour y prendre des bougies et des allumettes. Au village, on utilisait plutôt des lampes à pétrole pour s'éclairer, et cela afin de respecter la couleur locale, mais la jeune femme n'avait jamais souhaité en avoir une, par crainte de mettre le feu dans la Maison du Conseil.

Elle alluma trois bougies et, à la lueur de leur flamme vacillante, son appartement lui parut soudain étranger. Sur les murs typiquement shakers : nus et seulement blanchis à la chaux, une baguette bleu sombre était fixée, à laquelle on accrochait les habits ainsi que les chaises, quand il fallait nettoyer la pièce. « Il n'y a pas de poussière au paradis », disait Mère Ann. Sur cet écran immaculé se découpaient les ombres frémissantes des meubles, dont la plupart avaient, jadis, appartenu à Sarah. Kate eut alors le sentiment que l'esprit de son amie émanait de son mobilier pour se projeter sur les murs.

— Continue comme ça, marmonna-t-elle, et tu vas finir par penser comme cette cinglée de Louise.

Sur les vitres, le gel brouillait en partie le paysage. A travers la ramure des arbres, dont les branches maîtresses craquaient sous le froid, Kate apercevait parfois les ateliers qu'elle partageait avec Tanya et, au-delà, le vieux cimetière ainsi que le site dit consacré, qui reposait, pour l'heure, sous une chape de neige étincelante.

La jeune femme notait distraitement que les flocons avaient cessé de tomber quand elle avisa soudain une silhouette qui bougeait dans le cimetière. Elle crut discerner une forme encapuchonnée qui jaillissait des tombes pour se diriger vers l'ancien lieu de culte en plein air.

— Allons bon, marmonna Kate en continuant de se parler à elle-même, tu as encore la berlue !

C'était sans doute le jeu des branches secouées par les bourrasques qui avait créé cette illusion, songea-t-elle.

D'autres arbres cognaient aux fenêtres de son appartement, tels des visiteurs demandant l'hospitalité. Cela étant, si elle plissait les yeux pour mieux voir le site consacré, elle avait bel et bien l'impression d'y distinguer une silhouette sombre qui se détachait sur le fond de neige blanche... Ah non, ce n'était qu'un jeune pin que fouettait le vent.

Kate secoua la tête en souriant, et revint dans la kitchenette avec ses bougies. Puis, ses yeux s'étant accoutumés à l'obscurité, elle alla jeter un coup d'œil à chacune des quatre fenêtres de son appartement.

La tempête s'était subitement calmée. Dans le silence qui régna soudain, la lune jaillit des nuages et déposa une lueur spectrale sur le paysage balayé par le vent. La jeune femme aperçut alors des traces de pas nettement découpées dans la neige, sous les fenêtres donnant sur la rue. Elles atteignaient presque la porte de la Maison du Conseil avant de s'éloigner.

Etait-ce bien le bruit d'un poing heurtant un battant de bois qu'elle avait entendu, tout à l'heure ? Se pouvait-il qu'une personne égarée dans la tempête soit venue frapper à sa porte et soit repartie ensuite pour contourner le bâtiment, le croyant vide, faute d'avoir remarqué la lueur des bougies à l'étage ?

— Quelqu'un qui se serait égaré dans le blizzard ? se demanda-t-elle en pressant son front contre la vitre. Allons, c'est ridicule...

Kate retint, néanmoins, son souffle pour ne pas embuer le carreau. La route menant au village était sans issue, se rappela-t-elle, et toute personne venant de la nationale aurait bien trop de champs à traverser — ainsi que la ravine — avant d'arriver jusqu'ici.

Brusquement, la jeune femme crut distinguer, une nouvelle fois, la silhouette obscure. Elle se tenait près du grand bâtiment qui avait été le Foyer familial central et qui, situé en face des quatre maisons qui constituaient leur royaume, à Tanya et elle, abritait aujourd'hui la menuiserie de Clint ainsi que diverses reconstitutions d'intérieurs shakers.

La jeune femme s'agenouilla aussitôt, et vit la silhouette s'immobiliser un instant, tassée sur elle-même, puis pénétrer dans l'édifice par le côté droit de la porte — le côté des hommes. Elle poussa un soupir de soulagement qui voila un instant la vitre de la fenêtre. Il devait s'agir de Clint lui-même ou de l'un de ses ouvriers, songea-t-elle. Mais pourquoi venait-il si tard ? Et où avait-il donc garé sa voiture pour qu'elle ne l'ait ni aperçu ni entendu ? Peut-être avait-il été coincé par la neige, un peu plus loin ? Peut-être n'avait-il pas voulu la déranger ? Malheureusement, il ne devait pas avoir de couvertures sur lui, et une lampe pourrait également lui être utile. Chaleur et lumière étaient chichement dispensées, au village, même quand l'électricité fonctionnait.

Se hâtant de souffler ses bougies, Kate prit deux couvertures, une lanterne, et sortit dans la neige. Celle-ci était bien moins épaisse qu'elle le paraissait depuis l'appartement. De plus, il faisait incroyablement clair, dehors, en comparaison avec l'obscurité qui régnait dans la Maison du Conseil. Et puis, Kate avait toujours détesté être enfermée. C'était, d'ailleurs, l'une des raisons pour lesquelles elle avait refusé d'« aller au fond des choses », ainsi que le lui avait suggéré son psychiatre quand, après le départ de Mike, elle lui avait avoué qu'elle se croyait constamment suivie. Même si quelqu'un l'espionnait, elle préférait être dehors que prise au piège entre quatre murs.

Le talon de ses chaussures écrasant l'herbe raidie par le givre, elle suivit les traces le long de l'allée. La personne qui les avait laissées possédait de grands pieds. Aucun doute, ce devait être Clint... Mais, au fait, il saurait peut-être comment rétablir l'électricité.

Cependant, une fois parvenue devant l'édifice qui abritait la menuiserie, la jeune femme hésita. La double porte semblait la défier. Et si ce n'était pas Clint ? se demanda-t-elle. Et si elle courait après un inconnu, voire un cambrioleur ?

Un peu embarrassée à l'idée de jouer les voyeuses — ou les « observatrices », comme disaient les Shakers —, elle contourna la menuiserie par la gauche. Elle connaissait deux endroits d'où elle pourrait jeter un coup d'œil à l'intérieur du bâtiment : le perron arrière et la porte de l'ancien cellier, creusée contre la façade latérale.

L'entrée du cellier lui paraissant trop glissante, elle opta pour le perron. Arrivée en haut des marches, elle vit qu'une personne se déplaçait dans l'atelier avec une lampe, sans doute une torche, qu'elle braquait de-ci, de-là sur les différents meubles en cours d'assemblage.

La jeune femme repensa alors à l'hypothèse qui guidait Rudzinski dans son enquête et qu'elle avait fini par deviner : on aurait vendu des faux à Sarah. Le fait qu'un expert en mobilier shaker ait été engagé par la police et non par les exécuteurs testamentaires de Sarah ne prouvait-il pas que les meubles de la vieille dame jouaient un rôle dans son décès ? En effet, si Sarah se doutait qu'elle avait été flouée, et si elle avait décidé de dénoncer les escrocs, ces derniers avaient très bien pu payer quelqu'un pour la tuer. Certes, cette idée était un peu folle, songea Kate, mais n'était-il pas aussi fou de penser que son mari avait pu soutirer impunément des millions de dollars à ses clients et à ses amis ?

« Si seulement la ligne téléphonique n'était pas coupée, se dit la jeune femme tout en surveillant l'intrus, j'avertirais Jack ou la police… »

Elle vit alors l'homme poser sa lampe sur une table et, comme il se penchait pour examiner un meuble, elle réprima un hoquet de stupeur.

L'intrus n'était autre que Jack lui-même.

9.

*Me blesseriez-vous, lèvres suaves, quoique je vous aie
[blessées ?
Les hommes les effleurent et échangent à l'instant
Les lis et les langueurs de la vertu
Contre les ravissements et les roses du vice.*

ALGERNON CHARLES SWINBURNE, *Dolores.*
(Traduction de Pascal Aquien, Éd. José Corti.)

Kate faillit frapper au carreau de la fenêtre, mais suspendit son geste en se demandant comment Jack avait obtenu la clé de la menuiserie. Il n'était quand même pas entré dans le bâtiment par effraction ! Et pourquoi s'y était-il introduit durant la nuit, en pleine tempête ? Il aurait pu s'arranger avec ses collègues ébénistes pour y venir à sa guise ? Enfin, avait-il oublié qu'elle possédait un passe ?

Kate inséra silencieusement sa clé dans la serrure de la porte réservée aux sœurs, puis poussa le battant qui couina légèrement. Mais, comme grincements et craquements étaient fréquents dans les vieilles maisons, elle ne craignit pas trop d'avoir alerté Jack. Elle déposa la lampe à l'extérieur et, serrant les couvertures contre sa poitrine, se glissa par l'entrebâillement de la porte qu'elle rabattit doucement derrière elle.

Au moins Jack faisait-il assez de bruit pour couvrir celui de ses pas. Elle entendit un coup sourd, des portes de placard qu'on ouvrait et refermait, des tiroirs qu'on tirait et repoussait. Que cherchait-il donc ? Et pourquoi maintenant ?

La jeune femme traversa lentement ce qui avait été la réserve à provisions et où l'on entreposait, maintenant, les outils. Prudemment, elle jeta un coup d'œil dans la vaste pièce obscure qui servait autrefois de cuisine communautaire et dont les vieux plans de travail avaient été reconvertis en établis. Apercevant une lumière tout au bout de la salle, là où s'ouvrait une porte donnant sur la reconstitution d'une infirmerie shaker, elle s'avança en silence.

Soudain, des bras durs se refermèrent autour de sa taille, et elle se retrouva à terre, écrasée par le poids d'un corps qui s'était abattu sur elle.

Une main lui couvrit la bouche, lui heurtant brutalement la base du nez. Furieuse, elle mordit les doigts de son agresseur.

— Bon sang ! s'exclama-t-il avant d'écarter sa main.

— Attention, je vais crier ! lança Kate d'une voix indistincte.

— Et qui vous entendra ? Je ne savais pas que c'était vous, et je ne voulais pas qu'un intrus vous effraie en poussant des cris, alors que le village est censé être inhabité, à cette heure de la nuit.

— Oh, quelle délicate attention ! Sauf que l'intrus, ici, c'est vous !

— J'imagine que vous saviez qu'il s'agissait de moi avant même de pénétrer dans ce bâtiment. Sinon, votre intrusion serait aussi stupide que périlleuse.

— Stupide vous-même ! Que faites-vous ici ?

136

— Et vous ? Pourquoi vous glisser dans cette menuiserie si vous m'aviez reconnu ?

— Je voulais savoir ce que vous y faisiez.

Ils se dévisagèrent dans la lumière sourde dispensée par la torche qu'il avait posée un peu plus loin. Ils étaient si proches l'un de l'autre que Kate pouvait sentir le souffle de Jack sur son visage. Jamais elle ne s'était trouvée aussi près de lui qu'en cet instant.

Remarquant qu'elle tenait toujours les couvertures serrées contre elle, elle s'en débarrassa pour essayer de se remettre sur ses pieds.

— Vous aviez l'intention de dormir ici ? lui demanda-t-il en haussant les sourcils d'un air étonné.

Elle sentit les battements de son cœur s'accélérer plus encore.

— Dites-moi ce que vous faites là ! lança-t-elle en suivant son idée, malgré tout.

Il roula un peu sur le côté, sans, toutefois, lui relâcher la taille, et s'étendit à côté d'elle, un pied encore posé sur sa cheville.

— Eh bien, je dirai que je vous tiens plus ou moins dans mes bras. Pour tout vous avouer, j'en ai envie depuis un certain temps, mais je craignais que ça crée des problèmes.

— Allons, soyez sérieux ! Qui vous a donné la clé de ce bâtiment ?

Il soupira, se releva, et l'aida ensuite à se redresser. Elle se rendit compte, alors, qu'à aucun moment elle n'avait redouté qu'il lui fasse du mal. Cela dit, elle ne gagnerait rien à se fier à un homme. Sinon « se créer des problèmes », pour reprendre son expression. Cet homme-là, en particulier, lui semblait dangereux, avec son charme étrange et son air taciturne qui dressaient entre eux une barrière et l'incitaient, dans le même temps, à la franchir.

Bien qu'un long banc ainsi que plusieurs fauteuils à bascule aient été à leur disposition, Jack l'attira entre deux hautes armoires qui avaient été repoussées contre le mur. Dans cet espace étroit, ils ne pouvaient se tenir que serrés l'un contre l'autre.

— Je vais tout vous expliquer, murmura Jack. J'ai envie de vous faire confiance.

— Vous avez surtout envie que *je* vous fasse confiance ! C'est vous qui êtes en position délicate. Moi, j'avais une bonne raison de venir ici : apporter de quoi s'éclairer et se réchauffer à une personne que j'avais aperçue dehors et que j'avais prise pour Clint. Et vous, pourquoi vous êtes-vous introduit dans cette menuiserie ? Ce n'était quand même pas pour espionner le travail de vos concurrents ?

— Ce ne sont pas des concurrents pour moi, je vous l'ai déjà dit. Mais bon... si vous voulez tout savoir, je suis en train de vérifier si ces meubles ne ressemblent pas à certaines pièces de musées ou de collections au point de pouvoir être échangés avec elles. Cet endroit serait idéal pour fabriquer et cacher des faux et des falsifications.

— Votre atelier aussi, répliqua Kate qui se sentait obligée de défendre l'équipe du village. Enfin... passons. Et pourquoi vous glisser ici en pleine nuit, durant une tempête ?

— Je pensais que la neige masquerait mes traces, et puis je savais qu'il n'y aurait personne dehors, à cette heure-ci et par un temps pareil.

— Et comment êtes-vous entré ?

— Il y a peu de temps, j'ai réussi à me procurer une clé de ce bâtiment.

— Par quel moyen ? Et qui soupçonnez-vous de contrefaçon ? Vous travaillez encore pour Stan Rudzsinski ? Croit-il que Shaker Run est la plaque tournante d'un trafic qui serait lié à la mort de Sarah — de Mme Denbigh ?

— Holà, pas si vite...

Il levait les mains, comme pour maintenir la jeune femme à distance, mais l'espace où ils se trouvaient confinés était tellement étroit qu'il faillit toucher sa poitrine.

— Je ne travaille pour personne d'autre que moi-même, Kate, reprit-il. J'ai été victime d'un vol, l'année dernière, pas ici mais dans un aéroport où certains de mes meubles ont disparu alors qu'ils étaient encore dans leurs caisses d'expédition. On les a retrouvés, plus tard, dans plusieurs villages shakers où ils avaient été substitués à des pièces authentiques.

— Mais pas à Shaker Run, n'est-ce pas ? Il ne s'agissait pas d'éléments de la collection de Mme Denbigh ?

— Ces villages sont situés sur la côte Est. Et personne n'aurait remarqué l'échange avant des années si je n'avais eu des soupçons qui m'ont amené à inspecter de près les meubles en question. Je n'exécute jamais de copies fidèles mais ce que j'appelle des « pièces d'inspiration ».

— D'inspiration ? Voilà qui sonne vraiment shaker.

— Ouais, mais si je me contente de m'inspirer des meubles authentiques sans les copier dans le détail, c'est, notamment, pour éviter les vols. Kate, si j'ai été autant absent, cet automne, c'est parce que je me suis rendu en Angleterre et pas seulement au Japon. Le conservateur d'un musée y avait découvert qu'un secrétaire shaker qu'on lui avait vendu comme un original d'époque, plusieurs années auparavant, était, en vérité, une réplique adroite, et que cette réplique provenait de mon atelier. Il n'a pas eu beaucoup de mal à parvenir à cette conclusion : comme toutes mes autres productions, celle-ci portait ma signature — ce qui, soit dit en passant, m'a évité un séjour en détention provisoire dans les geôles britanniques. Maintenant, ajouta-t-il en haussant les épaules, il y a des chances pour que les services des douanes me suspectent toujours.

Kate était stupéfaite, et ressentait un grand élan de compassion envers lui. Elle comprenait, maintenant, ce qu'il devait endurer, et ne souhaitait rien tant que l'aider et le réconforter, même si quelques petits signaux d'alarme résonnaient encore dans son esprit, la dissuadant de se fier à lui.

— Continuez, lui dit-elle d'une voix encourageante.

— Les douaniers s'occupent de l'affaire et m'ont demandé de rester en dehors du coup, mais j'ai quand même voulu mener ma propre enquête ici.

— Pour un vol de mobilier shaker qui a eu lieu en Angleterre ? objecta la jeune femme avec incrédulité.

— C'est un style admiré dans le monde entier, répliqua Jack avec une certaine fierté. Et l'une des plus belles collections de pièces shakers d'Europe se trouve dans le Musée américain de Claverton Manor, près de Bath.

— Ainsi donc, vous soupçonnez Clint Barstow d'être à la tête d'un trafic international d'antiquités ?

— Ou, du moins, d'être un complice aux ordres d'un grand chef.

— Jack, Barstow n'est aux ordres de personne. Si vous voulez mon avis, non seulement il serait incapable de mettre sur pied une telle combine mais, en outre, c'est un homme farouchement indépendant qui n'obéit qu'à lui-même.

— Sans doute, mais on ne peut jamais savoir de quoi quelqu'un est capable en cas de crise, rétorqua Jack, tout en s'appuyant du coude contre l'arrière de l'une des armoires, tout près de la tête de Kate qu'il continuait ainsi à bloquer dans le réduit ménagé entre les deux meubles. A moins d'entretenir des rapports étroits et personnels avec cette personne…

Kate se sentait comme étourdie par la proximité de son corps et le timbre rauque de sa voix. Un reflet de la lueur dispensée par sa torche auréolait la tête ébouriffée de Jack, alors même qu'il avait l'air de tout sauf d'un ange. Avec ses traits taillés à la serpe et ses larges épaules, il ressemblait plutôt à un esprit malin, à quelque démon tentateur.

Kate réussit, néanmoins, à hocher la tête. Sauf en cas de crise, prétendait-il, on ne connaissait personne... Elle songea qu'elle aurait très bien pu appliquer cette maxime à son mariage. Mais peut-être Jack pensait-il au sien ? Dans l'un des rares moments de confidence qu'ils avaient connus, il lui avait appris qu'il était divorcé, lui aussi, mais il ne s'était pas étendu sur le sujet.

— Alors, comme ça, reprit-elle en s'adossant contre le bois massif de l'armoire, vous êtes prêt à prendre des risques pour découvrir qui se cache derrière tout ça ? Et vous tenez à travailler seul et en cachette ?

— C'est à peu près ça.

— Tout seul... ni pour Rudzinski ni pour quelque autre service gouvernemental ?

— Kate, nous ne sommes pas dans un épisode de *Mission impossible*. Et puis, de toute façon, je travaille toujours seul.

— Sauf que, maintenant, vous avez été découvert, répliqua-t-elle, et vous avez tout avoué à une tierce personne. L'endroit est assez bien choisi pour ça, remarquez. Les Shakers aimaient confesser leurs péchés.

— Vous ne m'avez pas laissé le choix. L'autre solution aurait été de vous réduire au silence.

Ses paroles et son regard brûlant accrurent encore la tension de la jeune femme, mais uniquement parce qu'elle pressentait qu'il était sur le point de l'embrasser. Et, de fait, elle crut le voir approcher ses lèvres des siennes...

Malheureusement, elle se trompait sur ses intentions.

— Vous avez très bien pu me mentir, dit-elle, la gorge serrée. Si ça se trouve, d'ailleurs, vous me mentez encore.

— Vous êtes vraiment un sacré numéro, vous savez ? répliqua-t-il d'une voix rauque. Pourquoi vous mentirais-je, alors que j'ai besoin de votre aide ?

— En d'autres termes, vous me demandez d'être votre complice ? Dans ce cas, Jack Kilcourse, commencez par me dire comment vous vous êtes procuré cette clé.

Il la choqua en se penchant encore plus vers elle dans l'espace exigu où ils étaient coincés. Puis, inclinant la tête, il recouvrit ses lèvres des siennes.

Bien que prudent, ce baiser bouleversa la jeune femme, et elle le sentit résonner jusqu'au creux de son ventre. Elle savait qu'elle aurait dû tenir Jack à distance au lieu de l'attirer ainsi contre elle, mais elle avait envie de lui… Cependant, dans un extrême sursaut de lucidité, elle finit par poser les deux mains à plat sur sa veste de cuir afin de le repousser légèrement.

— Je tenais à prendre au moins cet acompte, lui chuchota-t-il, au cas où ma réponse vous paraîtrait irrecevable.

— Donnez-la-moi toujours, murmura-t-elle.

— Comme je suis un fabricant de meubles traditionnels, j'ai utilisé la méthode traditionnelle pour copier la clé, expliqua-t-il.

Il esquissa un haussement d'épaules, si bref qu'elle sentit le mouvement plus qu'elle ne le vit.

— J'ai moulé dans la cire la forme de la clé d'origine.

— Qui vous l'avait prêtée ? Tanya ?

— Non : vous. La semaine dernière, pendant que vous étiez en train d'inspecter vos rosiers dans mon jardin. Vous aviez laissé vos affaires sous la véranda, alors j'en ai profité.

Elle le repoussa brutalement, s'échappa du recoin où ils s'étaient terrés, puis ramassa sur le plancher les couvertures qu'elle avait apportées et se dirigea vers la porte. Elle avait la main sur la poignée quand elle songea qu'il serait préférable de laisser Jack sortir le premier, puis de lui demander sa clé avant de refermer les deux issues derrière elle.

Elle se retourna vers lui. Il se tenait debout au milieu du vaste atelier, les bras croisés, le visage de marbre.

— En somme, le fin mot de toute cette histoire — ou de ces « problèmes », comme vous dites —, c'est que vous vous êtes servi de moi, lui dit-elle.

— Tout comme vous m'avez utilisé vous-même.

— Je ne vous ai ni menti ni volé.

— Pour ce qui est des mensonges, je n'en sais rien, mais je vous signale que vos roses sont sur ma propriété.

— Et qu'elles sont la garantie de mon silence, c'est ça ?

— Kate, vous comprenez pourquoi j'essaie de tirer au clair cette affaire de trafic de mobilier, n'est-ce pas ?

— Oui, je le comprends. Et si je suis prête à vous aider, c'est parce que Stan Rudzinski pense que le meurtre de Sarah Denbigh est lié à une opération de ce genre. Du moins, c'est ce qu'il me semble. Or, j'aimais beaucoup Sarah. Elle était comme une deuxième mère pour moi. En bref, comme le dit Tanya, d'un mal peut parfois naître un bien.

— Tanya parle, dans ce cas, de plantes médicinales. En outre, il y a à craindre des retours de manivelle, murmura Jack d'une voix soudain amère.

Kate fut surprise de voir alors ses yeux se mouiller de larmes. Des larmes qui n'accrochaient pas la lueur de la lampe mais brillaient sous le clair de lune reflété par la neige.

Elle comprit qu'il devait avoir une sorte de vision, qu'un souvenir avait dû lui revenir à la mémoire.

— Ecoutez, Kate, poursuivit-il après avoir pris une profonde inspiration, j'ignore si ce que j'essaie de découvrir est susceptible ou non de nous fournir un indice quant à l'identité du meurtrier de Sarah Denbigh, mais il est clair que certains de ses meubles n'étaient pas authentiques. Comme elle s'y connaissait trop pour avoir acheté un faux, je suppose que les pièces falsifiées ont été substituées à celles de sa collection *après* qu'elle les a acquises.

— Par conséquent... quelqu'un a dû s'introduire chez elle pendant la soirée afin d'examiner les meubles ou même de procéder à leur changement... Rudzinski est peut-être arrivé aux mêmes conclusions que vous, ce qui expliquerait qu'il ne soit pas venu me cuisiner ici, comme il en avait l'intention. Cela dit, il se peut aussi qu'il ait demandé à quelqu'un de me surveiller.

— Ce quelqu'un, ce n'est pas moi, lui affirma Jack en s'avançant lentement vers elle. Et puis, les services de police n'engagent pas d'espions, pas plus qu'ils n'organisent des surveillances aussi loin de leur juridiction. D'autant moins dans un endroit comme Shaker Run. Imaginer le contraire relèverait de la pure paranoïa.

— Vous ne connaissez pas Rudzinski, répliqua Kate tout en se réjouissant qu'il ignore tout des problèmes psychologiques qu'elle avait rencontrés et qui se rapprochaient fort de la paranoïa. Ce type est une véritable sangsue déguisée en pot de colle serviable et amical.

Jack lui adressa un mince sourire.

— Mais bon, ajouta-t-elle, je suis d'accord avec vous : on ne connaît vraiment les gens que lorsqu'on est dans la panade.

— Je suis actuellement dans la panade, Kate, et je vous demande de m'aider. Laissez-moi juste une petite heure pour examiner ces meubles. Je ne toucherai à rien, et personne ne saura jamais que je suis passé par ici.

— Si je me tais, c'est parce que vous... ou plutôt que *nous* avons ainsi une chance de trouver quelque chose qui puisse m'aider, moi aussi. Rien à voir avec ce pseudo-baiser grâce auquel vous espériez m'amadouer.

— Ce baiser, déclara-t-il sur un ton sans appel, était parfaitement authentique. Mais il est vrai que j'aurais dû y consacrer beaucoup plus de temps et d'énergie. Savez-vous vous servir d'une aiguille à sonder ?

— Pardon ?

— Vous pourriez me faciliter grandement la tâche en allumant cette lanterne que vous avez déposée dehors…

— Vous m'avez donc vue arriver ? Vous affirmiez, pourtant…

— … et en vérifiant les trous de vers creusés dans ce bois, acheva-t-il sans paraître l'avoir écoutée. Je vous montrerai comment procéder.

Bon sang, songea Kate en allant chercher la lanterne, quand bien même il serait en train de l'entourlouper, elle était décidée à jouer le jeu jusqu'au bout.

— Entrez ! cria Kate qui était en train de s'occuper de ses plants de rosiers d'apothicaire. La porte est ouverte.

En entendant frapper, elle avait immédiatement espéré que c'était Jack qui venait lui rendre visite.

— Pour être précise, elle n'est pas ouverte mais déverrouillée, déclara Louise en pénétrant dans l'atelier après avoir essuyé ses chaussures boueuses sur le paillasson.

— Bonjour, Louise ! lança Kate dans un effort pour paraître amicale. Vous êtes très différente dans cet ensemble moderne — si tant est qu'on puisse appeler « ensemble » un pantalon et un ciré.

— Touché, dit Louise avec un semblant de sourire. J'espère que je ne vous dérange pas en débarquant ainsi à l'improviste.

— Pas du tout. Je suis heureuse d'avoir de la compagnie, vu que Tanya n'est pas encore rentrée. Sa grand-tante est tombée malade, si bien qu'elle a dû prolonger son séjour.

Il y avait peu de chance que ce soit Jack, songea Kate, étant donné qu'il avait obtenu ce qu'il voulait de son escapade à Shaker Run.

Il avait en effet trouvé, parmi les meubles de Clint Barstow, deux grands placards qui, il en était pratiquement certain, avaient été artificiellement vieillis. Cela étant, il avait admis que cette pratique n'était pas illégale en elle-même et qu'elle ne signifiait rien tant qu'il n'aurait pas prouvé que les placards en question étaient destinés à être substitués à d'inestimables pièces authentiques, ce qui risquait de lui prendre un certain temps. De plus, il n'était pas exclu que Barstow ait eu simplement en tête de fabriquer des copies pour les écouler comme telles. A ces mots, la jeune femme, comme une idiote, avait répondu qu'elle s'arrangerait pour en avoir le cœur net…

— Que puis-je pour vous ? demanda-t-elle en voyant Louise promener autour d'elle un regard soucieux.

— Je voulais m'assurer que vous aviez bien l'intention de faire disparaître tout cet équipement moderne avant l'inauguration qui doit avoir lieu dans moins d'un mois. Nos visiteurs auront libre accès à l'ensemble du village, ou presque, et il est hors de question qu'ils tombent sur une rosiériste en tenue shaker manipulant des tubes phosphorescents, des engrais et d'autres inventions modernes.

— Si j'avais pu mettre en œuvre des méthodes plus traditionnelles pour propager cette variété en plein hiver, je ne m'en serais pas privée, expliqua Kate avec patience. Mais comme la *rosa gallica officinalis* est la seule authentique rose shaker autorisée dans le périmètre de Shaker Run…

— Il me semble, pourtant, avoir lu que les Damas et les Apothicaire étaient également utilisées ici pour la distillation de l'eau de rose !

— Ce qui prouve que l'ignorance la plus totale vaut mieux qu'une érudition incomplète, répliqua Kate, sidérée, une fois de plus, par l'étendue des connaissances de Louise qui touchaient à tous les domaines de la vie quotidienne des Shakers. Les noms que vous venez de citer sont les appellations vulgaires de deux variétés de roses. Et, comme je m'apprêtais à vous le dire, si je n'avais pas donné un sérieux coup de pouce à ces boutures — ainsi, d'ailleurs, qu'aux vingt plants plus développés que j'ai apportés de Groveland —, la roseraie n'aurait pas constitué un spectacle très intéressant, cette année.

— Les Shakers n'ont jamais recherché le spectacle, rétorqua Louise avec un frisson visible.

— Certes, mais je crains que ce ne soit le cas des touristes d'aujourd'hui. En outre, une transplantation est une cause majeure de stress pour les végétaux, et je tiens à avoir assez de fleurs, au printemps, pour pouvoir distiller un peu d'eau de rose shaker au mois de juin prochain — eau de rose dont vous serez la première à recevoir une bouteille, sœur Louise.

L'épouse de Ben Willis redressa la tête avec un air soupçonneux.

— Pourquoi moi ?

— Parce que, à mon avis, la réussite de toute cette entreprise est plus importante pour vous que pour n'importe qui d'autre. Plus même que pour Dane et Adrienne. Et j'apprécie cela chez vous.

Louise parut soulagée.

— Dans ce cas, j'aimerais bien que vous m'accompagniez au site consacré. Je finis par y emmener chaque membre de notre communauté, tôt ou tard. Voyez-vous, je ne supporte pas que l'on soupçonne les Shakers d'avoir commis le moindre mal ou même d'avoir eu un grain de folie, car ils étaient seulement *différents*. Je tiens à ce que vous les compreniez, vous aussi.

— Très bien, dit Kate.

Elle frotta ses mains pour en faire tomber la terre, puis humecta rapidement le reste des pots contenant les précieux plants qu'elle comptait mettre en pleine terre, sitôt passées les dernières menaces de gelée.

— Vous savez, Louise, j'ai déjà lu beaucoup de choses sur le site consacré. Je sais qu'il était jadis entouré d'une barrière plus haute que celle d'aujourd'hui, et décoré de sapins. Une fois par an, on y organisait la cérémonie que les Shakers appelaient la Sainte Procession, et au cours de laquelle chaque Croyant se voyait assisté par les esprits des villageois défunts ainsi que par un visiteur angélique. Des dons spirituels étaient accordés, à cette occasion et, si ma mémoire est bonne, c'était aussi un jour d'examen de conscience et de jugement redoutable.

— Vous avez bien appris votre leçon, dit Louise d'un ton appréciateur. La visite annuelle au site consacré ainsi que l'Appel de Minuit étaient, en effet, les deux fêtes les plus joyeuses et les plus saintes, mais aussi les plus débridées.

— L'Appel de Minuit ? répéta Kate en relevant vivement la tête. Je ne me rappelle pas avoir lu quoi que ce soit à ce sujet.

— Je vous en parlerai une autre fois, dit Louise. Allons plutôt profiter de Shaker Run dans toute sa beauté silencieuse, avant qu'il soit envahi par les fouilleurs, demain matin — sans parler des bénévoles et des danseurs.

Elles empruntèrent l'allée gravillonnée qui passait entre le cimetière et le carré parfait de pelouse soigneusement entretenue qui avait reçu le nom de « site consacré ». L'un et l'autre étaient isolés du reste du village par un mur de pierres plates empilées. Kate avait plus d'une fois parcouru le vieux cimetière où frères et sœurs du temps jadis étaient enterrés dans des sections séparées, aussi séparées que l'avaient été — sauf pour certaines tâches, telles que le culte ou les brèves périodes de vie sociale — leurs existences respectives. De ces disparus ne restaient que des prénoms gravés dans le calcaire des stèles, que les intempéries dissolvaient peu à peu. Un jour, Adrienne avait désigné à la jeune femme la tombe d'une ancienne rosiériste de Shaker Run, sœur Jerusha, dont Louise aurait voulu qu'elle lise le journal si seulement elle l'avait retrouvé.

— Les Croyants entonnaient deux chants spécifiques quand ils sortaient en procession du site consacré, reprit Louise d'une voix réduite à un murmure, tout en fixant d'un regard scrutateur le cimetière de l'autre côté de l'allée. L'un s'appelait « Frères, nous sommes venus rendre le culte » et l'autre « Vous, les Observateurs et vous, les Saints ». Tous les deux parlaient d'anges, car il était admis par la tradition que le site consacré était gardé par un ange vengeur à l'épée flamboyante, tout comme l'accès au jardin d'Eden dans la bible, après qu'Adam et Eve en eurent été chassés. Et c'étaient aussi des anges qui inspiraient aux Shakers leurs danses, le dessin de leurs meubles ainsi que leurs visions.

Tournant le dos au cimetière, elles approchèrent du site consacré. Kate hochait la tête aux propos de Louise, mais elle ne l'écoutait plus vraiment car elle repensait à l'ange qu'elle avait cru apercevoir dans le cimetière de Toledo. A ce souvenir, elle frémit et resserra autour d'elle les pans de sa veste.

— Ainsi, dit-elle, les Shakers croyaient qu'ils devaient reconstruire cet Eden sur terre, afin d'entrer un jour au paradis. Je reconnais que l'idée est séduisante, mais elle me paraît irréalisable par des êtres de chair et de sang. J'ai bien peur que Mère Ann n'ait pas toujours correctement interprété ses propres visions.

— Ne vous avisez pas de tenir de tels propos en présence de nos futurs visiteurs ! lança Louise. Si une sœur avait eu un tel langage, jadis, elle aurait été excommuniée et condamnée par tout le village.

— Je sais combien vous aimez le passé, Louise, répliqua Kate qui ne voulait pas céder, mais je dois vous avouer que je suis assez contente de vivre à notre époque.

— Cela ne doit pas vous empêcher de respecter la foi sincère avec laquelle les Shakers croyaient que leurs chers disparus, dont Mère Ann, revenaient danser avec eux et leur octroyer des visions, rétorqua Louise en suppliant presque la jeune femme. Je me suis, d'ailleurs, souvent demandé si ce n'était pas pour ça que les fondateurs de Shaker Run avaient établi leur site consacré si près du cimetière.

Elle regarda tour à tour le cimetière et l'ancien lieu de culte en plein air.

— Dans la plupart des autres villages shakers, le site consacré se trouve plus à l'écart des habitations. Vous savez, Kate, cette disposition particulière fait que vous êtes la mieux placée pour observer tout ce qui se passe ici.

— Vous ne voulez quand même pas dire que vous croyez, vous aussi, qu'il puisse y avoir des fantômes…

— Quoi qu'il en soit, coupa Louise, je vais proposer à Dane d'organiser ici, entre autres événements, une sorte de fête annuelle au cours de laquelle les danseurs que j'entraîne actuellement se réuniront sur ce site pour reproduire la Sainte Procession de jadis et jouer les scènes de voyance et de possession auxquelles elle donnait lieu. Et j'apprécierais grandement que vous me souteniez quand je soumettrai cette suggestion, à l'une de nos prochaines réunions. Au fait, reprit-elle en revenant si brusquement vers le village que Kate dut presque courir pour rester à sa hauteur, est-ce que Tanya a téléphoné ? L'inauguration doit avoir lieu dans moins d'un mois, et nous avons terriblement besoin d'elle.

— Non, elle n'a pas téléphoné, mais j'espère que sa grand-tante s'est remise de son malaise, même s'il faut reconnaître qu'elle a déjà eu une vie longue et bien remplie.

— Une vie longue et bien remplie, répéta Louise en hâtant encore le pas. Oui, vraiment, voilà un but digne d'être poursuivi.

— Et comment va votre mère ? demanda Kate tout en essayant de ne pas glisser dans la boue, tandis qu'elles coupaient à travers la pelouse en direction des ateliers de jardinage et de la Maison du Conseil. Je sais que Ben et vous allez souvent la voir. J'ai perdu ma propre mère quand j'étais très jeune, et je vous envie d'avoir gardé la vôtre aussi longtemps.

— Je suis désolée pour votre mère, et je vous remercie de vous enquérir de la santé de la mienne. Mère a des hauts et des bas, voyez-vous, répondit Louise, alors qu'elles s'arrêtaient devant l'échoppe de jardinage. Son problème, c'est que sa volonté est forte mais que sa chair est faible. On croirait entendre une sentence de Mère Ann, ne trouvez-vous pas ? D'ailleurs, ma mère s'appelle Ann... Bon, je vous laisse, Kate. Passez nous voir un jour aux répétitions de danse, ajouta-t-elle en s'éloignant.

Puis elle disparut au coin de la rue, comme si elle s'était évanouie dans les airs.

Kate se dit alors qu'elle aurait peut-être dû la remercier. A vrai dire, elle était un peu désorientée car, quand Louise ouvrait ainsi les portes du passé de Shaker Run, l'expérience était aussi perturbante que fascinante.

10.

Douce est la rose mais elle pousse sur la ronce ;
Doux est le genévrier mais épineuse sa branche ;
Doux est l'églantier mais il est prompt à piquer ;
Douce est la noisette mais âpre sa coque ;
Et doux est le moly mais néfaste sa racine.
Ainsi toute douceur se trouve-t-elle mêlée d'aigreur...

EDMUND SPENSER, Sonnet 26, *Amoretti.*

Le lendemain matin, Kate prit un moment pour aller regarder l'équipe d'archéologues dépêchée par l'université travailler à dégager le vieux puits situé près de l'ancien Foyer familial central qui abritait, désormais, la menuiserie de Barstow. Ils avaient monté une sorte de tour de forage pour agrandir l'orifice du puits, et avaient suspendu au-dessus du site une nacelle en métal et tissu afin de pouvoir descendre des outils dans ses profondeurs et, fort probablement, s'y introduire eux-mêmes. Ces travaux fascinèrent la jeune femme. Elle était animée par un sentiment d'urgence qu'elle n'avait jamais éprouvé depuis son arrivée au village. Tanya l'avait appelée pour lui demander de s'occuper de ses herbes et d'effectuer quelques courses pour elle, car sa grand-tante n'était toujours pas rétablie. L'une des requêtes de la jeune femme s'accordait, d'ailleurs, parfaitement avec le désir de Kate de soutirer des renseignements à Clint Barstow, selon la demande de Jack. Même si elle se sentait un peu honteuse de ce rôle d'espionne, elle était résolue à accomplir sa mission.

— Salut, Clint ! s'exclama-t-elle en s'arrêtant sur le seuil de la menuiserie.

L'ébéniste se tenait devant la fenêtre et regardait d'un air désœuvré les travaux d'excavation qui se déroulaient dehors. Trois de ses ouvriers, en revanche, semblaient fort occupés à des tâches diverses qui les obligeaient à se pencher au-dessus de leur établi.

Kate dut élever la voix pour dominer le bruit des coups de marteau et le gémissement suraigu d'une scie circulaire. Les Shakers avaient beau s'être adaptés à toutes les nouvelles technologies de leur époque — depuis l'énergie hydraulique jusqu'à l'électricité, en passant par la vapeur et les éoliennes —, Kate songea que Louise aurait certainement préféré que ces travailleurs utilisent les outils à main du XIXe siècle. Elle se demanda également si ce dragon avait osé demander à Clint de cacher les tatouages pour le moins « inauthentiques » qui s'enroulaient autour de ses avant-bras puissants et que dévoilait un T-shirt tout aussi peu shaker.

— Hé, quoi de neuf ? repartit Clint en s'avançant nonchalamment vers la jeune femme. Je regardais nos petits chasseurs de trésor, là-dehors. Ils m'ont dit qu'ils allaient utiliser des toutes petites brosses et des cure-dents en métal, mais j'ai comme l'impression qu'ils y vont plutôt à la hussarde, pour l'instant.

— Je l'ai remarqué, moi aussi. Clint, comme sa grand-tante est toujours souffrante, Tanya n'est pas encore rentrée. Elle m'a demandé de vous apporter de l'essence de citron, lui annonça-t-elle en déposant une grosse bouteille dans les mains sales et calleuses du menuisier.

— Ah, parfait ! On n'en a presque plus. On mélange ça avec de la cire d'abeille pour donner au bois un poli presque semblable à celui qu'obtenaient les Shakers.

— Je vois que vous ne ménagez pas vos efforts pour copier au plus près les pièces originales, dit Kate avec un hochement de tête approbateur. Je suis vraiment émerveillée par l'aspect ancien que présentent certains de vos meubles alors qu'à l'évidence, ils sortent tout juste de votre atelier.

Clint parut accueillir le compliment avec plaisir.

— Que voulez-vous ? L'authentique fait recette. Cela dit, il faut avoir une certaine pratique pour stresser un bois à coups de chaîne ou de marteau, expliqua-t-il tout en jonglant avec la bouteille comme si elle était bouillante. C'est la principale différence entre notre menuiserie et l'atelier de Kilcourse. Lui, il utilise d'anciennes techniques, mais il ne va pas jusqu'à vieillir ses productions, comme nous. Ce qui ne nous rapporte, d'ailleurs, pas beaucoup plus que lui par pièce vendue. Mais ça viendra : après l'inauguration du village, quand on sera mieux connus et que les visiteurs auront vu ce que nous avons à leur proposer.

Kate s'efforçait d'enregistrer toutes les informations que lui fournissait le menuisier. Cela dit, la chaleur de son accueil et la liberté avec laquelle il lui parlait de son travail tendaient à prouver qu'il n'avait rien à cacher. La jeune femme commençait à penser que le fait de garder un œil sur Barstow et ses gars, comme Jack les appelait, ne les mènerait nulle part. Mais il était également possible qu'elle n'ait aucun talent d'enquêtrice.

Elle laissa l'ébéniste à son travail, et décida de retourner à sa propre échoppe. Cependant, elle avait à peine franchi le seuil de la menuiserie qu'elle s'arrêta net et poussa un hoquet de surprise en voyant émerger d'une voiture noire l'inspecteur Stan Rudzinski.

— Je ne peux pas dire que je sois heureuse de vous voir, inspecteur, avoua Kate tout en emmenant Rudzinski vers l'échoppe de jardinage.

Elle préférait que personne n'entende ce que le policier avait à lui dire.

— Allons, pas de jugement hâtif, madame Marburn. Peut-être suis-je venu vous apporter de vraies bonnes nouvelles.

La jeune femme fut agacée de constater que le bonhomme avait, effectivement, l'air heureux de la voir.

— Dans ce cas, j'aimerais les entendre, répliqua-t-elle.

Il était en train de lire la citation accrochée au plafond de l'échoppe : « Cultiver son jardin, c'est cultiver sa vie. »

— Des personnages intéressants, ces Shakers, déclara-t-il en pénétrant dans l'atelier de jardinage.

Il longea la console à rempotage et, une fois arrivé au bout, se contenta de tapoter nerveusement sur le plateau du meuble.

— Je suis en train de me documenter sur eux, ajouta-t-il.

Kate refusa de mordre à l'hameçon.

— Alors, inspecteur, et ces prétendues bonnes nouvelles ? lui demanda-t-elle.

— Je suppose que vous ne désirez pas m'appeler Zink.

— Judicieuse supposition.

— Ecoutez, reprit-il en abattant ses paumes sur la console avec une telle brusquerie que les pots en terre cuite qui y étaient alignés s'entrechoquèrent, je n'aime pas être traité comme un paria. D'ailleurs, il me semble avoir lu quelque part que les Shakers accueillaient toujours leurs visiteurs avec la plus grande hospitalité.

Kate soupira et se retourna vers lui pour le dévisager par-dessus la console encombrée d'outils.

— Ne vous imaginez surtout pas que j'éprouve le moindre sentiment de culpabilité, rétorqua-t-elle, mais avouez qu'il est difficile d'être copain avec un type qui, tout en se prétendant votre ami, n'attend qu'une occasion pour vous soumettre à la question.

— Vous n'êtes pas impatiente de connaître la vérité sur la mort de Sarah Denbigh.

— Bien sûr que si ! Mais je vois bien à votre regard que vous me soupçonnez toujours.

— Et si vous vous trompiez ? Ecoutez, j'admire votre cran, mais j'ai l'impression que toutes les épreuves que vous venez de traverser vous ont rendue particulièrement nerveuse.

— A juste titre, non ? Comment suis-je censée réagir en voyant un inspecteur de la brigade criminelle descendre jusqu'ici pour me parler d'une affaire qui est manifestement pour lui de la plus haute importance ? Vous pensez toujours qu'elle a été assassinée, n'est-ce pas ?

— Vous n'avez jamais eu d'intuition, au plus profond de vous-même ?

Kate devina qu'elle avait, pour une fois, réussi à le mettre sur la défensive.

— Bien sûr que si ! répondit-elle. Je vous ai d'ailleurs confié que j'avais eu un semblable pressentiment quand Sarah se trouvait dans son appartement, à l'étage de la résidence, le soir de la réception, et cela avant même de la retrouver dans sa salle de bains.

— Oui, je m'en souviens. C'est l'une des raisons, outre la rapidité avec laquelle vous avez téléphoné aux urgences, qui tendent à me persuader de votre innocence. Vous êtes une femme brillante, et le scandale financier dont vous avez été victime vous a rendue également prudente. Je doute que vous ayez pris le risque de vous retrouver de nouveau sous le feu des projecteurs. Ce qui m'amène à penser qu'au cas où vous auriez agressé Sarah, vous auriez soigneusement évité d'être la première à découvrir le corps. A moins que...

— A moins que quoi, inspecteur ? Je n'ai pas le goût des devinettes.

— A moins que vous n'ayez taché votre robe avec son sang et que vous n'ayez trouvé aucun autre moyen d'expliquer ce fait.

— C'est bien ça : vous me soupçonnez toujours. Puisque c'est comme ça, je ne parlerai plus qu'en présence de mon avocat.

Elle pivota sur elle-même et alla lui ouvrir la porte. Il ne bougea pas d'un pouce.

— Kate, ce que je veux dire c'est que, après y avoir mûrement réfléchi, j'en suis venu à vous croire, déclara-t-il d'un air infiniment sérieux. J'aimerais seulement que vous me précisiez une chose, afin que je puisse classer ce dossier dans ma tête. J'ai appris que vous étiez allée voir un psy, après le départ de votre mari — ce qui, en l'occurrence, me paraît plutôt sensé.

— Inspecteur Rudzinski, cela ne vous concerne en rien. Avez-vous donc décidé de me faire passer pour folle, de laisser entendre que j'ai tué Sarah dans un état second ou que je suis une menteuse pathologique ? Au fait, qui vous a fourni cette information...

— La réponse ne va pas vous plaire, mais je tiens à jouer franc-jeu avec vous, répondit-il.

Il n'avait pas l'air de vouloir partir, mais il changeait constamment de position en dansant d'un pied sur l'autre.

— Il semble que, dès votre arrivée à Groveland, Mme Denbigh en ait parlé à sa fille.

Kate faillit en perdre l'usage de la parole.

— Encore Varina ! s'exclama-t-elle.

— Oui. Et son avocat a trouvé un motif pour contester les modifications apportées par Mme Denbigh à son testament : il va arguer que vous avez tout fait pour détourner à votre profit l'affection que la vieille dame vouait à ses propres enfants.

— Et vous prétendiez avoir de bonnes nouvelles à m'annoncer ? s'écria Kate en levant les bras au ciel.

— Je n'ai pas fini, précisa Zink. Deux choses encore : le décès de Mme Denbigh a été officiellement qualifié d'accidentel. Et, d'autre part, j'ai apporté à Jack Kilcourse un petit quelque chose qui devrait lui faire plaisir : le chèque que lui doit la municipalité de Toledo… Pour en revenir à notre affaire, il est certain que l'examen des projections de sang ne permet aucune conclusion : Mme Denbigh a pu tout aussi bien tomber sur ce coffre à la suite d'un malaise qu'avoir été poussée dans cette direction.

— Alors, c'est terminé, n'est-ce pas ? demanda Kate tout en frémissant à cette évocation. L'affaire est close ou, du moins, classée ?

— Kate, est-il vrai que vous avez été victime d'hallucinations et que c'est ce qui vous a incitée à consulter un psy ?

— Bravo, inspecteur ! J'ai bien failli me laisser prendre à votre numéro de bon flic compatissant, cette fois-ci, mais je vous avertis que, si vous ne sortez pas sur-le-champ de cette pièce, il va y avoir des projections de sang sur ces murs. Et cette affaire-là, vous ne devriez avoir aucun mal à l'élucider.

Il plaqua un sourire contraint sur son visage, et agita l'index en direction de la jeune femme.

— Si vous faites ça, vous infirmerez mon hypothèse de départ selon laquelle, à l'inverse de Varina, vous n'êtes pas un caractère emporté. Et, dès lors, je serai obligé de vous suivre pas à pas, jusqu'à ce que vous commettiez une erreur fatale.

Sur ces mots, il franchit enfin le seuil du bâtiment, tout en lançant par-dessus son épaule :

— J'aurais du mal à me fondre au milieu de ces roses… ou des pierres tombales que l'on aperçoit dans ce petit cimetière, là-bas.

158

Kate le considéra avec des yeux ronds. Voulait-il dire par là que c'était lui qui l'avait suivie au cimetière de Toledo ? La voiture noire dans laquelle il était venu n'était pas la même, mais elle était certaine que, ce jour-là, une femme se trouvait à côté du conducteur — une femme qui aurait très bien pu être l'inspecteur Martin, sa coéquipière. Elle avait, du reste, remarqué que c'était toujours lui qui conduisait quand ils étaient ensemble.

Souhaitant s'assurer qu'il allait bien quitter le village, elle lui emboîta le pas jusqu'à la Maison du Conseil. Elle le vit ensuite rejoindre son véhicule d'une démarche insouciante, y monter et s'éloigner sur la route. Elle ne quitta pas sa voiture des yeux jusqu'à ce que celle-ci se soit engagée dans l'allée de Jack. Puis, désemparée, ne sachant plus trop s'il avait voulu la menacer pour la pousser à la faute ou si, au contraire, il avait sincèrement essayé de l'aider en l'avertissant des manigances de Varina, elle se hâta de monter à son appartement pour appeler Mason James, son avocat.

Un peu plus tard dans l'après-midi, Kate entreprit d'inspecter les herbes de Tanya qui étaient en train de s'étioler dans l'atelier de distillation où elle devait elle-même fabriquer de l'eau de rose, une fois l'été venu.

D'habitude, le travail avait un effet apaisant sur l'esprit de la jeune femme, mais pas ce jour-là. La visite de Rudzinski avait achevé de la déstabiliser.

Debout dans le silence odorant de l'atelier, elle se représenta avec appréhension une bande de touristes en train de la regarder procéder à la double distillation de l'eau de rose. Cette idée lui rappela la chanson que les Shakers entonnaient chaque année en sortant du site consacré, et que Louise lui avait apprise : « Vous, les Observateurs et vous, les Saints. »

Et voilà que Rudzinski avait réveillé le souvenir de ses accès de paranoïa…

— Tanya, dit-elle tout haut, comme j'aimerais que tu sois là pour me remonter le moral !

— On parle tout seul ou on communique avec les esprits shakers ? lança une voix masculine dans son dos.

Kate se retourna d'un bond et se trouva face à Dane Thompson qui affichait un grand sourire.

— Je regrettais simplement que Tanya ne soit pas rentrée, lui expliqua-t-elle, tandis qu'il pénétrait dans le petit atelier. Mais bon, j'ai beau crouler sous le travail, je préfère la savoir auprès de sa tante. Je regrette, pour ma part, d'avoir passé si peu de temps avec Sarah Denbigh. J'aurais voulu la remercier mieux que je ne l'ai fait et lui dire toute l'importance qu'elle avait pour moi.

— La grande générosité dont elle a fait preuve à votre égard, dans son testament, prouve qu'elle savait combien vous étiez attachée à elle, affirma Dane sur un ton réconfortant.

Kate avait toujours trouvé qu'il tenait à la fois du professeur et du prêcheur.

— Je ne suis pas près de l'oublier, dit-elle. Cela étant, j'ai eu, aujourd'hui, la visite d'une personne qui m'a prévenue que le litige à propos de la succession risquait de tourner à mon désavantage. Apparemment, l'avocat de Varina a trouvé un biais pour attaquer le testament. Franchement, j'aimerais pouvoir être débarrassée de cette femme.

— Voilà de bien désagréables nouvelles, en effet, convint Dane avec un froncement de sourcils. Croyez bien que mes pensées ainsi que celles d'Adrienne vous accompagnent en ces moments difficiles.

— Je vous remercie. Mais que puis-je pour vous ?

— Eh bien, Tanya m'a informé qu'elle aurait deux ou trois échantillons à me donner pour la vitrine que nous comptons consacrer aux herbes médicinales, dans la pièce attenante à la menuiserie où, cette année, nous avons installé l'infirmerie. J'espère que vous vous montrerez plus coopérative que Clint. Il a piqué une crise quand je lui ai rappelé qu'il nous fallait un berceau de taille adulte pour l'exposition. En fait, ça ressemble un peu à l'un de nos cercueils modernes, mais les infirmières shakers estimaient qu'il était aussi bon pour un adulte en détresse d'être bercé que pour un nouveau-né.

— L'inventivité des Shakers n'a, décidément, aucune limite ! lança la jeune femme tout en prenant sa lampe torche.

Elle y avait placé des piles neuves dans l'éventualité d'une deuxième coupure d'électricité, mais elle l'utilisait aussi, comme maintenant, pour éclairer les claies où Tanya avait étalé herbes et racines de son jardin.

— Voyons si je peux vous donner satisfaction… Que vous faut-il ? demanda-t-elle à Dane.

— De la belladone, pour commencer.

Kate examina l'étagère de Tanya. Tout en braquant le faisceau de la lampe sur le contenu des claies, elle songea qu'elle allait devoir déplacer tout ça car les vapeurs de la distillation risquaient d'empêcher les herbes de sécher.

— Il est écrit ici que cette variété peut être toxique, dit Dane qui devait parcourir les notes de Tanya.

Kate entendit un froissement de papier.

— Les Shakers, je cite, s'en servaient comme « relaxant et narcotique », reprit-il. Hum, j'ai l'impression que, dans ce domaine-là aussi, ils étaient en avance sur leur temps. Aujourd'hui, on prescrit la belladone comme relaxant de l'appareil digestif, sous forme de Donnatal, par exemple. Tiens, Tanya a noté que les dames du Sud avaient l'habitude de se verser quelques gouttes d'essence de belladone dans les yeux pour en dilater la pupille, et cela malgré les terribles migraines que ça leur occasionnait. Incroyable, non ?

— Je ne cesse d'être émerveillée par l'érudition de Tanya, admit Kate.

Au bout d'un moment, elle finit par repérer l'étiquette portant le nom *belladona,* et tira de l'étagère une grande claie garnie de feuilles et de racines séchées.

— Je suppose que c'est l'une des herbes préférées de Tanya, murmura-t-elle tout en emballant une poignée de belladone dans une serviette en papier. Elle adore ce genre de remède à double tranchant. De quoi d'autre avez-vous besoin ?

Sur sa demande, elle lui sortit de la jusquiame, une herbe qui sentait horriblement mauvais et qui avait de très puissantes vertus soporifiques.

— Ça tue aussi tous les nuisibles, lui apprit Dane. On l'appelait, d'ailleurs, l'« herbe à la teigne », autrefois. C'est une sorte d'insecticide naturel.

— Peut-être devrais-je l'essayer sur mes rosiers ? Bon, que faut-il, ensuite ?

— Eh bien… Tenez, en voilà une qui n'est pas mal : la *datura arborea* ou « trompette des anges ». Cette appellation devait ravir les Shakers, eux qui se sentaient parfois visités par des émissaires du paradis. Tanya a écrit qu'on l'utilisait, jadis, comme analgésique.

— Une plante avec un joli nom, c'est vrai, mais qui empeste comme la jusquiame, nota Kate tout en localisant la claie où elle était stockée. Aucune de ces herbes n'est toxique par simple contact avec la peau, n'est-ce pas ?

— Non, non, rassurez-vous, répondit Dane avec un petit rire. Il faut les ingérer pour qu'elles agissent sur l'organisme.

— Vous m'en voyez soulagée.

La jeune femme ne trouva des graines de laitue qu'après avoir ouvert plusieurs petites boîtes en fer-blanc que Tanya conservait sur son bureau.

— Tenez, dit-elle à Dane qui la suivait d'un peu trop près à son goût. Voyez donc à quoi peuvent servir ces graines. Je voulais le demander à Tanya, quand elle m'a montré ses plants de laitue sous châssis, mais nous avons parlé d'autre chose et j'ai fini par oublier de lui poser la question.

— Voyons… Ah, il paraît que ça calmait la toux et que c'était souverain contre l'hypocondrie, les affections du système nerveux et aussi — écoutez bien — la nymphomanie, ajouta-t-il en gloussant. Pourvu que Louise ne tombe jamais sur ces notes ! Elle ne comprendrait pas qu'un tel « remède » ait pu être nécessaire dans un village shaker. Et pourtant… Il est écrit aussi que les tiges de laitue incisées donnaient un lait blanc qu'on recueillait avec un morceau de coton et dont on extrayait ensuite une sorte de succédané d'opium.

— Je serais bien la dernière à reprocher à Tanya sa fascination pour les plantes dangereuses qui ont également des vertus bénéfiques, reconnut la jeune femme. J'ai moi-même souvent planté des lobélies blanches entre mes rosiers pour l'effet visuel qu'elles procurent, tout en sachant pertinemment qu'elles peuvent être mortelles quand elles sont ingérées en trop grande quantité. Et j'ai lu, d'autre part, que les Shakers disposaient de la rue parmi leurs propres rosiers pour en éloigner les parasites, bien que la rue provoque tout un éventail d'effets particulièrement néfastes allant de l'exanthème à l'avortement spontané. Il faut simplement se montrer prudent dans la manipulation de toutes ces herbes.

Tout en parlant, elle avait emballé les graines minuscules dans un petit carré de papier qu'elle avait déniché au milieu des bouchons de liège, des entonnoirs et des balances qui encombraient le bureau de Tanya.

— Il paraît qu'un jour, elle écrira un livre sur le sujet, ajouta-t-elle.

— Un jour ? répéta Dane d'un air surpris. La dernière fois que nous en avons discuté, elle l'avait déjà à moitié rédigé.

Il se dirigea vers la porte.

— Merci, Kate, reprit-il en lui tapotant l'épaule. Je sais que l'absence de notre herboriste représente pour vous un surcroît de travail. Enfin, avec l'inauguration qui approche, aucun de nous ne sait plus trop où donner de la tête, n'est-ce pas ?

Ainsi donc, songea Kate après le départ de Dane, son amie Tanya avait déjà commencé à écrire son livre. Elle lui avait donc menti, tout comme Jack, l'autre nuit. Mais tout le monde ne pouvait être aussi précis et soucieux de la vérité que l'étaient Louise et Clint Barstow…

— Avez-vous un restaurant préféré à Athens ? demanda Jack, tandis qu'ils roulaient en direction de la ville.

— Pas vraiment, répondit Kate, mais je sais que le 7 Sauces sert de très bonnes pâtes.

— Je ne suis pas contre la cuisine italienne mais, dans une ville appelée Athens, il me semble plus judicieux de manger grec… Alors, comme ça, Clint semblait n'avoir rien à cacher ?

— Il y a quelques années, j'aurais mis ma main à couper qu'il disait la vérité, mais je ne suis plus aussi sûre d'être douée pour deviner ce qui se passe dans la tête des gens.

— Depuis que vous me connaissez, vous voulez dire ?

— Ai-je entendu s'exprimer la voix du remords ? répliqua-t-elle en se tournant vers lui. Non, en fait, je voulais dire : depuis que mon mari nous a quittées, Erin et moi.

— Désolé d'avoir réveillé ce pénible souvenir. Cela dit, j'aimerais bien connaître Erin.

— Je pensais que vous n'aimiez pas les enfants ou, du moins, les ados. Vous ne m'aviez encore jamais posé de question à son sujet.

— A vrai dire, je ne sais pas trop si je les aime pour la simple raison que je n'en connais pas, répondit-il. Enfin, disons plutôt qu'aucun adolescent ne fait partie de ma vie…

Une longue pause s'ensuivit. Kate eut l'impression que le brusque silence de Jack était comme un cri qu'il lui lançait. Elle comprit alors que, s'il ne l'avait pas interrogée sur le départ de son mari, c'était sans doute parce qu'il avait vécu de son côté une expérience similaire — à moins qu'il n'ait craint d'avoir à payer lui-même de quelques confidences une trop grande curiosité.

— Rudzinski vous a-t-il informé qu'il était d'abord passé me voir ? demanda-t-elle.

— Absolument. Je crois qu'il vous admire et qu'il désire sincèrement vous aider.

— Tiens donc ? Voilà qui m'incite à douter fortement de votre propre capacité à juger les gens, rétorqua-t-elle.

Un mince sourire joua sur les lèvres de Jack.

— Ce type est fasciné par les Shakers, reprit-il, alors je lui ai montré quelques-uns de leurs meubles, et je lui ai raconté un peu leur vie et leur façon de voir le monde.

— Lui avez-vous parlé des meubles qui vous ont été volés ?

— Non. En revanche, il m'a confié qu'il travaillait toujours sur cette hypothèse dans le cadre de l'enquête sur le décès de Mme Denbigh, répondit Jack, tandis que Kate se redressait et se penchait vers lui pour mieux l'écouter. Il m'a interrogé une nouvelle fois sur mes méthodes de fabrication ainsi que sur celles adoptées dans la menuiserie de Shaker Run.

— Je *savais* qu'il n'avait pas laissé tomber l'affaire !

— Kate, s'il est vrai que Mme Denbigh a découvert un trafic d'antiquités, vous devriez plutôt remercier le ciel d'avoir un Zink à vos côtés, si pénible et agaçant soit-il. En plus, il a aidé l'insomniaque que je suis à passer les heures sombres de la nuit. On a pris le petit déjeuner ensemble à 4 heures du matin, et il est reparti ensuite à Toledo. Je pense réellement que vous avez mal jugé ce gars.

— Vous avez peut-être raison. Mais, en ce qui concerne vos insomnies, j'ai une meilleure idée… Moi aussi, j'ai des problèmes de sommeil, depuis des années.

Il lui décocha un regard aigu avant de reporter son attention sur la route, puis il posa son bras sur le dossier du siège passager, effleurant les cheveux de la jeune femme. Elle frissonna de la nuque jusqu'au creux des reins, et comprit, avec un peu de retard, qu'il avait mal interprété ses propos. Certes, elle devait admettre qu'elle était très attirée par lui, mais une aventure avec lui, c'était bien la dernière chose dont elle avait besoin en ce moment… A moins que ce ne soit exactement ce qu'il lui fallait !

— Je suis disposé à essayer tous les remèdes que vous me prescrirez, affirma-t-il avec un sourire des plus suggestifs.

Il regardait tantôt la route, tantôt sa passagère, et il émanait de lui un léger arôme de résine, comme s'il avait passé la journée dehors au milieu des sapins.

— N'allez pas vous faire des idées ! répliqua-t-elle en riant. C'est à la tisane de valériane que je pensais pour guérir vos insomnies. Je sais que certains préfèrent les pilules à la méla-tonine ou les sédatifs en comprimés…

— Je ne prends rien de tout ça, dit-il en reposant les deux mains sur le volant.

Son expression moqueuse et amicale avait complètement disparu ; sa voix avait pris un ton coupant, et son visage était devenu de marbre. Kate fut sidérée par la promptitude avec laquelle il pouvait changer d'humeur et fermer ainsi tout accès à ses pensées comme à ses émotions.

— Même pas des vitamines ? lui demanda-t-elle.

— Même pas. A propos, enchaîna-t-il avec précipitation, je crois avoir compris pourquoi l'électricité avait été coupée à Shaker Run, pendant la dernière tempête.

Pour une fois, elle fut soulagée qu'il change de sujet.

— Je pensais que vous le saviez déjà, répliqua-t-elle. Ne m'avez-vous pas dit que le vent avait couché le poteau qui supporte les câbles électriques ?

— C'est ce que j'ai cru, au départ, mais je me trompais, répondit-il en haussant ses épaules massives. Il se trouve que j'ai croisé l'un des gars de l'équipe de réparation, à la station-service de la ville. D'après lui, ce n'est pas le vent qui a abattu le poteau en question, mais une voiture.

— Une voiture ?

— Le type dont je vous parle a clairement distingué des empreintes de pneus dans la boue, aux endroits où le vent avait balayé la neige. Il a aussi remarqué un truc étrange : il n'y avait, par terre, aucun morceau de phare, comme on aurait pu s'y attendre, et l'impact sur le poteau était situé beaucoup plus haut que la trace qu'aurait normalement dû laisser une voiture. Comme s'il s'était agi d'un camion ou d'un 4x4. Et pourtant, selon lui, les traces de pneus étaient typiquement celles d'une berline.

Kate sentit son estomac se nouer, car elle se rappelait fort bien que la voiture qui l'avait pourchassée au cimetière était d'un modèle ancien, plus haute sur ses essieux que les voitures modernes.

— Est-ce que ces empreintes sont encore visibles ? demanda-t-elle à Jack tout en s'efforçant de garder une voix égale et de n'exprimer qu'une vague curiosité.

— Non. J'ai vérifié. Avec le redoux, la boue est devenue trop liquide pour garder la moindre trace. Encore une énigme, miss Marburn — mais je préférerais que nous demeurions concentrés sur le mystère des meubles shakers… ainsi que sur le repas qui nous attend. Je meurs de faim.

De sa main droite, il saisit celle de la jeune femme, qu'elle gardait crispée sur ses genoux. Les yeux fixés droit devant elle, elle croyait voir l'image d'une voiture noire qui renversait un poteau électrique, tout comme elle avait voulu la renverser, au cimetière de Toledo.

Kate n'avait pas oublié le garçon qui les avait servies, Erin et elle, quelques mois auparavant — ou, plus exactement, elle avait oublié ses traits mais se rappelait fort bien son prénom.

— Bonjour, Stone. Je suis la mère de la jeune fille rousse, vous vous souvenez ? lança-t-elle en prenant place avec Jack dans l'un des box du fond de la salle.

Le garçon montra quelque surprise mais n'en sourit pas moins à la jeune femme.

— Ah, ouais, bien sûr. Elle vient ici tous les dimanches que Dieu fait. Elle s'appelle Ange, c'est ça ?

Kate s'esclaffa, et fut soulagée de voir Jack sourire, lui aussi. Elle l'avait trouvé très tendu, depuis leur arrivée, et en était presque venue à regretter d'avoir accepté cette sortie qu'il lui avait proposée. Elle avait besoin de se distraire un peu des tensions qu'elle subissait au village, et non pas d'en supporter de nouvelles.

— Vous avez dû mal comprendre, dit-elle au serveur. Ou alors, c'est un surnom qu'on lui donne. En fait, elle s'appelle Erin.

— Ça lui va bien — la verte Erin et tout —, remarqua Stone tout en leur distribuant les menus. Et le type qui l'accompagne a un nom qui commence par M… Attendez…

— Mark.

— Euh, ouais, c'est ça. Heureux de vous revoir, maman d'Erin.

Comme Stone s'éloignait, Jack parut s'absorber dans la lecture du menu.

— Ecoutez, lui dit Kate, ça me fait très plaisir de dîner ici avec vous, mais si vous estimez que c'est une erreur...

Il reposa le menu et se pencha vers elle.

— Des erreurs, j'en ai commis des tas dans ma vie. Il se peut fort bien que vous en soyez une de plus pour moi, mais je ne veux pas le savoir.

— Je ne peux pas affirmer que ce soit le plus beau compliment que j'aie jamais reçu. Nous pourrions peut-être en rester là et...

— Kate, Zink n'est pas le seul être sur terre à vous admirer sans trop savoir comment vous le dire pour la simple raison qu'il... Enfin, il se trouve simplement que, côté sentiments..., j'ai un peu perdu l'habitude. Vous voyez ?

Ebahie par cet aveu, la jeune femme hocha lentement la tête, et mit un certain temps avant de pouvoir reprendre la parole.

— Je vois que nous avons plus que des insomnies en commun, dit-elle enfin. Et j'aimerais que nous restions amis.

Elle mourait d'envie de lui demander depuis quand, au juste, il avait laissé son cœur en jachère, et surtout pourquoi. Mais elle s'en abstint.

Quand Stone revint vers eux, ce fut pour les voir échanger une poignée de main solennelle au-dessus de la table.

11.

Des légendes perses soutiennent que la teinte rouge de la rose vient de ce qu'un rossignol aimait trop une rose blanche qu'il serra étroitement contre son poitrail. Les épines le transpercèrent, et son sang colora la rose blanche en rouge.

PETER COATS, *Les Fleurs dans l'histoire.*

Kate était rentrée tard au village. Jack et elle avaient d'abord pris tout leur temps pour dîner, puis ils avaient poursuivi la soirée chez lui où ils avaient siroté un digestif devant la cheminée. Cependant, alors qu'il la ramenait à la Maison du Conseil de Shaker Run, elle prit conscience qu'en dépit de la liberté avec laquelle ils avaient parlé ensemble de leurs parents, de leur carrière et de leurs projets respectifs, Jack avait encore évité de lui livrer le moindre détail sur son passé.

Elle se demanda si c'était par égard pour elle, afin qu'elle ne se sente pas elle-même poussée aux confidences. Et, de fait, elle aimait être ainsi appréciée pour ce qu'elle était, sans avoir à répondre à des questions. Mais il était possible aussi que Jack cherche simplement à se protéger. Et, dans ce cas, pourrait-elle jamais le connaître ? Pourrait-elle jamais se fier à un homme qui, tout en sachant où il allait, refusait de révéler d'où il venait ?

A présent, ils échangeaient un baiser pour se souhaiter bonne nuit. Un baiser à la fois sombre et délicieux, aussi mystérieusement attirant que Jack lui-même.

Elle effleura du bout des doigts les cheveux légèrement argentés sur ses tempes, puis noua lentement les bras autour de son cou, comme pour prolonger leur baiser. Elle était à la fois prise de vertige et du désir de se donner à lui... Malheureusement, le levier de vitesse se mit bientôt en travers de leur étreinte.

— Maudite voiture ! grommela Jack, son haleine chaude caressant le cou de la jeune femme.

Il continua de l'embrasser, puis releva lentement la tête.

— Je préférerais qu'on soit dans une vieille limousine, comme celle que conduisait mon père, avec une grande banquette à l'arrière.

Il se pencha vers elle pour la libérer de sa ceinture de sécurité.

— Vous êtes le meilleur remède que j'aie jamais rencontré, ajouta-t-il d'une voix rauque. Cela dit, je me moque d'être insomniaque si vous passez la nuit près de moi.

— Le plaisir et le sommeil ne sont pas incompatibles, répliqua-t-elle d'une voix douce. L'un demande une présence, l'autre, parfois, quelques médicaments.

— Je préfère me passer de médicaments, si naturels soient-ils.

— Pourquoi donc ?

— Eh bien, je suis... j'étais méthodiste, avant...

Il marque une pause, le regard perdu dans l'obscurité qui s'étendait au-delà du pare-brise.

— Avant quoi, Jack ?

— Avant d'avoir à me reconstruire. Mais vous avez raison : il est tard et je ferais mieux de vous laisser.

Kate avait encore une centaine de questions à lui poser, mais il descendit du véhicule et claqua la portière derrière lui.

L'air froid de la nuit ramena la jeune femme à la réalité. Devait-elle fréquenter ce nouveau Mister Hyde ? Oublier leur baiser serait sans doute plus sage — sauf qu'elle en était incapable. Au moins savait-elle à quoi elle se trouvait confrontée. Mike, ce traître qu'elle avait, jadis, aimé, lui avait toujours paru si ouvert, si franc… Or, Jack ne lui ressemblait pas du tout. Et c'était tant mieux, songea-t-elle en quittant à son tour la voiture.

Jack l'accompagna devant la Maison du Conseil, et attendit qu'elle ait sorti ses clés. Il lui avait rendu le double de son passe, ce qui, elle en avait conscience, ne signifiait pas grand-chose : il avait très bien pu en faire une deuxième copie. Mais elle était trop lasse pour l'interroger à ce sujet.

Sitôt qu'elle eut allumé dans l'entrée, il la quitta et s'éloigna dans sa voiture. Le silence retomba sur le village, tandis qu'elle gagnait le second étage du vaste bâtiment, s'éclairant au fur et à mesure de sa progression avant d'éteindre aussitôt les lampes derrière elle.

La structure de bois de l'édifice craquait dans la nuit et, parfois, la maison entière semblait animée de souvenirs et de voix indistinctes, échappées du passé. S'agissait-il des esprits shakers ? Ces gens avaient-ils tant investi dans le village qu'il leur était impossible de le quitter, même après leur mort ?

Dès qu'elle fut entrée dans son appartement, elle repéra le clignotement du répondeur. Elle ne prit pas la peine de retirer son manteau et, tout en priant le ciel qu'il ne soit rien arrivé à Erin, elle se hâta d'écouter ses messages.

— Salut, Kate, c'est Tanya. Je suis toujours à Convington. Tante Samantha est morte aujourd'hui, en fin d'après-midi.

La voix de Tanya flancha un peu.

— C'est un soulagement, car elle souffrait beaucoup. Il m'est impossible de revenir avant dimanche soir, étant donné que les funérailles doivent avoir lieu samedi midi, ici même, à l'église baptiste qu'elle fréquentait. Merci de prendre soin des herbes et du reste… Euh, attends, je vais te donner mon numéro de téléphone et mon adresse ici, au cas où…

Kate réécouta le message, et nota soigneusement les coordonnées de Tanya. S'il n'avait pas été aussi tard, elle aurait appelé les Thompson et les Willis immédiatement pour leur annoncer la triste nouvelle.

En tout cas, si occupée fût-elle par les préparatifs de l'inauguration prochaine de Shaker Run, elle avait la ferme intention de se rendre à l'enterrement de la grand-tante de son amie. Elle imaginait ce que la jeune femme pouvait ressentir, et tenait à être auprès d'elle pour la soutenir.

Erin entendit le téléphone sonner au moment où elle revenait de la douche. Mais Amy avait déjà décroché.

— Oh, salut, Mark ! Oui, elle arrive à l'instant. Juste une seconde…

Erin sentit son pouls s'accélérer. Elle posa par terre le seau en plastique qui contenait son savon et son shampoing, et prit le combiné des mains de sa colocataire. Elle ferma ensuite les yeux pour se représenter le visage de son correspondant.

— Mark ? bredouilla-t-elle.

— Salut, ma belle. Je voulais juste savoir si c'était toujours bon pour dimanche prochain.

— Oh, oui, pas de problème. Tout va bien ? Je veux dire : tu n'appelles pas aussi tard, d'habitude.

— Tu viens de rentrer, non ?

— J'étais allée prendre une douche. Ce n'est pas un hôtel de luxe, ici, tu sais. La salle de bains est à l'autre bout du couloir.

— La vie est dure, hein ? Enfin, je tenais à t'avertir que je ne pourrais peut-être pas te téléphoner, samedi, pour mettre au point le programme du lendemain : je dois partir pour un petit voyage d'affaires. Mais, a priori, on se retrouve à la même heure, au même endroit, d'accord ?

— Entendu. J'ai l'impression que tout le monde prend la clé des champs, ce week-end. Kate doit partir, elle aussi, pour aller à l'enterrement d'une ancienne vedette du gospel dans une église baptiste de Convington, dans le Kentucky.

— Ah, ouais ? Bon, je t'aime, ange. Faut que je te quitte, maintenant.

Avant qu'Erin puisse ajouter quoi que ce soit, la communication fut coupée. Elle raccrocha lentement et demeura sans voix.

— Mauvaises nouvelles ? lui demanda Amy.

— Non, non, tout va bien.

— Pourquoi tu ne l'invites jamais ici ? Tout le monde aimerait le connaître, ton « amoureux fantôme ».

— Ce n'est pas mon amoureux.

— Arrête ! Je ne dirai rien à ta mère.

Erin se contenta de hausser les épaules. Puis elle rangea ses affaires et entreprit de retaper son lit.

— Tu pourrais au moins lui demander de venir au bal de printemps. Ou de rester ici un week-end entier, reprit Amy.

— Il habite loin et il a… un travail, en plus de ses études. On est d'accord pour se voir seulement le dimanche, voilà tout.

— O.K., O.K. Et il ressemble toujours à cette photo ?

Erin jeta un coup d'œil au vieux portrait de Mark qu'elle avait scotché sur la porte de sa penderie, au-dessus de l'affiche représentant Leonardo DiCaprio et Kate Winslet fouettés par le vent, à la proue du *Titanic*.

— Ouais, il n'a pas beaucoup changé, répondit-elle. Il a seulement un peu vieilli, comme nous tous.

— Ça s'entend à sa voix. Enfin, profites-en tant qu'il n'est pas trop « mûr ». Et puis, n'oublie pas de mettre l'alarme sur ton réveil, sinon tu vas encore dormir jusqu'à midi !

La voix d'Amy s'éteignit, tandis qu'Erin se blottissait dans son lit, un livre posé sur ses genoux.

Elle était de plus en plus irritée par les manières autoritaires d'Amy, mais elle s'abstint de le lui dire.

Depuis quelque temps, elle avait du mal à dormir. Tout comme sa belle-mère. Elle ferma les yeux et se rappela la nuit où elle avait surpris Kate en train d'arpenter le séjour, tel un animal en cage. C'était quelques semaines après que son père eut disparu de leur vie. Comme les soirs précédents, la jeune fille s'était endormie après avoir pleuré toutes les larmes de son corps, assommée par le chagrin, puis elle s'était réveillée en sursaut, l'esprit en déroute et le cœur battant à tout rompre. Elle s'était alors rendue dans la chambre de Kate — celle de ses parents, naguère — et avait trouvé le lit vide.

Comme une folle, sa belle-mère courait d'une fenêtre à l'autre du séjour pour scruter les ténèbres. Sous le regard ahuri de la jeune fille, elle examinait aussi tous les meubles l'un après l'autre, inspectant le dessous de chaque bibelot, l'envers de chaque abat-jour, l'intérieur de chaque tiroir. Elle fouillait les plantes en pot disposées sur l'appui de la fenêtre quand elle avait découvert Erin, debout au milieu de l'escalier.

— Oh ! s'était-elle écriée en portant la main à sa bouche.

Dans son geste, elle avait bousculé un saintpaulia qui était tombé sur le plancher de bois massif. La terre cuite avait volé en éclats, et les fleurs s'étaient répandues aux pieds de la jeune femme.

— Qu'est-ce qui se passe ? s'était écrié Erin.

Kate l'avait dévisagée avec un air hagard, comme hanté. Elle avait toujours été mince, mais, depuis quelque temps, la jeune fille la trouvait décharnée, surtout quand elle était ainsi, jambes nues, vêtue d'un grand T-shirt appartenant à son père.

Kate avait croisé les bras, comme pour se contraindre elle-même au calme. Puis elle avait pris une brève inspiration, et Erin avait aussitôt deviné qu'elle s'apprêtait à lui mentir.

— Ce n'est rien, ma chérie. Tu as du mal à dormir, toi aussi ?

— J'avais juste envie de manger un morceau — des gâteaux apéritifs ou des cookies. Mais, *toi*, qu'est-ce que tu fais là ?

— Je… Je voulais m'assurer qu'il n'y avait personne dehors — pas de journaliste, tu vois, ou de désaxé attiré par le scandale.

— En pleine nuit ? Et pourquoi tu fouillais partout ?

— On ne sait jamais, il peut y avoir une minicaméra ou un micro dissimulés dans cette pièce, étant donné qu'on me suit par…

Kate s'était brutalement interrompue au milieu du dernier mot, prenant apparemment conscience du caractère insensé de ses propos. Puis elle avait éclaté en sanglots et, le visage enfoui entre ses mains, elle s'était effondrée à côté du pot cassé. Redoutant de perdre également sa belle-mère, Erin l'avait alors prise dans ses bras et l'avait bercée comme un bébé. Puis elle lui avait fait promettre d'appeler un médecin dès le lendemain matin…

176

La jeune fille fut soudain arrachée à ces tristes souvenirs en entendant sa colocataire refermer brutalement son livre et éteindre sa lumière. Elle soupira, régla son réveil, et éteignit sa propre lampe de chevet, tout en songeant qu'elle ferait mieux de garder les idées claires si elle voulait redresser la barre de ses études.

Alors qu'elle se pelotonnait au creux des couvertures, elle pensa qu'en dépit des maux d'estomac dont elle souffrait de plus en plus et de ses crises d'insomnie, elle avait, depuis quelque temps, beaucoup de raisons d'être heureuse.

Tout en patientant dans la longue file des personnes venues à Convington, dans la New Hope Baptist Church — l'église baptiste du Nouvel espoir —, saluer les nombreux parents en deuil de la regrettée Samantha Sams, Kate écoutait avec ferveur un enregistrement de gospels interprétés par la défunte au début de sa carrière, et cherchait le réconfort dans les accents de *Swing Low, Sweet Chariot* — « Avance doucement, gentil char. »

— « Je vis au-delà du Jourdain, à l'horizon,
Venant m'emporter chez moi,
Une troupe d'anges qui venait vers moi,
Qui venait m'emporter à la maison. »

La jeune femme aperçut dans l'assistance quelques journalistes ainsi que des techniciens de la télévision. Tout cela commençait à lui rappeler la disparition de Sarah, et elle éprouva un regain de compassion pour Tanya. La famille de la défunte avait même apporté à l'église quelques pièces de sa collection de meubles shakers qui avaient été placées près de l'autel et sur lesquelles trônaient d'immenses gerbes de fleurs. « Voilà une idée que Sarah aurait adorée », songea Kate.

Malgré cela, elle n'arrivait pas à se sentir à l'aise.

— Merci mille fois d'être venue ! lui dit Tanya en avançant vers elle.

Elles s'étreignirent avec force, ce qu'elles n'avaient jamais fait auparavant — mais la mort rapproche toujours les vivants.

— C'est *très* important pour moi, ajouta son amie.

— Pour moi aussi, murmura Kate, les yeux brouillés de larmes.

Elles n'avaient été séparées que quelques jours, mais Kate trouvait Tanya amaigrie. Sa magnifique peau chocolat avait tourné au gris, et ses yeux étaient injectés de sang. A la différence des autres membres de sa grande famille, elle ne portait pas une tenue sombre, mais un ensemble en laine d'un vert éclatant.

— Je ne pouvais pas *ne pas* venir, ajouta Kate. Je tenais à rendre hommage à ta tante, même si je ne la connaissais pas, et à être auprès de toi, tout simplement.

— Tu es seule ?

Kate fit oui de la tête.

— Jack aurait bien voulu m'accompagner, mais il attendait des clients de la côte Est — notamment un type qui, paraît-il, sait toujours exactement ce qu'il souhaite lui commander.

En vérité, tout le monde, à Shaker Run, l'avait chargée de messages affectueux pour Tanya, mais elle n'avait pas envie de satisfaire à cette requête pour l'instant, estimant le moment mal choisi.

— On se retrouve à la salle paroissiale pour le repas de funérailles, d'accord ?

— Entendu, répondit Kate. J'y serai.

Après avoir serré quelques mains et s'être présentée à plusieurs des parents de la défunte qui étaient réunis autour du cercueil, la jeune femme poursuivit son chemin à l'intérieur du temple, tout en examinant les diverses compositions florales. L'une d'entre elles, principalement constituée de roses qui lui firent envie, portait une banderole sur laquelle on pouvait lire : « De la part de l'équipe et des amis du village de Shaker Run. » Elle secoua la tête en songeant que les Shakers auraient probablement envoyé des fleurs sans tige afin qu'elles ne puissent servir à des fins ornementales. Elle se rappelait encore celles qu'elle avait trouvées près de la tombe de Sarah ainsi que dans le mausolée des Denbigh.

Tout en revenant vers le fond de l'édifice, elle gardait un œil sur les photographes. Ils étaient assez nombreux car Samantha Sams avait chanté un peu partout en Amérique : dans les églises mais aussi dans l'*Ed Sullivan Show*, la salle du Grand Ole Opry, et même à la Maison Blanche, sous la présidence de Kennedy.

Kate entendit quelqu'un affirmer que la chanteuse avait aidé à abattre les barrières raciales dans le pays et que sa contribution d'artiste à la cause des Afro-Américains était presque aussi importante que celle de Marian Anderson.

Mais Kate avait beau essayer de s'absorber dans le sentiment de grandeur et l'émotion que lui inspirait la cérémonie, elle avait constamment l'impression d'être épiée. Elle décida de rester à l'arrière afin de pouvoir surveiller les alentours, et s'assit avec soulagement au bout d'un banc.

Deux Afro-Américaines d'un certain âge, installées non loin d'elle, s'éventaient, bien qu'il ne fît pas si chaud que cela sous le haut plafond de l'édifice.

— J'arrive pas à croire qu'elle nous ait quittés comme ça, confia l'une des deux matrones à sa voisine.

Elle parlait d'une voix forte, comme si son amie avait été un peu dure d'oreille.

— Enfin, reprit-elle, je savais qu'elle n'était plus toute jeune, mais j'ai toujours cru qu'elle avait un estomac d'autruche.

— A cet âge, n'importe quoi peut te pousser dans le trou, Bessie, tu diras pas le contraire. Je me demande quand même qui va hériter de toutes ses collections. Tiens, il y aurait de quoi remplir un musée avec ses autographes, les cadeaux qu'elle a reçus, les portraits de célébrités et le reste — sans parler de ses meubles de cheik.

— Ses meubles *shakers*, corrigea Bessie. Les cheiks, c'est des arabes qui portent de grandes robes blanches pour se protéger des tempêtes de sable… Enfin, les tempêtes de la vie sont finies pour notre Sammy Sams. Et le bon Dieu va être bien content de l'enrôler dans le chœur des anges. J'aurais préféré, malgré tout, qu'elle connaisse une fin plus paisible. Cette femme était une sainte, si tu veux mon avis, et elle méritait mieux que les douleurs et les convulsions d'une intoxication alimentaire.

Une intoxication alimentaire ?

Kate était stupéfaite. Tanya ne lui avait pas parlé de ça.

Pour Kate, la cérémonie se déroula comme dans un rêve. Elle se demandait si Tanya n'avait pas essayé d'aider sa tante à partir, avec des herbes médicinales. Certes, son amie ne lui avait pas parlé d'intoxication alimentaire, mais rien ne l'y obligeait. Pour une vieille personne aussi fragile que paraissait l'être Samantha Sams sur ses photographies les plus récentes, toute complication pouvait être fatale.

L'assistance chanta le cantique préféré de Samantha, *Amazing Grace* — « Grâce prodigieuse ». Le pasteur et plusieurs autres orateurs vinrent ensuite rendre hommage à la « prodigieuse Samantha ». Puis le grand chœur entonna à pleins poumons une interprétation renversante des gospels qu'affectionnait la défunte. De temps en temps, des membres de l'assistance frappaient dans leurs mains en cadence ou lançaient des « Amen ! » et des « Louons le Seigneur ! » retentissants.

Ce service ressemblait bien peu aux messes dont Kate avait l'habitude, mais elle le trouva merveilleusement exubérant et spontané — vivant, en un mot. En fait, songea-t-elle, cette cérémonie aurait certainement plu aux Shakers, eux qui laissaient volontiers leurs émotions inspirer leur culte. Et elle avait, désormais, l'impression de mieux comprendre le sens du conseil que Louise donnait à ses danseurs quand elle leur recommandait de « commencer en mesure, puis de se contenter d'accompagner le mouvement ».

Tout le monde se leva quand le cercueil fut transporté hors de l'église pour être déposé dans le fourgon mortuaire, en tête du long convoi. Une double spirale de voitures, ornées d'oriflammes funèbres, pourpres et blancs, encerclait la vieille église.

Comme les autres, Kate monta dans son véhicule et attendit, le moteur au ralenti. La famille de la défunte était si nombreuse qu'elle occupait non seulement la limousine de tête mais aussi plusieurs autres automobiles. Kate avait perdu Tanya de vue, mais elle savait qu'elle se trouvait dans l'une de ces voitures.

Enfin, le fourgon et la limousine s'ébranlèrent, et la jeune femme demeura coite, comme hypnotisée par ce défilé de visages inconnus dans lesquels elle ne voyait que celui de Sarah, se rappelant la foule immense qui assistait aux funérailles de son amie.

Une évidence s'imposa alors à son esprit, si fortement qu'elle eut un mouvement convulsif et que ses mains heurtèrent le Klaxon. Comme plusieurs automobilistes la fusillaient du regard, elle essaya de leur faire comprendre qu'il s'agissait d'un geste fortuit de sa part.

Ce qui ne lui semblait pas fortuit, en revanche, c'était que Samantha soit partie si peu de temps après Sarah. Elle se demanda si son amie allait hériter des meubles shakers de sa grande-tante, et si elle les emporterait à Shaker Run. Dans ce cas, Dane et Adrienne récupéreraient bien facilement ce précieux legs. Or, si l'on appliquait à la mort de Samantha l'hypothèse conçue par Rudzinski pour expliquer la disparition de Sarah, on pouvait imaginer le pire...

— Tu dérailles, ma pauvre fille ! se dit Kate à voix haute. Te revoilà partie dans tes délires paranoïaques. Samantha n'a pas été victime d'un complot, et personne ne te poursuit.

Puis, comme elle regardait l'interminable cordon de voitures se dérouler peu à peu, son pire cauchemar revint l'assaillir.

— On va passer juste devant elle, dit l'homme. J'espère qu'elle ne peut pas nous voir derrière ces vitres teintées.

— Tu sais bien qu'elles s'assombrissent au soleil. Et puis, au besoin, tu n'auras qu'à te baisser.

— C'est vraiment nécessaire d'aller jusque-là pour la maintenir dans le droit chemin ?

— Pas dans le droit chemin. Dans le doute. Elle a commencé à poser des questions aux autres, et ça, c'est mauvais. Il faut la déstabiliser, au contraire. La pousser à s'interroger elle-même.

Comme ils dépassaient la voiture de Kate, la femme se tassa sur son siège, tandis que l'homme se contentait de baisser le bord de son borsalino.

*
**

— Les voilà ! s'écria la jeune femme. Je ne rêvais pas !

La voiture ancienne de couleur noire, aux vitres obscures, semblait parfaitement à sa place dans le convoi funèbre menant Samantha Sams à sa dernière demeure et, bien que Kate ressentît une très grande tension intérieure, elle n'eut pas de réaction physique immédiate. Après tout, pensait-elle dans une sorte d'état second, le fourgon et la limousine étaient également noirs et munis de vitres teintées. Mais cette berline-là…

Cette berline se faufila entre les autres véhicules et, bientôt, Kate ne la distingua plus du tout. Ce fut comme si elle l'avait seulement imaginée.

Se secouant enfin de sa stupeur, elle déboucla sa ceinture de sécurité, ouvrit sa portière et bondit sur la chaussée. Puis, abandonnant derrière elle sa voiture dont le moteur tournait encore au ralenti, elle partit au pas de course le long du convoi. Les automobilistes derrière lesquels elle avait klaxonné un moment plus tôt la considéraient toujours d'un regard méfiant. Elle les ignora et se faufila entre le cortège et les voitures à l'arrêt.

Au bout d'un moment, elle distingua de nouveau la berline noire. Elle allongea sa foulée pour tenter de la rattraper, tout en se répétant qu'il ne pouvait s'agir d'une coïncidence…

Le sang battait furieusement à ses oreilles. Elle perdait le souffle, et peut-être aussi la tête.

Soudain, loin devant elle, là où le convoi obliquait à droite pour s'engager sur une grande artère, elle vit le policier à moto qui contenait la circulation et saluait chacune des voitures du cortège. Hélas, au désespoir de la jeune femme, il accéléra avant qu'elle ait eu le temps de le rejoindre.

Elle poursuivit sa course sur le trottoir. Ses talons hauts la faisaient trébucher et lui martyrisaient les pieds, mais elle tint le rythme, malgré tout.

Elle repéra bientôt le toit de la berline noire. Malheureusement, sa plaque était toujours invisible. Comprenant qu'elle allait lui échapper, la jeune femme se précipita sur le parking d'une petite galerie commerçante pour essayer d'avoir un angle de vue dégagé sur l'arrière du véhicule.

Enfin, elle aperçut une plaque blanche. Mais elle ne parvenait toujours pas à en déchiffrer le numéro. Taraudée par un point de côté, elle décida de regagner sa propre voiture avant de continuer la poursuite.

Aux abords de l'église, son automobile gênait sérieusement la circulation.

Après s'être excusée, elle remonta en voiture, tout en s'efforçant d'ignorer les regards assassins braqués sur elle. Puis elle enfonça la pédale d'accélérateur et partit en trombe se coller à l'automobile qui la précédait.

Sa tête était emplie de questions. Devait-elle garder sa place dans la file ? Les occupants de la berline l'avaient-ils repérée, alors qu'elle courait après eux — car, dans son esprit, ils étaient toujours deux : un homme et une femme. Ne risquaient-ils pas de s'enfuir avant qu'elle les rattrape ? D'autant plus qu'à son niveau, le cortège se traînait, et qu'elle n'avait pas la moindre idée de la distance qui la séparait encore du cimetière… Et si elle allait signaler au motard qui ouvrait la marche qu'un véhicule noir, semblable à celui qui se trouvait au milieu du cortège, l'avait pourchassée dans un autre cimetière ?

« Non, se dit-elle. Il penserait que tu es cinglée — et il n'aurait peut-être pas tort. »

Cette situation lui semblait, du reste, quelque peu irréelle — tout comme celle qu'elle avait vécue lorsqu'elle était persuadée qu'on la suivait partout, après que Mike avait spolié la moitié des habitants de Toledo. Certes, à l'époque, elle avait des raisons de nourrir de telles craintes, mais aujourd'hui… ? A moins que les conducteurs de la berline n'aient été engagés par Varina pour la harceler, elle, la petite rosiériste qui se terrait, désormais, dans un village shaker, au fin fond de la campagne du sud de l'Ohio.

Après ce qui lui parut une éternité, elle obliqua enfin dans le cimetière, à la suite de la procession, puis quitta la file, se rangea sous un arbre près d'une pompe à bras, descendit de voiture et verrouilla les portières de son véhicule. Elle remonta ensuite en courant l'allée gravillonnée, et tenta de repérer la berline. Mais elle ne la vit nulle part.

Hors d'haleine, elle finit par renoncer, et s'adossa contre une haute stèle, le cœur battant à tout rompre.

Pendant le repas servi dans le sous-sol du foyer paroissial, Kate alla de table en table pour interroger les gens et leur poser toujours la même question.

— Avez-vous vu une voiture noire aux vitres teintées dans le convoi funèbre ?

Finalement, un jeune homme mince et bien mis, accompagné de son épouse et de ses quatre enfants, s'adressa à elle en ces termes :

— Vous êtes la dame qui a klaxonné, puis qui a quitté son véhicule pour nous dépasser en courant ?

— Oui, et j'en suis désolée. C'est parce que j'avais cru reconnaître la berline noire de mes amis que j'ai heurté l'avertisseur — sous le coup de la surprise, vous comprenez ?

Le jeune homme posa sa fourchette pour la dévisager avec incrédulité.

— Et vous ne les avez pas retrouvés, ensuite, au cimetière ?

— Eh bien, non, répondit Kate qui se sentait de plus en plus ridicule.

— Je suppose qu'ils ne sont pas non plus dans cette salle ? Quel est leur nom ?

— Excusez-moi de vous avoir dérangés, dit la jeune femme en se rendant compte qu'il lui fallait changer de méthode.

Elle songea qu'elle devrait peut-être informer Stan Rudzinski des événements survenus à Toledo et ici même. Il pourrait sans doute vérifier ses dires, et comprendrait ainsi qu'un danger réel la menaçait. Malheureusement, elle n'avait même pas un numéro d'immatriculation à lui donner…

— Remarquez, je n'ai pas dit que je ne les avais pas vus, reprit le jeune homme, alors qu'elle s'éloignait de sa table.

Kate se retourna aussitôt vers lui. Pour un peu, elle l'aurait embrassé !

— Vous les avez donc vus ?

— Leur voiture, en tout cas. Il n'y a plus beaucoup de berlines Packard en circulation, de nos jours. Celle-là date, à mon avis, de la fin des années quarante. Mon grand-père en avait une semblable, autrefois, alors qu'on ne jurait déjà plus que par les Cadillac.

— Oh, merci ! Auriez-vous noté autre chose à son sujet… son numéro d'immatriculation, par exemple ?

Il plissa les paupières, comme pour mieux distinguer l'image qu'il avait gardée à la mémoire.

— Je crois que c'était une plaque de l'Ohio. Toute blanche, vous voyez ? Avec cette drôle de tache couleur pêche, en haut. Quant au numéro, je dois vous avouer que je n'y ai pas vraiment prêté attention. Je me rappelle, en revanche, qu'il y avait deux personnes à bord. Ouais, ouais, ouais, marmonna-t-il en se frottant le menton comme s'il portait la barbe. Au volant, c'était un homme avec un chapeau de style ancien, genre gangster.

Kate remercia chaleureusement le jeune homme, et réussit même à obtenir son nom et son adresse, au cas où elle aurait besoin de son témoignage.

Elle se dirigea ensuite vers le fond de la salle pour examiner les noms inscrits sur le registre de condoléances. Aucun ne lui parut familier ni suspect.

C'était bien la même automobile que celle qui l'avait poursuivie dans le cimetière de Toledo, elle en était certaine.

Mais pourquoi ? se demanda-t-elle. *Pourquoi ?*

Elle l'ignorait encore. Mais elle était résolue à tout faire pour le savoir.

12.

Toutes les choses disgracieuses et brisées, toutes les choses qui sont usées et vieilles [...]
Nuisent à ton image qui épanouit une rose au plus bas de mon cœur.

WILLIAM BUTLER YEATS,
L'amant parle de la rose qui est dans son cœur.
(Traduction d'André Pieyre de Mandiargues,
éd. Fata Morgana.)

En quittant l'église pour rentrer chez elle, Kate avait parfaitement conscience qu'elle devait se ressaisir. Pourtant, alors qu'elle se faufilait dans les encombrements de Convington, puis dans ceux de Cincinnati, de l'autre côté du fleuve Ohio, elle ne cessait de regarder dans son rétroviseur pour y surprendre la présence éventuelle de la satanée voiture noire qui hantait ses pensées. Mais, de toute façon, la circulation était trop dense pour qu'elle puisse la repérer. A un moment, elle faillit percuter le véhicule qui roulait devant elle et, un peu plus tard, bien qu'elle se forçât à rester concentrée sur la route, elle manqua un tournant et dut rebrousser chemin.

— C'est ce qu'il faut que je fasse aussi dans ma tête ! s'exclama-t-elle, frappée par une soudaine révélation. Revenir tranquillement en arrière et ne pas paniquer.

Sur la nationale I-75, elle emprunta la première bretelle de sortie. Ce n'était encore que le milieu de l'après-midi ; la nuit ne tomberait pas avant plusieurs heures, et elle décida de s'accorder une pause pour réfléchir.

Elle alla se garer sur le parking d'un Wendy's, ferma sa voiture, et revint ensuite sur ses pas pour *vérifier* qu'elle était bien fermée. Puis, après avoir inspecté les alentours afin de s'assurer qu'elle n'avait pas été suivie, elle se hâta de pénétrer dans le restaurant.

Son café et son sandwich à la main, elle choisit une table dans un coin, et s'assit, le dos au mur, afin de pouvoir surveiller à la fois les deux issues du bâtiment, sa voiture et le pré qui s'étendait au-delà du parking. Malgré ces précautions, elle était gênée que la journée soit si sombre et l'intérieur du restaurant si brillamment éclairé. Elle avait l'impression d'être coincée dans un bocal transparent où n'importe qui pouvait l'épier, de loin.

Pour conjurer ses angoisses, elle retourna le set de table en papier posé devant elle, et se mit à écrire au verso : « Suspects n° 1 : Varina et Palmer. »

Bien sûr, ils avaient intérêt à la détruire, physiquement ou mentalement. Ils ne se contentaient pas de lui avoir fait quitter Tolèdo puisqu'elle était encore en position d'hériter. Non, ils souhaitaient la voir morte.

Mais ça n'expliquait pas tout. S'ils avaient juste voulu la tuer, pourquoi seraient-ils apparus dans le convoi funèbre ? La vérité, c'est qu'ils cherchaient à lui adresser un message. Nul doute qu'ils prenaient plaisir à la tourmenter, à l'effrayer… avant d'aller encore plus loin.

Kate frémit, et se força à entamer son sandwich. Elle n'avait rien mangé, au cours du repas de funérailles. Or, pour passer à l'action, il allait lui falloir des forces.

Elle reprit ses notes.

« Preuve : Varina savait que je consultais un psy puisqu'elle en a informé Zink. Elle a très bien pu profiter de ma fragilité pour me donner l'impression que j'étais surveillée, suivie, épiée, dans l'espoir de me faire perdre la raison. Jalouse de l'affection que sa mère me vouait, elle a d'abord tenu à me faire souffrir. Ou bien elle a pensé que je craquerais sous la pression et que Palmer et elle récupéreraient ensuite la fortune de leur mère.

« Autre preuve : d'après Sarah, Palmer collectionne les voitures anciennes. Alors, pourquoi pas une berline Packard des années quarante ? »

Kate souligna *voitures anciennes* à plusieurs reprises, jusqu'à ce que la pointe de son stylo crève le papier.

Elle savait qu'elle avait la possibilité d'appeler Rudzinski pour lui rapporter tous ces faits et lui demander de vérifier si la collection de Palmer comptait un tel véhicule.

D'après Sarah, ces voitures représentaient ce que son fils chérissait le plus au monde.

— Mes enfants auront, au moins, hérité de moi le goût pour les collections, avait-elle confié un jour à la jeune femme. Palmer adore ses voitures anciennes — ainsi que les belles écervelées, dont il change, d'ailleurs, comme de véhicule. Varina, quant à elle, est passionnée par les bijoux et les chevaux. Je ne leur reproche nullement ces penchants ni le mépris qu'ils professent à l'encontre de mes « vieilleries », comme ils appellent mes meubles et mes fleurs, mais ils devraient quand même respecter mon intérêt pour les collections puisqu'ils le partagent eux-mêmes…

Kate secoua la tête pour s'éclaircir les idées. Parfois, la voix de Sarah lui revenait à la mémoire avec une force incroyable, à la différence des souvenirs fragmentaires et évanescents qui pouvaient encore lui rester de sa propre mère, et auxquels elle s'accrochait désespérément.

Oui, se dit-elle, cette voiture ancienne était l'indice qui allait lui permettre d'identifier ses ennemis. Et, lorsqu'elle serait en mesure de prouver qu'il s'agissait bien de Palmer et Varina, alors seulement elle téléphonerait à Rudzinski.

— Et si ce n'étaient pas eux ? se dit-elle dans un souffle.

Elle inspecta, une fois encore, le parking ainsi que la rue qui le longeait.

D'autres personnes, en effet, pouvaient avoir intérêt à l'épier, à l'effrayer ou même à lui faire du mal, songea-t-elle.

Elle tira un trait sous ce qu'elle avait écrit concernant Varina et Palmer, puis marqua : « Zink. »

De fait, le policier s'était peut-être mis en tête de la suivre et de la maintenir ainsi sous pression jusqu'à ce qu'elle soit disposée à passer aux aveux ? Mais pourquoi aurait-il utilisé cette voiture de collection ? Et puis, franchement, pour tomber ainsi sur elle le matin même où elle s'était rendue au cimetière de Woodlawn et, ensuite, le jour de l'enterrement de la grand-tante de Tanya, dans le Kentucky, il aurait dû la soumettre à une surveillance de tous les instants. Or, bien qu'il soit venu la voir récemment à Shaker Run, il était peu probable qu'il puisse lui consacrer autant de temps et d'énergie. Comment savoir ? Dans le doute, elle ne pouvait se fier totalement à lui ni l'appeler à l'aide, du moins pour l'instant.

« La clientèle de Mike », écrivit-elle ensuite, pensant que l'une des victimes des malversations de son ex-mari pouvait être assez riche, tordue et rancunière pour la harceler ainsi.

Puis une autre idée lui traversa l'esprit, une idée qui lui procura un tel choc qu'elle renversa une partie de son café sur la table, et sentit ses bras envahis par la chair de poule : il n'était pas exclu que son tourmenteur soit Michael Marburn en personne.

En effet, son ex-mari avait très bien pu revenir pour se venger d'elle puisqu'elle avait témoigné contre lui. Mike aimait les voitures anciennes — il leur était même arrivé de se rendre ensemble à des congrès de collectionneurs. Cependant, il n'avait jamais émis devant elle le souhait d'acquérir l'une de ces pièces de collection. Et puis, serait-il allé jusqu'à imaginer une mise en scène aussi compliquée ?

Kate inspira si bruyamment que le couple assis à la table voisine se tourna vers elle pour la dévisager. Elle s'empressa aussitôt de rassembler ses affaires. Une image — une vision — lui était subitement revenue à l'esprit : celle de la silhouette ténébreuse qui s'était glissée hors du cimetière shaker pour se diriger vers le site consacré, durant la tempête, la nuit où une grosse voiture avait abattu le poteau soutenant les câbles de l'électricité et du téléphone devant chez Jack. Cette apparition n'était-elle pas, elle aussi, un message à son intention ? Voire une menace ? Si tel était le cas, elle n'était pas près de la fuir. Elle allait, au contraire, l'affronter dans l'espoir de découvrir le fin mot de toute cette histoire.

Elle se rendit aux toilettes, puis commanda un nouveau café qu'elle comptait emporter avec elle. Elle avait encore un long chemin à parcourir. Dane et Adrienne l'attendaient le soir même, mais elle les avait appelés pour les prévenir qu'elle ne serait de retour que le lendemain matin : quoi qu'il lui en coutât, elle était résolue à obtenir des réponses aux questions qu'elle se posait sur ses principaux suspects.

Ce fut donc avec une détermination renouvelée qu'elle sortit du restaurant. Cependant, comme elle approchait de sa voiture, elle vit que quelque chose était étalé sur son pare-brise. Elle serra si fort son gobelet de café qu'elle en expulsa le couvercle en plastique, et faillit s'ébouillanter. Elle laissa tomber le gobelet par terre, recula d'un bond, et contempla sa voiture avec stupéfaction. Un panier en osier était écrasé sur son pare-brise et une partie de son capot. Un ruban froissé s'était même pris dans l'un de ses essuie-glaces, et flottait lugubrement au vent.

Ayant jeté un coup d'œil sur les autres véhicules garés sur le parking afin de s'assurer que personne ne l'épiait, la jeune femme s'agenouilla pour regarder sous sa voiture, puis se redressa vivement.

Dans le panier brisé se trouvaient encore des tiges et des pétales fanés, mais pas de fleurs. Celles-ci avaient été coupées et jetées ailleurs — peut-être sur la tombe de Samantha, songea Kate, tout comme les précédentes l'avaient été sur celle de Sarah. La jeune femme s'aperçut alors que ce panier n'était autre que celui qu'elle avait vu à l'église et qui contenait les roses envoyées par les amis de Tanya — dont elle-même — à Shaker Run.

Les mains pressées contre sa bouche pour réprimer une brusque nausée, les jambes tremblantes, Kate s'adossa contre son véhicule et scruta de nouveau le pré envahi de mauvaises herbes.

Tout était normal.

Tout sauf ces roses sans tête volées à une sépulture récente, et qui lui étaient adressées en guise d'avertissement.

Kate était effrayée, mais également en colère, et elle refusait de céder à la panique. Elle décida de se rendre d'abord chez Palmer. Elle connaissait l'emplacement de sa résidence à Sylvania — un quartier huppé, au nord-ouest de Toledo —, mais l'organisation labyrinthique des rues la désorienta, de sorte que ce fut seulement vers 18 heures qu'elle parvint devant chez le frère de Varina. Ce dernier habitait une immense demeure en pierre de taille qui se dressait sur un grand terrain arboré. Kate ne fut guère surprise de constater que les plantations s'y résumaient à différentes espèces d'ifs taillés et que les pelouses y étaient totalement dépourvues de crocus et de jonquilles printaniers, comme il en fleurissait sur le gazon des autres propriétés du quartier.

Mais ce fut surtout le vaste garage à trois portes qui l'intéressa, et le fait que l'une de ces portes, la plus éloignée de la demeure, soit ouverte. La jeune femme espérait et craignait à la fois y trouver une vieille berline Packard dont le moteur serait encore chaud. Une berline dont, peut-être, le pare-chocs porterait une trace de choc — celui survenu contre le poteau électrique —, et dont les sièges ou le sol seraient maculés par les restes d'une gerbe funèbre massacrée.

Kate passa deux fois devant la maison à vitesse réduite, puis elle alla se garer dans une impasse voisine. A première vue, la résidence était vide, mais elle ne pouvait en être certaine, et préférait agir avec discrétion.

Bien sûr, Palmer et Varina étaient assez riches pour avoir engagé des hommes de main, mais, même dans ce cas, la présence de la berline dans le garage les dénoncerait.

Comme la jeune femme s'était arrêtée dans une station-service afin d'échanger ses vêtements de deuil contre une tenue décontractée, elle pouvait aisément passer pour une voisine en train de faire son jogging. Afin de renforcer cette impression, elle entoura son front d'une écharpe de soie qu'elle noua sur sa nuque.

Ayant de nouveau parcouru les environs du regard, elle fourra les clés de son véhicule dans la poche de son sweat à fermeture Eclair, et partit au pas de gymnastique en direction de la résidence de Palmer.

Bien que la température fût assez fraîche, Kate se retrouva en nage avant même d'avoir adopté une bonne foulée. Ses clés tintaient contre sa hanche et son cœur battait bien plus rapidement que ne l'exigeait son effort. A l'idée de se rendre coupable d'une violation de propriété, elle ne put retenir une grimace. Finalement, son comportement serait aussi répréhensible que celui qu'avait eu Jack, la nuit où il s'était glissé dans la menuiserie de Shaker Run...

Arrivée devant le pavillon qui précédait la maison de Palmer, elle en remonta l'allée en courant, comme si elle y habitait. Elle comptait passer par son jardin pour pénétrer dans celui de Denbigh, qui était mitoyen. Elle allait jouer à son tour les espions, et ce renversement de situation n'était, à ses yeux, que justice.

Elle interpréta comme un signe de bon augure le fait que le jardin en question comporte une fontaine entourée d'une roseraie, même si celle-ci était encore sans fleurs et que sa terre n'avait toujours pas été retournée. En outre, comme elle avait déjà pu le noter depuis la rue, aucune barrière ne séparait les deux jardins sur l'arrière.

La jeune femme ralentit pour repérer un trou dans la haie de chez Palmer, puis elle s'y faufila du mieux qu'elle put, ce qui lui valut, malgré tout, de s'écorcher les jambes et de déchirer son pantalon de jogging. Sans se soucier de ces détails, elle progressa à pas comptés en direction du garage. Elle remarqua alors que, si le jardin de Palmer ne comportait pas de parterres de fleurs, il était, en revanche, ponctué de statues en pierres massives de style contemporain.

Soudain, la jeune femme eut l'impression d'être revenue sur la pelouse du cimetière historique de Toledo. Il ne manquait plus, pour compléter l'illusion, qu'un paon querelleur gardant les lieux, à la place des corbeaux qui croassèrent à son approche.

Elle s'immobilisa au coin du garage qui était le plus éloigné de la maison, et inspecta la rue ainsi que le jardin de devant. Puis elle risqua un œil à l'intérieur. Ce garage était si grand qu'il aurait pu contenir six voitures. L'un des deux emplacements près de la porte était vide. Sur l'autre était garée une voiture de sport rouge. Kate reconnut une vieille Corvette. Ce n'était assurément pas le véhicule qu'elle cherchait. Les deux autres portes étaient closes, mais une grande automobile — peut-être une Cadillac de collection — était rangée derrière la porte du milieu et, à côté d'elle, se trouvait ce que la jeune femme pensait être une Ford Model-T. Plus loin en direction de la maison, derrière la troisième porte, elle aperçut un autre emplacement vide et, enfin, ce qui ressemblait à une voiture recouverte d'une bâche. Mais l'obscurité régnant à l'intérieur du garage ne lui permettait pas d'en être certaine.

Elle se haussa sur la pointe des pieds et constata qu'effectivement, le véhicule garé le plus près du mur mitoyen avec la maison était protégé par une sorte de toile, et qu'il présentait une forme massive semblable à celle de la Packard.

N'entendant rien et ne voyant personne, Kate se coula à l'intérieur du garage, puis rasa le mur en direction de la voiture bâchée.

Elle faillit sauter jusqu'au toit en entendant un véhicule démarrer. Ou plutôt, non, il ne démarrait pas : il approchait depuis l'extérieur. Des phares éclairèrent bientôt le mur à quelques pas d'elle, puis une voiture s'arrêta sur l'emplacement vide, en face de la porte ouverte qui se mit à redescendre vers le sol, tandis que des tubes au néon s'allumaient au plafond.

La jeune femme alla se réfugier dans les profondeurs du garage. Accroupie derrière la Cadillac, elle jeta un coup d'œil par-dessus son capot, et aperçut Palmer en compagnie d'une blonde. Leur voiture était une jeep trapue couleur sable, comme celles qui étaient utilisées pendant la guerre du Golfe, et qu'on appelait des Hum-Vees. Profitant du bruit que produisait la porte du garage en se refermant, Kate s'éloigna plus encore et, ayant contourné la Model-T, elle ouvrit la portière côté conducteur. Elle plongea dans l'habitacle et se tassa sur le plancher de la Ford. Le choc de la porte contre le béton ainsi que la voix de la femme couvrirent le déclic de la portière quand elle la rabattit derrière elle.

— Eh bien, c'était une chouette balade, déclara la femme. Pour un peu, j'aurais presque l'impression que tu es une sorte de cheik qui m'aurait enlevée durant la « mère de toutes les batailles » et qui m'aurait emmenée dans sa tente en plein désert.

Palmer laissa échapper un rire sonore.

— Allons donc dans mon humble demeure, ma chérie, mais je te préviens que je n'ai aucune bataille en vue pour l'instant.

— Faut voir ! répliqua la blonde d'une voix plus claire qui indiqua à Kate qu'ils étaient sortis du Hum-Vee et se rapprochaient de la maison. Tu oublies la bataille des sexes...

Au moins, songea la jeune femme, il y avait de la place dans l'habitacle de la vieille Ford. Elle retint son souffle en priant le ciel pour que le couple la dépasse et gagne au plus vite l'intérieur de la résidence. Elle voulait seulement regarder sous la bâche au fond du garage. Ensuite, elle regagnerait sa voiture. Elle n'avait vraiment pas besoin que Palmer la découvre dans sa propriété.

Elle entendit un tintement de clés, mais la porte menant à la maison ne s'ouvrit pas. Où se trouvaient-ils donc ?

Pourquoi ne se remettaient-ils pas à parler pour qu'elle puisse les localiser ?

Un rire de gorge lui indiqua que Palmer et sa conquête devaient échanger des caresses. La Ford oscilla légèrement. Bon sang, songea Kate, ils s'appuyaient dessus !

Elle perçut bientôt un balancement régulier qui la rendit nauséeuse. « Ils ne sont quand même pas en train de… »

La jeune femme se rappela alors une séquence du film *Titanic* qu'Erin et elle étaient allées voir ensemble. Erin avait été tellement subjuguée par cette histoire d'amour malheureuse qu'elle était allée revoir le film plusieurs fois. Kate, pour sa part, n'avait assisté qu'à une seule séance, mais elle se souvenait fort bien qu'à un moment, alors que les méchants recherchaient les jeunes amants, ils s'aimaient à l'insu de tous dans une voiture ancienne entreposée dans les cales de l'immense navire, la nuit même où ce dernier devait sombrer. Elle revit en esprit l'affiche du *Titanic* qu'Erin avait fixée sur la porte de sa penderie, à l'université, et se prit à regretter que Jack — non pas le héros du film, mais son Jack à elle — ne soit pas là.

— Et si on allait à l'intérieur, mon seigneur et maître ? chuchota la blonde. Ce bouchon de radiateur me rentre dans les fesses.

— Quel dommage ! repartit Palmer.

Kate leva les yeux au ciel, et entendit bientôt le bruit de la porte qui s'ouvrait.

Le couple pénétra enfin dans la résidence, et elle se retrouva seule.

Elle se força à rester immobile une bonne minute, puis jeta un rapide coup d'œil dehors. Elle constata qu'effectivement, le garage était vide. Malheureusement, la minuterie s'arrêta soudain et, comme toutes les portes étaient désormais closes, les lieux furent plongés dans une obscurité totale.

Comment ferait-elle pour sortir de là ? Elle ignorait où se trouvait la commande d'ouverture des portes aussi bien que l'interrupteur électrique…

Doucement, silencieusement, elle sortit de la Model-T, qui oscillait à chacun de ses mouvements. Elle n'en referma pas complètement la portière, de peur que le bruit du loquet n'attire l'attention de Palmer, même si ce dernier était à l'intérieur de la maison et fort occupé avec sa compagne.

La jeune femme tâta précautionneusement le mur du fond, à la recherche d'un interrupteur, et finit par en trouver un. Mais, comme elle ne savait pas s'il servait à actionner les portes ou à allumer le plafonnier, elle continua à progresser dans le noir en direction du véhicule bâché.

Sitôt parvenue au niveau de la grosse Cadillac, elle ouvrit l'une des portières avant. Comme elle l'avait espéré, une veilleuse éclaira l'habitacle.

Guidée par cette faible lueur, la jeune femme alla, à pas de loup, soulever le prélart qui recouvrait la dernière voiture. Il ne bougea pas. Etait-il attaché au sol ?

Animée par un sentiment d'urgence, elle tira sur le lourd tissu. Il glissa, libérant un pare-chocs chromé. Elle souleva la bâche pour dégager le capot. Celui-ci était de couleur sombre… Elle disposait toutefois d'une lumière trop chiche pour savoir de quelle teinte il s'agissait au juste.

Elle repoussa encore plus le prélart. Le véhicule était une berline à quatre portes. Ça correspondait, bien sûr, mais d'aussi près, et dans la pénombre, il était difficile de décider si les deux berlines n'en faisaient vraiment qu'une.

Kate repoussa la bâche au niveau du bouchon de radiateur, espérant trouver la marque inscrite quelque part. Où les Packard étaient-elles signées, d'ordinaire ? se demanda-t-elle. A aucun moment elle n'avait identifié le véhicule qui l'avait harcelée. Sur ce point, elle faisait confiance à l'inconnu qui l'avait renseignée au cours du repas de funérailles…

Elle palpa la figurine qui ornait le bouchon, mais n'arriva pas à déterminer ce qu'elle représentait. Un oiseau aux ailes déployées ? Une femme aux vêtements flottants ? La marque de la berline n'était visible nulle part.

La jeune femme se précipita vers l'arrière de la voiture et passa ses mains sur la surface froide et métallique du coffre. Oui, se dit-elle, il y avait bien là une inscription en lettres chromées. Elle essaya de la déchiffrer du bout des doigts. Elle lui parut plus longue que le nom « Packard », et la première lettre, elle en était sûre, était un *O*. Une Oldsmobile ?

Priant le ciel que Palmer soit trop absorbé par son occupation du moment pour l'entendre, elle revint vers l'interrupteur qu'elle avait repéré près de la porte menant à l'intérieur de la résidence. Parfois, se rappelait-elle, les portes de garage s'ouvraient spontanément, surtout quand une autre télécommande était actionnée dans le voisinage. Si elle sortait rapidement d'ici sans être vue de personne, Parker ne saurait jamais qu'elle était venue. Certes, elle n'avait pas remis la bâche en place, mais celle-ci pouvait très bien avoir été soulevée par des gamins curieux.

Elle abaissa l'interrupteur. La porte par laquelle elle était entrée se souleva avec un fort bourdonnement, et toutes les lampes du garage s'allumèrent. Kate prit, néanmoins, le temps de lire la marque de la berline — qui était, effectivement, une Oldsmobile — et de noter sa couleur : marron. Puis, sans demander son reste, elle s'enfuit en courant. Après avoir contourné l'angle du garage, elle se rua vers le trou dans la haie du fond, traversa cette dernière sans se soucier des branches qui l'égratignaient, déboucha dans le jardin contigu, et se hâta de regagner sa voiture.

Elle était écorchée de partout, et la panique lui donnait des ailes. Mais elle s'en voulait surtout de n'avoir su trouver d'indice indiquant que Palmer et sa sœur étaient bien ses tourmenteurs.

Cela étant, se dit-elle en démarrant, il était possible que Palmer possède une autre berline — peut-être *la* berline — et que celle-ci ne se trouve pas dans le garage. Elle avait remarqué un emplacement vide, et elle savait qu'il ne cessait de changer les pièces de sa collection.

— Ou alors, se dit-elle tout haut, c'est quelqu'un d'autre qui me harcèle.

— Jack, Kate est là ? demanda Tanya, dans la soirée, en voyant l'ébéniste ouvrir une fenêtre à l'étage de sa maison.

— Tu ne l'as pas vue au village ?

— Non.

Il referma la fenêtre et se hâta de descendre l'escalier pour ouvrir l'un des vantaux de la double porte d'entrée.

— Elle devrait, pourtant, être rentrée depuis longtemps, reprit Tanya, l'air éreinté. Je l'ai vue à l'enterrement, bien sûr, mais elle est partie bien avant moi. Elle avait l'air vraiment nerveuse. Moi, j'avais des *tas* de trucs à faire, et puis il fallait que je fiche le camp pour me retrouver un peu.

Jack opina : il semblait la comprendre parfaitement. Il en était venu lui-même à ne plus supporter les attentions constantes de ses parents, et avait fini par s'installer ici dans l'espoir de trouver la paix et la tranquillité. Mais il n'avait acquis ni l'une ni l'autre.

— Je suppose que tu as pris le même chemin que Kate pour rentrer, dit-il à la jeune femme tout en se passant une main dans les cheveux. Tu n'as vu aucun accident sur la route ?

— Mais non ! Ne t'inquiète pas, va. C'est une grande fille... mais j'imagine que tu l'as déjà noté. Qui sait ? Peut-être qu'elle s'est arrêtée chez un pépiniériste ou ailleurs.

— Ouais. Je pencherais plutôt pour un restaurant. Elle a dû aller voir sa fille qui étudie à l'O.U. Tanya, je suis navré de ne pas avoir pu venir aux funérailles de ta grand-tante. J'avais des rendez-vous que je ne pouvais pas décommander.

Elle lui tapota le bras et le serra un instant contre elle.

— La carte et les fleurs étaient *très* bien, lui assura-t-elle. L'équipe du village a également envoyé un grand panier de roses. Je ne m'attendais pas à les voir à la cérémonie, de toute façon. Et je dois avouer que Kate m'a surprise et m'a fait un énorme plaisir en venant. Bon, comme je te le disais tout à l'heure, le travail m'attend. A propos, j'ai toujours mon bureau chez toi ?

— Absolument. Et je garde un œil sur tes papiers. Dane entre et sort de là à toute heure et semble remuer pas mal de choses, mais je suis certain qu'il ne touche pas à tes affaires.

— Tu sais qu'il aimerait bien te louer aussi le reste ou, mieux encore, te l'acheter, lui rappela-t-elle en parcourant du regard les différents bâtiments.

— Dommage pour lui : l'endroit me convient parfaitement. Tu veux aller jeter un coup d'œil à tes affaires ?

— Je devrais, dit la jeune femme avec un lourd soupir. Avec l'inauguration du village qui approche, j'ignore *complètement* quand je vais pouvoir travailler à mon livre. Et puis, j'ai encore quelques expériences à mener avant de m'y remettre.

Il la précéda vers la baraque qui se dressait au-delà de son garage, de l'autre côté de son atelier. Quand Dane Thompson la lui avait louée, ils avaient tous deux convenu que Jack en détiendrait, lui aussi, une clé.

— La caverne d'AliBaba ! lança Tanya, tandis que Jack déverrouillait le cadenas.

— Moi, je pense plutôt à la plus grosse boîte shaker jamais construite, répliqua-t-il avec une grimace comique tout en repoussant la vieille porte coulissante sur son rail. Tiens, à propos, je devrais avoir terminé ton bahut d'herboriste avant l'inauguration, mais bon, je ne peux rien promettre.

— Oh, monsieur Kilcourse, lança Tanya sur le ton de la plaisanterie, je sais que vous n'êtes pas enclin aux concessions *ni* aux promesses.

« Pas enclin aux promesses… ». Ces mots résonnèrent dans l'esprit de Jack. Depuis qu'il avait perdu Andy — avant de perdre Leslie aussi —, il se défendait de nouer des rapports trop étroits avec une femme. Sauf que… Il y avait Kate, la belle Kate qui jouait la fille de l'air et dont la personnalité lui demeurait, par bien des côtés, insaisissable…

— Regarde-moi un peu cette pagaille ! s'exclama Tanya, l'arrachant ainsi à ses rêveries.

Le soleil couchant illuminait les piles d'objets shakers qui n'étaient pas exposés. Parmi eux se trouvaient des meubles trop esquintés pour être utilisés avant que Barstow et son équipe ne les aient réparés. Jack nota également la présence de deux petites caisses dont Dane devait avoir, récemment, acquis le contenu. Bien qu'elles aient des dimensions réduites, il se promit d'y jeter un coup d'œil dès qu'il en aurait le temps, ce type d'emballage étant, précisément, celui qui protégeait le mieux les meubles durant leur transport.

Le secrétaire fait main de Tanya était disposé sous la seule fenêtre de la pièce. La jeune femme se servait également d'une lampe d'appoint pour s'éclairer et, durant les mois d'hiver, Jack lui apportait un appareil de chauffage lorsqu'elle souhaitait s'isoler ici pour écrire. Néanmoins, il ne souhaitait pas parler avec elle de la vraie raison pour laquelle il l'aidait à réaliser son projet. Elle écrivait un livre et, de son côté, il s'arrangeait pour lui faciliter le travail, voilà tout.

Il avait éprouvé comme un vertige lorsqu'elle lui avait appris que cet ouvrage traiterait des effets néfastes et parfois mortels des surdoses médicamenteuses. Elle l'avait intitulé *Les remèdes peuvent tuer,* et une assez longue préface était censée en expliquer la teneur. Même si, jusque-là, elle n'avait pas cherché à savoir pourquoi il tenait tant à voir son livre publié, il avait l'intention de le lui révéler un jour, en même temps qu'il lui demanderait de l'aider à élucider un meurtre — la tragédie même qui avait dévasté sa vie.

A l'intérieur de la baraque se trouvaient aussi des piles de vieux paniers en osier, des tas de briques ainsi qu'une grande boîte en plastique contenant des objets shakers que Louise Willis et Adrienne n'avaient pas encore pris le temps de trier. Et puis, bien sûr, c'était ici qu'était garée l'ancienne voiture de tourisme qui avait appartenu aux tout derniers Croyants de Shaker Run.

13.

Les roses ont des épines, les fontaines d'argent de la boue ; les nuages et éclipses ternissent soleil et lune, et le chancre hideux loge au bouton le plus doux. Tous les hommes font des fautes.

SHAKESPEARE, Sonnet 35.
(Version française de Pierre Jean Jouve,
Éd. du Mercure de France.)

Erin blêmit en voyant qui se tenait sur le seuil de sa chambre.

— Ma... Kate, bafouilla-t-elle. Tout va bien ? On dirait que tu... Enfin, tu as l'air d'avoir vu un fantôme ou je ne sais pas quoi. Euh, entre.

Kate s'était arrêtée dans un motel pour dormir quelques heures, la nuit précédente, puis elle s'était rendue directement à Athens. Elle avait besoin de voir Erin, d'être avec elle et de cesser de l'entendre l'appeler « Kate » au lieu de « maman ».

— Ma chérie, je sais que tu passes, d'habitude, le dimanche avec Mark. J'avais bien conscience qu'il risquait d'être déjà là, mais je devais absolument avoir une conversation sérieuse avec toi, et le plus rapidement possible. Alors, j'ai pensé que je pourrais vous inviter tous les deux au restaurant, après que nous aurons discuté, toi et moi…

Kate s'aperçut qu'elle tenait des propos un peu décousus et qu'elle agitait les mains dans tous les sens. Des émotions contradictoires se lisaient tour à tour sur le visage de sa belle-fille : de l'irritation, de l'étonnement, de la perplexité, voire de la peur.

— Maintenant, ajouta-t-elle en prenant sa fille dans ses bras pour un long câlin, si ça ne te convient pas, je peux repasser demain, après ton dernier cours. J'aimerais t'emmener à Shaker Run pour te montrer les fameuses danses qu'on y répète et dont je t'ai déjà parlé.

Erin lui rendit son étreinte, et Kate se rendit compte qu'elle avait perdu du poids ; elle sentait ses côtes et ses vertèbres.

— Entendu. Pourquoi pas ? murmura la jeune fille en reculant dans la pièce pour inviter sa belle-mère à y entrer.

Kate constata avec soulagement que, pour une fois, Amy n'était pas là.

— En fait, reprit Erin, si j'ai eu l'air un peu bizarre, tout à l'heure, quand tu es arrivée, c'est que Mark vient de me prévenir qu'il ne pourrait pas venir aujourd'hui. Il est un peu patraque.

— Oh, mais alors c'est parfait ! s'exclama Kate sans réfléchir. Allons voir tout de suite les danses shakers. Ensuite, on se promènera un peu dans le village et on pourra discuter tranquillement toutes les deux.

— C'est à cause de cet enterrement auquel tu as assisté hier, n'est-ce pas ? lança Erin tout en prenant sa veste et en fourrant quelques affaires dans un sac à dos.

Kate fut assez surprise de voir combien elle semblait pressée de partir.

— L'enterrement ? répéta-t-elle, confuse.

— Celui de la grand-tante de ta collègue — Tanya, c'est ça ? Quand tu perds quelqu'un, ça t'amène généralement à repenser à tout ce que tu regrettes dans ta vie. A tes erreurs, par exemple. Je me disais que c'était peut-être ça qui t'avait poussée à te pointer ici à l'improviste.

— C'est parce que je t'aime et que j'ai besoin de toi que je me suis « pointée » ici, répliqua Kate.

Elle reconnaissait, néanmoins, qu'Erin avait vu juste — sauf que ce n'étaient pas tant les funérailles en elles-mêmes qui l'avaient incitée à venir voir sa belle-fille que sa peur et son impuissance à identifier ceux qui la harcelaient. Elle voulait s'assurer que *ces gens-là* n'avaient pas l'intention de s'en prendre aussi à Erin. Elle était certaine, en tout cas, de ne pas avoir été suivie à Toledo ni ici. A plusieurs reprises, elle avait failli sortir de la route, à force de regarder dans son rétroviseur. Mais il était également possible, se dit-elle avec angoisse, tout en jetant un coup d'œil par la fenêtre, que ceux qui la suivaient aient su, d'avance, où elle se rendait.

Erin consulta rapidement sa montre, griffonna un message à l'intention d'Amy, puis poussa Kate hors de la chambre.

— Prenons l'escalier latéral, il est plus près, suggéra-t-elle en se dirigeant vers la porte qui s'ouvrait à l'extrémité du couloir.

— Tu ne sais même pas où je suis garée ! lui fit remarquer Kate. Et puis, tu ne dois pas prévenir l'accueil de ton absence ?

— Pas si c'est juste pour la journée. Et Amy ne s'inquiétera pas.

Sur ces mots, la jeune fille entraîna sa belle-mère dans l'escalier, puis à l'extérieur du bâtiment. Quand elles roulèrent enfin en direction du village, Kate sentit qu'Erin scrutait les alentours avec autant de nervosité qu'elle. Cela renforça son désir d'emmener la jeune fille à Shaker Run afin de la protéger, de la dorloter et la distraire de l'humeur étrange qui était la sienne. En fait, elle aurait souhaité leur trouver à toutes deux un refuge sûr contre tous les dangers du monde.

— Soyez, de grâce, les bienvenues, car les Croyants ont toujours permis aux « gens de l'extérieur » d'assister à leur culte, annonça Louise Willis à Erin qui s'était assise avec sa belle-mère sur le banc des sœurs pour assister à la répétition du jour.

Tous les exécutants portaient la tenue shaker complète.

— Très bien, frères et sœurs, commença Louise en s'adressant aux danseurs et à son mari qui faisait le troisième homme de la troupe, en dépit de sa légère claudication, commençons, de grâce, par le commencement.

Tout le monde s'essayait, comme Louise, à « parler shaker » afin de tenir correctement son rôle de guide, lors de l'inauguration prochaine, la femme de Ben demeurant la garante du respect de la tradition.

Kate commençait à admirer sincèrement les Willis. Shaker Run était leur rêve, et ils lui donnaient tout. Ils avaient même proposé d'organiser, chez eux, le lendemain soir, un dîner de travail pour toute l'équipe.

Comme les Croyants, jadis, Louise et Ben avaient enlevé tous les meubles qui encombraient le plancher de bois ciré et repoussé les bancs contre les murs. Les danses qu'ils répétaient étaient, bien sûr, strictement individuelles, la notion même de cavalier ou de cavalière étant proscrite dans le monde farouchement célibataire des Shakers. Louise et Ben semblaient, du reste, dotés de personnalités si rigides que Kate en venait parfois à se demander s'ils allaient jusqu'à s'abstenir de ce que les Croyants appelaient des « relations maritales ».

Elle se rappela les regards percés en haut des murs, auxquels on accédait par d'étroits escaliers dérobés et d'où les aînés avaient coutume d'observer ce qui se déroulait dans la salle. Comme elle redressait la tête, elle jeta un coup d'œil vers le haut et, dans la lumière du soleil qui arrivait de l'extérieur, elle put presque imaginer quelqu'un en train de les surveiller, en ce moment même. Toutefois, elle ne se sentait pas observée, du moins pas comme à l'église, avant la cérémonie d'inhumation. D'ailleurs, Dane et Adrienne étaient restés chez eux, ce jour-là, et les Willis étaient juste devant elle. Alors, qui donc aurait pu l'épier de là-haut ?

La jeune femme était heureuse de voir qu'Erin paraissait intéressée et même excitée par le spectacle. Etait-ce parce qu'elle connaissait l'une des huit danseuses de l'université ainsi que deux des garçons, pour les avoir côtoyés sur le campus ? Ou était-elle tout simplement heureuse d'avoir partagé avec sa belle-mère le plat que Kate leur préparait toujours pour leur remonter le moral : des macaronis au fromage. La jeune fille avait dévoré littéralement, et elle semblait, désormais, plus sereine.

Elle lui avait avoué qu'elle avait encore du mal à s'adapter à l'université et que ses notes étaient loin d'être satisfaisantes. Mais Kate devinait que d'autres soucis la tenaillaient...

Hommes et femmes entamèrent lentement la danse en exécutant une ronde aux pas complexes.

— « Eveille-toi, mon âme, chantaient-ils. Lève-toi et secoue-toi. L'heure de la réflexion est passée. Reste éveillée, reste éveillée, de crainte que tu ne sois en deux déchirée. »

— Elle est bonne, celle-là ! chuchota Erin à l'oreille de Kate. Moi, c'est parce que je suis restée trop souvent éveillée, ces derniers temps, que je suis *déchirée*. Je crois bien que j'ai attrapé ton insomnie.

Kate la prit par les épaules.

— Tu t'inquiètes trop pour tes résultats scolaires, lui murmura-t-elle. Peut-être même que tu en fais trop. Ce n'est quand même pas parce que Mark te prend un jour de travail par semaine que tes notes ont tendance à chuter ? Tout va bien entre vous, au moins ?

— Taisez-vous, de grâce, sœur Jerusha ! lui lança Louise sur un ton acerbe, comme si elles se parlaient à voix haute dans le silence d'une bibliothèque. Vous devriez plutôt montrer l'exemple. Très bien, tout le monde, passons directement au motif des « Anges observateurs ».

Louise dirigeait les chants comme si elle avait été chef de chœur, se balançant en mesure avec les danseurs. Kate avait remarqué qu'elle les accompagnait souvent.

— Soyez plus vifs et ne cessez pas de bouger ! Ce n'est pas pour rien qu'on appelle ça la « chaîne sans fin ». Tournez et tournez encore.

— Sortons, proposa Kate à sa belle-fille en lui indiquant du menton la double porte ouverte.

— Juste une seconde, alors ! dit Erin. J'aimerais bien les voir quand ils se mettent à perdre la tête.

Kate lui avait décrit la frénésie qui s'emparait des danseurs quand ils quittaient le lent motif établi pour tendre les bras vers le ciel, comme s'ils recevaient des dons du paradis. Certains d'entre eux commençaient déjà à mimer les gestes destinés à chasser le diable de la salle. Puis la danse dite « du labeur » prit fin, et les danseurs se lancèrent dans la série de pas bondissants qui symbolisaient la montée au ciel, et les mouvements tremblés indiquant qu'ils voyaient des anges. Tout cela avait été réglé par Louise que Kate soupçonnait d'avoir eu elle-même quelques visions shakers.

Ce qui la surprit le plus, toutefois, ce fut Ben Willis, qu'elle considérait, jusqu'alors, comme un être plutôt taciturne et réservé. Non seulement sa jambe bancale ne semblait nullement le gêner, mais il avait, en outre, un beau timbre de baryton qui s'élevait avec ferveur au milieu des autres voix du chœur. Et puis, il avait l'air presque... drogué.

Dans leur interprétation, les danseurs, qui venaient juste d'achever le morceau shaker bien connu intitulé *'Tis a Gift to Be Simple* — « La simplicité est un don » —, poussaient parfois des hurlements et des cris aigus. Maintenant, tournoyant toujours plus vite et sur un rythme toujours plus heurté, ils se livraient à la démonstration de virevoltes, de bonds et de secousses qui leur avait valu leur nom de Shakers — ou Secoueurs. Les plus débridées des jeunes femmes présentaient même une expression hallucinée.

Manifestement impressionnée, mais aussi un peu embarrassée, Erin accepta d'aller prendre l'air avec sa belle-mère. Elles longèrent le mur de la grande salle résonnante, et sortirent par la porte des sœurs, dans la brise fraîche et la clarté du soleil.

— Les Shakers étaient des gens assez bizarres, dit Erin en secouant sa chevelure rousse.

Kate avait toujours trouvé que sa belle-fille à la beauté pâle paraissait être un croisement entre une princesse irlandaise et l'une de ces blanches nymphes de la peinture classique, comme celle que l'on voit émerger de la mer dans l'un des tableaux de Botticelli. Mais elle avait perdu tellement de poids qu'elle ressemblait plutôt, à présent, à une apparition ou à l'un de ces lutins des bois capables de s'évanouir dans la nature en un clin d'œil.

— Leur danse, reprit-elle, m'a fait penser à cette pièce d'Arthur Miller qui a été donnée au lycée quand j'étais en seconde. Tu sais, *Les Sorcières de Salem*, avec toutes ces jeunes filles puritaines qui se mettaient à délirer parce qu'elles voyaient des sorcières partout, ou plutôt qui faisaient semblant de voir des sorcières partout. Eh bien, dans la Maison de

Réunion, là, c'était pareil — sauf qu'on aurait vraiment cru que les danseurs étaient possédés.

— Pas avec sœur Caporal-chef dans les parages, objecta Kate avec un petit rire.

Elle devait, cependant, admettre que la remarque d'Erin ne manquait pas de finesse. Parfois, elle pensait elle-même que les prétendues visions angéliques des Croyants étaient peut-être beaucoup plus effrayantes qu'ils n'avaient bien voulu l'avouer. N'était-il pas sidérant, après tout, que ces adeptes du calme, du silence et de l'abstinence puissent se transformer aussi subitement en des créatures exaltées et promptes à vociférer ?

— C'est ce qui fait en partie le mystère des Shakers, reprit-elle. Ils évoluent constamment entre lumière et ténèbres, simplicité et profondeur. A propos de profondeur, attends un peu de voir le vieux puits que l'université est en train de dégager, par là-bas, ajouta-t-elle pour changer de sujet.

Bien que l'avancement du chantier de fouilles ouvert près du Foyer central prouvât à Kate que l'équipe de l'université n'avait pas chômé en son absence, personne ne se trouvait sur le site, en ce dimanche après-midi. Se tenant prudemment en deçà des barrières de bois branlantes qui protégeaient l'excavation, mère et fille contemplèrent l'équipement de forage ainsi que le trou qui n'avait été que légèrement élargi.

— Pas d'argent ni de trésor ? demanda Erin avec un rire nerveux.

— Pour l'instant, uniquement des petits objets comme des peignes, des boutons et des bouteilles, répondit Kate. Mais ça ne veut pas dire qu'ils ne vont pas tomber sur quelque chose de plus important.

— Ouais, comme le cadavre d'un frère qui aurait claqué d'avoir dansé comme un fou. Ou celui d'un pécheur qui aurait cédé à la tentation de l'amour dans ce village où le moindre désir charnel est condamné.

— J'ai l'impression que tu as réfléchi à des tas de sujets, ces derniers temps, remarqua Kate tout en prenant la jeune fille par la taille. On dirait que ces quelques mois sur le campus ont suffi à te faire mûrir.

— Tant mieux, non ? répliqua Erin avec un haussement d'épaules.

Elles traversèrent ensuite le village jusqu'au parapet qui courait le long du ruisseau écumeux appelé Shaker Run — le Ru du Shaker. Encore plein des pluies d'été qui avaient dévalé les collines environnantes, celui-ci bouillonnait avec une force que Kate ne lui avait jamais vue. Erin se hissa sur la murette, et Kate l'imita. Le vent leur apportait les échos des chansons et des cris étranges des danses shakers qui se déroulaient encore dans la Maison de Réunion.

— Tu n'as pas l'air dans ton assiette, dit Kate en choisissant ses mots avec prudence. Si je peux t'aider, n'hésite pas à me le dire.

Elle aurait voulu serrer de nouveau la jeune fille dans ses bras ou, du moins, lui prendre la main, mais elle se retint.

— C'est trop tard pour ça, tu sais ? Papa est parti depuis déjà trop longtemps. De l'eau a coulé sous les ponts, comme on dit, répondit Erin avec un petit rire gêné tout en désignant le torrent gonflé par les précipitations.

Kate fut choquée qu'elle évoque aussi promptement la fuite de son père.

— Erin, reprit-elle, je sais bien que je ne remplacerai jamais ton père, mais je te soutiens de mon mieux, je crois, répliqua-t-elle avec simplicité.

— C'est *lui* que tu aurais dû soutenir.

— Tu penses toujours que je l'ai laissé tomber ? Tu ne crois pas que c'est plutôt lui qui nous a abandonnées, ma chérie ?

— Il était coincé, il ne pouvait pas faire autrement, rétorqua la jeune fille d'un air buté. Il n'allait quand même pas passer le reste de sa vie — ou, en tout cas, un sacré nombre d'années — en prison, alors que ce n'était pas sa faute si ses investissements s'étaient écroulés comme un château de cartes.

Kate demeura un instant interdite, mais elle recouvra bien vite ses esprits. La culpabilité de Mike avait été prouvée et largement dénoncée. La jeune femme pensait qu'Erin avait fini par s'y résigner. Cependant, l'expression « comme un château de cartes » était, précisément, celle dont s'était servi Mike pour décrire la catastrophe financière dont il prétendait être une victime parmi tant d'autres. Oui, c'était bien ainsi qu'il avait cherché à se blanchir de son forfait, et c'étaient aussi les mots qu'il avait utilisés dans son message d'adieu.

— Erin, reprit Kate, je sais à quel point il est difficile d'accepter le fait qu'une personne que l'on aime…

— Tu l'aimais, toi aussi, avant. Tu l'as reconnu toi-même.

— … ait pu vous tromper et vous trahir. Mais il s'est enfui, Erin. Il a largué tout le monde en emportant avec lui un joli petit magot.

Erin bondit du parapet comme s'il était soudain devenu brûlant.

— Il lui fallait bien de l'argent pour ne pas mourir de faim, après avoir été chassé comme il l'a été ! s'écria-t-elle, les poings sur les hanches. Et il est difficile d'accepter le fait qu'une personne qui se bat pour sa survie — on peut dire ça, étant donné les menaces qu'il a reçues — soit délaissée comme ça par sa femme qui était, pourtant, censée rester

214

avec lui pour le meilleur comme pour le pire, jusqu'à ce que la mort les sépare, et cetera, et cetera…

Kate descendit à son tour de la murette. Cette explosion d'animosité la laissait pantoise. Elle croyait, pourtant, que sa belle-fille s'était plus ou moins remise du désastre qu'avait subi leur famille. Or, visiblement, la jeune fille n'y était pas parvenue — et elle-même n'avait su ni la comprendre ni l'aider. Un détail, cependant, avait retenu son attention au milieu de la diatribe.

— Les « menaces qu'il a reçues » ? répéta-t-elle. Mike se serait « battu pour sa survie » ? Personne ne m'a jamais laissé entendre que le moindre danger pesait sur la vie de ton père. Tu ne te trompes pas, Erin ? On t'a bien dit que la vie de ton père était menacée, alors que j'en ignorais tout moi-même ? Il faut que je le sache.

— Arrête ! hurla Erin en levant les mains, comme pour empêcher Kate de l'attraper. Arrête de le salir ! Il n'est pas là pour se défendre, et je ne peux pas parler à sa place. C'est ton problème, Kate. C'est ta faute. Moi, j'ai déjà assez de soucis comme ça avec mes notes aux examens…

Kate essaya d'attirer la jeune fille contre elle pour juguler la crise d'hystérie qu'elle sentait monter. A sa grande surprise, Erin se laissa faire, mais en gardant un maintien raide et sans manifester la moindre chaleur.

Puis elle s'écarta de nouveau et, rebroussant chemin, alla finalement se camper sur le seuil de la Maison de Réunion, comme si la danse débridée qui s'y déroulait la fascinait.

— Tu as la tête que je devrais avoir ! lança Tanya, un peu plus tard dans la soirée, quand Kate revint d'un pas las à l'atelier de jardinage.

Elle avait ramené sa belle-fille à l'université, sans avoir réussi à obtenir d'elle la moindre explication sur ces prétendues menaces dont Mike aurait été victime. Et pourtant, il pouvait s'agir d'un indice de première importance, susceptible de l'aider à identifier les personnes qui la harcelaient.

Cette tension soudaine entre Erin et elle était, d'ailleurs, la dernière chose dont elle avait besoin en ce moment.

Tanya la réconforta en la serrant fort dans ses bras.

— Je parie que tu es claquée, toi aussi, dit Kate tout en prenant le râteau qu'elle était venue chercher.

Elle faillit rapporter à son amie qu'elle avait trouvé, jetés sur son pare-brise, les restes des fleurs envoyées aux funérailles de sa grand-tante par l'équipe de Shaker Run, mais elle préféra s'en abstenir, par crainte de basculer dans la spirale des confidences et de confier à son amie tous les autres malheurs de sa vie : une litanie qui aurait très bien pu saper le moral de Tanya.

— Et si tu allais te coucher tôt, ce soir, histoire de redémarrer du bon pied, demain ?

— Peux pas, j'ai trop à faire, répondit Tanya en secouant la tête. Et je ne parle pas seulement du boulot ici. Il faut encore que je retourne à Convington à la fin de la semaine prochaine, pour convenir avec la famille du partage des meubles shakers de ma tante avec l'église.

Kate s'appuya sur le râteau. Elle avait mal partout, mais ces paroles éveillèrent son intérêt. Elle avait longuement réfléchi à l'opportunité de discuter avec Tanya des similitudes entre les circonstances de la mort de sa grand-tante et celles du décès de Sarah. Or, voilà que Tanya elle-même lui offrait une ouverture sur le sujet.

— Sa collection va être dispersée ? demanda-t-elle en s'efforçant de conserver une voix égale. Eh bien, comme ça, sa succession sera plus facile à régler que celle de Sarah.

— Vu qu'elle n'a pas de descendants directs, reprit Tanya tout en continuant à trier ses plants, c'est l'église qui va hériter la majeure partie de ses meubles. Mais, d'après ma mère, tous ses neveux et nièces — ainsi que ses petits-neveux et ses petites pièces — devraient recevoir un petit lot de compensation. Elle m'a aussi annoncé que tante Sams m'avait réservé quelques pièces de valeur, tellement elle était *fière* de tous les efforts que j'accomplissais pour Shaker Run.

Kate hocha la tête tout en réfléchissant avec ardeur. Elle décida, finalement, d'aborder l'autre sujet dont elle désirait discuter avec Tanya.

— J'ai entendu dire qu'elle avait été victime d'une intoxication alimentaire, et j'ai pensé que… que vous l'aviez peut-être aidée.

Elle s'interrompit en voyant Tanya renverser un petit sachet de feuilles séchées qu'elle s'empressa aussitôt de ramasser.

— C'était quand même une sacrée coïncidence, reprit Kate, étant donné ton métier et toutes les plantes médicinales dont tu t'occupes… sans parler du livre que tu es en train d'écrire.

Voilà, elle l'avait dit. Elle avait l'impression, en tendant ainsi un piège à sa meilleure amie, de tomber encore plus bas que lorsqu'elle s'était introduite en catimini chez Palmer Denbigh. Cependant, elle n'oubliait pas que Tanya, de son côté, lui avait caché qu'elle avait déjà à moitié terminé la rédaction de son livre. Et, bien qu'elle détestât nourrir le moindre soupçon à l'encontre de Tanya, elle mourait d'envie de savoir si son amie avait tenté de guérir sa grand-tante avec ses simples — ou si elle avait voulu abréger ses souffrances.

Tanya garda le silence un instant, et s'efforça de récupérer les feuilles qui venaient de lui échapper pour les remettre dans leur sachet. Une odeur âcre avait envahi la pièce.

— Quand les gens ont l'âge qu'avait tante Sam, lâcha-t-elle enfin sans se retourner vers Kate, on s'imagine qu'ils sont *indestructibles*. Mais, en vérité, pour les personnes de cet âge, même une indigestion ou une intoxication alimentaire — puisque c'est ce qu'a écrit le médecin sur le certificat de décès — peuvent être fatales. Alors, franchement, ajouta-t-elle en faisant face à son amie, tu crois que je lui aurais fait boire un tilleul-menthe ? Il était malheureusement trop tard pour que ça l'aide en quoi que ce soit.

— Je suis désolée, marmonna Kate. Enfin, elle a eu une vie longue et bien remplie.

— Et, juste avant de mourir, reprit Tanya, le regard au loin, comme si elle revivait la scène, elle a ouvert grands les yeux — alors que, jusqu'à ce moment-là, elle les avait gardés fermés, tant elle avait mal. Quand je me suis penchée vers elle, je l'ai entendue murmurer : « Il y a des anges partout, je n'en ai jamais vu d'aussi beaux. » J'ai trouvé ça tellement… tellement *shaker*.

Kate prit la main de son amie et la serra fort dans la sienne.

— La joie, la sérénité qu'elle a éprouvées sur la fin doivent être un grand réconfort pour toi, lui dit-elle.

Elle estima qu'elle avait eu tort de se défier ainsi de Tanya. Quelle importance que son amie ne lui ait pas dit toute la vérité sur son livre ? Et puis, peut-être était-ce Jack qui lui avait menti, après tout.

— Bon, je te laisse travailler, reprit-elle en revenant vers la porte qu'elle tint entrebâillée. Je vais retirer le paillis au pied de mes plants de rosiers. Il est temps de dégager leurs tiges pour qu'elles puissent profiter des bienfaits de l'air et du soleil.

Puis, comme elle regrettait la peine qu'elle venait d'infliger à son amie en deuil pour servir ses propres desseins, elle ajouta :

— Si tu as besoin de moi, n'hésite pas à venir me voir.

Sur ce, elle sortit dans le jardin.

— Au fait, dit Tanya en la suivant sur le seuil de l'atelier, je voulais te demander si tu avais retrouvé la voiture au sujet de laquelle tu as interrogé tout le monde pendant le repas de funérailles. Tu sais, la vieille berline. Je me suis d'ailleurs demandé pourquoi tu ne m'avais pas posé la question, à moi.

Kate la dévisagea un instant en silence. Tanya semblait maintenant en colère contre elle.

— J'ai estimé que tu avais déjà assez de soucis comme ça, répondit-elle simplement.

— Et quelles sont ces personnes de tes relations qui auraient pu venir ainsi aux funérailles de tante Sams ?

De nouveau, Kate faillit tout lui avouer, mais quelque chose la retint. Elle avait besoin de réfléchir encore un peu, et aussi de voir ce que son amie allait hériter de sa parente avant de tout lui raconter. D'ailleurs, qu'avait-elle au juste à lui communiquer, sinon de simples soupçons qu'aucun indice n'étayait ?

— J'ai pensé que c'était peut-être des gens que j'avais connus à Toledo, répondit-elle en balançant le râteau d'avant en arrière. Je sais que c'est dingue d'avoir cru qu'il pouvait s'agir d'eux, mais la voiture en question est vraiment particulière.

— Moi, je pencherais plutôt pour un copain de tante Sams qui aurait gardé son vieux tacot de l'époque héroïque. Cela dit, je n'ai pas vu personnellement ce véhicule et, s'il s'est évanoui comme ça dans la nature, ajouta Tanya en haussant sèchement les épaules et en toisant la jeune femme d'un regard acéré, eh bien, tu devrais sans doute te demander si tu ne fréquentes pas trop Louise et si tu ne commences pas à avoir des visions, toi aussi.

Jack Kilcourse avait beau être autorisé à pénétrer dans l'entrepôt d'objets shakers situé sur sa propriété, il en éprouvait, ce jour-là, un certain sentiment de culpabilité. Néanmoins, il ne pouvait laisser passer l'occasion qui se présentait à lui : il devait impérativement jeter un coup d'œil dans ces deux petites caisses de bois qui ressemblaient trop à celles qu'il utilisait lui-même pour expédier des meubles à ses clients — par leur aspect, en tout cas, car leur taille était plutôt celle de caisses à vins.

La poussière le fit éternuer au moment où il refermait la porte coulissante derrière lui. La lumière coulait à flots dans la pièce par la fenêtre qui s'ouvrait au-dessus du bureau de Tanya. Le plus curieux était que tout, ici, était usé ou cassé — y compris la voiture dont Dane se servait et dont le pare-chocs était cabossé. Tout, sauf ces caisses qui étaient flambant neuves.

Jack eut alors une illumination, et songea que c'était probablement Dane qui avait renversé le poteau, la nuit dernière — sans doute après avoir glissé sur la neige —, et qu'il en avait eu trop honte pour l'avouer à qui que ce soit. Voilà qui rassurerait Kate, se dit-il, mais cela risquait aussi de valoir des ennuis à Dane si quelqu'un l'apprenait. L'entreprise chargée de l'entretien du réseau pourrait fort bien lui imputer les frais de réparation.

Jack contourna la vieille automobile que Dane maintenait en bon état mais qu'il avait, jusqu'alors, refusé d'exposer avec les autres biens shakers.

— L'image que nous voulons donner des Croyants est celle de leur communauté telle qu'elle existait au *xix*ᵉ siècle, avait-il expliqué à Jack. Louise a suggéré d'organiser un jour une exposition sur la fin de l'ère shaker. Nous montrerons cette voiture au public à ce moment-là.

Jack s'empressa d'utiliser sa petite pince monseigneur sur la première caisse. Il en avait déjà ouvert et cloué des centaines d'autres semblables à celle-ci. Quelle rigolade si elle contenait du vin que Dane n'avait pas la place de garder chez lui ! pensa-t-il. Mais cela ne blanchirait en rien les Thompson dans l'affaire de trafic d'antiquités...

Avec un gémissement de protestation, le couvercle de bois de la caisse se souleva sous la pression du pied-de-biche. Son contenu n'était pas protégé par de la mousse ou du papier journal mais par d'onéreux copeaux de bois — tout comme l'emballage réservé à certains crus prestigieux. Si c'était bien du vin, Jack se contenterait de refermer la caisse sans laisser de trace de son effraction, et il retournerait à son travail.

Il retira le rembourrage par poignées, jusqu'à ce que le dossier d'un premier fauteuil émerge des copeaux, puis celui d'un autre. Les deux étaient d'origine shaker, Jack en était sûr, mais leur petite taille le rendit perplexe. Des meubles pour enfants ? se demanda-t-il. Il crut reconnaître la forme du fauteuil à bascule traditionnel des Shakers.

Il le vérifia rapidement en achevant de dégager le contenu de la caisse, puis il s'empressa de remplir de nouveau celle-ci avec les copeaux de bois. Jamais il n'aurait accepté de fabriquer un fauteuil pareil pour un enfant, mais il savait que c'étaient des pièces rares et donc chères. Si, en plus, il s'agissait d'originaux, alors leur prix devait atteindre des sommets.

Il avait déjà à moitié recloué le couvercle de la caisse quand il se rendit compte qu'il n'avait pas pris le temps de vérifier si les fauteuils étaient ou non authentiques. Etouffant un juron, il reporta son attention sur la deuxième caisse, qui avait les mêmes dimensions que la première.

Encore un fauteuil à bascule pour enfant ? se demanda-t-il. Il vit que ce n'était pas le cas, après avoir ouvert la caisse et mis à jour une surface plane en merisier, juste en dessous de la couche de copeaux de bois. Il dut soulever un peu l'objet pour en deviner la nature.

C'était une table de toilette, de la taille d'un enfant. Il se demanda si ces pièces avaient été entreposées ici parce que sa maison était, autrefois, celle de l'Ordre du Rassemblement, l'endroit où étaient hébergés les enfants jusqu'à ce qu'ils intègrent la communauté des Croyants. Les chefs actuels de Shaker Run avaient-ils donc acquis ces meubles en prévision du jour où ils pourraient enfin lui racheter cet ensemble de bâtiments ? se demanda-t-il. Il trouvait parfois Dane terriblement cachottier.

Il inspecta les assemblages à queue-d'aronde de la table de toilette, les trous de ver qui en parsemaient le bois ainsi que la finition de son unique tiroir. Le dessous de ce dernier avait été teint à la va-vite, à grands coups qui avaient surtout servi à nettoyer la brosse — gâchis et négligence dont les Shakers ne se seraient jamais rendus coupables. En outre, le vernis n'était pas plus foncé à cet endroit que là où il était censé avoir été exposé à l'air et à la lumière. Conclusion : le meuble était une copie — mais une copie susceptible de tromper le profane.

Jack remballa le tout, intrigué et furieux tout à la fois. Cependant, à moins de vouloir se trahir, il pouvait difficilement aller demander des explications à Dane. Et s'il informait Kate de sa découverte en la priant d'être plus attentive que jamais à ce qui se passait au village ? Elle lui avait annoncé qu'elle devait se rendre, ce soir-là, chez les Willis qui organisaient un dîner…

222

Oui, il devait mettre la jeune femme au courant — sans, toutefois, lui révéler ce que Dane avait fait à la voiture. Il avait déjà eu l'occasion d'examiner de ses propres yeux les originaux dont le fauteuil à bascule et la table de toilette étaient des copies : c'était dans l'appartement de Sarah, à Groveland.

14.

*Si un rosier a été victime de négligence ou de privations, il
refusera de fleurir tant qu'on ne l'aura pas soigneusement
taillé et débarrassé des mauvaises herbes.*

Sœur Jerusha Lockhart, *Chroniques de Shaker Run.*

— Oh, Jack ! s'exclama Kate, surprise.

Elle se tenait en peignoir de soie sur le seuil de son
appartement.

— Je croyais que c'était Tanya. Elle doit venir d'un
moment à l'autre pour m'accompagner à la réunion de
l'équipe.

— Je n'en ai que pour une minute. Comme je passais
par là, j'ai décidé de monter vous voir directement au
lieu de vous téléphoner. J'ai pris le chemin du cimetière,
expliqua-t-il en avalant ses mots.

Il avait marché ainsi un long moment, ne sachant s'il devait
se fier à la jeune femme au point de la mêler encore plus à
son enquête. Puis il avait fini par reconnaître qu'elle était
déjà impliquée à plus d'un titre dans toute cette histoire.

— Entrez, dit-elle.

Elle referma la porte derrière lui.

— Que se passe-t-il, Jack ?

Son peignoir de soie épousait étroitement sa silhouette élancée, et mettait ses formes en valeur. Jack dut se faire violence pour ne pas la dévorer des yeux. Cette femme le troublait infiniment. A l'évidence, elle était nue sous son peignoir. Ses cheveux étaient humides et emmêlés, comme si elle sortait de la douche, et elle s'était à peine maquillée, ce qui lui donnait une allure plus décontractée. Elle avait l'air endormi, un peu échevelé...

— Kate, je suis tombé sur des indices qui m'incitent à penser que les pièces de la collection de Sarah ont pu être remplacées par des faux ou, du moins, que l'échange était tout près d'avoir lieu. J'ai découvert des répliques de deux de ces pièces.

— Dans la menuiserie de Barstow ? Mais vous m'avez, pourtant, rendu la copie de mon passe !

Il secoua la tête.

— Les objets en question se trouvent dans un autre lieu de stockage appartenant au village. Je préfère ne pas vous révéler l'endroit, pour l'instant, parce que j'ai peur que vous ou la police en tiriez des conclusions trop hâtives. J'espère que vous me faites confiance sur ce coup-là.

— Est-ce qu'il s'agit d'un entrepôt situé en ville ? Si c'est le cas, je connais les lieux ; j'y ai stocké mes propres meubles et certaines de mes affaires.

Jack ne put dissimuler son étonnement.

— Le village loue un entrepôt en ville ?

Voilà qui ouvrait encore de nouvelles perspectives. Ainsi, il était possible que Barstow ou Dane entreposent leurs copies là-bas, en attendant de les échanger avec les pièces originales, et que la baraque contiguë à son garage leur serve à cacher leur surplus ou les productions en instance de transfert pour Athens.

225

— Je l'ignorais, avoua-t-il. Ecoutez, je sais que vous êtes attendue par toute l'équipe, alors je vous demande seulement de garder l'œil ouvert — discrètement, il va sans dire — et d'être attentive à toute conversation qui se rapporterait à du mobilier pour enfants. Il vaut mieux que je vous laisse, maintenant.

— Mais j'ai besoin de plus de renseignements, Jack ! De quels meubles parlez-vous ?

— Il s'agit d'un petit fauteuil à bascule en noyer cendré, avec une assise en tissu bleu foncé et beige, et d'une table de toilette pour enfant, en merisier. Est-ce que vous vous rappelez la couleur du fauteuil à bascule de la collection de Mme Denbigh ?

— Oui, je m'en souviens. Je vois très bien les pièces dont vous parlez. D'après Sarah, ces meubles pour enfants étaient difficiles à trouver.

— Ce qui explique leur valeur !

— Mais, Jack, dit la jeune femme en lui touchant le bras, pourquoi avez-vous dit que ces meubles étaient « sur le point » d'être substitués à ceux de Sarah ? Pensez-vous que ça se serait passé le soir même où elle est morte ?

— Je ne sais pas, mais ça expliquerait la présence d'intrus dans son appartement.

— Des intrus qui n'auraient pas apprécié de tomber sur elle... Mais de là à la tuer... Et puis, n'oublions pas que, finalement, les pièces n'ont pas été échangées. A moins que...

Elle s'interrompit, l'air songeur.

— A moins qu'elle ne les ait surpris en pleine action et qu'ils aient paniqué...

Cette réflexion tenait à la fois de l'hypothèse et de l'interrogation, mais elle parut ébranler Kate.

Comme elle lui étreignait le bras pour se rassurer, Jack fit un pas vers elle, et la serra contre lui. Il eut alors l'impression que son corps s'harmonisait parfaitement avec le sien. Elle offrait souplesse et douceur aux endroits où lui-même était dur et anguleux. Comme elle se blottissait contre lui, il l'enveloppa de ses bras. Ployant la nuque, elle lui offrit alors ses lèvres, et il fut perdu.

Il l'étreignait farouchement, plaquant sa bouche contre la sienne avec une folle voracité. Kate, de son côté, répondait à son ardeur avec fièvre. Les mains de Jack glissèrent sur sa taille souple, sur ses fesses rondes et moelleuses ; son cœur cognait à tout rompre contre la poitrine de la jeune femme. Puis il eut l'impression que leurs corps fusionnaient quand, changeant de position sans, pour autant, interrompre leur baiser, il la serra encore plus contre lui. Leurs haleines se confondirent, leurs esprits s'unirent.

Il y avait une éternité qu'il ne s'était senti aussi électrisé par le désir. Kate semblait éprouver la même chose, et elle attisait en lui le feu d'émotions sauvages et dévorantes qu'il gardait enfoui au plus noir de lui-même.

Il fut totalement bouleversé lorsqu'il s'aperçut à quel point ses sentiments l'emplissaient de force et de faiblesse à la fois.

Il entendit soudain le carillon de la porte d'entrée. « Maudite Tanya ! » pensa-t-il.

Mais non, c'était la sonnerie du téléphone qui venait fracasser son rêve.

— Il vaut mieux répondre, murmura-t-il, le souffle court, les lèvres contre les cheveux de la jeune femme.

Il émanait d'elle une enivrante odeur de roses.

Il la repoussa, néanmoins, pressé de reconstruire les barrières qu'il s'était, jusqu'alors, efforcé de maintenir entre eux.

— C'est peut-être Tanya qui veut te prévenir qu'elle sera en retard, ajouta-t-il. Ou alors, avec un peu de chance, la soirée est annulée.

Au début, elle s'accrocha à lui, refusant de rompre le contact. Il aurait voulu écraser le téléphone et soulever Kate dans ses bras.

Comme la sonnerie persistait, la jeune femme s'écarta et renoua la ceinture de son peignoir. Et quand, finalement, elle s'éloigna de lui, il tenta de se persuader qu'il s'était ressaisi et que seul son corps avait réagi à la présence de Kate. Pas son esprit ni son cœur.

Elle se dirigea vers son bureau pour décrocher.

— Kate Marburn, dit-elle d'une voix singulièrement rauque. Oh, bonjour, Mason. Comment va l'univers impitoyable de la justice de Toledo ? Rien de nouveau concernant la mort de Sarah ?... Pardon ? Demain ?

Elle paraissait irritée, tout à coup.

— Et tout le monde sera là ? Palmer et Varina aussi ? Oui, je comprends. Bon, eh bien, à 13 heures là-bas. Vous savez, je serais prête à accepter n'importe quoi pour mettre fin à cette comédie — sauf aller contre les dernières volontés de Sarah. Oui, d'accord, je ne m'inquiète pas, ajouta-t-elle en levant les yeux au ciel. A plus tard.

Elle raccrocha, et s'appuya un instant sur le vieux secrétaire shaker qui lui servait de table de travail.

— Les nouvelles ne sont pas bonnes, on dirait ! lança Jack.

— Je crains que non, répondit la jeune femme, l'air soucieux. Une réunion est prévue avec toutes les parties engagées dans le litige au sujet du testament de Sarah. Même si les enfants Denbigh sont bien les dernières personnes que j'aie envie de rencontrer en ce moment, je vais en profiter pour leur demander, une fois pour toutes, de ne plus se mêler de ma vie. En plus, je dois discuter de certains autres problèmes avec Mason.

Jack devina qu'elle avait envie d'être plus explicite mais qu'elle se retenait.

— Accordez-moi une faveur, lui dit-il dans le silence gêné qui s'ensuivit. Ne lui révélez pas la piste que j'ai découverte. Je n'en suis pas encore à formuler des accusations.

— Entendu, dit-elle en hochant légèrement la tête, tandis que leurs regards s'accrochaient l'un à l'autre. Je comprends.

Ils sursautèrent tous deux quand on frappa un coup vif à la porte.

— Kate, on va arriver en retard ! s'écria Tanya. Et Louise refusera de nous servir !

— Allez vous préparer, dit Jack. Je vais lui parler jusqu'à ce que vous soyez prête. Désolé de vous avoir fait perdre du temps.

— Ce n'était pas du temps perdu, affirma Kate avec un sourire mutin qui donna à Jack l'impression de dévaler la pente d'une montagne russe.

Si seulement Tanya n'avait pas été en train de frapper à la porte...

— Allons, l'heure est venue de se comporter en vrais Shakers, c'est-à-dire de tout manger sans laisser une miette ! déclara Louise en apportant la touche finale au buffet qu'elle avait préparé.

Ben venait de tous les rassembler dans le séjour des Willis.

En dépit de ses soucis, Kate passait un bon moment. Comme toujours, le soutien de l'équipe du village lui avait remonté le moral. Chacun lui avait témoigné de la sollicitude quand elle avait annoncé la confrontation prévue pour le lendemain dans le cabinet des avocats de Varina et Palmer.

— Donnez-leur du fil à retordre ! s'était exclamé Clint Barstow en exprimant ainsi l'opinion générale.

Maintenant, ils étaient en train de pousser des « Ooh ! » et des « Aah ! » en voyant l'étalage somptueux de mets typiquement shakers que leur avait concoctés Louise. En apéritif, ils avaient bu un délicieux cocktail de fruits composé de coulis de fraises et de limonade faite maison, tout en assistant à la réunion présidée par Dane et au cours de laquelle ils avaient expliqué, à tour de rôle, les tâches qu'il leur restait à accomplir en prévision de l'inauguration prochaine, dans trois semaines à peine.

A présent, des tasses de thé au gingembre les attendaient sur le buffet, devant un éventail de plats aussi généreux qu'alléchants. Mais, avec Clint Barstow et les six autres convives, songea Kate, une telle abondance s'imposait.

— Le bœuf salé aux choux était l'un de leurs grands classiques, expliqua Louise tout en désignant les assiettes correspondantes et en découvrant les préparations chaudes. Ici, vous avez une omelette bleu-rose, préparée avec de jeunes fleurs de ciboulette qui ont donné aux œufs leur couleur en plus de leur parfum. Là, ce sont des feuilletés au babeurre et aux fines herbes accompagnés de gelée de pelure de pomme...

— Ils utilisaient l'intégralité de leurs fruits, expliqua Ben avec un sourire, surtout pendant les périodes de disette.

— Vous avez également de la pastèque marinée au vinaigre, qu'ils proposaient parfois à la vente, poursuivit Louise. Et la salade que vous voyez là, ils l'appelaient de la *sallet* et la préparaient avec de la doucette ou « laitue d'agneau » qu'ils cultivaient en serre, durant l'hiver. J'ai ajouté dans celle-ci du basilic ainsi que quelques autres aromates.

— C'est toi qui as fourni toutes ces plantes ? murmura Kate à l'adresse de Tanya.

La jeune femme fit non de la tête.

— Ça doit être Louise, l'herboriste du village qui m'a précédée ici. J'ignorais qu'elle en savait autant.

— Elle est étonnante, dit Kate en secouant la tête avec un air ébahi, tout simplement étonnante.

— Et enfin, pour couronner ces agapes, je vous propose le gâteau de Mère Ann, lança Louise à la cantonade. C'est avec ce gâteau que les Croyants célébraient l'anniversaire de la fondatrice de leur mouvement. Ce dernier était fêté au mois de mars ; nous avons donc déjà dépassé la date, mais mieux vaut tard que jamais, n'est-ce pas ?

— Vous n'arriverez jamais à trouver ce qui lui donne cette saveur si subtile ! déclara Ben en désignant l'empilement de génoises recouvert d'un glaçage couleur pêche. Notre chef m'ayant autorisé à en divulguer le secret, je vous le livre tout de suite : le gâteau de Mère Ann est parfumé à l'eau de rose — eau de rose que nous nous sommes procurée dans une épicerie exotique, et cela probablement pour la dernière fois puisque, grâce à Kate, nous posséderons bientôt la nôtre. Cela dit, le truc pour vraiment réussir le fourrage réside dans le mélange d'œufs, de sucre et de fromage frais, lequel mélange est effectué avec des branches de pêchers qui achèvent de donner à l'ensemble son goût si fin et si particulier.

Pendant cette explication, Kate remarqua Adrienne qui, de l'autre côté de la pièce, chuchotait à l'oreille de Dane. Celle-ci avait revêtu une tenue éblouissante mais bien trop habillée pour l'occasion : un ensemble de soie imprimée constitué d'un chemisier et d'une jupe longue.

— Je crois, conclut son mari, que les Willis méritent nos félicitations et nos remerciements.

Tout le monde applaudit Louise et Ben qui rayonnaient de fierté.

— Et nous ne vous recommandons pas de manger en silence, à l'instar des Croyants, déclara Louise. Car il n'est de meilleure règle que celles que confirment, de temps à autres, quelques exceptions.

Après le repas, tandis que les hommes étaient réunis au rez-de-chaussée, Louise fit visiter sa maison à ses trois consœurs. Kate aurait eu tendance à qualifier le décor de « primitif américain », mais il était strictement colonial. Plusieurs meubles shakers de qualité y étaient mis en valeur.

— Ces pièces sont magnifiques, Louise, nota la jeune femme. Qui les a fabriquées ?

— Nous possédons quelques meubles d'époque. Plusieurs sont originaires de la région. Nous les avons achetés il y a des années, dans des brocantes et des ventes aux enchères, quand les prix n'avaient pas encore grimpé en flèche.

— A ce propos, reprit Kate, j'aurais une question à vous poser. Etant donné le nombre d'orphelins et de familles avec enfants que les Shakers ont accueillis dans leurs diverses communautés célibataires pour en assurer la pérennité, pourquoi est-il si difficile de trouver des meubles shakers pour enfants ?

— La raison en est évidente, il me semble, rétorqua Adrienne avec une certaine aigreur. Du moins, pour ce qui est de Shaker Run. Comme vous le savez sans doute, les bâtiments qui abritaient, jadis, les enfants ont été vendus assez tôt, et nous n'avons jamais pu les récupérer, à cause de l'entêtement de votre ami Jack Kilcourse. Mais, comme dit Dane, nous avons des objectifs plus importants à atteindre avant de savoir comment trouver le temps et l'argent pour régler ce problème-là.

Kate se renfrogna. Adrienne avait formulé ces derniers mots sur un ton menaçant qu'elle ne lui avait jamais entendu auparavant. Les intonations chantantes de son adorable accent français en avaient même perdu tout leur attrait. La jeune femme se promit de le signaler à Jack.

— J'imagine, intervint Louise, comme s'il était de son devoir de maîtresse de maison de calmer les esprits, que des meubles pour enfants nous rapporteraient de coquets bénéfices. Nous devrions peut-être suggérer à Clint d'en fabriquer quelques-uns dans son atelier.

— Bonne idée ! approuva Kate. Mais peut-être est-ce déjà fait ? Il serait bon de le lui demander.

— Enfin, Kate, dit Adrienne, vous et Tanya avez reçu en héritage un véritable trésor. Si je possédais moi-même quelques authentiques pièces shakers, j'aurais de quoi m'offrir la maison de mes rêves : un mas dans le sud de la France ! Ah, le provençal, voilà mon style préféré !

— J'ignorais *complètement* que vous aviez tous deux l'intention d'aller vous installer en France, dit Tanya.

— Dane adore la France, lui aussi. Il était attaché d'ambassade, là-bas, quand nous nous sommes connus. Vice-consul, même.

— Vice-consul, répéta Louise d'une voix songeuse. On dirait presque un titre mafieux — mais je me trompe sans doute.

Adrienne la fusilla du regard.

— Vous connaissez les hommes, reprit-elle. Quand ils n'ont que l'amour et la passion en tête, ils sont prêts à nous promettre la lune, mais Dane, lui, m'a juré que nous aurions, un jour, une grande maison rien qu'à nous, et que ce serait moi qui choisirais l'endroit. Vous verrez...

— Une maison rien qu'à vous ? Mais je croyais, dit Louise, que vous aviez Shaker Run dans le sang !

Kate se perdit dans ses réflexions, tandis que les deux femmes se disputaient ainsi à fleurets mouchetés.

« L'amour et la passion », avait dit Adrienne. Certes, cette expression en révélait beaucoup sur elle et sur Dane, mais n'était-elle pas insolite dans sa bouche ? se demanda la jeune femme.

La visite de la demeure des Willis s'acheva dans la grande cuisine rustique qu'encombraient encore les vestiges du repas.

— Allons, mes sœurs, retroussons nos manches pour rendre à ces lieux leur propreté shaker originelle ! suggéra Tanya.

Et, sur ce, malgré les protestations de Louise, elle attaqua la vaisselle. Adrienne maniait le torchon avec entrain, et Kate rangeait assiettes et plats dans les placards, tandis que la maîtresse de maison entreposait les restes dans le réfrigérateur.

Tout en travaillant ainsi, elles parlaient librement de choses et d'autres, si bien que Kate en profita pour poser une autre question dont la réponse, pensait-elle, était susceptible d'intéresser Jack.

— J'ai quelques affaires dans un dépôt, à Athens. Quelqu'un peut-il me dire si c'est un endroit sûr ? lança-t-elle à la cantonade.

— Oh, très chère, répondit Adrienne, vous devriez plutôt demander ça à Dane, mais je sais que le village possède un hangar, là-bas, sinon plusieurs, et je ne me rappelle pas qu'il y ait eu le moindre problème. N'est-ce pas, Louise ?

— Eh bien, comme nous avons, pour notre part, un vaste grenier et une grande cave, je ne me suis jamais intéressée à cette question. Cela dit, je me demande quand même si ce n'est pas dans cet entrepôt que l'on a relevé des cas de vandalisme. Rien de grave : juste des graffitis sur les vantaux des hangars, ce genre de choses, vous voyez ?

— Oui, j'en ai entendu parler, confirma Tanya. Il y avait un article là-dessus dans le journal de l'université. C'était il y a un an ou deux. Mais on n'a jamais attrapé les gars qui ont fait ça, il me semble.

— Qui vous dit que c'était des gars ? intervint Clint Barstow en pénétrant dans la cuisine.

Kate se demanda depuis combien de temps il suivait leur conversation.

— Tu as des cure-dents, Louise ?

— Tu accuses les femmes, c'est ça ? lança Tanya, tout en sortant un plat de l'eau savonneuse.

— Pourquoi pas ? C'est typique des femmes entre elles, ça, repartit Clint en quittant la cuisine avec le paquet de cure-dents.

Kate et Tanya échangèrent un regard perplexe.

Puis, tout en rangeant une série d'assiettes sur une étagère du garde-manger, Kate jeta un coup d'œil par la fenêtre, et aperçut une pièce éclairée qui s'étendait vers le jardin arrière et dans laquelle se trouvaient des ordinateurs allumés. Elle se rappela soudain avoir remarqué dans la salle à manger une porte qui devait mener à cette pièce. Mais, d'après son souvenir, cette porte était fermée.

Louise vint justement la rejoindre à cet instant pour déposer un réchaud de table sur une étagère en hauteur.

— Je vois que vous disposez d'un grand espace de travail, là-bas, lui dit Kate.

— Ben ne s'est jamais vraiment retiré des affaires — il travaillait dans les assurances, s'empressa de préciser Louise. Il ressemble peut-être à un authentique Shaker, mais il sait aussi gérer l'avenir.

Décidément, songea la jeune femme, tous ces gens étaient à la fois fascinants, généreux et bien ancrés dans la réalité. Si seulement elle parvenait à restructurer un peu sa propre famille, peut-être parviendrait-elle à mieux les apprécier.

Elle palpa dans sa poche la carte rédigée en lettres manuscrites, à l'ancienne. Louise en avait posé une devant chaque assiette. La citation qu'elle avait choisie pour la jeune femme était de Jerusha Lockhart. Louise disait avoir perdu le journal de cet auteur, sans doute après qu'elle en avait copié plusieurs passages, dont celui-ci.

« Si un rosier a été victime de négligence ou de privations, il refusera de fleurir tant qu'on ne l'aura pas soigneusement taillé et débarrassé des mauvaises herbes. »

A la suite de ce passage, comme Kate était censée assumer le rôle de la rosiériste du village devant les futurs visiteurs de Shaker Run, Louise avait ajouté : « Sœur Jersusha Lockhart, alias Kate Marburn. »

— Grâce à Dieu, tout est fini et nous sommes encore debout ! déclara Kate à son avocat, le lendemain, en sortant de la réunion organisée avec les enfants de Sarah.

— Comme ils s'imaginent avoir gagné la partie, ils sont passés des couacs aux cocoricos, murmura Mason.

La jeune femme ne put s'empêcher de rire.

Mason et elle n'avaient même pas informé Varina et Palmer qu'ils avaient l'intention de contester la dernière plainte qu'ils venaient de déposer contre elle pour « abus d'autorité et détournement volontaire d'affection opéré sous la contrainte ». Mason avait assuré à Kate que Marie, la femme de chambre qui avait servi Sarah pendant si longtemps — et qui avait, par ailleurs, permis à la jeune femme de trouver un appartement après la mort de la vieille dame —, était prête à témoigner de l'inanité de ces accusations. De plus, Dane avait annoncé à Kate, la veille au soir, que le conseil d'administration de Shaker Run couvrirait les frais des procédures qu'elle devrait engager pour se défendre, si elle acceptait de laisser sur place les meubles de Sarah pendant encore au moins cinq ans — dans le cas, naturellement, où elle obtiendrait gain de cause. La jeune femme avait été un peu agacée d'apprendre que Dane avait conclu cet accord directement avec son avocat, sans passer par elle, mais elle s'était dit ensuite que, s'il avait agi ainsi, c'était probablement pour ne pas l'embarrasser.

L'expression « détournement d'affection » ne cessait de la hanter. Et, tout naturellement, ses pensées se portèrent vers Erin… Qu'est-ce qui pouvait pousser la jeune fille à se détourner d'elle de plus en plus ?

Mason et elle se tenaient alors dans l'impasse où se dressait l'immeuble abritant le cabinet des avocats des Denbigh. Comme cette rue se trouvait dans le nouveau parc d'activités de Secor Road, la jeune femme projetait de rejoindre le périphérique extérieur qui passait à proximité et de rentrer ensuite directement à la maison — car, aussi curieux que cette idée puisse lui paraître lorsqu'elle y réfléchissait, elle considérait, désormais, Shaker Run comme son foyer.

— Vous me rappelez dès que vous avez recueilli le témoignage de Marie, n'est-ce pas ? demanda-t-elle à son avocat, tout en jetant un coup d'œil vers Varina et Palmer qui se tenaient un peu plus loin, en compagnie de Pete Scofield, sous la douce lumière du soleil printanier.

Puis chacun regagna son véhicule. Palmer conduisait, ce jour-là, sa voiture de sport rouge. Kate voyait Varina faire de grands gestes dans sa direction, comme si elle complotait avec son frère d'autres coups bas à son encontre.

— Pendant que j'y suis, je vais essayer de trouver d'autres témoins de moralité en votre faveur, lui dit Mason en sortant de sa poche un petit calepin en cuir qu'il se mit à feuilleter.

— Elle est bonne, celle-là ! lança Kate avec un petit rire amer. Des témoins de moralité pour le bouc-émissaire du scandale de la Marburn Securities… Je crois que je ne pourrai plus jamais déjeuner dans cette ville.

— Pardon ?

— Non, rien. Ça me rappelait seulement le titre d'un livre que j'ai lu.

— A part Marie, reprit Mason, qui d'autre aurait eu l'occasion d'observer la relation quotidienne que vous entreteniez avec Sarah Denbigh ?

— Si seulement cette tragédie était survenue à Shaker Run, l'équipe dans laquelle je travaille actuellement m'aurait immédiatement soutenue, dit Kate avec un soupir las. Enfin, pour répondre à votre question, je suis certaine que Jeff Petersen, le jardinier de Groveland, serait disposé à témoigner en ma faveur et à confirmer que c'est plutôt Varina qui a délaissé sa mère…

Sa voix mourut peu à peu, tandis qu'elle se rappelait les paroles d'Erin. D'après la jeune fille, elle aurait « délaissé » Mike, au lieu de « rester avec lui pour le meilleur et pour le pire, jusqu'à ce que la mort les sépare ». Bon sang, il fallait vraiment résoudre ce problème relationnel avec Erin. Si seulement il existait pour ça une plante médicinale…

N'écoutant plus Mason que d'une oreille distraite, Kate perçut soudain un lointain crissement de pneus. Puis il y eut un grondement de moteur et, comme l'avocat s'arrêtait brusquement de parler, les yeux fixés sur le fond de l'impasse, la jeune femme se retourna pour savoir ce qu'il regardait ainsi par-dessus son épaule.

Un hoquet de stupeur lui échappa aussitôt : la berline noire fonçait droit sur eux.

15.

Kate hurla. Comme jaillie de son pire cauchemar, la voiture bondissait vers eux, occultant le soleil de sa masse imposante.

La jeune femme crut, tout d'abord, que le véhicule se précipitait sur elle, mais il obliqua bientôt vers Palmer et Varina. Pétrifiée d'effroi, Kate vit, comme dans un film visionné au ralenti, les enfants de Sarah et leur avocat crier à leur tour, puis s'écarter les uns des autres. Mais la berline les percuta avant qu'ils aient eu le temps de se disperser. Kate hurla de nouveau quand Varina fut projetée par-dessus le capot de la berline et que Palmer disparut de son champ de vision. Seul leur avocat fut en mesure de regagner le trottoir en rampant entre deux voitures en stationnement.

Mason la tira sur le côté une fraction de seconde avant que la berline parvienne à leur hauteur. Celle-ci les frôla de si près que Kate perçut le déplacement d'air. Elle était sûre, néanmoins, que le conducteur l'avait sciemment évitée. Comme le véhicule poursuivait sa route pour quitter l'impasse, Kate roula sur elle-même, s'agenouilla sur le trottoir et se remit sur ses pieds.

Elle retint un cri en voyant la berline esquiver de justesse une autre voiture avant de tourner à l'angle de l'impasse et de disparaître dans Secor Road. Des larmes brouillaient sa vision. Tout s'était déroulé si vite ! Cette scène d'horreur, qui lui avait paru durer une éternité, avait dû se dérouler en moins d'une minute.

— Ça va ? lui demanda Mason en la prenant par le bras. Je remonte au cabinet appeler les urgences. Allez voir si vous pouvez aider les enfants de Mme Denbigh — ou plutôt, non, c'est vous qui montez et moi qui m'occupe d'eux.

Kate acquiesça d'un signe de tête. Pete Scofield était déjà penché sur Varina et Palmer.

Dire qu'elle s'était persuadée que cette berline appartenait à Palmer ou qu'à défaut, elle était conduite par quelqu'un qu'il avait engagé pour la harceler… Elle frémit en pensant à une autre hypothèse, encore plus effrayante.

Car, à l'évidence, la ou les personnes qui étaient au volant de cette voiture ne lui voulaient aucun mal mais souhaitaient, au contraire, l'aider.

La réceptionniste du cabinet, ayant entendu le bruit de l'accident, avait déjà appelé les secours.

— Ce n'était pas un accident mais une tentative de meurtre, lui expliqua Kate d'une voix stridente. Je veux que vous avertissiez l'inspecteur Stan Rudzinski à la brigade criminelle et que vous lui demandiez de venir ici. Dites-lui que c'est Mme Marburn qui le réclame et qu'elle a besoin de son aide. Dites-lui aussi que l'arme du crime est une voiture noire aux vitres teintées, sans doute une Packard des années quarante. Elle a tourné à gauche dans Secor Road. Il faut que la police la rattrape !

Sur ces mots, elle se hâta de ressortir.

Une foule s'était rassemblée dans l'impasse. Un homme qu'elle ne reconnut pas tentait de contenir les badauds. Les deux avocats étaient agenouillés près des victimes.

Les jambes tremblantes, Kate courut les rejoindre.

Palmer avait été projeté sur le trottoir. Il ne bougeait plus. Etait-il mort ou simplement évanoui ?

Varina, quant à elle, était étendue sur le dos au milieu de la chaussée, immobile mais apparemment consciente, le visage et les bras couverts de sang.

Kate ôta la veste de son ensemble et se pencha vers Varina pour l'en recouvrir. Les deux avocats la considérèrent avec stupéfaction, mais ne tentèrent pas de la retenir.

— Vous ! murmura la fille de Sarah en reconnaissant Kate.

Elle ne semblait pas avoir mal ; peut-être était-elle déjà au-delà de la souffrance ?

— Ma mère…

Elle avala une brève goulée d'air, et reprit :

— Ma mè…

— Votre mère vous aimait beaucoup, lui assura Kate d'une voix blanche. Elle me l'a répété plusieurs fois. Elle aurait seulement voulu passer plus de temps avec vous et Palmer.

Varina hocha imperceptiblement la tête, paupières fermées, et tout son visage parut se détendre. Puis elle rouvrit les yeux, et contempla le ciel sans le voir, aussi raide qu'une statue.

— Reculez, conseilla Mason à Kate. J'entends des sirènes. Reculez tous !

Il se releva et entraîna la jeune femme à l'écart.

Scofield s'écarta de Varina pour aller examiner Palmer, et posa un doigt sur les veines de son cou.

— Il est vivant ! lança-t-il à la cantonade.

Toutes sirènes hurlantes, une ambulance et une voiture de pompiers s'engouffrèrent dans l'impasse, aussitôt suivies par une deuxième ambulance et une voiture de police. Bien que Kate fût certaine qu'elle était morte, on emmena Varina dans la première ambulance. Palmer, qui avait eu une commotion cérébrale et qui, d'après ce que Kate avait entendu dire autour d'elle, se trouvait dans le coma, fut transporté dans la seconde ambulance.

Deux autres voitures de police arrivèrent sur les lieux. Des agents délimitèrent la scène de crime avec des bandes jaunes, et tracèrent à la craie le contour des corps des victimes. Un autre se mit à mesurer avec un odomètre à long manche les traces que la berline avait laissées sur la chaussée, à l'entrée de l'impasse, quand elle avait freiné pour tourner dans Secor Road. Un agent se chargea également de recueillir les dépositions des témoins. Enfin, Stan Rudzsinski et sa coéquipière, Tina Martin, sortirent d'une quatrième voiture.

— Et deux de plus ! chuchota Tina à Zink.

Kate entendit ces mots et marcha aussitôt vers Rudzinski.

— Zink, s'écria-t-elle, je suis contente que vous soyez là ! J'ai tant de choses à vous dire !

Le policier la prit aussitôt par les épaules pour la ramener à l'intérieur du bâtiment. Mason les suivit de près.

— Vous auriez dû m'informer que vous aviez déjà vu ce véhicule à deux reprises, dit Zink sur un ton de reproche.

Kate et Mason étaient assis en face des deux inspecteurs, à la table de conférence que Zink avait réquisitionnée dans le cabinet de l'avocat de Varina.

— Mais je viens de le faire ! rétorqua la jeune femme.

— Je voulais dire : *avant* !

— On se calme, inspecteur ! intervint Mason en levant les deux mains.

— C'est bon, Mason, dit Kate en se tournant vers lui. Zink a raison : il est temps que je vide mon sac. Plus vite je répondrai à leurs questions et plus vite ils pourront retrouver cette voiture. Si je ne vous en ai pas parlé jusqu'à présent, poursuivit-elle en regardant le policier droit dans les yeux, c'est parce qu'elle… parce que ses conducteurs n'avaient rien commis d'illégal, et parce que je préférais savoir qui ils étaient avant de raconter ce qu'ils m'avaient fait. Mason n'était pas au courant, lui non plus. Et puis, je ne suis pas près de plier le genou devant des… des terroristes à l'affût.

— Mais enfin, vous n'êtes pas un *putain* de flic ! s'exclama Zink d'une voix si forte que sa coéquipière en sursauta. Vous voulez donc être leur prochaine victime ?

— Non, et je ne voudrais pas non plus être un *putain* de flic ! répliqua la jeune femme en hurlant pour empêcher Mason de protester de nouveau.

Kate toisa l'inspecteur, qui soutint son regard. Elle crut alors lire dans ses yeux un sentiment étrange qui semblait mêler la colère à l'attirance. De fait, songea-t-elle, leur altercation commençait à ressembler à une scène de ménage.

Elle s'accouda à la table de conférence, le menton sur les mains.

— Désolée, murmura-t-elle, je suis juste choquée, et je me mets à imaginer toutes sortes de scénarios insensés.

— C'est normal, déclara l'inspecteur Martin. Mais nous devons quand même revoir tout ça en détail, avant de vous laisser repartir.

Kate opina, tandis que Zink reprenait la parole sur un ton posé.

— Bien que vous-même et M. James souteniez que la voiture vous a intentionnellement évités, nous ne pouvons tenir cette supposition pour certaine. C'était peut-être vous, plutôt que M. ou Mme Denbigh, que les agresseurs visaient. D'après les agents qui ont inspecté la chaussée et les témoins oculaires du drame, cette vieille berline avait acquis une sacrée vitesse avant d'arriver à votre niveau, et il se peut que son chauffeur ait un peu surestimé ses talents.

Kate hocha de nouveau la tête.

— Bon, y a-t-il d'autres informations que vous n'ayez pas jugé utile de nous communiquer ? demanda Zink d'une voix de nouveau tendue. Tina et moi désirons vous aider, Kate. Et je persiste à dire que vous devriez voir un médecin.

— Non, non, physiquement, je vais bien, leur répéta-t-elle, alors même qu'elle frissonnait sous le manteau de Mason.

— O.K. Récapitulons, reprit Zink. Au cimetière de Woodlawn, le chauffeur est bien sorti de la berline. Quant à la femme qui aurait été assise, à ce moment-là, sur le siège du passager, vous avez simplement deviné sa présence sans distinguer réellement sa silhouette à l'intérieur de l'habitacle. En d'autres termes, il vous serait impossible de les identifier sur notre trombinoscope, à supposer qu'ils y figurent.

— Exact, répondit Kate. J'étais loin d'eux et, en plus, l'homme portait un vieux chapeau de type borsalino qu'il avait rabattu sur ses yeux. Le chapeau doit aller avec la voiture !

— Encore une intuition, nota le policier d'un ton neutre. Comme lorsque vous avez *senti* que Sarah Denbigh était

245

montée dans son appartement, le soir où vous avez retrouvé son cadavre.

Bien que tout son corps fût douloureux, la jeune femme se redressa aussitôt. Elle avait encore failli accorder sa confiance à Rudzinski ! Elle avait tellement besoin qu'il l'aide à tirer cette histoire au clair et, peut-être aussi, qu'il la protège. Mais, s'il avait l'intention de la cuisiner encore une fois au sujet de la mort de Sarah, mieux valait qu'elle passe tout de suite à l'attaque.

— J'ai du mal à croire que la police n'ait pu retrouver cette voiture, déclara-t-elle en fusillant du regard Zink et Tina. J'ai indiqué à vos collègues en tenue la direction qu'elle avait prise à la sortie de l'impasse.

— Ecoutez, madame Marburn, dit Tina, tandis que Mason se remettait à protester en vain, ce véhicule a pu trouver refuge dans un garage du secteur. Peut-être le chauffeur connaît-il parfaitement Toledo. L'agression étant manifestement préméditée, j'imagine que le ou les coupables avaient également prévu un plan pour s'échapper, alors il est plus que probable qu'il nous faille recourir à d'autres méthodes que la poursuite traditionnelle. En premier lieu, il serait sans doute judicieux de partir des vitres teintées que vous et les autres témoins avez tous mentionnées dans votre déposition. Ce genre de verre sombre est illégal, en Ohio, de même que dans la plupart des autres Etats du Nord.

— Illégal ? répéta Kate.

— Ouais, confirma Zink. Quand les agents s'approchent d'un véhicule qu'ils viennent d'arrêter, mieux vaut qu'ils puissent surveiller son conducteur. Une teinte légère passe encore, mais pas ce genre de vernis sombre à effet miroir.

Kate se rappela soudain une phrase que sa grand-mère aimait répéter : « Nous nous voyons aujourd'hui comme à travers une vitre sombre, mais nous serons alors à visage découvert… » Elle devait, aujourd'hui, trouver quels visages se cachaient derrière ces vitres teintées. Qui étaient les personnes qui l'épiaient et la traquaient ainsi. Or, pour cela, il lui fallait d'abord connaître leur mobile. Bref, elle n'avait d'autre choix que d'endosser le rôle dont Zink souhaitait garder l'exclusivité : celui d'enquêteur.

— Il est, cependant, d'usage courant dans d'autres Etats, surtout dans le Sud, expliquait Tina. Cela dit, Zink, il est impossible de téléphoner à toutes les entreprises spécialisées dans la coloration des pare-brise pour savoir laquelle a pu s'occuper d'une vieille Packard. Nous ferions peut-être mieux de reprendre la piste des personnes que votre mari a escroquées, madame Marburn.

— C'est également mon opinion, approuva Mason.

Kate savait qu'elle aurait dû l'imiter et acquiescer, elle aussi, mais elle répliqua :

— La liste des victimes de mon *ex*-mari est bien trop longue.

Elle était intriguée de voir les deux policiers partager ainsi avec elle leurs réflexions. N'était-ce pas un nouveau stratagème pour obtenir sa confiance ? De toute évidence, Zink y aspirait depuis longtemps. Et, aujourd'hui, elle avait commencé à flancher en l'appelant à la rescousse…

— Ça fait, effectivement, beaucoup trop de monde, admit l'inspecteur. J'ai d'ailleurs jeté un coup d'œil à cette liste, mais aucun nom ne m'a rien dit.

Kate savait qu'elle aurait pu réduire le champ des recherches en demandant à Erin de lui donner les noms des personnes qui, d'après elle, avaient menacé Mike — ou, du moins, tous les détails qu'elle avait pu recueillir à leur sujet. Mais elle estimait que sa belle-fille n'avait vraiment pas besoin d'être cuisinée par les flics, en ce moment. Elle allait plutôt essayer de soutirer elle-même ces renseignements à Erin.

— Maintenant, continua Zink en vidant son gobelet de café, nous pouvons sonder aussi l'autre extrémité de l'éventail des suspects, et nous concentrer sur un individu en particulier, même si celui-ci s'est révélé du genre insaisissable, jusqu'à présent.

— Oui, acquiesça Tina en se renfonçant dans son luxueux fauteuil de cuir, mais ça reviendrait également à vouloir trouver une aiguille dans une botte de foin — à moins, évidemment, que quelqu'un puisse nous indiquer par quel bout de la botte commencer.

— Que voulez-vous dire ? demanda Kate tout en regardant Zink d'un air inquiet.

— Eh bien, répondit-il en se levant et en s'étirant, si votre mari ne s'est pas suicidé après sa fuite, il a très bien pu, en revanche, assassiner quelqu'un.

— Varina ? Et... vous ne pensez quand même pas à Sarah ?

— Tuer la fille de Sarah Denbigh vous rendait encore plus suspecte à nos yeux, fit remarquer Tina, tout en vous aidant à obtenir les meubles légués par sa mère. Peut-être qu'ensuite, Mike Marburn comptait récupérer cette fortune par le chantage ou la contrainte, une fois les deux héritiers éliminés ?

— Kate, reprit Zink en se penchant vers la jeune femme, les mains appuyées sur la table, je crains fort que votre mari...

— *Ex*-mari ! répéta la jeune femme avec humeur.

— ... ne vous connaisse que trop bien. S'il a voulu vous suivre ou vous surveiller, il n'a eu aucun mal à le faire.

— Malheureusement, c'est une hypothèse à ne pas écarter, convint Mason.

Rien de tout cela n'était nouveau pour Kate, mais elle n'était pas près de montrer que cette éventualité soulevait en elle une plus grande terreur encore que celle que lui inspiraient la Packard et ses mystérieux occupants. Car une idée sinistre venait de prendre naissance dans son esprit. Se pouvait-il que Mike soit derrière toute cette affaire, et qu'il ait contacté Erin afin de la monter contre elle ? Car, qui mieux qu'elle aurait pu le renseigner sur les déplacements de sa belle-mère ? Kate avait parlé à Erin de cette réunion avec les enfants de Sarah. Mais il était vrai aussi qu'elle en avait informé toute l'équipe de Shaker Run. Ainsi que Jack…

— Je… Je ne sais pas…, bredouilla-t-elle enfin. Il faudrait que Mike soit fou pour être revenu tourner ainsi autour de moi, même incognito. Je vous jure qu'il ne m'a pas appelée, et qu'il est hors de question que je renoue avec lui.

— On a vu des situations plus étran…

Tina fut interrompue par Pete Scofield qui, après avoir frappé à la porte, pénétra dans la salle de conférences.

— On vient juste de recevoir des nouvelles du Flower Hospital, leur annonça-t-il, la mine décomposée. Varina Wellesley est décédée durant le transport. Quant à Palmer, son état est jugé critique, mais il devrait s'en sortir. J'ai pensé que vous souhaiteriez le savoir. D'autre part, je tenais à dire à Mme Marburn… compte tenu de l'animosité qui régnait entre vous, je trouve que vous avez fait preuve d'une grande générosité dans les propos que vous avez tenus à ma cliente, qu'ils soient vrais ou faux.

Tina Martin secoua la tête, tandis que Zink observait Kate du coin de l'œil.

Mason se moucha. Et Kate, elle, laissa couler ses larmes, en grande partie au nom de Sarah qui n'était plus là pour pleurer ses enfants.

— Varina est morte et son frère est gravement blessé ? répéta Erin, les yeux ronds de stupéfaction.

C'était le lendemain de la tragédie. Mère et fille avaient trouvé refuge dans un coin du foyer du bâtiment Jefferson, sur le campus de l'université.

— Et tu dis que c'est une voiture noire qui les a renversés ? Une voiture qui t'avait déjà suivie ?

Elles étaient assises l'une contre l'autre, mais Erin n'avait pas embrassé Kate, laquelle estimait plus prudent de ne pas esquisser, pour l'instant, le moindre geste dans sa direction. Elle était déjà heureuse que sa belle-fille ait accepté de lui parler. Elle voyait bien, néanmoins, qu'après avoir appris ses dernières tribulations, Erin n'avait guère envie de prolonger cet entretien.

— Si tu as tenu à m'annoncer ça toi-même, c'est sûrement pour te faire pardonner de ne pas m'avoir prévenue de la mort de Sarah avant les journalistes ?

Elle était pâle et ses mains tremblaient, bien qu'elle les tînt serrées contre son ventre.

— Si je suis venue ici directement, c'est parce que j'ai pensé que tu pourrais m'aider à découvrir qui pouvait bien vouloir me terroriser ainsi.

— T'aider ? Et comment pourrais-je t'aider ? rétorqua Erin d'une voix stridente, avant de reprendre le contrôle d'elle-même.

Elle jeta un coup d'œil vers la réception pour voir si on les avait entendues — ce qui était le cas, apparemment —, puis reporta son attention sur Kate.

— Il pourrait bien s'agir d'une forme de vendetta particulièrement sanglante, expliqua Kate.

Voyant Erin afficher un air perplexe, la jeune femme se demanda si elle connaissait le sens du mot « vendetta ».

— En d'autres termes, Erin, il est possible que quelqu'un veuille se venger de ce que ton père lui a fait.

— De ce qu'*il* lui a fait ? répéta la jeune fille en croisant les bras sur sa poitrine. Oh, tu veux dire que cette personne te croit mêlée à cette affaire, bien que tu aies juré le contraire devant la cour, et qu'elle souhaite t'effrayer... ou te faire du mal.

— C'est l'une des hypothèses sur lesquelles travaille la police. Mais il y en a d'autres...

Erin dévisagea sa belle-mère avec stupeur. Kate lut une peur terrible dans ses yeux, une peur qui n'était pas seulement le reflet de la sienne.

— Erin, j'ai terriblement besoin de ton aide, reprit-elle, enfin décidée à jouer le tout pour le tout. Ton père ne t'a pas contactée ?

La jeune fille demeura d'abord bouche bée, comme si elle avait perdu le souffle. Puis, brusquement, elle s'écria d'une voix chargée de reproches :

— Tu veux lui mettre *aussi* ça sur le dos ? Tu ne trouves pas qu'il a déjà assez souffert comme ça ? Tu crois vraiment qu'il se balade dans un vieux tacot avec l'intention de t'écraser ?

— Plutôt avec l'intention de m'effrayer et d'écraser mes ennemis, afin que je sois assurée de recevoir, en héritage, les meubles de Sarah, corrigea Kate. Tu n'as toujours pas répondu à ma question, Erin.

— Mais non, il ne m'a pas contactée ! A cause de toi, il doit se terrer loin d'ici...

Kate prit les deux mains de sa belle-fille, alors que celle-ci avait commencé à se lever. Elle pouvait lire la peur dans ses yeux, dans son corps.

— Ma chérie, réfléchis. Mets tes émotions en sourdine une petite minute et sers-toi de ta tête. Ce n'est pas moi qui ai magouillé en cachette pendant des années pour mettre au point cette combine d'investissements bidons, ce n'est pas moi non plus qui ai fui au lieu d'assumer mes responsabilités. Écoute-moi juste un instant, et je...

Erin se dégagea d'une secousse.

— Non ! C'est ce genre de truc qui fait dégringoler ma moyenne et qui me déprime. Arrête de me perturber ! Laisse-moi tranquille et va-t'en !

Kate la suivit du regard tandis qu'elle traversait la grande salle et claquait violemment la porte derrière elle.

Une fois de retour à Shaker Run, Kate se mit à travailler sur ses parterres de roses avec hargne, mais ses pensées étaient ailleurs. C'était toujours en se livrant à ce genre d'activité qu'elle réfléchissait le mieux. Et, après qu'elle eut passé en revue tous les scénarios imaginables, c'était bien la possibilité que Mike soit revenu et ait monté Erin contre elle qui l'effrayait le plus.

— Oh, ravie de constater que sœur Jerusha s'occupe de nouveau de ses roses ! lança Louise. Mais, devant nos visiteurs, il faudra utiliser les anciennes cisailles du village et non ce sécateur flambant neuf que vous avez apporté dans vos bagages.

Kate opina et poursuivit sa tâche, en souhaitant que Louise déguerpisse au plus vite. Grâce à Dieu, celle-ci repartit presque aussitôt vaquer à ses propres occupations.

Quelques instants plus tard, agenouillée par terre pour émonder les branches mortes et arracher les mauvaises herbes, elle vit Jack surgir de l'autre côté du rang de rosiers.

— Qu'est-ce que vous faites là ? lui demanda-t-elle abruptement, tout en mettant sa main en visière afin de mieux distinguer ses traits.

252

Comme pour lui faciliter la tâche, il bougea légèrement, de sorte qu'elle fut bientôt assise à l'ombre de sa haute silhouette. Elle regrettait la brusquerie de son salut, mais il était trop tard pour la rattraper. Elle ne se sentait tout simplement pas prête à le revoir — ou, plutôt, à éprouver de nouveau les sentiments qu'il éveillait en elle.

Avant qu'il ne l'aide à se redresser, elle se mit vivement debout.

— Merci d'être passée à la maison ou de m'avoir téléphoné pour m'informer que vous étiez sortie indemne de la réunion avec les héritiers de Sarah, dit-il d'une voix légèrement irritée.

Elle voulut lui parler de la voiture qui avait renversé Varina et Palmer, mais les mots lui manquèrent. Craignant de perdre totalement le contrôle d'elle-même, elle préféra remettre cette explication à plus tard.

— Oui, j'aurais dû passer chez vous ou vous appeler, admit-elle, mais c'était une expérience… effrayante et épuisante.

— D'accord. Je voulais juste vous avertir que la police m'avait rendu visite.

Il semblait plus calme, maintenant, mais elle le sentait encore tendu. Son grand corps était tout raide, à l'exception de ses poings qu'il ne cessait de serrer le long de ses cuisses. Kate eut soudain envie de courir se blottir dans ses bras, mais elle se ravisa en songeant qu'il était trop dangereux de se fier à un homme.

— Ils ont découpé sur le poteau un morceau de bois qui portait des traces de peinture, poursuivit-il. Quand je suis sorti voir ce qu'ils faisaient, l'un d'eux m'a appris que c'était vous qui leur aviez suggéré qu'une voiture avait peut-être abattu ce poteau. J'espère que vous ne leur avez pas raconté ma virée nocturne dans la menuiserie de Clint ?

— Bien sûr que non ! C'était la police de Toledo ? Zink était avec eux ?

— Et pourquoi diable viendrait-il jusqu'ici pour un si petit détail ? D'ailleurs, je croyais que vous vous rendiez là-bas pour assister à une réunion avec les enfants de Sarah, pas pour voir Zink. Vous ne me cachez rien, au moins ?

— Vous commencez à lui ressembler avec votre barrage de questions ! s'exclama la jeune femme en jetant son sécateur par terre et en ôtant ses gants de jardinage.

Elle savait qu'elle réagissait trop vivement, mais elle se sentait stressée et affolée par trop de problèmes, y compris par les émotions qu'elle éprouvait chaque fois que Jack lui témoignait la moindre attention.

— Kate, ce n'est pas moi, l'ennemi ! lui rappela-t-il en levant les deux mains, comme pour parer une attaque. Je croyais que nous travaillions ensemble pour élucider cette affaire de trafic de mobilier ainsi que la mort de Sarah. Et, pour répondre à *vos* questions, je vous signale qu'il s'agissait de la police d'Athens, même si les agents étaient envoyés en mission par la brigade criminelle de Toledo. Vous savez, Kate, j'ai vraiment l'impression que vous avez beaucoup à me dire mais que vous avez soudain décidé de vous taire.

— Il se trouve simplement que j'ai de grosses difficultés avec Erin, en ce moment, répliqua la jeune femme tout en s'essuyant les mains sur son jean. Etant donné que vous n'avez pas d'enfant vous-même, vous n'êtes pas en mesure de comprendre…

— Ah bon ? lança-t-il sur un ton carrément désagréable tout en croisant les bras sur sa poitrine. Eh bien, figurez-vous que j'ai déjà eu l'occasion d'élever et de protéger un gamin. Le mien, pour tout vous avouer.

254

— Quoi ? s'exclama Kate. Vous me reprochez mon prétendu silence, alors que vous me cachez vous-même des pans entiers de votre passé ?

— O.K., d'accord, ne me dites rien, conclut-il en ressortant du jardin. Autrement, je pourrais être tenté de vous aider, alors que c'est la dernière chose dont j'ai besoin !

Kate fut consternée par la rapidité avec laquelle leur conversation avait dégénéré. Interdite, elle regarda Jack s'éloigner à grandes enjambées. De la part d'un homme aussi discret et maître de lui, pensa-t-elle, une telle sortie était pour le moins sidérante. Mais elle lui avait, au moins, donné un aperçu des émotions qui l'agitaient…

Finalement, elle fondit en larmes et s'enfuit dans la direction opposée à celle de Jack, vers l'atelier de jardinage. Etouffant de gros sanglots, elle ouvrit brutalement la porte de la bâtisse et la claqua derrière elle. Mais, à sa grande surprise, elle découvrit Tanya à l'intérieur. Penchée sur l'établi, l'herboriste était en train de moudre des herbes avec un pilon dans un vieux mortier à l'ancienne.

— Hé ! Qu'est-ce qui se passe ? lança-t-elle en voyant l'expression de son amie.

Kate n'avait pas pleuré sur l'épaule de quelqu'un depuis le départ de Mike, mais, cette fois-ci, elle se laissa aller, et raconta à Tanya tous ses malheurs : le retour tragique de la berline noire, sa dispute avec Jack et la terreur qui l'habitait à l'idée que Mike se serve d'Erin contre elle.

— Tu n'as encore annoncé à personne la mort de Varina ? lui demanda Tanya quand elle se fut ressaisie.

— J'avais l'intention de prévenir tout le monde, évidemment, mais Dane et Adrienne ne sont pas là. J'ai seulement aperçu Louise — et Jack, à l'instant. Je ne leur ai rien dit, pour le moment.

— Et tu n'as donc pas pleuré sur l'épaule de Jack ?

— Bien sûr que non ! répondit Kate en refoulant ses dernières larmes. Dis, est-ce que tu sais s'il a eu un enfant ?

— Ce que je sais, c'est qu'il a été marié à une femme idiote qui l'a plaqué, mais je ne l'ai jamais entendu parler d'un enfant. Il faut dire que je ne lui ai jamais posé de question à ce sujet. Pourquoi ?

— Oh, juste une impression, comme ça. Je n'arrive pas à croire que je sois aussi douée pour gâcher mes relations avec les gens que j'apprécie le plus.

— Tu as bien *conscience,* au moins, que la disparition de Varina va te permettre de récupérer plus facilement le legs de Sarah ? Je ne veux pas dire par là que tu t'en réjouisses, mais...

— Bien sûr que non, je ne m'en réjouis pas ! répliqua Kate tout en se mouchant. Je n'ai jamais souhaité une chose pareille... Ecoute, pour tout te dire, je me demande si Mike n'y est pas pour quelque chose. C'est une idée dingue, je sais, mais ça expliquerait pourquoi Erin est dressée contre moi. Mike s'imagine peut-être qu'il peut profiter, lui aussi, de l'héritage de Sarah... Quant à Jack, je lui expliquerai la situation plus tard. J'ai des tâches urgentes à accomplir, entre-temps.

— Quelles tâches ?

— J'ai du pain sur la planche, ici, mais il faut que je trouve également le temps d'espionner Erin. Les indices étaient flagrants, mais je n'ai pas su les voir.

— Quels indices ?

— Eh bien, pour commencer, le fait qu'elle passe tous les dimanches avec son *ex-petit ami.*

— Ça, à mon avis, ça n'est pas un indice.

— Elle s'est aussi remise à croire que son père était blanc comme neige et que tout était de ma faute. Elle adorait Mike ;

elle lui vouait un véritable culte, sans doute parce qu'il était, le plus souvent, absent. Tu sais, il l'appelait « ange »…

Elle s'interrompit soudain et abattit son poing sur l'établi, si bien que pilon et mortier s'entrechoquèrent.

— Hein ? Quoi ? *Quoi ?* lança Tanya.

— Le serveur du restaurant que fréquente le jeune couple m'a appris que Mark appelait ma belle-fille « ange ». Et, au cours de notre conversation, c'est moi qui lui ai soufflé que le prénom du garçon était Mark. Il semblait vaguement indécis… Mark et Mike, ça se ressemble beaucoup phonétiquement : tu ne peux pas dire le contraire !

— Mais enfin, Erin n'appellerait pas son père Mike, quand même ?

— Je ne sais pas. Elle m'appelle bien Kate ! Il a pu lui demander de ne pas l'appeler « papa » en public. Tanya, je te serais vraiment reconnaissante si tu pouvais cacher mes absences, ici, parce qu'il faut que je retourne sur le campus pour… eh bien, pour mener mon enquête en cachette.

— Bon, écoute un peu, lui dit Tanya en agitant l'index, je suis d'accord pour assurer tes arrières, comme tu l'as fait pour moi quand j'étais auprès de tante Sam, mais à *une* condition…

Elle agrippa le bras de son amie et plongea son regard dans le sien.

— Je t'écoute, dit Kate.

— Si tu apprends que c'est ton ex-mari qui est derrière tout ça, tu préviens la police ou bien tu appelles Jack, mais tu évites toute confrontation avec ce type, d'accord ?

— D'accord. Tant que ça ne risque pas de compromettre la sécurité d'Erin, je demanderai de l'aide. Mais pas avant d'avoir acquis une certitude et d'avoir retourné plusieurs pierres pour voir ce qui se trouve en dessous.

— Ouais, eh bien, fais gaffe, repartit Tanya, parce que les serpents peuvent mordre quand ils se sentent coincés, et certains sont aussi mortels que du *poison*.

16.

Les roses avec crainte étaient dans les épines, l'une blanc
désespoir et l'autre rouge honteux… mais pour ce vol,
en son orgueilleuse poussée un chancre vengeur à mort
l'a dévorée.

SHAKESPEARE, Sonnet 99.
(Version française de Pierre Jean Jouve,
Éd. du Mercure de France.)

— Est-ce que Mark Winslow est là, s'il vous plaît ? demanda
Kate à la fillette qui lui répondit au téléphone.

C'était le début de l'après-midi, mais Kate s'était dit
qu'elle pourrait aussi bien parler à la mère de Mark si le
garçon était absent.

L'enfant s'éloigna du combiné, puis Kate l'entendit appeler
sa mère.

— Maman, c'est encore une fille pour Mark !

Encore une fille ? En plus d'Erin ?

— Salut. Mark, à l'appareil.

— Bonjour, Mark. C'est la maman d'Erin, Kate Marburn.
Ecoute, je me suis dit qu'on pourrait organiser une petite fête

au 7 Sauces, dimanche prochain, quand tu viendras voir Erin. Ce serait une surprise... Qu'est-ce que tu en penses ?

— Euh... D'accord. Mais c'est pas son anniversaire !

— Non, tu as raison.

Kate s'efforçait de paraître calme, mais ce n'était pas facile. Mark avait l'air prudent mais, manifestement, il n'était pas étonné ni pris de court. Devait-elle en conclure que c'était bien lui qui rendait visite à Erin, chaque week-end ?

— Ce serait juste pour lui remonter le moral, tu vois, reprit-elle afin de combler le silence gêné qui avait suivi. Pour l'aider à relâcher un peu la pression. A quelle heure passes-tu la voir, le dimanche ?

— Oh, ça dépend, répondit le garçon sur un ton qui, pour le coup, parut à la jeune femme non seulement prudent mais carrément méfiant.

— Je dois t'avouer que j'ai été vraiment surprise que vous vous soyez remis ensemble, tous les deux, mais ça m'a fait plaisir. Dis, ça t'ennuierait que je parle cinq minutes à ta mère ? Je projette de venir saluer tes parents, la prochaine fois que je serai en ville.

— Elle n'est pas là.

— Oh, j'ai pourtant cru entendre ta sœur l'appeler !

— Vous devez vous tromper.

— Bon, tant pis. Ah, encore une petite question : est-ce que tu crois que Susan est une bonne colocataire pour Erin ? Je suppose que tu l'as déjà croisée, et j'aimerais connaître ton opinion à son sujet.

Là, Kate avait conscience de jouer serré. Si, effectivement, il était allé voir Erin sur le campus, il devait savoir que sa colocataire se prénommait Amy...

— Ouais, elle est sympa. Elles s'entendent bien, je crois. Euh, vous êtes sûre de vouloir faire une surprise à Erin ? Peut-être que ça lui remonterait encore plus le moral si vous la mettiez au courant et que vous prévoyiez cette sortie pour son anniversaire.

Mark mentait-il à la demande d'Erin, pour la protéger ? Kate en avait bien l'impression, mais elle ne possédait aucune preuve. Et puis, elle ne souhaitait pas que Mark avertisse la jeune fille que sa belle-mère risquait de débarquer sur le campus à l'improviste, le dimanche suivant. Ça, elle préférait vraiment l'éviter.

— Tu sais, Mark, je pense que tu as raison : mieux vaut la prévenir et lui fêter normalement son anniversaire. En plus, j'ai *énormément* de travail, ici, dans le sud de l'Ohio, ajouta-t-elle en essayant de simuler insouciance et spontanéité. Mais ne lui dis rien pour l'instant… Bon, j'ai été contente de bavarder un peu avec toi, Mark. Et merci pour tout ce que tu apportes à Erin.

— Oh, c'est un plaisir. Je… Alors, vous n'allez pas rappeler ma mère ni rien ?

— Non, non. Transmets-lui mes amitiés, d'accord ?

Tout en raccrochant, la jeune femme songea que Mark s'était montré, décidément, plus que nerveux. Il semblait franchement effrayé. Mais il ne l'était sans doute pas autant qu'elle-même, en cet instant.

Kate avait revêtu un T-shirt et un ensemble veste-pantalon en jean pour ne pas se faire remarquer, au 7 Sauces, mais il lui sembla que cette tenue la rendait encore plus voyante.

Le gérant du restaurant lui apprit que Stone n'était pas de service pour le déjeuner mais qu'elle avait peut-être une chance de le trouver au club Beta. Kate le remercia et prit le chemin de Court Street. Malheureusement, l'emplacement du club ne figurait pas sur la carte du campus. Elle demanda son chemin à un étudiant, et avisa bientôt la façade blanche à colonnade du club, dont le toit était orné d'une sorte de dragon qui avait l'air de surveiller les passants.

Cinq minutes après qu'elle eut demandé à le voir, Stone descendait l'escalier. Il pencha la tête pour savoir qui le réclamait ainsi à l'accueil du rez-de-chaussée.

— Les gars m'ont dit : « C'est la mère de la rousse ! », lança-t-il à la jeune femme avec une grimace comique. Ils commencent à s'imaginer que j'ai des ennuis avec une fille.

— Je ne voyais pas d'autre moyen de vous faire savoir qui j'étais. Je suis désolée de vous déranger ainsi, mais j'aurais vraiment besoin de votre aide, dit Kate en serrant la main du garçon.

Grand et mince, il avait un visage ouvert et agréable, encadré de cheveux d'un noir de jais. Il semblait aussi à l'aise ici qu'au restaurant, et Kate lui envia son calme.

— Je m'appelle Kate Marburn, commença-t-elle.

Elle ne savait trop comment s'expliquer. Cependant, comme Stone avait toujours été aimable avec elle, elle décida de jouer la carte de la franchise.

— Voyez-vous, reprit-elle, je crains que mon ex-mari ne vienne rendre visite à Erin, alors que… Eh bien, il est censé s'en abstenir. La dernière fois, vous m'avez appris que l'homme avec lequel Erin déjeunait tous les dimanches l'appelait « ange »… Cet homme, est-ce qu'il ne s'appellerait pas *Mike* et non *Mark* ?

— Pour tout vous avouer, madame Marburn, répondit Stone en redressant la tête, comme s'il était plongé dans de profondes réflexions, je ne me rappelle pas précisément son prénom. Ce que je peux vous dire, c'est que je l'ai trouvé un peu trop vieux pour sortir avec une étudiante, même s'il avait l'air en pleine forme, bien bâti et tout. Maintenant,

je n'ai jamais entendu votre belle-fille — Erin, c'est ça ?
— l'appeler « papa » ou un truc comme ça.

Kate faillit lui révéler que Mike était recherché par la police et qu'il avait dû demander à Erin de rester discrète sur la nature de leur lien familial, mais elle ne connaissait pas assez Stone pour ça.

— Est-ce qu'il est roux ? lui demanda-t-elle en serrant la bandoulière de son sac à main.

— Non, si ça peut vous rassurer. Il a les cheveux aussi noirs que les miens, et il porte la moustache. Cela dit, il a la peau un peu trop pâle pour un brun. Il a toujours sur lui un gros tas de billets, et il laisse de jolis pourboires. Ah, tenez, ça me revient, ajouta-t-il en se passant la main dans les cheveux. Ces billets, ils ne sont pas dans son portefeuille : ils tiennent ensemble grâce à une pince en or qui représente une chouette. Un genre de bijou ancien, vous voyez ?

Kate eut l'impression que le sol s'ouvrait sous elle : Mike adorait les pinces à billets, et il en possédait toute une collection qu'il avait emportée avec lui dans sa fuite.

La jeune femme décida de revenir sur le campus le surlendemain, qui était un dimanche, pour tenter de surprendre Mike en compagnie de sa fille.

— Tu te rends compte que tu respectes un emploi du temps digne d'une Shaker ? lui lança Tanya, le lendemain matin.

Elles alignaient d'interminables heures de travail afin d'être prêtes pour l'inauguration. Kate s'occupait fiévreusement de ses rosiers dont les nouvelles tiges d'une couleur rougeâtre s'ornaient de boutons. Elle s'était levée à 4 h 30 du matin, poussée hors du lit par une sévère crise d'insomnie, et c'était à la lueur d'une lanterne — cette même lanterne à laquelle tous les membres de l'équipe essayaient de s'habituer, sur les injonctions de Louise — qu'elle avait entamé sa journée de labeur dans l'échoppe de jardinage.

— Peut-être es-tu *vraiment* devenue sœur Jerusha, comme le prétend Louise ? reprit Tanya pour la taquiner, bien que la jeune femme ne fût guère d'humeur à plaisanter, ce matin-là. Dans son journal, sœur Faith, mon personnage *à moi,* explique qu'elle fait tous les jours ses prières, sa toilette, son lit — plus le ménage dans les chambres de ses compagnes — *avant* le petit déjeuner, lequel devait avoir lieu avant 7 h 30. Ah, ça, ils ne chômaient pas, ici, mais ils menaient une vie de cinglés, conclut la jeune femme en imitant le ton guindé avec lequel Louise s'exprimait, d'ordinaire, quand elle était dans son « mode shaker ».

Mais Kate n'avait vraiment pas envie de rire ; elle avait plutôt l'impression de toucher le fond.

— Il paraît qu'un ancien frère herboriste aurait aussi laissé une chronique, poursuivit Tanya, mais elle a été égarée, tout comme celle de Jerusha, alors ce n'est pas demain la veille que je vais pouvoir me régaler d'histoires croustillantes sur le village…

Kate secoua la tête, estimant qu'il valait mieux laisser à Louise le soin de chercher les journaux manquants. Elle réussit à gratifier Tanya d'un mince sourire et d'une brève accolade, avant que son amie rejoigne son jardin.

Elle savait que Tanya avait un emploi du temps aussi serré que le sien. Afin de procéder au partage des meubles de sa grande-tante, elle devait se rendre dans le Kentucky, le lendemain, vendredi — soit deux jours avant qu'elle-même ne retourne sur le campus.

Kate regrettait de n'avoir pas le temps de demander à Tanya de lui préparer une de ses potions calmantes. La tisane qu'elle prenait chaque soir n'était plus aussi efficace qu'au début. La nuit, elle dormait mal et, malgré la frénésie dont elle se sentait animée, elle s'assoupissait régulièrement sur ses plants ou dans l'atelier de jardinage.

La piqûre d'une épine ayant traversé son gant droit l'arracha soudain à la torpeur dans laquelle elle avait de nouveau glissé. Quelqu'un venait de parler derrière elle. Elle se releva avec peine. C'était Dane et Adrienne qui lui adressaient la parole. L'un portait les nouvelles brochures en couleur et l'autre les paquets de tisane emballés à la main que Tanya avait confectionnés pour la boutique de souvenirs.

— Vous rattrapez le temps perdu, nota Dane en désignant du menton les rangs de rosiers.

« Le temps perdu », se répéta Kate. C'était plutôt avec Erin qu'elle avait perdu du temps, voire avec Jack — et ce temps-là, elle ne pourrait jamais le rattraper.

Adrienne s'avança vers elle et lui pressa le bras.

— Nous avons appris la tragédie qui s'est déroulée à Toledo — la dernière en date, je veux dire.

— Vous auriez dû nous en informer dès votre retour, ou même nous téléphoner de là-bas, lui reprocha Dane avec une aigreur et une dureté subites.

Kate fut sidérée de constater combien cet ancien diplomate pouvait, à l'occasion, se montrer brusque et rugueux. C'était sans doute ça que Tanya avait voulu exprimer quand elle lui avait dit que Dane était toujours « entre haut et bas ».

— J'avais l'intention de vous en parler à mon retour, dit-elle, mais vous étiez absents, et j'ai eu moi-même d'autres soucis, entre-temps. J'ignore si cet événement aura la moindre influence sur la procédure concernant l'héritage de Sarah, si c'est ça qui vous tracasse. Je prie le ciel pour que Palmer se rétablisse, et je ne commettrai pas la bêtise de me rendre aux funérailles de Varina, samedi. A ce propos, je tenais à vous remercier d'avoir proposé à mon avocat de payer les frais de justice au cas où ce litige s'éterniserait, mais votre compréhension et votre soutien constants me sont d'un secours encore plus précieux.

Kate avait l'impression d'avoir prononcé un discours de campagne électorale. Cependant, Dane gardait une expression distante, comme s'il réfléchissait à autre chose.

— Nous savions que nous avions bien fait d'engager Kate, n'est-ce pas, Dane ? intervint Adrienne en lui donnant un coup de coude.

Il sursauta, puis acquiesça d'un signe de tête.

— Absolument. Bien que ce soit Jack Kilcourse qui nous ait donné votre nom, c'est moi qui ai pris la décision de vous embaucher, et je ne le regrette pas.

— J'aime beaucoup le village, affirma Kate, et j'espère pouvoir contribuer plus encore à son épanouissement — ou plutôt, pour ce qui me concerne, à sa floraison.

— Ça a dû être horrible d'assister à la fin tragique de Varina Denbigh, si tôt après avoir perdu Sarah, sa maman.

Kate se doutait bien que les Thompson avaient préparé cette conversation, comme semblait, d'ailleurs, le confirmer son caractère formel et compassé, mais elle était soulagée de constater qu'ils semblaient, malgré tout, soucieux de ses sentiments.

— Puis-je vous demander qui vous a avertis de l'accident de Toledo ? leur demanda-t-elle.

— C'est Dane qui l'a lu dans le *Toledo Blade*, répondit Adrienne.

Sur ces mots, elle pressa une nouvelle fois le bras de la jeune femme, puis le couple commença à s'éloigner.

— Si vous avez besoin de quoi que ce soit, lui lança Adrienne par-dessus son épaule, n'hésitez pas à nous appeler ! Et, s'il vous plaît, tenez-nous au courant !

*
* *

Plus tard dans l'après-midi, alors que le soleil se couchait, Kate mangea un sandwich au beurre de cacahouète et à la confiture — qu'elle fit suivre de quelques pastilles à la menthe —, puis elle se doucha, alla cueillir un petit bouquet de violettes blanches et de sanguisorbes à l'orée de la forêt qui jouxtait le site consacré, et se rendit chez Jack. Les circonstances dans lesquelles ils s'étaient séparés, la dernière fois, n'avaient cessé de la miner.

Bien qu'elle ait choisi la sanguisorbe pour ses jolies fleurs aux teintes délicates, elle appréciait aussi cette plante à cause des souvenirs qui y étaient attachés. Elle poussait, en effet, dans leur jardin quand Erin était petite, et la gamine l'utilisait alors pour se maquiller en Indienne avec ses amies, car les tiges de sanguisorbe, une fois coupées, donnaient un jus rouge-orange éclatant.

Quand Kate avait évoqué ce souvenir devant Tanya, cette dernière lui avait appris que les Indiens d'Amérique se servaient de cette plante non seulement pour se teindre la peau, mais aussi comme remède contre le cancer du sein. Cependant, avait-elle ajouté, comme pour bien d'autres produits naturels, un excès de sanguisorbe pouvait se révéler fatal.

— Tu veux dire que c'est du poison ? s'était écriée Kate. Dire que j'ai laissé Erin jouer avec ça quand elle était petite !

— Du calme ! avait lancé Tanya. Pour que la sanguisorbe soit toxique, il faut en absorber des quantités conséquentes.

— Et si j'en mangeais, que se passerait-il ?

— Oh, tu éprouverais d'abord une soif intense, puis des brûlures à l'estomac et des vertiges auxquels succéderaient une perte de conscience et une paralysie musculaire — le truc *habituel*, quoi, avait répondu Tanya avec un sourire si éblouissant que Kate s'était demandé si elle plaisantait ou non.

Puis, à bien y réfléchir, connaissant son amie, elle s'était dit qu'elle ne plaisantait sûrement pas.

Jack vit Kate remonter l'allée de son jardin à pas comptés, tenant à deux mains un petit bouquet, telle une mariée se rendant à l'autel. Un regret lancinant le taraudait, depuis leur dispute, et il était furieux — ou, plus exactement, effrayé — de constater à quel point la jeune femme occupait son esprit. Elle lui donnait envie de revivre et de partager de nouveau toutes sortes d'émotions qu'il croyait avoir définitivement enterrées au fond de lui-même.

Dès qu'il lui eut ouvert la porte, elle lui tendit son bouquet de fleurs pastel.

— On fait la paix ? lui proposa-t-elle sans attendre ni tergiverser.

Elle affichait un grand sourire qui illuminait son visage par ailleurs pâle et tiré — à tel point qu'on aurait pu la croire sans défense.

— Entrez, répondit-il.

— Asseyons-nous plutôt un instant sur ces fauteuils à bascule, vous voulez bien ? Et ne vous avisez pas de boire l'eau dans laquelle vous aurez mis ces sanguisorbes. Elles font partie des chouchoutes de Tanya, si vous voyez ce que je veux dire.

Il s'esclaffa.

— Je crois qu'aucune femme ne m'a jamais offert de fleurs, auparavant, alors je suis très sensible à celles-ci, aussi toxiques soient-elles. Merci d'être venue, Kate.

Il entra chercher un pichet dans lequel il disposa le bouquet. L'eau vira aussitôt au rose.

— Allez, racontez-moi tout, dit-il à la jeune femme en rapprochant son fauteuil du sien. Et d'abord, comment Erin se débrouille-t-elle à l'O.U. ?

— Eh bien, elle a des problèmes. Des problèmes peut-être aussi épineux que ceux de sa belle-mère. Je vous expliquerai tout ça un autre jour, promis. Mais comme vous ne m'avez pas encore beaucoup parlé de vous, ça me gêne un peu de vous déballer ma vie, comme ça...

Il accusa le coup, mais n'en soutint pas moins son regard.

— Je n'aime pas parler de mon divorce, avoua-t-il.

— Merci pour la confidence. Jack, un divorce est une épreuve pénible. Un constat d'échec. Mais ça arrive à beaucoup de gens. Ne serait-ce qu'à moi, tenez. Or mon propre divorce est de notoriété publique, tout comme l'a été mon mariage, tandis que le vôtre, au moins, n'a pas fait la une des journaux.

— Nous avons perdu notre fils, reprit-il sur un ton hésitant, sans doute à cause de la terreur que lui inspirait le fait même de prononcer ces quelques mots. Après, tout s'est écroulé, et Leslie... m'a quitté. Voilà. L'histoire s'arrête là.

Mais Kate garda le silence. Elle attendait la suite, juchée sur le bord de son fauteuil. Il voyait bien qu'elle avait envie de connaître les détails de cette triste histoire. Il songea à lui mentir, à évoquer une mort subite ou une chute dans l'escalier. Il savait qu'il y avait mille et une manières de fuir son propre chagrin.

— Jack, je vous remercie de m'en avoir parlé, dit enfin Kate. Je ne suis pas venue ici pour vous obliger à revivre tout ça, croyez-moi. Perdre son enfant... ça doit être abominable. J'en suis désolée pour vous, et j'aimerais beaucoup en apprendre plus sur votre fils. Comment s'appelait-il ?

— Andy. Il aurait l'âge d'Erin, aujourd'hui.

Elle lui prit les mains et les serra fort dans les siennes. Leurs poignets reposaient sur leurs genoux tremblants. Maintenant, Jack aurait voulu non seulement prendre la jeune femme dans ses bras mais aussi pleurer sur son épaule.

— Et pourquoi êtes-vous ici ? lui demanda-t-il soudain.

— Apparemment, j'ai mal choisi mon moment, mais tout va de travers, depuis quelque temps. Je voulais vous dire quelque chose avant que Zink ne débarque pour vous annoncer la dernière nouvelle concernant les Denbigh.

— On a retrouvé d'autres indices liés à la mort de Sarah ? demanda Jack en se penchant vers la jeune femme, heureux d'aborder un autre sujet.

Il vit ses yeux se remplir de larmes.

— Quoi ? fit-il. Qu'est-ce qu'il y a ? C'est en rapport avec sa cinglée de fille ?

Kate se redressa aussitôt.

— Vous le saviez déjà... ou vous l'avez deviné à cause de notre discussion précédente ?

— Je ne le savais pas, lui assura-t-il tout en tendant la main pour caresser doucement ses joues humides. Il se trouve simplement que la seule fois où j'ai eu l'occasion de m'approcher de Varina, elle m'a paru complètement givrée. Allons, Kate, accouchez. Racontez-moi tout.

Kate éprouva à la fois du soulagement et de la peine à lui rapporter le cauchemar qu'elle venait de vivre. C'était encore en elle une plaie douloureuse, mais elle était contente, malgré tout, de lui en parler. Et puis, il l'écoutait avec attention, et semblait compatir vraiment à ses souffrances. Elle lui décrivit la mort de Varina ainsi que ses deux précédentes rencontres avec la Packard, et lui détailla son dernier entretien avec Zink. Elle s'abstint, toutefois, de lui confier les soupçons qu'elle nourrissait à l'encontre d'Erin et de Mike. D'ailleurs, elle avait encore du mal à y croire elle-même, et elle espérait de tout son cœur qu'elle s'était trompée.

— Vous irez à l'enterrement de Varina ? demanda Jack d'un air légèrement inquiet.

— Non.

— Il est affreux de songer que quelqu'un ait pu commettre un tel acte délibérément. La vie est bien trop précieuse... Vous êtes sûre que ce n'est pas vous qui étiez visée par les occupants de la berline ?

— Comment ça, « *les* occupants » ? Je n'ai jamais dit qu'ils étaient plusieurs dans la voiture.

— C'est une façon impersonnelle de désigner la ou les personnes dont vous ignorez l'identité. Car vous ne savez toujours pas qui c'est, n'est-ce pas ?

— Je mène actuellement des recherches à ce sujet, mais...

— Cette berline, poursuivit Jack d'une voix rêveuse, pourrait-elle ressembler à cette vieille automobile shaker de couleur noire que Dane gare ici — sauf qu'il prétend ne jamais la conduire plus loin que la station-service... et que ce n'est pas une Packard.

Kate bondit sur ses pieds.

— Dane possède une voiture ancienne ? Une voiture qui appartenait aux Shakers ? Mais je ne l'ai jamais vue ! Où est-elle ?

Jack voulut la faire rasseoir, mais elle ne bougea pas d'un pouce.

— Kate, il est impossible que ce soit la même voiture. Non seulement elle est d'une marque différente mais, en plus, ses vitres ne sont pas teintées. Les Shakers l'ont vendue quand le village a été abandonné, dans les années quarante. Il paraît qu'elle était plus ou moins dans la naphtaline avant qu'on en fasse don au village, il y a un an environ.

— Où est-elle ? répéta Kate. Si vous l'ignorez, je pars tout de suite interroger Dane. D'accord, ce n'est peut-être pas la même berline que celle qui me poursuit, mais si je voyais celle de Dane, ça m'apprendrait au moins quelque chose sur l'autre. Jack, je suis en quête du moindre renseignement.

— La voiture est ici même, répondit-il en se levant et en serrant les épaules de la jeune femme.

— Ici même ? répéta-t-elle. Vous voulez dire : chez vous ?

— Kate, si je vous la montre, il faudra me jurer de ne pas le révéler à Dane. Je possède un double de sa clé, mais je ne suis pas censé faire entrer quelqu'un dans ce hangar, même si Tanya s'y réfugie, de temps à autre, pour écrire. Je préfère que personne ne sache que je garde un œil sur tous les meubles en transit ou en stockage par ici.

— Les meubles ? Des meubles shakers pour enfants ?

— Ouais, c'est bien là que j'ai vu les copies des pièces détenues par Sarah. Bon, je veux bien vous aider à tirer cette histoire au clair, à condition que vous ne gâchiez pas cette piste, la seule que j'aie pour élucider l'affaire du trafic d'antiquités.

— Je vous le promets, déclara Kate tout en cherchant le hangar des yeux. C'est de ce bâtiment qu'il s'agit, n'est-ce pas ? Celui-là même que vous prétendiez trop encombré pour abriter mon motoculteur ?

Après lui avoir répondu d'un bref hochement de tête, Jack rentra dans la maison et en ressortit avec une clé accrochée à un anneau.

— C'est ici que Tanya écrit son livre ? demanda Kate en le suivant dans la lueur grisonnante du crépuscule jusqu'à la baraque plongée dans la pénombre.

272

Le soleil couchant découpait d'un trait sanglant le contour de l'édifice.

— Je vous serai reconnaissant de ne rien dire non plus à Tanya, reprit Jack, sinon j'aurai autant d'ennuis que si vous racontiez tout à Dane. Je vous aurais bien proposé d'attendre la nuit pour cette petite visite clandestine mais, dans l'obscurité, la clarté d'une torche se verrait beaucoup plus facilement depuis la route ou le village.

— Est-ce que Dane sort souvent sa berline ? demanda Kate, tandis que Jack insérait sa clé dans le cadenas.

« Dane… », se répéta-t-elle. Etait-il lié à cette affaire, d'une manière ou d'une autre ? Ce serait proprement insensé.

— Je l'ignore, répondit Jack en repoussant la lourde porte coulissante. Et je vais vous montrer pour quelle autre raison je ne peux pas vous répondre avec certitude.

Kate jeta un coup d'œil dans le hangar. Elle ne distingua pas grand-chose. Comme Jack pénétrait dans le bâtiment, elle lui emboîta le pas, en veillant à rester juste derrière lui.

— Je me fie à vous sur ce coup-là, dit-il tout en refermant la porte derrière eux. Même si je suis parfois brouillé avec l'équipe du village, j'ai fini par nouer des liens avec Tanya et même avec Dane.

— Moi aussi, et je n'ai aucune envie de les compromettre, répliqua la jeune femme, immobile à côté de lui.

Lentement, leurs yeux s'accoutumèrent à la pénombre qui régnait dans la remise. Il y aurait fait encore plus sombre si la clarté du soleil couchant n'avait filtré par l'unique fenêtre et baigné l'endroit d'une lueur rosâtre.

Bien qu'elle fût impatiente de voir la berline, Kate eut soudain peur. Non pas de Jack, mais de ce qui risquait de se passer entre eux, tant elle se sentait dépendante et vulnérable. Elle n'avait pu se reposer sur personne, depuis le départ de

Mike, et son mari s'était montré aussi nuisible et fourbe dans ses rapports avec elle que dans ses affaires.

Ils se dévisagèrent dans la clarté chaude du couchant. Quand une bête détala dans le fond de la baraque, ni l'un ni l'autre n'esquissèrent le moindre mouvement.

— Faites-moi confiance, dit-il.

Kate avait terriblement envie de le croire. Elle se pencha vers lui. Il se pencha vers elle. Elle aurait voulu céder, lui confier les rênes, mais ce genre d'erreur lui avait été fatale avec Mike.

— Quand vous me ferez vraiment confiance, vous aussi, bredouilla-t-elle.

Se reculant d'un pas pour mieux voir son visage, elle discerna dans son regard une brusque flambée de colère, qu'il maîtrisa aussitôt.

— Je pourrais très bien vous faire sortir d'ici, rétorqua-t-il, mais je pressens que vous trouveriez le moyen d'y revenir. Allons-y, Kate Marburn, et à charge de revanche.

Il la précéda dans les profondeurs de la remise.

Ils passèrent devant une table de travail encombrée d'objets divers, qui devait être le bureau de Tanya. Il y avait là des livres sur les plantes, un petit carnet jaune, une machine à écrire mécanique ainsi qu'une pile de feuilles dont la première portait en titre : « *Datura arborea* ou Trompette des anges. » Ils contournèrent plusieurs cartons ainsi qu'un coffre en plastique à couvercle amovible, d'aspect fort peu shaker, contenant ce qui semblait être du papier et des livres. Plus loin gisaient des meubles, cassés pour la plupart, un monticule recouvert d'un drap et un tas de caisses de bois.

— Elle n'est plus là, déclara Jack en s'arrêtant si brutalement que la jeune femme le percuta.

— La voiture ?

— Evidemment, la voiture ! Vous en voyez une, ici ?

Elle jeta un coup d'œil derrière lui, vers le fond de la baraque.

— Quand il la sort, reprit Jack d'une voix plus calme, il emprunte la porte de derrière, qui est également cadenassée. Avant, cet espace servait de grange à foin. Charrettes et tracteurs le traversaient de part en part. Parfois, Dane emprunte l'ancien chemin cendré, au lieu de passer par mon allée.

Mais rien de tout cela n'intéressait Kate.

— Elle est noire, dites-vous ?

— Ouais, comme beaucoup de berlines de cette époque.

— Et vous êtes certain qu'il ne s'agit pas d'une Packard ?

— J'ai quand même quelques connaissances en la matière ! répliqua-t-il en gardant, comme elle, les yeux fixés sur la tache d'huile qui marquait le sol en terre battue. C'est une Buick qui date de la fin de la Seconde Guerre mondiale… Ecoutez, si vous êtes capable de patienter jusque-là, je vais demander à Dane où elle se trouve, et je vous communiquerai ensuite sa réponse. Peut-être qu'il l'a seulement conduite au garage pour faire réparer la calandre.

« Faire réparer la calandre » ? Mais pourquoi ? Parce qu'elle avait heurté un poteau électrique… ou qu'elle avait percuté Varina ?

Kate porta les mains à ses tempes et crut, un instant, que son cerveau allait exploser. Une calandre enfoncée et une carrosserie noire, mais pas de vitres teintées ni de marque idoine — c'était un vrai casse-tête. Mais, pour l'instant, elle avait mieux à faire que d'enquêter sur toutes les berlines noires de la planète : elle devait découvrir qui était l'homme qu'Erin rencontrait chaque dimanche. Et ce qu'elle redoutait le plus, c'était de voir débarquer au campus un Mike conduisant une Packard de collection, car cela ne signifierait pas seulement qu'il était le chauffeur de la voiture meurtrière mais aussi qu'Erin était sa passagère.

— On devrait revenir plus tard, peut-être demain soir. Il paraît que ces vitres teintées n'obscurcissent pas la vue, depuis l'habitacle, mais au crépuscule ou à l'aube, on est obligé d'allumer les phares pour voir la route.

— Je ne les allume que rarement, par ici. Il y a un risque qu'ils regardent dans cette direction.

— Alors qu'on est cachés dans ce bosquet ? Mais pourquoi crois-tu qu'ils sont entrés dans ce hangar et qu'ils ont refermé la porte derrière eux ?

— Pour faire des galipettes ? suggéra l'homme avec un petit reniflement méprisant.

Il ralluma le moteur mais laissa les phares éteints.

Puis il entendit sa compagne glousser.

— Des *galipettes* ? Oh, elle est bonne, celle-là !

— Suffit ! Mais je suis d'accord : mieux vaut rester tranquilles aujourd'hui. Je veux qu'elle soit seule pour la secouer ou la réduire au silence. Il faut qu'on la surveille mieux pour déterminer ce qu'elle sait. Les choses ne se passent pas exactement comme on l'avait prévu, alors on va devoir improviser.

— J'arriverai bien à lui soutirer la vérité d'une manière ou d'une autre.

— Je te dépose et, ensuite, j'irai ranger la voiture. Qui sait ? Peut-être que tous les flics de l'Etat sont à sa recherche ? Je préfère rester prudent, même si la calandre est réparée et les plaques changées pour la énième fois. Si je n'étais pas aussi attaché à elle — à cette berline, je veux dire, pas à notre chère Kate —, je m'en débarrasserais une bonne fois pour toutes.

Sur ces mots, il repartit lentement et n'alluma ses phares que lorsqu'il eut presque rejoint la grande route. Il aimait se couler ainsi dans les ténèbres satinées de la nuit — des ténèbres si enveloppantes qu'on pouvait y disparaître sans laisser de traces.

17.

Cherchez des roses en décembre, de la glace en juin ;
demandez de la constance au vent, du blé à la paille ;
croyez à une femme ou à une épitaphe ou à tout autre
objet menteur, plutôt que d'ajouter foi au langage d'un
critique chagrin...

GEORGE GORDON, LORD BYRON,
Les Bardes de l'Angleterre et les critiques de l'Ecosse.
(Traduction de Benjamin Laroche, Éd. Lecou.)

Au beau milieu de la nuit, Kate se redressa brusquement dans son lit. Les chiffres lumineux de la pendule digitale indiquaient 3 : 04. Quelque chose l'avait réveillée, mais, en cet instant, elle n'entendait rien d'autre que le gémissement du vent et les craquements habituels des vieux édifices.

Elle repoussa les couvertures et se leva. Elle avait l'impression de se mouvoir comme au ralenti et, bien qu'elle n'éprouvât ni nausée ni vertige, elle se sentait légèrement désorientée. Elle était encore ensommeillée, voilà tout, se dit-elle. Elle chercha ce qui aurait pu l'indisposer dans les aliments qu'elle avait absorbés pendant le dîner, mais ne trouva rien.

Puis elle se rappela soudain le rêve qu'elle venait de faire. Erin lui jetait des calendriers comme si c'était des Frisbee. Ces calendriers-là, cependant, n'étaient pas illustrés avec des photos d'animaux, de paysages ou de fleurs, comme c'est le cas habituellement, mais avec une grosse voiture noire, toujours la même, présentant une calandre luisante qui ressemblait à une dentition de métal.

— Ça ne peut pas être Mike, marmonna-t-elle tout en allumant une lampe.

Elle enfila des chaussons et une robe de chambre en tissu-éponge.

— Ça ne peut pas être Erin non plus. C'est totalement exclu.

Elle se força, néanmoins, à accomplir la tâche qu'elle appréhendait. Ayant retrouvé l'emploi du temps de sa belle-fille dans son sac, elle se rendit dans la pièce voisine et s'installa à son bureau. Elle ouvrit ensuite le tiroir du haut de son authentique secrétaire shaker, à la recherche de son calendrier — celui qui était illustré par diverses variétés de roses. Mais où l'avait-elle donc mis ? Pourquoi n'était-il pas à sa place ?

Elle le découvrit, finalement, dans le tiroir du bas, sous un tas d'enveloppes et de factures soigneusement empilées. Elle ne se rappelait pas avoir rangé son bureau de cette façon, mais elle était si distraite, depuis quelque temps...

Elle feuilleta le petit calendrier, à la recherche des jours où elle avait vu la berline noire et où la voiture avait embouti le poteau devant chez Jack, privant le village d'électricité.

Elle inscrivit toutes ces dates sur une feuille, et les fixa un instant du regard car les lettres lui semblaient se mêler les unes aux autres. Elle cilla et essaya de se concentrer. La voiture avait croisé son chemin pour la première fois au cimetière de Toledo, près de la tombe de Sarah, le mardi

5 octobre 1999. Les deux autres dates auxquelles elle l'avait vue ensuite étaient le 8 avril, à l'enterrement de la tante de Tanya, et le jour de l'assassinat de Varina, le 11 avril, qui était un mardi. Quant à l'incident qui avait fauché le poteau devant chez Jack, il avait eu lieu durant la tempête, le samedi 1er avril.

— Ses visites sont de plus en plus fréquentes, murmura la jeune femme.

Elle secoua la tête. Cette berline n'était pas un être animé d'une vie diabolique mais une machine conduite par une personne perverse et malintentionnée ! En tout cas, toutes ses apparitions étaient survenues un mardi ou un samedi… D'une main tremblante, elle ouvrit alors l'emploi du temps actuel de sa belle-fille, puis fouilla dans ses tiroirs à la recherche de celui du début de l'année scolaire.

Elle fut irritée de voir à quel point ces documents, pourtant essentiels aux étudiants, étaient imprimés en petits caractères. Ces derniers lui donnèrent également l'impression de se confondre les uns avec les autres, mais c'était sans doute un effet de sa fatigue.

Elle repéra enfin qu'Erin n'avait pas cours le samedi ni le mardi, de sorte qu'il lui aurait été possible de se trouver au cimetière Woodlawn, à Toledo, le jour où la voiture avait fait sa première apparition…

Mais non, Erin ne la trahirait pas, même si Mike était revenu dans sa vie !

Il était, par ailleurs, peu probable qu'elle ait pu se trouver à Toledo le jour où la voiture avait renversé Varina, puisque c'était un mardi et qu'elle avait cours d'anglais à 13 heures tous les mardis, jeudis et vendredis… à moins, justement, qu'elle n'ait de mauvais résultats parce qu'elle séchait les cours afin d'aider son père à assouvir son désir de revanche à l'encontre de son ex-épouse.

— Oh, Seigneur, par pitié, faites qu'Erin ne soit pas impliquée dans cette sordide histoire ! murmura la jeune femme en joignant convulsivement les mains. Je n'ai plus qu'elle dans l'existence. Ne laissez pas son père lui empoi… gâcher ainsi sa vie.

Bon, décida-t-elle en se redressant et en éteignant la lampe de son bureau, juste après la réunion matinale de l'équipe, elle irait à Athens s'entretenir avec le professeur d'anglais d'Erin, en espérant que celle-ci tenait à jour son registre de présence car il fallait impérativement savoir si Erin était en cours le jour du meurtre de Varina.

A cette pensée, Kate eut brusquement si froid qu'elle alla se recoucher. Après quelques minutes, cependant, elle perçut de nouveau des bruits étranges. Etait-ce cela qui l'avait réveillée, se demanda-t-elle, ou bien le cauchemar dans lequel Erin lui jetait des calendriers, comme si son inconscient cherchait ainsi à la prévenir de l'éventuelle complicité de sa belle-fille dans l'assassinat de Varina…

Se forçant au calme et à l'immobilité, Kate tendit l'oreille dans le noir. Elle entendit alors un chant lointain, et comprit qu'il provenait de l'extérieur. Elle avait, en effet, laissé l'une de ses fenêtres entrebâillée pour laisser entrer la douce brise printanière.

Elle se haussa sur un coude, bien que ce mouvement lui donnât le vertige. Le chant suivait une mélodie vaguement dissonante, remarqua-t-elle, comme celle qui accompagnait, d'ordinaire, les danses shakers. Mais peut-être était-elle, une fois de plus, victime de son imagination ou de sa fatigue.

Soudain, au milieu de la musique, elle entendit appeler son nom.

Elle se redressa d'un coup, et tendit de nouveau l'oreille. Etait-ce Jack qui l'appelait, dehors ?

Elle enfila vivement sa robe de chambre, alla de fenêtre en fenêtre et, tantôt penchée, tantôt agenouillée, examina les environs. Elle ne percevait plus aucun son, maintenant, et ne voyait rien non plus dans les rues du village. Elle avait dû avoir une hallucination. Tout comme jadis, après que Mike les avait abandonnées, Erin et elle…

— Non, tu es en parfaite santé, se dit-elle d'une voix ferme. Cette fois, tu dois garder ton sang-froid.

Il n'en restait pas moins qu'elle avait entendu de la musique. Comme elle jetait un coup d'œil à l'extérieur, par la fenêtre de sa chambre, elle vit une forme sortir en courant — ou en dansant — du cimetière et se diriger vers le site consacré, à la lueur froide de la demi-lune.

— Oh, Mark, je suis tellement heureuse que tu m'appelles ! chuchota Erin, la main en coupe autour du combiné.

Elle avait bondi de son lit en espérant décrocher le téléphone avant que la sonnerie ne réveille sa colocataire.

— Qui est-ce ? demanda Amy d'une voix pâteuse, dans l'obscurité de la chambre.

— C'est pour moi, répondit Erin. Rendors-toi. Je vais aller dans le couloir… Juste une seconde, Mark ! dit-elle à l'adresse de son correspondant tout en tirant sur son dessus-de-lit pour s'envelopper dedans.

— Mais qui est-ce ? répéta Amy.

— Mark. Ne t'inquiète pas !

— Tu ne t'attendais pas à ce que je te téléphone si tard, n'est-ce pas ?

— Ce n'est pas grave : tu as bien fait. Mais tu devrais me donner ton numéro pour que je puisse t'appeler, moi aussi.

— Mauvaise idée. Je préfère ne pas laisser ce genre de trace derrière moi.

— Ah, d'accord. Malheureusement, je crois que maman…
que Kate a tout deviné à notre sujet.

Elle l'entendit prendre une inspiration saccadée.

— C'est-à-dire ?

— Elle est venue ici me poser carrément la question…

Erin marqua une pause, le temps de laisser passer deux
étudiantes qui regagnaient leur chambre.

— En fait, reprit-elle, c'était moins une question qu'une
accusation.

— Dans ce cas, nous effectuerons notre petite balade en
voiture plus tôt que prévu.

Kate était aussi furieuse qu'effrayée. Elle était certaine d'avoir
entendu quelqu'un chanter et d'avoir aperçu une silhouette, dehors.
Elle pensait aussi qu'on l'avait appelée par son prénom. Qui donc
était en train de lui jouer ce tour ? Elle maudit silencieusement
Dane Thompson de ne pas avoir installé des lampadaires ni un
système de sécurité dans le village, aussi inauthentiques que
puissent être ces innovations. Elle se promit qu'aussitôt après
l'inauguration, elle chercherait un autre logement en ville, même
si Erin ne semblait guère désirer cette proximité avec elle.

Elle se tassa contre l'appui de la fenêtre, et jeta un coup
d'œil sur les rues éclairées par la lune. Après tout, songea-
t-elle, peut-être cette silhouette en capeline, qu'elle avait
crue tout droit sortie de son imagination, deux semaines
auparavant, était-elle réelle ?

Réprimant sa peur, elle enfila un jean et un pull, puis sa
parka, bien qu'il ne fît pas vraiment froid.

S'étant munie d'une lampe torche et d'un marteau, elle
descendit ensuite au rez-de-chaussée, et sortit du bâtiment
par la porte arrière. Elle avait failli téléphoner à Jack mais,
finalement, elle avait préféré surveiller discrètement les

alentours en restant dans l'ombre. Elle n'avait, franchement, pas envie que Jack la prenne pour une déséquilibrée.

Immobile au pied du conifère qui se dressait près de la porte arrière, elle inspecta les environs à travers ses branchages. Elle était heureuse d'inverser un peu les rôles et de jouer, à son tour, les observatrices.

Elle entendit alors le chant recommencer, plus fort, plus distinct. Et c'était bel et bien un cantique shaker. Comme le vent tournait, elle eut l'impression que la voix provenait directement du cimetière ou du site consacré.

Puis elle reconnut la chanson, et sourit de soulagement. C'était *Awake My Soul* — « Réveille-toi, mon âme » — que Louise avait appris aux danseurs. Il était même possible que la voix en question fût celle de la femme de Ben Willis.

Prudemment, en regardant sans cesse autour d'elle et en évitant d'utiliser la lampe pour ne pas attirer l'attention, la jeune femme longea la Maison du Conseil en direction de la Maison de Réunion. Alors qu'elle passait devant le jardin de simples de Tanya, elle remarqua que les fenêtres du rez-de-chaussée étaient faiblement éclairées.

Quand même, se dit-elle, Louise aurait pu la prévenir qu'elle comptait répéter aussi tard ! Certes, il n'était pas un membre de l'équipe qui ne se démène afin que tout fût prêt pour l'inauguration, mais travailler ainsi jusqu'au milieu de la nuit témoignait d'un zèle excessif, même pour des personnes aussi perfectionnistes que Louise et Ben. D'ailleurs, c'était peut-être Ben qu'elle avait surpris en train de filer vers la Maison de Réunion. Etait-ce également lui qui l'avait appelée pour la convier à participer aux danses ?

Un peu honteuse, Kate se dressa sur la pointe des pieds et regarda par la fenêtre la grande pièce éclairée. Elle vit alors que c'était Adrienne qui était en train de danser avec ardeur, en suivant ce qui devait être un enregistrement de la voix de Louise. Cependant, la Française n'était pas revêtue d'une robe shaker ni même d'une de ces tenues affriolantes qu'elle affectionnait, d'ordinaire.

Adrienne Thompson était nue comme un ver.

— Je passerai te prendre vendredi — hé, c'est-à-dire aujourd'hui —, au lieu de dimanche, comme d'habitude, dit-il sur un ton d'abord autoritaire puis, comme la jeune fille tardait à acquiescer, d'une voix plus caressante. De toute façon, il vaut mieux qu'on ne s'en tienne pas toujours au même programme. Emporte quelques affaires. Si elle ne peut pas te trouver, elle ne peut rien te reprocher, et cette disparition temporaire te donnera un moyen de pression supplémentaire sur elle.

— Et mes cours ? Je n'ai pas envie d'être recalée !

— Tu ne seras pas recalée. Tu t'absenteras au pire tout le week-end. Et, au cas où tu rentrerais plus tard, j'arrangerai le coup avec tes profs.

— Mark — Mike —, je ne suis plus au lycée : ici, il ne suffit pas d'un mot d'excuse des parents…

— Arrête de t'inquiéter ! Et ne m'appelle pas Mike avant que nous soyons vraiment seuls tous les deux. Ce qui ne devrait plus tarder… Bon, à 13 heures au même endroit, d'accord ?

— D'accord, répondit Erin avec un soupir, mais il va falloir que je sèche l'anglais. Je préviendrai juste Amy que je vais passer le week-end chez des amis, sans lui en dire plus. Mais je n'ai vraiment pas envie qu'on lui fasse encore plus de mal qu'on ne lui en a déjà fait.

— Il n'y a pas de problème. On se revoit demain, alors. Et reste discrète. Quant à Kate, ne t'inquiète pas à son sujet. Je m'occupe de tout, ange.

Plaquant une main sur sa bouche pour retenir un cri de stupeur, Kate se cacha sous la fenêtre au moment où Adrienne passa devant elle en caracolant en tenue d'Eve. Elle tournait sur elle-même, sautait et chantait faux en accompagnant la chanson interprétée par Louise. Qu'arrivait-il donc à cette femme habituellement élégante et réservée ? Avait-elle bu ? Kate secoua la tête en étouffant un rire.

Puis elle comprit soudain pourquoi elle avait entendu la chanson et la musique malgré la distance et les murs qui isolaient la danseuse du dehors : la fenêtre de la Maison de Réunion était légèrement entrebâillée — sans doute depuis la dernière répétition des danseurs de l'université qu'avait dirigée l'intraitable Louise.

Kate avait conscience qu'elle devait s'éloigner à pas de loup. Il aurait été bien embarrassant qu'Adrienne ou Dane la découvrent ici. A propos, où était Dane ? Etait-ce lui qu'elle avait vu courir dans le village, tout à l'heure ? Peut-être aimait-il regarder son épouse pendant qu'elle s'adonnait à ses indécentes exhibitions chorégraphiques ? songea Kate en riant sous cape, tandis qu'Adrienne repassait devant la fenêtre. Elle cessa soudain de rire en pensant que, si Dane était porté sur le voyeurisme, il risquait fort de la repérer en train d'espionner sa femme.

Elle venait juste de rebrousser chemin vers la Maison du Conseil quand un cri suraigu la figea sur place.

— Espèce de sale petit voyeur !

Croyant qu'Adrienne avait aperçu sa silhouette sans la reconnaître, Kate ne savait trop comment réagir, quand la voix de Dane retentit soudain.

— Il faut avouer que le spectacle valait le déplacement ! répliqua-t-il. C'est bien, ici. Un excellent poste d'observation.

Profondément intriguée, Kate revint en silence se poster près de la fenêtre. Désormais drapée dans son jupon noir comme dans un voile à la Isadora Duncan, Adrienne gesticulait en direction du plafond.

S'agenouillant, Kate avisa Dane qui regardait la salle par l'un des trous ménagés en haut des murs.

— Je descends pour procéder à un examen plus approfondi, mon amour, ajouta-t-il en passant la main par l'ouverture pour saluer son épouse.

Kate se hâta de regagner son appartement. Peut-être pourrait-elle menacer Dane de tout révéler s'il ne faisait pas installer au village, dans les plus brefs délais, un système de sécurité et d'éclairage, se dit-elle. Ou, mieux encore, elle le forcerait à raconter tout ce qu'il savait sur la Buick noire. Cependant, si c'était bien lui qui était caché dans la petite chambre de guet, qui donc était l'homme qu'elle avait aperçu, depuis sa chambre ?

Kate descendit tôt, le lendemain matin. La réunion de l'équipe était prévue pour 9 heures, et elle avait beaucoup à faire, d'ici là. Elle se rendit dans le petit bureau situé au fond du bâtiment. Dans cette pièce, dont la porte n'était jamais fermée, se trouvaient un micro-ordinateur ainsi qu'une imprimante qu'elle alluma aussitôt. Un fax bourdonnait dans un coin en dévidant lentement un message. Cet endroit était ouvert à tous, et la plupart des membres de l'équipe avaient déjà eu l'occasion de se servir du matériel qui s'y trouvait. Louise avait insisté pour qu'on le retire, mais Dane s'y était obstinément refusé.

Kate s'en voulait de ne pas avoir eu cette idée plus tôt — mais ses pensées étaient un peu confuses, depuis quelque temps. Et puis, se dit-elle, pourquoi Zink lui-même n'y avait-il pas songé, s'il était aussi résolu à élucider cette affaire qu'il le prétendait ? A moins qu'il eût jugé préférable de lui cacher certaines informations... Après tout, elle-même avait observé une semblable discrétion à son égard, pour protéger Erin, notamment. Et elle ne lui avait pas non plus parlé de la vieille Buick des Shakers, de crainte qu'il ne se mette à interroger, voire à inculper des membres de l'équipe, alors qu'elle ne disposait encore d'aucun indice susceptible d'accuser l'un d'entre eux.

Elle poussa un long soupir, tout en se branchant sur Internet. Elle tapa d'abord le mot « Packard », puis, n'obtenant qu'un fatras de renseignements inutiles sur l'entreprise Hewlett-Packard, elle revint dans le moteur de recherche et entra cette fois-ci « Voitures Packard ». L'écran se remplit d'intitulés de sites de clubs et de particuliers. Il ne lui fallut pas longtemps pour trouver, sur une page appelée « 1947 Packard Automobile Page », une photographie de la berline.

— « Packard Clipper », lut-elle tout haut, d'une voix solennelle.

Elle imprima la page. Cela lui donna l'impression de détenir enfin une sorte d'avis de recherche ou de portrait-robot de ses tourmenteurs. Elle envoya la photographie à Zink avec une page d'explication manuscrite, puis se renfonça dans son fauteuil.

Dans la fenêtre de saisie, elle frappa ensuite « Voitures Buick ». Cela lui prit un peu plus de temps, mais elle réussit à trouver et à imprimer une image d'une Buick de 1947. Elle la contempla avec hébétude : ce modèle ressemblait étonnamment à la conduite intérieure qu'elle cherchait, jusque dans le dessin de sa calandre. Celle de la Packard, toutefois, était un peu plus large et plus enveloppante aussi — si, du moins, sa mémoire ne lui jouait pas des tours, car il se pouvait fort bien que ses souvenirs aient été altérés par la panique qui l'avait saisie à chacune de ses rencontres avec la berline...

288

— Qu'est-ce que vous faites là ? lança une voix masculine dans son dos.

Kate pivota sur son fauteuil et se retrouva face à Dane. Même si Jack l'avait déjà interrogé sur la Buick, comme il en avait exprimé l'intention, elle risquait de se trouver dans une situation fort embarrassante. Elle se hâta donc de glisser la photographie de la Buick, dont l'encre n'était pas complètement sèche, sous celle de la Packard.

— Je me demandais si je pourrais retrouver sur Internet une image de la voiture qui a renversé Varina Palmer, expliqua-t-elle vivement à Dane. Et j'en ai, effectivement, trouvé une que je viens de faxer à la police de Toledo.

— Bonne idée. C'est un peu comme feuilleter le trombinoscope, au poste, hein ?

Il alla accrocher son manteau à la patère fixée au mur. Kate se demanda si Adrienne dormait encore. C'était sans doute le cas, après ce qui s'était passé durant la nuit, d'autant plus qu'Adrienne, comme eux tous, se dépensait actuellement sans compter, pendant la journée.

— En fait, reprit Kate, j'avais l'intention de vous la montrer, car j'ai entendu dire que les derniers Shakers qui ont habité le village possédaient une vieille voiture noire que vous entretenez amoureusement. Je suppose que vous vous y connaissez en voitures anciennes — de manière générale, je veux dire.

Elle espérait qu'en jouant ainsi les imbéciles, elle réussirait à retourner la situation à son avantage et à lui soutirer des informations.

— Le modèle que nous détenons — que le village détient, je veux dire — est une Buick Eight de 1947, répondit Dane en s'adossant au chambranle de la porte, tandis que la jeune femme rassemblait ses affaires.

Elle était, au moins, rassurée sur un point : il n'allait pas lui tomber dessus à bras raccourcis. Et, à supposer qu'il ait quelque chose à se reprocher — ce qui était aussi difficile à imaginer que Mike et Erin au volant de la berline meurtrière —, alors, il le cachait plutôt bien. Kate prit soin, néanmoins, de quitter subrepticement le site Buick qu'elle venait de consulter, sans pour autant être sûre qu'il n'ait pas remarqué sa manœuvre.

— Je vous la montrerai, un de ces jours, poursuivit-il tout en continuant à bloquer la sortie. Nous finirons même par l'exposer au village, j'imagine.

Il marqua un temps d'arrêt.

— Et, Kate, ajouta-t-il, un ton plus haut, tandis que la jeune femme se rapprochait de la porte, je vous signale que Louise garde, quelque part dans ses archives, plusieurs clichés anciens représentant cette voiture. Et si vous désirez carrément voir l'engin, n'hésitez pas à me le demander. Je vous la montrerai dès qu'elle sera sortie de sa dernière révision.

Puis, sans laisser à Kate le temps de réagir, il tendit la main et tira de sous la photographie de la Packard l'image brouillée de la Buick.

— Si nous sommes incapables de jouer franc-jeu les uns avec les autres, ce village n'aura pas une chance de survivre, dit-il d'une voix dure, et nos jours seront comptés.

Il dépassa ensuite la jeune femme pour aller s'asseoir devant l'ordinateur, comme s'il avait un travail important à effectuer. Elle s'estima heureuse qu'il n'ait pas cherché à savoir qui lui avait parlé de cette vieille Buick ni pourquoi elle avait imprimé puis caché l'image de la voiture.

— J'ai l'honneur de vous présenter le Dr Myron Scott, auquel la plupart d'entre vous ont, je crois, déjà eu l'occasion de parler, puisque c'est lui qui dirige la fouille de notre vieux puits shaker, annonça Dane durant la réunion matinale, dans la grande salle de la Maison du Conseil. Je l'ai prié de nous faire un rapport préliminaire sur quelques-uns des objets les plus passionnants parmi ceux qui ont été exhumés à cet endroit.

Bien qu'elle fût intéressée par ces trouvailles, Kate était si ébranlée moralement et si lasse qu'elle avait du mal à se concentrer. Et puis, elle éprouvait une envie folle de rire en voyant Adrienne assise au bout de la table, l'air si sérieux et si… habillé.

— Ce chantier s'est révélé passionnant, repartit le Dr Scott.

Il avait étalé devant lui, sur une table à jouer, plusieurs objets dont certains étaient recouverts d'un linge blanc.

— Non que nous en ayons déjà fini, précisa-t-il, mais nous sommes, d'ores et déjà, tombés sur plusieurs véritables surprises que je tenais à montrer aux Shakers que vous êtes.

De légers rires s'élevèrent de l'assemblée, cependant que Louise, qui était assise juste en face de Kate, se contentait d'adresser à l'archéologue un bref hochement de tête.

— Certains de ces résultats étaient, toutefois, prévisibles, corrigea ce dernier.

La jeune femme estimait qu'il ressemblait fort peu au portrait type du professeur d'université, avec sa chemise de golf et son unique boucle d'oreille qui se distinguait à peine sous ses cheveux longs et raides. Ses mains, néanmoins, paraissaient bien celles d'un archéologue : larges et calleuses.

— Cela dit, permettez-moi de commencer avec les surprises que nous avons découvertes en examinant avec la plus grande attention le commun et le familier. Par exemple, je vous invite à vous pencher sur les bouteilles que nous avons exhumées du puits. La présence en cet endroit de tels objets était, naturellement, prévisible, mais ce qui l'était nettement moins, c'était le type de bouteille dont il s'agit et les conclusions qu'on peut en tirer.

Kate vit Dane froncer les sourcils et se pencher en avant. Clint Barstow semblait fasciné. Quant à Tanya, elle ressemblait à une boule de nerfs, et ne cessait de tripoter ses clés de voiture sur ses genoux. Elle devait partir pour le Kentucky, aussitôt après la réunion. Comme Kate était tout au bout de la table, elle se pencha un peu en avant pour mieux voir, tout en espérant que personne ne remarquerait combien elle avait mauvaise mine sous la lumière éclatante qui se déversait alors par la fenêtre.

— Les usagers du puits, poursuivait le Pr Scott, étaient, en effet, des personnes austères qui avaient renoncé à ce qu'ils considéraient comme « le monde ». Or, quel genre de bouteille avons-nous là ? Regardez un peu celle-ci. La nature de son contenu est clairement indiquée par ces mots gravés sur sa paroi de verre : *World's Hair Restorer* — en d'autres termes, une lotion capillaire importée dudit « monde profane ».

— Mais ce n'est pas forcément un produit qui était utilisé par les anciens habitants de Shaker Run, objecta Dane. N'importe qui peut avoir jeté ce flacon dans le puits.

— C'est précisément pour cette raison que nous datons avec le plus grand soin les couches successives de terrain où sont logés les objets, Dane, expliqua le professeur. Je peux vous montrer d'autres bouteilles datant d'après le départ des derniers Shakers du village, mais les objets dont je suis venu vous parler aujourd'hui sont, indubitablement, shakers — et indubitablement édifiants. Entre autres, nous avons découvert plusieurs flacons remontant à la fondation de Shaker Run, qui contenaient du parfum.

— Je n'y crois pas ! déclara sèchement Louise. Je crains que votre datation ne soit pas aussi scrupuleuse que vous le prétendez.

— Allons, Louise, dit Ben d'un ton sermonneur, tandis que Dane la fusillait du regard.

Myron Scott ne parut guère troublé par cette intervention.

— En voici une autre que j'adore également, reprit-il en tendant à l'assistance une petite bouteille au verre bleu cobalt. Veuillez remarquer, à l'arrière, ces lettres en relief : « Pain King ». En un mot, un analgésique.

— La douleur est inutile, dit Tanya, mais la tradition affirmant que les Shakers usaient de remèdes naturels, à savoir végétaux, reste vraie. Avez-vous déterré d'autres flacons de remèdes miracles ?

— Eh bien, ça dépend du point de vue, répondit l'archéologue en découvrant ce que cachait, jusqu'alors, le linge blanc. Voici des bouteilles qui contenaient, jadis, du vin, de la bière et du whisky. A l'évidence, leur présence au fond du puits n'a rien d'une coïncidence. Pour résumer ma pensée, je dirai que les premiers Shakers, derrière leur austérité de façade, étaient, finalement, aussi rebelles et cachottiers que la majorité d'entre nous, aujourd'hui.

Ce fut le signal du chaos général. Louise ne cessait de secouer la tête, tandis que les autres donnaient leur opinion tous en même temps. Dane paraissait furieux d'avoir eu seulement l'idée d'autoriser les fouilles. Clint Barstow s'esclaffait. Adrienne se disputait avec Ben. Quant à Kate, elle s'éclipsa dès qu'elle vit Tanya sortir pour rejoindre sa voiture.

Comme elle regardait son amie s'éloigner vers le Kentucky pour y retrouver sa famille, elle décida de ne pas attendre plus longtemps pour aller voir ce que devenait Erin. Elle avait encore deux jours devant elle, mais elle sentait que sa belle-fille avait besoin d'elle.

*
* *

Revêtue des habits décontractés qu'elle réservait à ses visites sur le campus, Kate attendait devant le bâtiment qui abritait la chambre d'Erin que celle-ci sorte de la cafétéria pour se rendre à son cours d'anglais de 13 heures. Elle espérait ne pas avoir manqué la jeune fille. Si tel était le cas, elle se rendrait directement à l'amphithéâtre où se déroulait habituellement le cours.

A 12 h 45, cependant, elle vit Erin descendre le perron du bâtiment, et la suivit à distance. Ses cheveux roux qui brillaient au soleil permettaient de la distinguer aisément au milieu des autres étudiantes. La jeune fille traînait derrière elle sa valise à roulettes.

Kate sentit son estomac se contracter. Où allait-elle ainsi ? Partait-elle en week-end ? Comptait-elle quitter l'université aussitôt après son dernier cours de la journée ?

Elle pivota brusquement sur elle-même en voyant sa belle-fille jeter un coup d'œil par-dessus son épaule. Un instant plus tôt, Erin avait déjà regardé ainsi derrière elle, mais Kate était alors mêlée aux autres étudiants et ne craignait guère d'être repérée. Sur la grande pelouse, en revanche, elle se sentait plus exposée. Elle emprunta une autre allée, parallèle à celle que suivait la jeune fille.

Voyant celle-ci regarder de nouveau par-dessus son épaule, Kate éprouva envers elle un grand élan de compassion. Elle savait ce que l'on éprouvait quand on se sentait observé, traqué. En outre, cette pauvre Erin souffrait, comme elle, d'insomnie, et le manque de sommeil nuisait grandement à l'équilibre du système nerveux.

Soudain, à la surprise de la jeune femme, Erin s'arrêta devant la petite chapelle à colonnade qu'encadraient deux grands édifices, le bâtiment Ellis et l'imposant Memorial Auditorium. Erin était-elle donc désemparée au point d'aller prier ou méditer… ou cherchait-elle uniquement à semer le poursuivant dont elle avait flairé la présence derrière elle ? Kate s'immobilisa à son tour, et vit la jeune fille entrer dans la chapelle.

Coupant à travers le réseau de sentiers pavés de briques qui s'entrecroisaient sur la pelouse, elle gagna directement la chapelle. Elle ouvrit ensuite l'un des deux vantaux de la porte, et passa discrètement la tête dans l'entrebâillement. L'intérieur de l'édifice était éclairé par la lumière vive qui se déversait des fenêtres sur le tapis vert émeraude. Kate ne distingua pas sa belle-fille, du moins pas dans le petit vestibule précédant la nef elle-même, qu'elle entrapercevait au-delà d'une deuxième double porte.

Le calme qui régnait dans le bâtiment réussit presque à calmer son anxiété. Elle se glissa dans la chapelle, et retint le vantail qu'elle venait de pousser jusqu'à ce qu'il eût achevé de se rabattre sans bruit. Une plaque fixée au mur indiquait aux visiteurs que cette chapelle avait été construite grâce au don d'un dénommé Galbreath, lequel avait, jadis, rencontré en cet endroit même sa première épouse, décédée depuis. Une affichette apposée près de la seconde double porte annonçait une lecture publique de poésie. Kate se demanda si le cours d'anglais n'avait pas lieu dans la chapelle, aujourd'hui. Les lieux lui paraissaient, cependant, bien silencieux et bien déserts pour corroborer cette hypothèse.

Elle entendit alors comme un étrange bourdonnement à l'intérieur de l'édifice. Cela lui rappela la nuit précédente, quand elle avait entendu de la musique sans parvenir à en repérer l'origine. Afin de pouvoir regarder dans la nef sans se faire voir, elle se dissimula derrière l'un des deux vantaux qui séparaient cette dernière du vestibule, songeant qu'Erin avait pu s'asseoir sur un banc du fond et entonner un cantique en sourdine.

Tout en plaquant un œil entre battant et chambranle, la jeune femme s'exhorta à garder son sang-froid. Peut-être allait-elle enfin connaître le fin mot de l'énigme ? Le fait qu'Erin soit venue se réfugier dans une église pour y chercher assistance et sécurité n'était-il pas un signe ? Kate l'aimait tant, et elle désirait tellement l'aider... Elle en avait assez de toutes ces cachotteries. Elle devait absolument en avoir le cœur net.

Elle sursauta en entendant une porte se refermer. Le bruit venait de l'endroit où se trouvait l'orgue surchargé d'ornements. Au bout de la nef. Une voix mâle retentit, et un homme brun à moustache apparut soudain dans son champ de vision. Les bras grands ouverts, il se tenait devant la petite croix en argent posée sur l'autel, comme s'il était un prêtre accueillant ses ouailles ou une représentation vivante de la passion du Christ.

— Ange ! appela-t-il, tandis qu'Erin surgissait à son tour devant Kate pour s'élancer vers lui. Te voilà, ma fille !

18.

Le mariage ressemble à la vie en ce qu'il est un champ de bataille, non un lit de roses.

ROBERT LOUIS STEVENSON, *Virginibus Puerisque.*

Mike ! Oui, c'était bien lui. Kate le reconnaissait parfaitement derrière son déguisement. Elle le trouva juste un peu empâté. Ses cheveux et sa moustache sombres changeaient également beaucoup sa physionomie. Il portait un veston de sport de l'O.U. vert et blanc, sans doute pour ne pas être repéré au milieu des étudiants. Et, pour parfaire son look, il enfonça sur sa tête une casquette de base-ball.

— Tout va bien, lui dit Erin en réponse à une question que Kate n'avait pas entendue. Sauf que j'ai toujours un peu peur. Et si Kate allait croire que j'ai été kidnappée ? Et si elle appelait la police ?

— Ne t'inquiète pas pour ça. D'ailleurs, tout sera probablement terminé à la fin du week-end.

— Qu'est-ce qui sera terminé exactement ?

— Erin, éloignons-nous d'ici. On parlera en chemin, d'accord ? Je suis garé derrière l'Alumni Center, de l'autre côté de la rue, et je n'ai vraiment pas besoin qu'on enlève la voiture. Allons, prends tes affaires ; on va ressortir d'ici par la porte du fond.

Dès que la jeune fille se retourna pour aller récupérer sa valise, Kate jaillit dans la chapelle et lui attrapa le bras. Après quoi elle s'interposa entre elle et Mike.

Erin laissa échapper un cri et se figea sur place. Quant à Mike, au lieu de s'enfuir comme Kate l'avait espéré, il s'avança pour leur bloquer l'accès de la nef. Il se tenait à quelques mètres d'elles.

— Voilà longtemps qu'on ne s'est pas vus ! lui lança-t-elle. Cela dit, tu n'as pas cessé de me surveiller, depuis ton retour, n'est-ce pas ?

— Exact. Tu es une vraie petite fourmi laborieuse.

— Papa, je ne savais pas qu'elle était là, je te le jure !

— C'est bon, ange.

— C'est bon ? s'exclama Kate, surprise de se découvrir une voix si ferme, alors qu'elle tremblait de tous ses membres. Tout va bien, hein ? Tu n'éprouves aucun remords à l'idée d'avoir abandonné ta femme et d'avoir ruiné des gens qui avaient confiance en toi ?

— Tais-toi ! hurla-t-il en cinglant l'air du plat de la main. Tu nous as déjà fait assez de mal comme ça, à Erin et à moi !

— Tu ne manques pas de toupet, répliqua Kate sans relâcher sa pression sur le bras de sa belle-fille. Et je constate que tu es de nouveau sur le point de fuir. Avec Erin, cette fois-ci, au risque de bouleverser sa vie, une fois encore.

— Je suis son père, Kate. Tu n'es que mon ex-épouse et son ex-belle-mère, et c'est toi qui l'as voulu ainsi.

— Dis plutôt que moi, je n'ai pas voulu la laisser tomber.

— Dépêchons-nous, ordonna-t-il à Erin tout en rabattant sur son front la visière de sa casquette de base-ball.

Kate émit un hoquet de stupeur. Cette manière de pencher la tête, ce geste de la main vers son couvre-chef... Se pouvait-il que Mike fût le conducteur de la berline qui l'avait harcelée dans le cimetière de Toledo ? Si seulement cette casquette avait été un borsalino et cette veste de sport aux couleurs éclatantes un trench-coat sombre... elle en aurait eu tout de suite le cœur net.

— Erin, dit-elle lentement sans quitter Mike des yeux, retourne dans ta chambre et reprends tranquillement ta vie sur le campus. Ton père est un fugitif qui pourrait avoir des réactions désespérées s'il était pris — et il le sera.

— « Des réactions désespérées », répéta Mike sur un ton moqueur. Très bon, ça, Kate. Très mélodramatique. Mais ça ne prend pas... Viens, Erin !

— Non ! cria Kate.

Hélas, Erin l'avait déjà repoussée, et Mike s'empressa de s'interposer entre elles. Puis il suivit sa fille à reculons, tout en continuant à surveiller Kate qui leur emboîta le pas.

— Asseyons-nous et prenons le temps de discuter, lui proposa-t-elle en s'efforçant d'adopter un ton posé et raisonnable.

— Mais oui, c'est ça ! Pourquoi ne pas inviter tout le campus à nos retrouvailles, pendant que tu y es ?

— On peut rester ici. Tu n'as pas besoin d'impliquer ta fille dans tes histoires, Mike. Quand tu es parti, la dernière fois, tu lui as brisé...

Dès qu'Erin fut sortie par la porte qui s'ouvrait près de l'autel, Mike bondit sur Kate et plaqua une main sur sa bouche. Il la tira ensuite vers la porte qu'avait empruntée la jeune fille, puis obliqua vers une petite pièce située derrière l'autel.

Kate se rendit compte qu'il était familier des lieux. Elle songea qu'il avait dû effectuer des repérages partout où elle se rendait, en prévision de la vengeance qu'il comptait exercer sur elle.

Elle se débattit et tenta de lui donner un coup de pied, mais il fourra un mouchoir dans sa bouche, et elle se mit à étouffer.

— Arrête de gigoter comme ça, bon sang ! grommela-t-il. Je veux juste te ligoter.

L'ayant repoussée contre un mince pilier, il lui ôta sa ceinture, et s'en servit pour l'attacher au pilier.

La jeune femme pouvait à peine respirer.

— J'imagine qu'il ne te faudra pas longtemps pour te sortir de là, rapide comme tu es ! Alors, écoute-moi bien, maintenant, parce qu'il faut que j'y aille.

Il contourna le pilier et prit son visage entre ses mains avec une telle brutalité que les lèvres de Kate se plissèrent, malgré le bâillon.

— On t'appellera à Shaker Run, lui dit-il, alors ne t'éloigne pas trop de ton téléphone. Je suis disposé à t'accorder cette petite conversation que tu réclames. Mais il n'y aura que nous trois, tu m'entends ? Si jamais tu viens avec ton copain flic ou l'un de tes amis du village, je te jure que tu ne reverras plus jamais Erin.

Faute de pouvoir lui répondre, Kate poussa un hurlement indigné. Frustration et fureur l'avaient envahie et ne la quittèrent plus.

Aussitôt après le départ de Mike, elle entreprit de libérer ses bras, s'éraflant contre le pilier à chacun de ses mouvements. Quand elle y fut parvenue, elle se rua hors de la pièce, tout en ôtant son bâillon. Elle savait, néanmoins, qu'il était trop tard pour les retenir, et elle les imagina quittant le campus à bord de la grosse Packard noire.

Cependant, après être sortie de la chapelle en courant, comme elle regardait frénétiquement autour d'elle, elle

300

aperçut une petite voiture couleur crème qui tournait un peu plus loin à l'angle de la rue.

Le téléphone sonna, deux heures plus tard. Kate reconnut la voix d'Erin. Il était évident, d'après le bruit de fond, que la jeune fille appelait d'une cabine publique. Kate s'adossa contre l'angle de son bureau, espérant qu'il la soutiendrait, tant ses jambes tremblaient.

— Il veut te parler, Kate.

— Tu vas bien, ma chérie ? Es-tu sûre de faire ce que tu désires ?

— Ce que je désire, c'est être avec lui. Il regrette de ne pas avoir pu venir me voir plus souvent, mais il m'a promis de rattraper le temps perdu. Et puisque rien de tout ça n'est sa faute…

Elle s'interrompit brutalement, comme si Mike avait recouvert le micro de la main. Elle reprit la parole peu après.

— Tu vois, c'est ce genre de truc qu'on pourrait tirer au clair si tu nous rejoignais ici, reprit-elle en répétant, manifestement, l'argument que son père venait de lui souffler.

— Je ne lui fais pas assez confiance, répondit Kate, et je ne tiens pas…

— Ne t'inquiète pas ! lança Erin avec des larmes dans la voix. C'est un lieu public, ici : un endroit tranquille.

Kate éprouva un élan d'amour farouche pour Erin.

— Où êtes-vous ? lui demanda-t-elle calmement en passant sa main libre dans ses cheveux.

— Kate, c'est moi, intervint Mike. Convenons d'un rendez-vous, s'il te plaît.

— Je t'en prie, Mike, je t'en prie, ramène-la à l'université !

— Pas avant d'avoir conclu un marché avec toi. Voilà ce que je te propose. C'est à prendre ou à laisser. Soit tu l'acceptes, soit tu ne revois plus jamais Erin. Nous sommes dans un parc très fréquenté, sur un terrain domanial. Ça devrait te rassurer. Il y a ici plein de campeurs, de randonneurs et même des gardes à cheval. On t'attend à la grotte du Vieux, dans le parc national des Hocking Hills. C'est à une demi-heure à peine de Shaker Run. Retrouve-nous là-bas à 16 heures ou j'emmène Erin très loin d'ici.

— Mike, je ne vais quand même pas…

— Tu souffres toujours de phobie paranoïaque, c'est ça ? Tu as la trouille ? Eh bien, alors, tant pis pour toi ! En tout cas, sache que dans une heure, on ne sera plus là. Et si tu décides de venir, n'amène pas de flic avec toi, Kate, ou tu le regretteras.

Sur ces mots, la communication fut coupée.

Kate avait moins d'une heure pour se rendre à un endroit où elle n'était jamais allée. Si Zink n'avait pas été aussi loin, elle l'aurait appelé, en dépit de l'avertissement de Mike. Quant aux policiers d'Athens, il lui faudrait trop de temps pour tout leur expliquer. Et puis, elle ne voulait pas prendre de risques, par peur de mettre en danger la vie d'Erin.

Elle devait sauver la jeune fille des griffes de Mike et la convaincre que c'était lui qui avait tué Varina. Elle regrettait de ne pas avoir tout raconté à sa belle-fille au sujet de la berline noire qui l'avait pourchassée au cimetière de Toledo et qu'elle avait revue, ensuite, à l'enterrement de la grand-tante de Tanya. Mais peut-être qu'Erin savait déjà tout cela, pour la simple raison qu'elle se trouvait avec son père, assise sur le siège du passager…

302

Sans perdre plus de temps, Kate s'empara de ses clés, de son sac ainsi que d'une carte de l'Ohio, et courut vers l'escalier. Si Tanya avait été là, elle l'aurait emmenée avec elle, car elle était terrifiée à l'idée de se rendre là-bas toute seule...

Au rez-de-chaussée, elle croisa Louise et Adrienne qui étaient en grande conversation.

— Je croyais que vous ne vous sentiez pas bien ! lança Adrienne d'un air surpris.

Kate détestait mentir, mais elle avait dû trouver un prétexte pour les tenir à l'écart pendant qu'elle attendait le coup de fil de Mike.

— Je vais, justement, chez le médecin, répliqua-t-elle en filant vers sa voiture.

— Vous voulez que je vous accompagne ? proposa Louise en suivant la jeune femme jusque sur le perron de la Maison du Conseil.

Feignant de ne pas l'avoir entendue, Kate démarra et s'éloigna aussitôt, sans se soucier de l'effet que ce brusque départ pouvait avoir sur les deux femmes.

Au bout de la route, elle tourna sèchement pour s'engager dans l'allée de chez Jack, et klaxonna deux fois avant de descendre de son véhicule.

Jack apparut bientôt sur le seuil de son atelier. Dès qu'il vit l'expression de Kate, il laissa tomber le pied de table qu'il tenait à la main, et se précipita vers elle.

— Qu'est-ce qu'il y a ? Il s'est passé quelque chose au village ? La voiture a réapparu ?

— Mon ex-mari a emmené Erin au parc national des Hocking Hills, et il exige que je vienne leur parler. J'ai peur qu'il soit dangereux. Il m'a donné peu de temps pour le retrouver là-bas, et m'a interdit de prévenir la police. Savez-vous où se trouve ce parc ?

Il contourna la voiture, poussa la jeune femme sur le siège passager, et se glissa lui-même derrière le volant.

— J'y suis allé plus d'une fois, répondit-il en tournant la tête, une main posée sur le dossier du siège de la jeune femme, afin d'effectuer une marche arrière. Vous me raconterez tout pendant le trajet.

Tandis qu'ils roulaient — un peu au-dessus de la vitesse autorisée sur l'autoroute —, Kate ne pouvait s'empêcher de penser que Mike lui avait tendu un piège. Il n'était pas exclu, en effet, qu'il ait prétendu se trouver au parc dans le seul but de la mettre à l'épreuve.

Elle refoula les larmes qui lui montaient aux yeux, des larmes de peur pour Erin et de gratitude pour Jack.

— Il est impossible que vous veniez avec moi au parc, lui dit-elle. Mike est peut-être en train de me surveiller. Il vous a probablement déjà vu, et…

— Je vous suivrai à distance. Bon, maintenant, écoutez-moi attentivement, et essayez de vous représenter clairement tout ce que je vais vous décrire.

Ils quittèrent la route 33 en direction du sud pour prendre la 668 où apparut bientôt un panneau indiquant la proximité de la grotte du Vieux. Kate ferma les yeux pour mieux se concentrer sur les paroles de Jack.

— Nous laisserons la voiture sur le parking principal, et vous suivrez les panneaux vers le nord-ouest jusqu'à un pont de pierre à partir duquel rayonnent tous les sentiers de randonnées. Vous vous retrouverez dans une gorge assez escarpée qui sert de lieu d'escalade et qui comporte des chutes d'eau ainsi que des cavernes naturelles. La grotte du Vieux est située au-delà du pont. Vous resterez constamment sur la droite — le sentier est bien balisé —, et vous traverserez un torrent avant de vous engager dans le chemin qui monte jusqu'au site. Vous ne pouvez pas manquer la grotte : elle est immense.

Elle rouvrit les paupières.

— Et si je ne les trouve pas là-bas ?

Elle marqua une pause avant d'ajouter :

— Enfin, je suppose que c'est plutôt eux qui me trouveront.

— Une fois arrivée devant la caverne, évitez de vous y enfoncer. Il paraît qu'elle s'étend sur au moins une trentaine de mètres à l'intérieur de la roche.

Kate s'imagina les profondeurs du noir puits shaker qui livraient, peu à peu, leurs trésors.

— Il fait sombre à l'intérieur ? demanda-t-elle à Jack.

— Tout au fond, oui, mais l'entrée est large. Et puis, même si la gorge devait être plongée dans l'ombre à ce moment-là, le soleil ne sera pas encore couché. Abstenez-vous simplement d'entrer dans la caverne, et ne restez pas dans le parc après le crépuscule, sinon je vous jure que je viendrai vous chercher.

— Vous serez caché à proximité, au cas où ?

— Je vais d'abord essayer de trouver un garde. Nous risquons d'avoir besoin de lui si les choses tournent mal. Et puis, Kate, faites attention où vous mettez les pieds, ajouta-t-il en lui serrant le poignet.

Ils venaient de s'arrêter sur le parking.

— Je serai prudente, lui promit-elle en tendant la main vers la poignée de la portière.

Alors qu'elle s'apprêtait à sortir de la voiture, il la retint un instant.

— Ne quittez pas le sentier, et restez bien en vue des autres promeneurs. Mike n'est pas le seul danger qui vous guette ici : bien des promeneurs ont fait des chutes mortelles dans ce secteur du parc.

« Sentier de découverte de l'Amérique », lut Kate sur un panneau, tout en se hâtant de traverser le parking. Elle se retourna pour voir Jack encore une fois. Il était sorti de la voiture, et la suivait en empruntant un chemin moins direct et en veillant à garder ses distances.

Après avoir contourné la Maison du Parc, la jeune femme repéra le début du sentier qui était signalé par des marques bleues. A première vue, les promeneurs étaient rares, mais la présence de plusieurs voitures sur le parking laissait supposer que quelques visiteurs devaient encore arpenter les chemins.

Kate parvint bientôt en vue du pont de pierre dont Jack lui avait parlé. Au-delà et au-dessous du pont se creusait une gorge taillée dans des grès couleur chamois. Une cascade rebondissait avec fracas d'arête en arête, avant de s'engouffrer sous son arche. La jeune femme en eut le souffle coupé, mais elle n'en continua pas moins son chemin. Des ombres acérées rampaient dans les crevasses et se tapissaient dans les fissures des parois. Froid et humidité semblaient suinter des falaises rocheuses.

De l'autre côté du pont, Kate marqua un arrêt devant un poteau sur lequel étaient fixés plusieurs panneaux pointant respectivement vers la grotte du Vieux, la Baignoire du Diable, les chutes du Cèdre et la caverne de Cendre. Comme seule l'intéressait la grotte du Vieux, la jeune femme se hâta de reprendre son chemin.

Elle fut soulagée en apercevant quelques groupes de promeneurs, même si la plupart paraissaient revenir vers le parking. Un deuxième panneau indiquant la direction de la grotte du Vieux précisait, par ailleurs, que l'ermite qui l'habitait jadis, et qui lui avait donné son nom, était enterré juste en dessous du rebord de la cavité. A ces mots, Kate frémit et pressa encore plus le pas, tout en prenant garde à ne pas glisser sur la roche humide. Le vent gémissait dans les ciguës qui bordaient le sentier.

Bien après le pont, elle tourna à droite, ainsi que Jack le lui avait recommandé. Le chemin, cependant, était bien balisé. Surplombée par les à-pics et les falaises, la jeune femme descendit jusqu'à un torrent jonché de rocs. Par bonheur, un pont de fortune, constitué de trois gros troncs liés ensemble, avait été jeté sur le cours d'eau qui, à cet endroit, devait monter jusqu'aux cuisses. Sans se soucier de paraître impolie, Kate se précipita vers le pont pour le traverser avant des campeurs qui s'apprêtaient à l'emprunter.

— Désolée ! lança-t-elle, sans même prendre le temps de lire intégralement le panneau informant les visiteurs que d'autres ponts avaient déjà été emportés par de violentes crues.

Ici, la roche était rendue encore plus glissante par les projections d'eau. Kate finit par trébucher, mais se releva aussitôt et repartit sans ralentir l'allure. Quand elle aperçut enfin la grotte du Vieux, qui s'enfonçait dans la falaise de grès, elle s'immobilisa, hésitante.

Et si Mike avait voulu se jouer d'elle en lui donnant un faux rendez-vous ? Il était également possible qu'il lui ait tendu un piège à cet endroit.

Elle consulta sa montre. Il était 15 h 50.

Si Mike l'attendait dans la grotte, il était fort peu probable qu'il la soupçonne d'être accompagnée.

Jack avait l'impression que ses pensées rugissaient dans son esprit, telle la cascade sous l'arche du pont de pierre, quand il s'engagea à son tour sur la piste bleue. Il avait froid sans sa veste, et les semelles lisses de ses bottes de cow-boy le ralentissaient. Il n'avait même pas pris le temps de se changer, tellement Kate lui avait semblé désemparée.

Il était effrayé de constater à quel point il s'était attaché à la jeune femme, et cela en si peu de temps. Pire encore : il paniquait à l'idée qu'Erin, qu'il n'avait, pourtant, jamais rencontrée, puisse être en danger. Jamais il n'aurait voulu le moindre mal à son propre enfant mais, apparemment, ce n'était pas le cas de Mike Marburn.

Tout en se hâtant de suivre le sentier en direction du torrent, il se maudit en silence de ne pas s'être arrêté à la Maison du Parc pour demander l'assistance d'un garde. Il pensait en rencontrer un sur son chemin… Il avait remarqué, en tout cas, que quelques visiteurs se promenaient encore dans le parc, et que certains se dirigeaient même vers la grotte — comme le type qui le suivait, par exemple. Il avait déjà pris soin de l'examiner avec un peu d'attention, et avait noté qu'il ne correspondait en rien à la description que Kate lui avait faite de son ex-mari.

Il pressa le pas, et fut fort irrité de sentir le bonhomme le bousculer juste avant qu'il ne traverse le torrent sur le pont de bois.

— Hé, attention ! s'exclama-t-il.

Le blond à la carrure massive n'eut pas l'air de l'entendre, car il se rapprocha plus encore. Les muscles de Jack se tendirent aussitôt. Il devait impérativement localiser Marburn, et n'avait pas de temps à perdre avec ce gars.

Puis, soudain, il comprit qu'il n'aurait pas le choix, en voyant le gars en question braquer sur lui le canon d'un revolver.

*
* *

La grotte du Vieux était, en fait, une excavation naturelle creusée par l'érosion dans la paroi de la falaise. Elle s'ouvrait devant Kate comme une bouche obscure. La jeune femme préféra inspecter les environs avant de s'engager sur le promontoire.

Où étaient-ils donc ?

Elle tendit l'oreille. Un cri résonna dans le fond de la ravine, mais la grotte elle-même paraissait déserte.

Kate entendit alors un remuement de pierraille sur le sentier derrière elle. Elle était pourtant certaine que personne ne l'avait suivie jusqu'ici. A moins que Jack ne l'ait, finalement, rattrapée et que, ne voyant personne d'autre, il n'ait décidé de la rejoindre...

Elle recula de quelques pas vers le fond de la caverne. Quand elle vit qui arrivait, elle sentit son cœur battre la chamade, et fut prise de l'envie de s'enfuir à toutes jambes. Elle tint bon, néanmoins. En outre, il n'y avait pas d'autre chemin menant à la grotte que celui par lequel Mike venait d'émerger, et dont il lui bloquait, maintenant, l'accès.

— Tu m'as encore trompé ! lui reprocha-t-il sans préambule en s'immobilisant à trois mètres d'elle.

Il n'était plus habillé en étudiant mais en campeur : jean, chemise de flanelle, veste matelassée et chaussures de randonnée.

— Tu croyais donc que je ne te surveillais pas ? J'ai bien vu, sur le parking, l'espèce d'armoire à glace que tu as emmenée avec toi.

Le pouls de la jeune femme s'accéléra plus encore.

— C'est juste un ami qui a accepté de me guider jusqu'ici, expliqua-t-elle. J'étais trop nerveuse pour conduire et, en plus, je ne connaissais pas le chemin... Où est Erin ?

Il desserra les poings. Elle en déduisit qu'il la croyait peut-être.

— On en parlera plus tard. Quant à ton ami, ajouta-t-il avec un sourire suffisant tout en croisant les bras sur sa poitrine, il se trouve avec un pote à moi, un peu plus bas sur le sentier.

— Comment ça ?

— Eh bien, j'ai engagé un homme pour assurer notre tranquillité. Je dois préciser qu'il est muni d'un revolver des plus persuasifs.

— Un revolver ? Tu es fou ! s'écria la jeune femme.

— Tu as peur pour ton petit ami, c'est ça ?

— Et toi, tu ne penses pas que tu as déjà suffisamment d'ennuis comme ça ?

— Maintenant que nous sommes réunis, toi et moi, mes ennuis sont terminés. Quant à Erin, elle est là, elle aussi. Tu auras tout le loisir de la voir quand on repartira d'ici tous les trois. Sauf si tu tiens toujours à te battre avec moi... Mais venons-en à l'essentiel, veux-tu ? Combien vaut exactement ce mobilier pour lequel tu as tué Mme Denbigh ?

— Espèce de salaud ! hurla Kate.

Elle faillit se ruer sur lui, mais se retint à temps en songeant qu'il était peut-être armé.

— Je ne l'ai pas tuée, répliqua-t-elle en s'efforçant de garder une voix égale, et j'exige de voir Erin immédiatement.

— Tu te crois donc maîtresse de la situation ? Je suis peut-être un criminel recherché par la police, mais toi, tu risques de l'être aussi — pour meurtre. Tiens, poursuivit-il en se frottant le menton avec un air faussement pensif, je crois me souvenir qu'avant mon départ, tu m'as parlé de ton intention de te lier avec la vieille et de gagner son affection de manière à ce qu'elle te couche sur son testament... Tu sais, ça me chagrinerait vraiment d'avoir à témoigner contre toi, comme tu l'as fait contre moi.

Kate se rendit subitement compte qu'elle haïssait cet homme.

— Oh, tais-toi donc ! répliqua-t-elle. Je connaissais à peine Sarah quand tu nous a quittées, et il ne reste guère que ta fille sur cette terre pour ignorer que tu as le mensonge dans le sang. Cela dit, tu es encore plus méprisable que je l'imaginais. Affirmer que j'ai pu vouloir le moindre mal à Sarah est aussi absurde que les fadaises tu nous débitais, à Erin et à moi, quand tu prétendais nous aimer. Car tu n'aimes qu'une seule personne au monde, Mike, et c'est toi.

— Ou bien alors, poursuivit-il, comme s'il n'avait rien entendu de ce qu'elle venait de dire, si tu ne veux pas nous accompagner, j'emmène Erin en guise de « garantie », et tu t'arranges pour m'envoyer de quoi subvenir à nos besoins. Maintenant que les enfants Denbigh sont hors jeu, tu vas pouvoir récupérer les meubles de la vieille et les proposer aux plus offrants. Quand tu m'auras versé de quoi compenser le tort que tu m'as causé par ton témoignage et ta demande de divorce, alors seulement je te dirai où se trouve Erin, et tu n'auras plus...

— Et je n'aurai plus qu'à essayer de recoller les morceaux de son existence ? Tu es fou à lier, Mike. Je veux voir Erin immédiatement. Et d'abord, dis-moi si elle était bien dans la voiture avec toi.

— Bien sûr qu'elle y était !

— Dans la vieille voiture noire ?

— Quelle vieille voiture noire ? Elle est venue ici avec moi, c'est tout.

Elle le savait, désormais, trop menteur et habile à dévier une conversation pour le croire. C'était sûrement lui qui conduisait la Packard, même si Erin n'y était jamais montée avec lui. Il souhaitait seulement éviter d'être accusé de la mort de Varina.

— C'est bon, c'est bon, dit-il en levant les deux mains, j'ai demandé à Erin de nous attendre dans le fond de la caverne. Allons, viens : on va discuter tous les trois de la situation.

Il s'avança vers la grotte, tout en invitant la jeune femme à le suivre.

— Je n'entrerai pas là-dedans avec toi, déclara-t-elle sans bouger d'un pouce. Il est hors de question que tu continues à me mener en bateau. Va chercher Erin tout de suite.

— Ce n'est pas toi qui diriges la manœuvre, Kate. Ça n'a jamais été le cas, répliqua-t-il en s'avançant vers elle pour la première fois. Quand donc finiras-tu par fourrer ça dans ta petite tête de linotte ?

— Je me suis comportée comme une idiote, c'est entendu. D'abord en t'aimant. Ensuite en étant aveugle au point de ne pas me rendre compte que tu cherchais à te servir d'Erin, au risque de gâcher son existence, alors même qu'elle avait entamé une nouvelle vie sur le campus.

— Elle veut vivre avec moi ! rugit-il en se jetant sur Kate.

Bien qu'elle soit restée sur ses gardes, cette attaque aussi subite qu'intempestive prit la jeune femme de court. Elle se ressaisit, cependant, très vite, bondit de côté et contourna Mike pour se précipiter vers le sentier. Erin n'était certainement pas dans la caverne, songea-t-elle, mais il était possible qu'elle et Jack soient retenus prisonniers par le complice de Mike.

— Viens par ici ! Il ne faut pas déranger les réunions de famille.

Jack guettait l'occasion qui lui permettrait de se débarrasser à la fois de l'arme braquée sur lui et de son propriétaire, mais, dans l'immédiat, il n'avait pas d'autre choix que d'obéir. La cascade les noyait sous un tel vacarme qu'il doutait d'entendre le coup de feu si jamais l'autre décidait de lui tirer dessus.

Il feignit donc de glisser sur les rochers humides qui bordaient le torrent et, lâchant un cri de douleur, il s'arrangea pour chuter en direction du type. Celui-ci, voulant l'éviter, trébucha à son tour. Jack en profita pour lui sauter dessus.

Mais il s'était trompé sur un point. En effet, il perçut nettement la détonation. L'espace d'un instant, il s'attendit à sentir l'atroce brûlure de la balle transperçant son corps, mais le type l'avait manqué. Alors, malgré la fureur qui l'étreignait, il eut la stupeur d'entendre résonner dans son esprit la voix patiente de son entraîneur de football au lycée.

— Non, Kilcourse. Tu le saisis à ras de terre pour lui faucher le pied et, ensuite, tout le type dégringole.

Cela dit, il ne pouvait se permettre de montrer autant d'application. Il se contenta donc de tabasser le type à coups redoublés, avant même qu'il puisse lever les mains pour se protéger. Il parvint ainsi à lui arracher son arme. Puis il la jeta dans le torrent, et lança une dernière fois son poing dans le ventre du bonhomme qui s'effondra à terre, inconscient.

Epuisé, le souffle court, Jack ne prit même pas le temps de ligoter son adversaire. Il rebroussa aussitôt chemin vers le sentier menant à la grotte, tout en priant le ciel pour qu'il ne soit pas trop tard.

19.

Oh, nul ne sait
A quels siècles farouches
Remonte la rose vagabonde.

WALTER DE LA MARE, *Tout ce qui est du passé.*

Il était impossible de descendre le sentier en courant, et Mike eut tôt fait de rattraper Kate. Il lui saisit alors le bras, et la fit pivoter sur l'étroit chemin. Pendant un moment, elle crut qu'il allait la jeter contre le roc ou tenter de la pousser dans le vide. Cependant, Erin les attendait au tournant suivant.

— Laisse-la partir ! hurla-t-elle. Elle risque de tomber.

— Ça lui est bien égal ! s'écria Kate, tout en essayant à la fois de garder l'équilibre et de repousser son ex-mari. Sauf qu'il perdrait ainsi sa future source de revenus. As-tu déjà dépensé tout l'argent que tu avais volé, Mike ? Tu as, finalement, acheté une de ces voitures de collection que tu te contentais d'admirer, autrefois, hein ? Est-ce que tu as déjà vu sa berline noire, Erin ?

— Hein ? Quoi ? s'exclama la jeune fille. Arrêtez, tous les deux !

Mike redressa la tête.

— Et voilà ! Par ta faute, il y a quelqu'un qui approche. Et en courant, qui plus est !

La tenant fermement par le poignet, il entraîna la jeune femme vers le bas du sentier, forçant ainsi Erin à reculer. Kate le suivit sans résister, soulagée de pouvoir redescendre de la falaise. Elle examina le chemin pour repérer une surface plane qui lui permettrait de se libérer de son étreinte. Mais elle n'avait nullement l'intention de lui abandonner Erin. Et, de fait, quelqu'un était bel et bien en train de courir à leur rencontre dans le fond de la gorge.

— Au secours ! A l'aide ! hurla-t-elle.

Mike la gifla avec une telle violence que ses oreilles tintèrent.

— Non, papa ! Lâche-la !

Malgré sa mâchoire endolorie, Kate n'était pas près de se laisser réduire au silence. Elle devait montrer à Erin quel homme était réellement son père. Mais Mike lui tordit le bras dans le dos pour la forcer à presser le pas.

— Papa, non, arrête ! supplia Erin en tirant sur son bras. Je t'ai entendu, tout à l'heure. Tu ne sais plus ce que tu fais. Relâche-la et je partirai avec toi.

— La ferme ! gronda Mike en tordant encore plus douloureusement le bras de la jeune femme.

Elle faillit s'évanouir sous la douleur qui lui martyrisait l'épaule, mais elle continua, malgré tout, son chemin en se redressant sur la pointe des pieds.

Le sentier était accidenté et l'obscurité engloutissait peu à peu le fond du ravin. Le bruit de la cascade redevint plus fort. Pourquoi les entraînait-il ainsi vers les profondeurs du parc ?

— C'est aussi à toi qu'il est en train de faire du mal, Erin, même si tu n'en as pas conscience, dit-elle entre ses dents.

Elle examina frénétiquement les alentours, et s'aperçut avec quelque soulagement qu'ils se trouvaient encore sur la piste bleue, de sorte que, si jamais elle entrevoyait une chance de s'enfuir avec Erin, elle saurait où diriger leurs pas. Ils passèrent à toute allure devant un panneau où était inscrit, en grandes lettres blanches : « La Baignoire du Diable ». Puis, sous un petit pont, la jeune femme avisa un trou béant dans la roche, une cavité creusée dans le grès où le courant tourbillonnait avec une telle fureur qu'on aurait dit un chaudron d'eau bouillante.

— Soit tu es avec nous, soit tu es contre nous, Kate, déclara alors Mike d'une voix essoufflée. A toi de choisir.

— Arrête, je te dis ! s'exclama Erin en s'accrochant au bras de son père, jusqu'à ce qu'il relâche un peu sa pression sur le bras de Kate.

Ce ne fut qu'après s'être trouvée totalement libre de ses mouvements que la jeune femme comprit qu'Erin venait de frapper Mike avec un gros caillou. Elle entendit ce dernier rebondir sur la roche en contrebas, puis s'enfoncer dans le torrent. Mike s'effondra à genoux en se tenant la tête, et voulut s'accrocher aux jambes de Kate quand la jeune femme tenta de s'écarter. Elle parvint à lui échapper, mais glissa sur la pierre humide. Mike l'agrippa de nouveau. Ils tombèrent à terre et roulèrent jusqu'au bord du bassin écumant.

— Arrêtez ! Arrêtez ! hurlait Erin.

Voyant Mike essayer de pousser sa mère dans l'eau, elle agrippa les jambes de Kate pour la retenir. Gêné dans son élan, son père trébucha de nouveau, les entraînant toutes les deux dans sa chute. Glissant sur les pierres gluantes d'embrun, Erin finit par se retrouver tout près du torrent.

— *E-rin !* s'écria Kate.

Elle lutta sauvagement pour se libérer de Mike. Ne voyait-il pas que sa fille allait basculer dans l'eau ?

Finalement, elle le percuta avec son front, à l'endroit même où Erin l'avait déjà frappé.

Une botte vint alors s'écraser sur le cou de Mike, cependant qu'une grosse main le saisissait par les cheveux. Kate releva aussitôt les yeux. C'était Jack !

— Erin ! s'exclama-t-elle. S'il vous plaît, occupez-vous d'Erin !

— Où est-elle ?

Oh, Seigneur Dieu, songea la jeune femme, elle avait basculé dans l'eau. Elle était perdue.

— Par ici ! lança Erin depuis les profondeurs du bassin.

— Tiens bon ! lui cria Jack avant de repousser Mike de côté pour relever Kate.

Comme Mike lui envoyait un coup de poing, il le frappa sèchement à deux reprises, d'abord d'une gauche au foie, ensuite d'une droite à la pointe du menton. Mike partit à la renverse, heurta les pierres du pont et perdit connaissance.

Jack s'allongea sur le ventre, par-dessus le rebord du bassin, et tendit les mains vers Erin.

Kate se releva laborieusement, le souffle court, et jeta un coup d'œil par-dessus l'épaule de Jack. Il faisait très sombre dans le trou, mais elle put quand même distinguer la jeune fille suspendue au-dessus de l'eau bouillonnante, le torse à plat sur une étroite saillie, les jambes pendant dans le vide. Si elle lâchait prise, une chute de six mètres l'attendait avant qu'elle frappe la surface écumante de la Baignoire du Diable.

— Kate, retournez sur le sentier chercher du secours ! lança Jack tout en ôtant sa chemise et en nouant l'une des manches autour de son poignet. Si je ne peux pas l'atteindre avec ça, on va avoir besoin d'aide. Vous pouvez marcher ?

— Je peux courir ! répondit-elle.

Elle l'entendit ensuite s'adresser à Erin d'une voix calme, aux intonations apaisantes, alors qu'elle-même aurait souhaité crier de toutes ses forces.

— Erin ? Essaie de tendre le bras et d'attraper la chemise. Je ne peux pas t'atteindre autrement. Allez, vas-y...

— Je reviens tout de suite, Erin ! cria Kate avant de s'éloigner au pas de course tout en appelant à l'aide.

Il lui était extrêmement pénible de quitter ainsi sa fille en danger, mais elle avait tout de suite compris que le plan de Jack était le meilleur. Voilà des années qu'elle ne s'était ainsi fiée à un homme mais, cette fois-ci, elle n'avait pas le choix.

Jack sentait bien que ses mains étaient poisseuses de sueur et de sang, et il se doutait que celles d'Erin étaient tout aussi glissantes que les siennes à cause des projections que produisaient les remous, en contrebas. Il était sûr, cependant, que la jeune fille pourrait se retenir à sa chemise de flanelle — si, toutefois, celle-ci ne se déchirait pas. De son côté, il l'avait nouée autour de son poignet et la serrait de toutes ses forces. Il espérait seulement que Mike ne reprendrait pas ses esprits avant l'arrivée des secours.

— Non, ne me regarde pas : ça t'oblige à te renverser en arrière ! lança-t-il à Erin. Garde plutôt la tête baissée, et fais porter le maximum de ton poids sur la saillie.

— Ça glisse !

— Ne remue pas les jambes et n'essaie pas de remonter. Tu as une manche de chemise qui pend juste à côté de ta main droite. Lève l'avant-bras jusqu'au coude seulement... Oui, c'est ça ! Ouvre la main, maintenant. Je vais amener la manche dans ta paume, et tu n'auras qu'à serrer le poing pour l'attraper.

Elle s'exécuta… et réussit la manœuvre. Jack sentit la chemise se tendre et tirer son bras vers le bas. Il regrettait de ne pas porter de ceinture. Il tenta de trouver une position plus confortable sur le rebord du bassin, mais n'y parvint pas.

— Vous pouvez me remonter ? demanda Erin dans un souffle, le visage plaqué contre la roche.

Le chuintement et le grondement constants de l'eau au fond du trou étouffaient sa voix.

— Ça risquerait de tout déchirer, répondit-il. Mais je vais te retenir jusqu'à ce que ta maman nous ramène de l'aide. Il suffit que tu restes bien à plat sur la saillie. Si tu te sens glisser en arrière, je n'aurai qu'à tirer sur la chemise pour te ramener contre la paroi.

Il ignorait totalement si ça marcherait, mais il se voyait mal lui faire part de ses doutes.

— D'accord, dit Erin. Mais continuez de parler, s'il vous plaît. Et, surtout, ne me lâchez pas !

— Je ne te lâcherai pas, je te le promets. Tout comme ta mère : elle ne te laissera jamais tomber non plus.

— En fait, c'est ma belle-mère, vous savez ?

— Je peux t'assurer qu'elle t'aime tout autant que la plupart des mères aiment leurs enfants.

— Elle va bien, Kate ?

— Elle en a sacrément bavé, Erin. Est-ce que c'est ton père qui la poursuivait dans cette berline noire ?

— Hein ? Je ne sais pas. Il se cachait. Il ne ferait jamais ça.

— Pas plus qu'il ne voudrait noyer ta mère dans un torrent, hein ?

Seul un sanglot lui répondit.

— Accroche-toi, Erin. Je suis là et je ne te quitterai pas. J'ai les bras solides, crois-moi. Je passe mes journées à travailler le bois et à fabriquer des meubles... Tu aimerais visiter mon atelier ?

— Pourquoi pas ? A propos, je sais nager, ajouta-t-elle d'une toute petite voix.

— Super. Et l'escalade, ça te dit ?

— Tout, pourvu que je sorte d'ici. En tout cas, quoi qu'il arrive, merci.

— Ce qui va arriver, c'est que tu vas retourner à l'université et te débrouiller pour avoir de meilleures notes. Moi, tu sais, j'ai eu beaucoup de mal, la première année. Cette brusque liberté, ça monte à la tête et ça vous pousse à toutes sortes de révoltes bizarres.

Il la sentit soudain glisser, et crut avoir entendu une déchirure quelque part dans la chemise.

— Erin, reprit-il, tandis que la manche se tendait encore plus sous ses doigts, si je te parle de ma propre expérience à l'université, ce n'est pas pour te faire la leçon. J'ai toujours détesté ça. Ce que je veux simplement te dire, c'est que, aussi incroyable que ça puisse paraître, des adultes comme ta mère ou moi peuvent comprendre certains de tes problèmes. En ce moment, crois-moi, elle ne cherche qu'à t'aider, mais il va falloir que tu te contentes de moi pendant un moment encore, aussi longtemps que tu auras besoin...

Il refoula un sanglot, non par peur mais parce qu'il venait de se rappeler comment il s'était accroché à son fils. Il avait serré sa petite main alors qu'il reposait dans son cercueil, et n'avait pas voulu s'éloigner de lui, même à l'enterrement, jusqu'à ce qu'on le persuade qu'il devait le laisser partir.

— Erin ! Erin ! s'écria Kate en s'allongeant à côté de Jack pour se pencher par-dessus le rebord du bassin.

Les gardes du parc la repoussèrent de côté, cependant que des projecteurs portables étaient braqués sur la Baignoire du Diable.

— Ça va... Je tiens bon ! répondit la jeune fille d'une voix sourde.

Les gardes enroulèrent une corde autour de ses jambes ainsi qu'une autre autour de sa taille. « Il était temps ! » pensa Kate en voyant combien sa belle-fille avait glissé le long de la saillie.

Erin garda le silence tandis qu'on la remontait hors du trou.

— Je craignais que, faute de point d'appui, je sois incapable de l'empêcher de tomber si jamais elle perdait prise, expliquait Jack aux gardes. Enfin, Dieu merci, vous êtes là.

Puis il se recula et regarda l'un des hommes passer les menottes à un Mike encore groggy, pendant que ses collègues achevaient de remonter la jeune fille et que deux secouristes apparaissaient au détour du sentier avec une civière.

— Ça va, je peux marcher, affirma Erin quand Kate la prit dans ses bras.

Puis, s'adressant au garde qui avait arrêté Mike et l'avait remis sur ses pieds, elle demanda :

— Comment... comment va-t-il ?

— Très bien, pour quelqu'un qui a eu la bêtise de commettre une agression ainsi qu'une tentative d'enlèvement dans un parc national, répondit le garde en poussant Mike devant lui.

Erin effectua deux pas pour les suivre, puis s'arrêta. Le visage contusionné, son père la regarda par-dessus son épaule.

— C'est sa faute, grommela-t-il tout en fusillant Kate du regard. Tout est de sa faute.

On le força à avancer, tandis qu'un autre garde enveloppait Erin dans un plaid.

— Merci, mais je n'ai pas froid, dit la jeune fille en se débarrassant de la couverture. En fait, je sue des gouttes grosses comme des balles.

— A propos, enchaîna le garde, on a également arrêté le complice de cet homme. Il avait des balles de revolver sur lui.

— Ah oui, j'ai oublié de vous parler de lui, dit Jack. Désolé, mais j'ai jeté son arme dans le torrent. Ça vous fera une pièce à conviction en moins, je le crains.

Kate se demanda si Mike reconnaîtrait jamais que c'était lui qui l'avait espionnée, que c'était lui qui avait assassiné Varina et essayé de tuer Palmer en même temps. Il lui en avait assez dit, déjà, pour qu'elle soit convaincue de sa culpabilité. Il avait, notamment, mentionné que les enfants Denbigh étaient mis « hors jeu ». Enfin, conclut la jeune femme, la terrible épreuve qu'ils venaient d'endurer allait enfin lui apporter la paix : elle ne serait plus harcelée, désormais, ni menacée par Mike Marburn.

— Il faut que tu voies un médecin, Erin, même si tu peux marcher seule jusqu'au parking, dit Kate à sa belle-fille. Je t'accompagne.

Elle se tourna ensuite vers les hommes qui avaient secouru Erin.

— Je ne saurai jamais assez vous remercier, leur dit-elle. Je vous suis infiniment reconnaissante. Quant à vous, Jack…

Elle s'interrompit en voyant qu'il avait pleuré. Ses yeux brillaient dans la clarté artificielle des projecteurs. Sans plus réfléchir, elle s'avança vers lui et se blottit dans ses bras.

Il la serra fort contre lui.

— Comment pourrai-je jamais vous remercier ? chuchota-t-elle en lui rendant son étreinte.

— Le fait de pouvoir aider votre fille… ça m'a fait énormément de bien, dit-il d'une voix vibrante d'émotion. Mais

322

bon, ajouta-t-il en s'éclaircissant la gorge, on trouvera bien autre chose.

Pendant les jours qui suivirent, les antiques roses d'apothicaire de Kate s'épanouirent sous le brillant soleil de printemps. Leurs fleurs étaient encore rares mais d'une beauté sidérante, avec des pétales rubis, plats et charnus, et des étamines jaune vif. Leur parfum était enivrant, même si ce n'était encore rien comparé aux fragrances envahissantes qui satureraient l'atmosphère dès que d'autres boutons seraient ouverts.

Cette floraison précoce des rosiers jadis sauvages prit Kate de court. Le printemps avait commencé plus tôt que les autres années ; les températures étaient plus douces.

Mike avait été confié aux autorités fédérales qui, en plus des charges qui pesaient déjà sur lui, l'avaient inculpé de coups et blessures et de tentative d'enlèvement. Les accusations de meurtre et de tentative de meurtre étaient encore en cours d'examen, et Kate espérait que Stan Rudzinski pourrait prouver que Mike avait bel et bien tué Varina. Zink avait l'intention de l'interroger à ce sujet, sitôt que les fédéraux l'y auraient autorisé. Au fond d'elle-même, cependant, Kate était sûre que Mike était coupable.

— Merci de l'avoir débusqué, lui avait dit l'inspecteur au téléphone, un peu plus tôt dans la matinée. Ça va me faire gagner beaucoup de temps. Cela dit, je continue mon enquête concernant les morts de Sarah et de Varina. Mon instinct me dit qu'elles ont été assassinées toutes les deux.

A ces mots, Kate frissonna.

— Il faut que je vous explique quelque chose, dit-elle dans le combiné.

— Je vous écoute.

Elle hésita un instant.

— Mike n'a pas seulement insinué qu'il était le chauffeur de la Packard, commença-t-elle. Il m'a aussi promis de raconter à vos collègues que j'avais embobiné Sarah avant… avant de me débarrasser d'elle.

Il y eut un silence à l'autre bout de la ligne.

— Zink, reprit-elle, tout cela est faux. Jamais je n'aurais dû vous rapporter ces propos sans en avoir d'abord parlé avec Mason James, mais je m'efforce d'être réglo avec vous. Je veux que ce cauchemar s'arrête, une fois pour toutes, afin qu'Erin et moi puissions reprendre le fil de notre existence.

— Une existence que vous passeriez avec Jack, je suppose ? Il m'a appelé pour me fournir son témoignage… Il est clair qu'il tient beaucoup à vous.

— Que vous a-t-il dit au juste ?

— Et si vous le lui demandiez vous-même ? C'est votre voisin, après tout ! Mais rassurez-vous : si jamais Mike Marburn vous accuse de quoi que ce soit, je tiendrai compte de l'origine de cette dénonciation. Et, s'il est responsable, de quelque manière que ce soit, de la mort de Sarah Denbigh, de celle de Varina, du coma de Palmer et de vos propres ennuis, je parviendrai à le lui faire avouer… A propos, merci pour les tuyaux sur la Packard. On forme une sacrée équipe d'enquêteurs, tous les deux, vous ne trouvez pas ? Bon, maintenant, vous allez me répéter toutes les paroles de Mike qui vous incitent à croire que c'était lui qui conduisait cette berline. Ça me donnera des atouts quand je l'interrogerai.

Kate ferma les yeux, puis les rouvrit pour contempler ses roses par la fenêtre.

— D'abord, quand j'ai voulu savoir si c'était lui qui me surveillait sans cesse, il m'a répondu que c'était « exact ».

— Quoi d'autre ?

— Quand il m'a donné rendez-vous au parc, il m'a conseillé de ne pas amener mon copain flic ni mes amis du village.

— C'est tout ?

— Non. Il m'a également demandé si je souffrais toujours de phobie paranoïaque.

— Euh, Kate, dit Zink d'une voix soudain adoucie, vous vous rendez compte, n'est-ce pas, que vous êtes en train de me révéler la raison pour laquelle vous avez, naguère, consulté un psy, alors que vous refusiez de m'en parler, jusqu'à présent ?

— Je commence sans doute à vous faire confiance.

— Loué soit le Seigneur ! Vous n'avez rien d'autre à ajouter ?

— Zink, comprenez-moi bien : je ne tiens pas à ce que ce soit Mike qui ait conduit la Packard parce que, dans ce cas, il est possible qu'il ait forcé Erin à l'accompagner dans ses virées meurtrières. Je prie seulement le ciel pour que l'examen de la voiture, quand vous l'aurez retrouvée, vous révèle qu'une autre femme était assise à côté de lui.

— L'échantillon de peinture que la police d'Athens nous a envoyé était, en fait, du chrome. Or, la plupart des véhicules de la région ont des calandres et des pare-chocs chromés, si bien que ce n'est pas ça qui va nous permettre d'identifier la voiture qui a percuté le poteau. Il va falloir que nous trouvions une autre piste.

— *Vous* allez trouver une autre piste. Je suis certaine que vous arriverez à faire parler Mike.

— Merci, mais j'aurais préféré tirer votre fille d'affaire, répliqua-t-il avec une soudaine amertume dans la voix. Jack mérite plus de compliments que moi. Pour rattraper le coup, il ne me reste plus qu'à vous blanchir totalement. A la prochaine, Kate !

Rassérénée par cet appel, la jeune femme reprit l'examen de ses roses pour repérer sur leurs boutons la trace éventuelle de parasites ou de maladies. Mais son esprit était ailleurs.

En dépit des incessantes plaisanteries que Zink faisait sur Jack, elle avait bien conscience que ses relations avec son « voisin » avaient atteint un niveau plus profond. Cerise sur le gâteau, Erin avait accepté de consulter un psychologue, et devait retourner en cours le lundi suivant. La police comptait l'interroger longuement sur Mike Marburn, et elle devait venir à Athens pour ça. Enfin, elle commençait à discerner les failles qui déparaient la blanche armure de son père. Kate s'en félicitait et, même si elles n'étaient pas encore franchement réconciliées, toutes les deux, c'est un début.

Du côté du village, par contre, ses cachotteries avaient suscité bien des aigreurs.

— Je n'arrive pas à croire que vous ayez filé comme ça sans nous informer de la situation ! s'était exclamée Louise avec indignation, quand Kate avait tout raconté à l'équipe. Et dire que je vous ai proposé de vous accompagner ! Ah çà ! avait-elle conclu avec un reniflement outré, vous aviez vraiment besoin de voir un médecin !

— Kate, avait ajouté Dane, vous auriez dû venir me demander mon aide. Il faut que nous puissions nous fier les uns aux autres. Je savais où se trouvait ce parc : il n'était donc pas nécessaire que vous couriez chez Jack Kilcourse. Nous formons une seule et même famille, ici — je me permets d'insister sur ce point —, et une confiance mutuelle doit régner entre nous.

— Mais je ne me méfie de personne ! avait affirmé la jeune femme. Il se trouvait simplement que mon temps était compté pour retrouver Erin. Vous avez tous été super avec moi, mais...

— Mais Jack Kilcourse a été plus super encore ! conclut Dane, tandis qu'Adrienne la fusillait du regard.

*
* *

326

Kate espérait que Tanya ne tarderait plus à rentrer, car elle était sans doute la seule personne du village qui saurait la comprendre...

Alors qu'elle venait de constater la présence de pucerons sur ses boutons de roses, Kate aperçut Dane et Ben Willis qui s'approchaient d'elle. Bizarrement, Ben se tenait à plusieurs pas derrière Dane...

— Ces roses sont magnifiques ! déclara Dane en croisant les bras sur sa poitrine, les yeux fixés sur les fleurs plutôt que sur Kate.

La jeune femme opina et attendit la suite. Etait-il venu lui annoncer qu'elle était renvoyée ? C'était peu probable, étant donné que l'inauguration du village devait avoir lieu dans moins de deux semaines — dans treize jours exactement.

— N'est-ce pas ? dit-elle enfin. Leur développement précoce me ravit, même si j'ai repéré quelques pucerons sur leur tige. Je devrais pouvoir produire un peu d'eau de rose dès le mois prochain, mais j'avoue que je déteste cette manie shaker qui consiste à cueillir uniquement la tête des roses.

— Un petit sacrifice à l'authenticité, intervint Ben.

L'espace d'un instant, Kate avait presque oublié sa présence.

— Kate, reprit Dane, l'air embarrassé, je ne voudrais surtout pas que vous sous-estimiez la sympathie que suscitent chez nous les épreuves qui vous frappent. Alors, je me suis dit que je devrais vous rapporter ce que j'ai déjà avoué à Ben et à Louise.

Kate le dévisageait en retenant son souffle. Le verbe « avouer » suggérait une faute.

— C'est moi qui conduisais l'ancienne voiture shaker qui est entrée en collision avec le poteau, devant chez Jack Kilcourse. J'étais tellement vexé que je suis reparti sans rien dire à personne. Néanmoins, j'ai décidé de payer de ma poche la réparation de la calandre qui avait été enfoncée, et la voiture devrait bientôt être comme neuve. Elle se trouve dans un garage à Columbus mais, si vous désirez la voir tout de suite, Louise et Ben peuvent vous montrer des photos.

— Oui, répondit la jeune femme, j'aimerais beaucoup examiner ces clichés, mais j'ai fini par comprendre que je m'étais fait des idées au sujet de cette voiture car, s'il est vrai que les modèles de Buick et de Packard se ressemblaient beaucoup, dans les années quarante, j'ai appris que votre berline n'était pas équipée de vitres teintées, comme celle qui me poursuivait.

— Des vitres teintées ? répéta Ben avec incrédulité. Sur une automobile des années quarante ?

Dane toussota et changea de position, tout en fusillant Ben du regard. Kate en déduisit qu'il n'en avait pas fini.

— Je suis choqué que vous puissiez même imaginer que la voiture du village soit impliquée en quelque manière dans des événements aussi graves. Toutefois, je comprends que votre passé vous ait… ébranlée et rendue suspicieuse.

— Je crois que ce cauchemar est, désormais, terminé, reprit-elle.

En réalité, elle avait tout autant besoin de s'en persuader elle-même que de rassurer son interlocuteur.

— Je n'en suis pas si sûr, déclara Dane. En ce qui concerne les retombées médiatiques, du moins.

Comme il hésitait à continuer, ce fut Ben qui enchaîna :

— Le problème, c'est que nous avons besoin de publicité pour l'inauguration de Shaker Run, mais pas de ce genre-là. L'arrestation de votre mari a mis tous les médias en ébullition.

Dane leva une main pour reprendre le fil de son explication.

— Des journalistes nous ont appelés : ils voulaient venir ici pour vous interviewer au sujet de votre mari...

— De mon *ex*-mari.

— Oui, j'entends bien. Toujours est-il que j'ai demandé à ces reporters de nous laisser tranquilles. Hélas, les gens de la presse et de la télévision ne sont pas réputés pour leur respect sourcilleux de l'étiquette ou même de la simple courtoisie. Je voulais juste vous avertir qu'ils risquent de vous pister et de vous espionner si vous sortez du village.

— Dieu m'en garde ! s'exclama la jeune femme. Je n'ai aucune envie de les rencontrer, et je vous demande de le leur dire lorsqu'ils appellent. Si seulement nous disposions d'une meilleure sécurité, à la nuit tombée, ça arrangerait pas mal de choses. Je veux dire, ça ne me fait rien si des membres de l'équipe viennent répéter des danses ou des chants, tard dans la nuit, mais...

Comme Dane plissait les yeux d'un air soupçonneux, Kate songea qu'il devait se demander ce qu'elle avait vu exactement.

— Il faudra que Louise s'y résigne, Ben, marmonna-t-il sur un ton bourru. Nous avons, effectivement, besoin de systèmes d'éclairage et d'alarmes dignes de ce nom, si peu shakers soient-ils. Mais ça n'est pas pour tout de suite : j'ai d'autres problèmes à régler, par ici.

Il dévisagea une nouvelle fois la jeune femme, et elle crut lire dans son regard une hostilité totale à son encontre.

20.

Rose, ferme ton cœur à l'abeille.
Pourquoi te soucier de ses flatteries ?
Repousse ton amant empressé, rose.
Il se contente de boire ton cœur et de repartir.

HUMBERT WOLFE.

— J'espère que vous êtes fière de moi, Louise, dit Kate, tout en nettoyant doucement, avec de l'eau et du savon, l'extrémité des boutons de ses Apothicaire pour les débarrasser des pucerons qui s'y étaient incrustés.

La femme de Ben, qui avait revêtu sa tenue complète de Shaker pour accueillir les guides bénévoles, l'avait rejointe dans son jardin. Après ses deux précédents visiteurs, Kate était presque contente, pour une fois, de voir Louise.

— Je me comporte en authentique Shaker dans la lutte contre ces pucerons, lui expliqua-t-elle. Autrement, j'utiliserais un produit moderne au sulfate de nicotine. J'ai déniché ce remède à base de savon et d'eau dans l'une des chroniques que vous m'avez données à lire. Au fait, comme je suis censée être sœur Jerusha Lockhart, j'aimerais bien que vous me retrouviez son journal.

Elle faillit suggérer à Louise qu'il était peut-être rangé avec les vieux papiers accumulés dans le hangar de Jack, mais elle s'en abstint car elle ne souhaitait pas lui révéler qu'elle s'était rendue dans ce bâtiment. Elle repensa alors à Jack, et se répéta à quel point elle lui était redevable.

— Je l'ai cherché partout : il est introuvable, répliqua Louise d'un air dégoûté. Mais, si je suis venue ici, c'est pour vous demander de m'aider à accueillir les bénévoles… Sœur Jerusha, vous m'entendez ?

— Désolée. Je suis encore très fatiguée. Est-ce que ça vous est déjà arrivé d'être épuisée au point d'avoir de légers vertiges ou de vous endormir sur place ?

— Pas depuis mes nuits blanches à l'université, répondit Louise tout en se rapprochant de la jeune femme et en plongeant son regard dans le sien.

Les bords de leurs chapeaux se heurtèrent. Il y avait au moins un point sur lequel Louise avait raison, se dit Kate : ces chapeaux protégeaient efficacement de la chaleur ainsi que de la clarté du soleil. Depuis quelque temps, elle avait pris l'habitude de le porter, au jardin. Louise, elle, ne retirait jamais le sien, du moins pas au village.

— Vous feriez sans doute bien de demander à quelqu'un de vous accompagner à Athens, la prochaine fois que vous vous y rendrez en voiture pour voir votre fille, dit Louise sur un ton maternel tout en tapotant le bras de la jeune femme. C'est une enfant adorable, et nos danses ont eu l'air de l'intéresser. J'aimerais que vous nous l'ameniez, de temps en temps. J'ai encore beaucoup de choses à lui montrer.

— Même si elle décide de suivre les cours d'été, je souhaite qu'elle vienne ici plus souvent, dit Kate. Peut-être pourra-t-elle aussi me donner un coup de main au jardin, ou aider Adrienne à la boutique de souvenirs.

— Bonne idée ! approuva Louise. Ça nous ferait plaisir à tous.

Sur ces mots, elle repartit vaquer à ses occupations.

Elle n'avait pas tort, pensa Kate. Il était, effectivement, préférable qu'elle ne conduise pas avant d'avoir récupéré.

Elle décida de se rendre chez Jack pour aller inspecter les roses qu'elle avait plantées dans son jardin.

Avant de partir, elle alla ranger ses outils dans l'atelier de jardinage. L'intérieur de la remise lui parut silencieux et désert sans la présence de Tanya et, de nouveau, elle espéra que son amie rentrerait bientôt.

Elle enfila un chemisier propre ainsi qu'une jupe longue : la tenue que Tanya et elle avaient adoptée, en guise de concession au style shaker.

Elle troqua ensuite son chapeau contre des lunettes de soleil, et partit à pied chez Jack.

C'était une journée de printemps si éclatante que la jeune femme avait l'impression de flotter au-dessus du sol.

« Pas étonnant que ces excentriques Shakers aient cru voir des anges ! » songea-t-elle en tournoyant sur elle-même, les bras écartés, jusqu'à ce que le vertige l'oblige à s'arrêter.

Jack sortit de son atelier pour venir à sa rencontre. Elle en déduisit qu'il l'avait vue arriver.

— Tout va bien ? demanda-t-il. Vous avez eu l'occasion de parler à Erin, aujourd'hui ?

Il avait opéré un virage à cent quatre-vingts degrés dans son comportement à l'égard de la jeune fille. Alors que, naguère, il évitait la moindre allusion à son sujet, il semblait, désormais, avoir pris fait et cause pour sa sécurité et son bonheur. A ce sujet, Kate crut se rappeler certaine légende indienne affirmant que, lorsqu'on sauvait quelqu'un, on se sentait ensuite responsable de lui jusqu'à la fin de ses jours…

— Je lui ai téléphoné, ce matin, répondit-elle. Elle avait hâte de se remettre au travail pour améliorer sa moyenne. Elle m'a dit aussi qu'elle aimerait beaucoup passer voir vos meubles, ce week-end.

— Parfait ! Comme ça, elle pourra nous servir de chaperon, pendant le dîner, samedi soir. On n'aura qu'à acheter des plats tout préparés en allant la chercher, en ville… Et comment va la maman, aujourd'hui ?

Il s'interrompit soudain et posa une main sur son épaule.

— Kate, vous ne vous êtes quand même pas mise à boire ? Vous m'avez l'air un peu pompette.

— C'est la fatigue, je crois. En fait, voilà des semaines que je ne me suis pas sentie aussi bien, alors vous pouvez me soumettre à l'Alcootest, si ça vous chante, répliqua-t-elle avec un petit sourire de défi.

— Vous entendez par là l'examen qui se pratique par le biais du bouche-à-bouche ? Je l'espère, parce que c'est, précisément, ce que j'ai en tête.

Il avança alors d'un pas, et se pencha vers elle pour l'embrasser.

Kate trouva ses lèvres merveilleusement habiles et vigoureuses, mais elles lui laissèrent un goût de trop peu quand il se recula légèrement.

— Hum, fit-il. C'est peu concluant. Il faut que je recommence.

Elle noua les bras autour de sa nuque, tout en déclarant :

— Vous savez, je suis venue ici uniquement pour voir comment se portent mes roses !

— Excellente idée ! Mais ne restons pas ici : tous les membres de l'équipe du village pourraient nous voir. Certes, ils auraient sans doute besoin de jumelles, mais sait-on jamais ? Parfois, j'en viens presque à me demander si les fantômes des anciens Shakers n'ont pas encore des yeux qui traînent dans le coin.

L'idée était assez étrangement formulée, se dit Kate, mais il était hors de question qu'elle soit de nouveau espionnée. Ils se rendirent donc dans le jardin arrière, et se retrouvèrent bientôt au milieu des Damas et des Bourbon. Pour une fois, Kate n'éprouva pas le besoin de toucher les fleurs. Non, c'était Jack qu'elle avait envie de toucher...

Lisant sans doute ses pensées, il la prit dans ses bras et la gratifia d'un baiser torride.

Kate eut alors l'impression que le jardin, voire le monde entier, basculait et tournait sur lui-même. Elle se sentait incapable de se séparer de cet homme. Sa force la galvanisait. Elle s'appuya contre son torse, et s'accrocha à lui.

Au bout d'un moment, ils se séparèrent et se dévisagèrent mutuellement.

— Ce n'était pas ce que je voulais au départ, murmura-t-il.

— Et maintenant ?

— Maintenant, oui. Rentrons. J'attends un client mais si je l'appelle tout de suite, je peux reporter le rendez-vous.

Ils pénétrèrent dans la demeure par la porte arrière, main dans la main.

Jack alla aussitôt donner son coup de fil.

— Désolé, John, mais je n'ai pas le choix. Je vous rappelle demain, d'accord ?

Puis il raccrocha et s'empressa de traverser la cuisine pour rejoindre la jeune femme. Elle lui passa une main dans les cheveux.

— Hum, fit-il, le visage enfoui dans le creux de son cou, vous sentez la rose.

— Mes plants ont déjà commencé à fleurir, au village.

— Je m'en suis aperçu. Les fleurs se voient même dans l'obscurité.

Elle s'écarta légèrement pour lever les yeux vers lui.

— Vous êtes venu, durant la nuit ?

— Kate, voilà des années que je me promène dans Shaker Run, chaque fois que j'ai des insomnies. Et puis, j'avais envie de me rapprocher de vous, après ce qui s'était passé.

— Je n'ai plus rien à craindre, maintenant que Mike est entre les mains de la police — et c'est en grande partie grâce à vous.

— Puisque vous prétendez n'avoir encore rien bu de la journée, permettez-moi de vous offrir un peu de vin, murmura-t-il à son oreille, d'une voix rauque qui l'électrisa. Allons à côté, voulez-vous ?

Il ouvrit un placard.

— Je dois avoir des verres par ici, grommela-t-il.

Elle le regarda inspecter le maigre contenu des meubles de la cuisine et passer de l'un à l'autre comme s'il était peu familier des lieux. Il réussit, finalement, à dénicher deux verres, et sortit ensuite du réfrigérateur, qui n'était guère rempli, lui non plus, une bouteille de vin blanc. Puis il se mit à fouiller dans les tiroirs à la recherche d'un tire-bouchon.

— J'emporte les verres, dit Kate en se dirigeant vers la grande pièce centrale de l'immense demeure shaker.

Les deux vantaux de la porte principale étaient entrouverts sur une moustiquaire.

« Comme il doit être merveilleux de vivre ici, en pleine campagne ! » pensa-t-elle.

Elle ne put, toutefois, s'empêcher de sursauter en voyant une silhouette sombre se découper sur la moustiquaire de gauche. Elle reconnut aussitôt Tanya qui, les mains en visière autour de son visage, scrutait la pièce par la porte des sœurs.

— Oh, désolée, les gars ! lança-t-elle. J'ai appelé Jack dans l'atelier, et j'ai mis la musique à fond, tellement j'avais hâte de vous montrer ce que j'ai reçu.

— Salut, Tanya ! dit Jack en rejoignant Kate.

De toute évidence, il regrettait vivement l'apparition inopinée de leur amie.

Kate perçut alors dans le lointain les échos de la musique dont Tanya venait de lui parler. Il s'agissait d'un gospel interprété par sa grand-tante, qui parlait du plaisir que l'on ressentait à « s'appuyer sur un bras fidèle ».

Penchant la tête, la jeune femme avisa alors la voiture de son amie, ainsi que la grande remorque orange vif qui y était attachée.

— Attendez un peu de voir les meubles *splendides* qu'on m'a donnés ! s'écria Tanya, tandis que Jack sortait, après avoir repoussé la moustiquaire. J'espère que tu vas pouvoir me caser ça quelque part chez toi, Jack ! Je compte offrir certaines pièces à l'infirmerie, pour l'inauguration, mais il faudra que je stocke le reste dans un entrepôt, vu que je n'ai absolument pas la place de le mettre dans mon appartement.

Kate vit Jack se raidir comme s'il avait flairé quelque chose. Elle se demanda si Tanya n'avait pas reçu des faux en héritage — car telle était sûrement l'idée qui venait de traverser l'esprit de l'ébéniste.

— Je vais chercher un autre verre, dit-elle, et nous boirons au legs de Samantha Sams.

— Oh non ! s'exclama Tanya en se frappant le front d'un geste mélodramatique. Vous alliez ouvrir une bonne bouteille, et voilà que je débarque au milieu de tout ça ! Désolée, j'étais tellement excitée…

— Nous aussi, lui assura Jack en échangeant un regard navré avec Kate. Allez, montre-nous ce qui te met dans un état pareil.

Tanya rebroussa chemin vers la remorque, en compagnie de Jack. Kate, quant à elle, retourna dans la cuisine pour y prendre un troisième verre. Elle n'était pas en colère contre son amie, mais elle se sentait d'autant plus gênée qu'elle avait, naguère, soupçonné Tanya d'être en partie responsable du décès de sa grand-tante. Or, si Mike avait tué Varina, et peut-être aussi Sarah, il n'était certainement pour rien dans la mort de la chanteuse qui avait été, simplement, victime de son grand âge.

Enfin, songea-t-elle, maintenant que toutes ces questions avaient trouvé leur réponse, elle allait pouvoir aider Jack à résoudre le mystère du trafic d'antiquités. Peut-être même avec le concours de Tanya.

Tandis que Tanya conduisait la remorque derrière l'atelier, afin qu'ils puissent en étudier le contenu à l'abri des regards indiscrets, Jack glissa à l'oreille de Kate :

— Je ne tiens pas à tout lui raconter au sujet des falsifications. Je vais simplement examiner chacun de ces meubles de près et, si je m'aperçois que certains d'entre eux sont des copies, alors seulement j'essaierai de lui expliquer la situation.

Tanya descendit de sa voiture avec un grand sourire.

— Très bien, dit-elle, jetons un coup d'œil sur ces petites merveilles. Tante Sam en a donné près de la moitié à l'église. Tous les membres de la famille ont reçu une pièce, mais elle a laissé un message stipulant que j'avais droit à la plus grande part, étant donné le travail que j'avais accompli au service de la mémoire des Shakers de couleur. Vous ne pouvez pas savoir à quel point ça m'a touchée. C'est vraiment *très* important pour moi.

Kate passa un bras autour des épaules de Tanya et la serra contre elle, cependant que Jack approchait une rampe inclinée des portes de la remorque.

— C'est pour cette même raison que je veux absolument récupérer les meubles de Sarah, dit-elle à son amie. Comme ça, j'aurai l'impression qu'elle est encore un peu avec moi, que je peux toujours profiter de sa beauté, de son amour, de ses talents...

— Tanya, tu as reçu un véritable trésor ! déclara Jack depuis le fond de la remorque.

Ils sortirent à la lumière six grandes pièces de mobilier et quatre fauteuils à bascule que Tanya avait soigneusement emballés dans des serviettes et des couvertures afin de les protéger des chocs et des éraflures, durant le transport.

— Regarde, Jack ! s'exclama Tanya. Tu as là un bahut d'herboriste encore plus grand que celui que tu es en train de me fabriquer. Cela dit, je ne renoncerai ni à l'un ni à l'autre. Je crois que je vais prêter ce meuble-ci aux Thompson et aux Willis... Celui-là aussi, ajouta-t-elle en se précipitant sur un secrétaire. Ils les placeront dans l'infirmerie de Shaker Run avant l'inauguration. Pour l'instant, il n'y a là-bas qu'une table, un placard d'angle et cet horrible berceau pour adulte qui ressemble à un cercueil.

— Cette pièce est en merisier, en frêne et en noyer, nota Jack en caressant le secrétaire.

Kate retint son souffle, se souvenant encore du contact de ses grandes mains rudes et fortes sur son corps. Elle le vit ouvrir le tiroir supérieur du secrétaire et se pencher dessus pour observer le détail de son assemblage à queue-d'aronde. Sans doute voulait-il également vérifier que le bois n'en avait pas été vieilli artificiellement.

— Superbe pièce ! déclara-t-il enfin, au soulagement de la jeune femme.

Mais le meuble préféré de Kate était un haut garde-manger dont la façade et les parois étaient ornées de vingt-quatre carrés d'étain, artistement ajourés pour assurer l'aération constante des aliments, à une époque où la réfrigération n'avait pas encore été inventée.

— Oh, regardez ! s'écria soudain Tanya en se penchant sur le garde-manger. Je ne l'avais pas encore remarqué, mais le dessin découpé dans l'étain semble représenter un ange stylisé en train de souffler dans un cor. Ça donne presque à ce meuble un petit air de Noël.

— J'ai déjà vu un garde-manger semblable à celui-ci, déclara Kate en fronçant les sourcils.

Elle maudit la fatigue qui l'empêchait de penser plus clairement.

— Je crois qu'il faisait partie de la collection de Sarah, précisa-t-elle, mais qu'il était en prêt, depuis des années, dans un musée de l'est du pays. Je ne l'ai jamais vu en vrai. Néanmoins, il était répertorié dans l'inventaire de l'héritage, avec une photographie.

— Peut-être les deux meubles formaient-ils une paire qui a été divisée par la suite ? suggéra Tanya. Vous connaissez les Shakers : toujours deux exemplaires de chaque objet, un pour les frères, l'autre pour les sœurs.

Kate interrogea Jack du regard par-dessus la tête de Tanya. Apparemment, il n'avait pas l'intention de parler à la jeune femme des substitutions frauduleuses d'antiquités, ce qui signifiait que les pièces qu'ils venaient d'examiner étaient toutes authentiques.

— Il se peut aussi, reprit-elle, que deux menuisiers shakers aient été inspirés par la même vision d'un ange soufflant dans un cor.

— La même hallucination, plutôt, marmonna Tanya.

Jack et Kate la dévisagèrent avec perplexité.

— Il se trouve, leur apprit-elle, que je suis actuellement en train de travailler sur une nouvelle théorie — que je vous prie de *ne pas* rapporter aux aînés de Shaker Run — selon laquelle, dans ce village-ci, on utilisait certaines plantes aussi puissantes que bizarres pour maintenir les gens dans le droit chemin… et aussi, parfois, pour les en faire *sortir,* et leur donner leurs fameuses visions.

— C'est pour ça que tu t'intéresses tant aux remèdes susceptibles de devenir toxiques dans certaines conditions ? demanda Kate.

Tanya hocha vigoureusement la tête, mais ce fut sur un ton hésitant qu'elle reprit la parole.

— En partie, oui, répondit-elle. Disons, pour être plus précise, que c'est un à-côté de mon travail officiel. Je vous saurais donc gré de n'en rien révéler avant que j'aie creusé à fond le sujet. Je vous fais confiance sur ce coup-là, mes amis. Vous pourriez d'ailleurs m'aider à vérifier certaines hypothèses.

Les *amis* échangèrent un nouveau coup d'œil, et Jack haussa les sourcils, comme pour demander à la jeune femme : « Pourquoi pas ? »

Comprenant qu'il avait, finalement, décidé de divulguer à Tanya l'éventualité d'un lien entre Shaker Run et le trafic d'antiquités, Kate fit oui de la tête.

— Tanya, reprit-il alors d'une voix solennelle, je… nous avons quelque chose à te dire. Si on s'asseyait une minute dans ces fauteuils pour en parler, d'accord ?

*
* *

A la surprise de Jack, Tanya entra dans une colère noire, après qu'il lui eut fait part de ses soupçons et qu'il eut sollicité son aide.

— Alors... ce merveilleux cadeau de ma grand-tante ne vaut peut-être... rien du tout ?

— Attends, Tanya... les quelques pièces que j'ai examinées me paraissent authentiques. Si, d'aventure, je m'aperçois que certaines, parmi les autres, ont été remplacées par des falsifications, cela n'implique en aucune manière que ta grand-tante l'ait su, et ça ne diminue donc en rien la valeur morale de son héritage.

— Elle ne le savait *absolument* pas, je te le garantis ! lança Tanya.

Elle se redressa d'un bond.

— Jack, s'il te plaît, peux-tu examiner tout de suite les autres meubles ?

— Une véritable expertise exige du temps, répondit-il. Mais, si vous êtes prêtes à me donner un coup de main, toutes les deux, je peux vous montrer comment procéder, ce qui nous permettra de repérer plus rapidement les éventuelles pièces suspectes. Il y a des signes révélateurs qui ne trompent pas.

Jack savait que Kate était épuisée, mais la jeune femme semblait galvanisée par la fureur de leur amie.

— Bon, je vais chercher ma trousse ! lança-t-il. Mais toi, ma biche, il faut que tu te calmes un peu.

— Toute cette histoire est affreusement humiliante, rétorqua Tanya. Et je vous en veux à tous les deux d'avoir gardé le secret jusqu'à maintenant. J'aurais pu vous trouver des indices au village — si tant est que Clint Barstow et sa fine équipe soient mêlés à ce trafic.

— Si j'ai observé la plus grande prudence, jusqu'à maintenant, expliqua Jack, c'est parce que le type d'action requis ici relève plus de la mission d'infiltration que de l'opération commando. Ne nous fais pas regretter de t'avoir fait confiance, Tanya.

Malheureusement, l'un des meubles était, effectivement, une imitation. Et c'était celui que Kate aimait le plus : le garde-manger de bois orné de plaques d'étain représentant des anges.

— Ce qui implique que celui que possédait Sarah était peut-être un faux, lui aussi, conclut Kate.

— Ça peut aussi signifier, objecta Jack, que cette pièce-ci devait lui être substituée mais que les faussaires ont, finalement, eu l'occasion de le vendre comme un meuble authentique à la grand-tante de Tanya. Les scénarios envisageables ne manquent pas.

— En tout cas, maintenant, déclara Tanya, les poings sur les hanches, nous sommes trois à être dans le secret, et vous avez intérêt à ne plus rien me cacher.

Plus tard dans l'après-midi, Jack emmena Kate voir Erin, et ils dînèrent tous les trois. La jeune fille leur apprit qu'elle était passée voir Stone pour le remercier et le mettre un peu au courant de ce qui s'était passé. Cependant, quand le garçon lui avait proposé d'aller boire un café dehors, elle lui avait répondu que ce serait pour une autre fois.

— Ne t'inquiète pas, conclut-elle à l'adresse de Kate. Désormais, je n'aurai plus de temps à consacrer aux hommes, quels qu'ils soient, vu que je vais me transformer en un vrai rat de bibliothèque.

— Auras-tu quand même le temps de venir visiter mon atelier ? lui demanda Jack.

Erin accepta avec un plaisir évident, et Kate songea avec une légère amertume qu'elle semblait beaucoup plus à l'aise avec Jack qu'avec elle. « Je dois lui laisser un peu de temps », se dit-elle. « Du temps, et aussi beaucoup d'amour. »

Quant à elle-même, elle devait s'accorder un peu de sommeil, décida-t-elle en se couchant, ce soir-là. Cela devrait être possible, désormais. Jack allait certainement réussir à élucider cette affaire de trafic d'antiquités. Et son tourmenteur était neutralisé. Le plus dur était passé. Elle avait un homme merveilleux dans sa vie, Tanya était de retour et le village allait bientôt ouvrir.

Elle se haussa sur un coude pour avaler une dernière gorgée de tisane tiède — dans laquelle elle avait versé un peu plus qu'une cuillerée à café de plante séchée —, et se rallongea sur le lit. Dès qu'elle eut fermé les yeux, cependant, la pièce se mit à tourner. Elle avait l'impression de valser de nouveau dans les bras de Jack... ou d'être une sœur shaker saisie par l'ivresse de la danse.

Mieux valait garder les yeux ouverts, se dit-elle. Elle regarda les quelques fleurs précoces qu'elle avait posées sur sa table de chevet. Elle n'avait pu résister au plaisir d'en couper quelques-unes, tiges comprises. Elles aussi semblaient bouger, osciller.

Quand le téléphone sonna, elle se releva lentement et, pieds nus, alla décrocher dans la pièce voisine.

— Kate Marburn, annonça-t-elle d'une voix pâteuse.

— Kate, c'est Tanya. Je t'appelle depuis mon portable. Je sors à l'instant de l'entrepôt, à Athens. Téléphone à Jack pour le prévenir que je vous donne rendez-vous à tous les deux devant l'atelier de Barstow. J'ai trouvé les anges d'étain ! Tout est peut-être lié à leur cor et aux trompettes des anges !

— Je ne comprends pas. Tu veux qu'on te rejoigne à la menuiserie du village ? Jack t'a pourtant dit qu'il avait déjà...

— J'ai un passe, et aussi la clé de l'énigme. Je vous raconterai tout ça dans dix minutes.

Aussitôt après avoir raccroché, Kate composa le numéro de Jack. Bien qu'il fût près de 23 heures, elle tomba sur le répondeur. Comme elle savait qu'il avait le sommeil plutôt léger, elle en conclut qu'il travaillait encore dans son atelier. Peut-être même était-il actuellement en train d'arpenter les rues de Shaker Run… Elle décida donc de lui laisser un message.

— Jack, c'est Kate. Il est 22 h 56. Tanya veut nous voir dans dix minutes à la menuiserie du village. J'y vais dès maintenant pour savoir ce qui se passe. On se retrouve là-bas. Sinon, je vous raconterai tout demain.

Elle ôta ensuite sa chemise de nuit pour enfiler un pull et un pantalon. Comme elle se changeait, ses vêtements dans la penderie lui semblèrent mieux rangés que dans son souvenir. Elle songea que Louise ou Adrienne avaient dû demander à la jeune fille qui faisait le ménage au rez-de-chaussée de la Maison du Conseil de monter s'occuper également de ses affaires. Elle se promit de leur dire qu'elle préférait s'en charger elle-même. Certes, Louise leur avait encore rappelé, la semaine précédente, que les sœurs shakers n'hésitaient jamais à s'introduire les unes chez les autres pour se donner un coup de main, tels les membres d'une grande famille, mais sœur Jerusha — ou, du moins, sa réincarnation — n'était pas près de renoncer à son intimité.

Ayant pris sa lampe torche et ses clés, Kate entreprit de descendre prudemment l'escalier réservé aux femmes. Tanya lui avait affirmé qu'elle possédait un passe. L'avait-elle reçu de Dane ou… « emprunté » ? Comme, en outre, elle avait réussi à pénétrer dans l'entrepôt d'Athens, elle devait également détenir un double de la clé de la salle. Tel était, peut-être, le chaînon manquant : un lieu où l'un des membres de l'équipe pouvait stocker les copies de pièces authentiques. Décidément, tout cela était typiquement shaker : des doubles parfaits de meubles... sauf que ces doubles-là avaient été fabriqués pour tromper et escroquer autrui. Mike Marburn aurait admiré la supercherie.

Bien qu'elle fût plus épuisée que jamais et qu'elle souffrît de vertiges persistants, Kate sortit dans la venteuse nuit de printemps pour aller retrouver son amie.

21.

Assouvis ton chagrin sur une rose à l'aube.

John Keats, *Ode sur la mélancolie.*
(Traduction de Robert Ellrodt,
Éd. de l'Imprimerie Nationale.)

— Tanya ! Tanya ! appela Kate tout en traversant la rue pour
gagner la menuiserie de Clint.

Elle se retourna en percevant un bruit lointain de moteur.
Etait-ce Tanya qu'elle avait précédée sur les lieux ou Jack
qui venait les rejoindre ? La jeune femme espérait, en tout
cas, qu'il ne s'agissait pas de Dane et d'Adrienne qui revenaient rôder dans le village, car elle commençait à trouver
qu'ils avaient le profil idéal pour mettre sur pied un trafic
d'antiquités à grande échelle.

Mais pourquoi ne voyait-elle toujours rien sur la route ?
Sans doute Tanya avait-elle jugé plus prudent d'éteindre ses
phares à l'entrée de Shaker Run.

Kate s'avança sur l'étroite chaussée, puis se rendit compte
que le bruit de moteur qu'elle avait perçu ne se rapprochait
pas du village mais en provenait, au contraire. En d'autres

termes, le véhicule devait se trouver maintenant... juste derrière elle.

Elle se retourna d'un bond. Une voiture noire comme la nuit roulait, effectivement, dans sa direction. Elle était déjà dangereusement proche, tout comme le jour où Varina avait été tuée.

Kate poussa un hurlement strident. Les phares du véhicule s'allumèrent aussitôt, la cinglant de leur faisceau. Tel un chevreuil piégé dans la clarté de deux rayons mortels, la jeune femme demeura immobile, hypnotisée par la lumière des phares — des phares d'imposantes dimensions, largement écartés, de forme ronde. Pas des phares modernes.

La berline ! pensa la jeune femme avec horreur. La berline était revenue la traquer jusqu'ici !

Elle se retourna pour fuir, en un mouvement qui lui parut durer une éternité. Son cri n'en finissait pas de résonner d'une façade à l'autre. Elle crut que quelqu'un d'autre criait aussi. La voiture passa à un mètre d'elle, et le passager lui jeta un objet à la figure. Comme elle levait la main pour se protéger, le projectile lui égratigna le bras.

Elle eut enfin l'idée d'allumer sa torche, mais il était déjà trop tard : tels les yeux d'un prédateur nocturne, les feux arrière de la berline la fixaient d'un regard brûlant qui s'éloignait rapidement dans la nuit...

Elle s'effondra sur les genoux. Ainsi, ce n'était pas Mike qui la pourchassait ainsi et cherchait à la terroriser... Elle s'était sentie tellement en sécurité, depuis qu'il avait été arrêté...

Elle refoula ses larmes et plissa les paupières pour s'assurer que la berline était bien repartie. Elle la vit franchir le pont qui surplombait le Ru du Shaker, passer devant chez Jack, puis disparaître dans l'obscurité.

Avait-elle continué tout droit après avoir éteint ses phares ou avait-elle tourné ? Se pouvait-il qu'il s'agisse de la vieille Buick de Dane ? A cause de la pénombre ambiante, elle n'avait pas pu distinguer si les vitres étaient teintées.

S'attendant à ce que Tanya, alertée par ses hurlements, jaillisse d'un instant à l'autre de la menuiserie, Kate se remit bientôt sur ses pieds. De nouveau prise de vertige, elle alla chercher refuge sous le porche du bâtiment. Comme elle portait une main à sa tempe, elle s'aperçut qu'elle avait bel et bien été blessée au bras.

Elle sentait sur sa peau de légères boursouflures dont s'écoulait un peu de sang. L'œil aux aguets, elle revint en chancelant au bord de la route pour voir ce qu'on lui avait lancé de la voiture. Le faisceau de sa lampe torche éclaira une douzaine de ses roses d'apothicaire, alors en pleine floraison. Leurs tiges épineuses étaient séparées de leurs têtes écarlates.

— Zink Rudzinski à l'appareil.

Comme personne ne répondait à son domicile ni à son bureau, le standardiste de la police avait transféré l'appel de la jeune femme sur le portable de l'inspecteur, selon ses instructions.

— C'est Kate, dit-elle, tout en tirant sur le cordon du combiné pour pouvoir surveiller, par la fenêtre de son bureau, la rue maintenant déserte. Je viens juste de revoir la berline noire, ici même, au village.

— Bon sang ! Ça va ?

— Physiquement, oui.

— Voilà qui va sérieusement compromettre la mise en examen de Marburn pour le meurtre de Varina, grommela Zink. Vous avez appelé la police d'Athens ?

— Pour quoi faire, franchement ?

— Pour qu'elle vous dépêche un ou plusieurs agents afin d'assurer votre protection, Kate. En attendant, vous pourriez, au moins, aller chez Jack — ou plutôt, non : restez où vous êtes. J'appelle moi-même les collègues d'Athens pour leur demander de rappliquer chez vous.

Kate crut entendre Tina Martin chuchoter quelque chose au policier, mais celui-ci choisit manifestement de l'ignorer.

— J'étais pourtant sûre que c'était Mike qui conduisait cette maudite berline !

— J'étais moi-même disposé à le croire, et je comptais bien le cuisiner à ce sujet.

— La voiture m'a dépassée à toute vitesse… comme quand Varina a été tuée.

Kate s'abstint de signaler à l'inspecteur la présence au village d'une automobile ancienne car elle ne voulait pas mettre Dane en cause — pas encore, du moins. D'ailleurs, Dane lui avait appris que la Buick se trouvait dans un garage de Columbus et que, si elle le désirait, elle pouvait aller la voir ou consulter des photographies…

— Ils m'ont jeté quelques-unes de mes roses par la vitre, côté passager, reprit-elle. Je suis donc certaine que quelqu'un était assis près du conducteur — quelqu'un qui doit me surveiller depuis quelque temps, car ces roses ont tout juste commencé à fleurir.

Elle ferma les yeux, et s'appuya contre le cadre de la fenêtre. Elle comprenait, maintenant, que certains habitants de Shaker Run étaient mêlés à cette affaire, et cette idée la rendait malade. Ce village était devenu son foyer, son refuge, du moins jusqu'à cette nuit.

— Kate, vous êtes là ? demanda Zink, la ramenant au présent.

— Ça va. J'espère seulement qu'ils ne voulaient pas me renverser mais juste continuer à me harceler.

— Moi aussi, dit Zink avant de pousser un énorme soupir. Bon, ne bougez pas, je vous envoie les flics du coin aussi vite que possible.

— Mais où êtes-vous ? lui demanda-t-elle avant qu'il raccroche.

Elle ne pouvait supporter de rester seule plus longtemps, et Jack n'avait toujours pas répondu à son message.

— En planque pour la nuit. Je vous envoie de l'aide et je vous rappelle ensuite, mais ce ne sera pas avant quelques minutes car, ici, la situation est plutôt tendue.

Puis il coupa la communication.

Agenouillée devant la fenêtre qui donnait sur la rue, Kate guettait les sirènes des voitures de police, en espérant que le bruit attirerait Jack. A moins que la police lui octroie une protection rapprochée, elle ne resterait pas au village une nuit de plus.

Alors qu'elle tendait l'oreille dans la nuit, elle crut soudain entendre une voix prononcer son nom — une voix féminine. Oui, c'était celle de Tanya. Etait-il possible que la berline l'ait heurtée, elle aussi, et qu'elle soit en train d'appeler au secours ?

Kate descendit vivement au rez-de-chaussée, ressortit de la Maison du Conseil par la porte des sœurs, et inspecta la rue. Elle n'oubliait pas que Tanya lui avait menti au sujet de son livre, mais elle avait été également touchée par les ressemblances qui les unissaient l'une à l'autre, notamment quand elles avaient collaboré dans l'échoppe de jardinage, telles deux sœurs shakers.

Kate s'approcha du Foyer familial central dont la menuiserie de Clint occupait l'aile droite et la petite infirmerie, l'aile gauche. Elle venait de contourner l'arrière du bâtiment quand un hoquet de stupeur lui échappa : la voiture de Tanya était cachée là.

Kate braqua le faisceau de sa lampe à l'intérieur de l'habitacle. Bien que la vitre lui renvoyât la majeure partie de la lumière, elle put constater que le véhicule était vide et que tout y paraissait en ordre. La portière n'étant pas verrouillée, elle se hâta de l'ouvrir et de tirer sur le levier actionnant le hayon du coffre arrière, mais celui-ci était tout aussi vide que l'habitacle. Kate en déduisit que son amie, après avoir dissimulé sa voiture à cet endroit, était descendue pour se rendre… où donc ?

La jeune femme revint à l'angle du bâtiment pour jeter un coup d'œil en direction du site de fouille. Tout lui sembla normal. Elle pressa le pas, tout en éclairant la route devant elle. Elle nota alors avec effroi que la barrière de bois défendant l'accès au puits était cassée et que des morceaux de planches, encore accrochés aux montants verticaux, pendaient vers l'intérieur du site.

Kate ouvrit la bouche pour appeler Tanya mais, comme dans un cauchemar, aucun son ne franchit ses lèvres. Elle avait éprouvé une émotion similaire, peu auparavant, quand, voulant fuir la voiture, elle avait cru que ses pieds s'étaient changés en plomb. Cette nuit entière avait l'air d'être un mauvais rêve dont elle n'arrivait pas à se réveiller.

— Tanya ? chochota-t-elle finalement. *Tanya !*

Elle s'avança vers l'excavation. Le sol était glissant car le puits était entouré de feuilles de plastique destinées à protéger les abords de la pluie. Se retenant d'une main au bras métallique de la grue, que les archéologues utilisaient pour descendre dans le puits avec leur matériel, Kate braqua le faisceau de sa torche dans le trou.

Tout au fond, à moitié enveloppée dans du plastique transparent qui lui faisait comme une gangue de glace, Tanya gisait, inanimée.

Kate entendit alors des sirènes se rapprocher... A moins qu'il ne s'agît de ses propres hurlements.

Agitant frénétiquement les bras, Kate se porta au-devant du véhicule de patrouille, au moment où il déboulait dans le village. Les agents appelèrent aussitôt les urgences, et Tanya fut sortie du puits.

Jack, qui était arrivé juste après la police, emmena Kate dans sa voiture pour suivre l'ambulance qui emportait son amie à l'hôpital de l'Athens Memorial.

— J'ai essayé de vous appeler, lui dit-elle. Je n'arrivais pas à croire que vous ne me répondiez pas.

— Je devais être sous la douche. Dieu merci, j'ai eu l'idée de consulter mon répondeur avant d'aller me coucher.

— Je suis certaine d'avoir entendu Tanya m'appeler, mais elle était déjà inconsciente quand je l'ai trouvée. Je suppose qu'elle est tombée dans le trou par mégarde. Encore que... elle connaissait parfaitement son emplacement. Ce qui est curieux, aussi, c'est que la barrière de bois ait été brisée.

— Répétez-moi encore une fois ce qu'elle vous a dit au téléphone.

— Qu'elle ressortait à l'instant de l'entrepôt d'Athens. Elle devait parler du lieu de stockage où le village garde quelques affaires. J'y loue moi-même un hangar.

— Il faut qu'on aille jeter un coup d'œil dans celui du village. Qu'a-t-elle ajouté ?

— Qu'elle avait trouvé les anges d'étain. Et puis, elle m'a raconté je ne sais plus quoi sur les trompettes des anges.

— Peut-être qu'elle est tombée sur un troisième garde-manger semblable à celui de sa grande-tante, suggéra Jack.

— Je n'en sais rien. En tout cas, on ne peut plus se fier à l'équipe dans son ensemble… Ah, oui, j'oubliais : Tanya prétendait aussi détenir la clé de toute l'énigme.

— Ce qui signifie sans doute qu'elle avait établi un lien entre ce qu'elle avait découvert à l'entrepôt et une personne en particulier. Si elle ne ressort pas bientôt du coma pour éclairer notre lanterne, nous allons devoir remonter la piste qu'elle a tracée.

— Je veux d'abord savoir si elle va s'en sortir.

— Les médecins font tout ce qu'ils peuvent. J'ai entendu l'un des secouristes annoncer qu'ils s'efforçaient de stabiliser son état.

Kate ferma les yeux pour revoir Tanya telle qu'elle était à sa sortie du puits, maintenue sur une civière, la tête et le cou immobilisés. Sa peau paraissait d'un gris terne.

— Elle n'a pas été renversée par une voiture, au moins ? avait demandé Kate.

L'un des secouristes, une femme à la chevelure auburn et au visage parsemé de taches de rousseur, l'avait dévisagée avec perplexité.

— Une voiture qui l'aurait jetée au fond du trou ? avait-elle demandé sur un ton incrédule.

Kate avait conscience de l'étrangeté de ses propos. Elle en était venue à considérer la berline elle-même comme une sorte d'entité maléfique. De nouveau, tout son univers s'écroulait. Mais, cette fois, elle savait qu'elle pouvait compter sur Jack — et sur Zink, aussi.

— Je crois me rappeler que vous détestez les hôpitaux, dit-elle à Jack quand ils furent garés sur le parking de l'établissement. Merci quand même de m'avoir accompagnée jusqu'ici. Jamais je n'y serais arrivée toute seule.

— Je n'arrête pas de revoir Erin sur cette saillie, en équilibre au-dessus du vide, murmura-t-il en frissonnant. Et puis, ce départ précipité à l'hôpital, en pleine nuit… j'ai déjà vécu ça. Pas ici, mais ailleurs, il y a des années de cela…

Il avait donc fallu que survienne cette tragédie pour qu'il évoque enfin celle qui avait dévasté sa vie, songea Kate avec une infinie tristesse.

Kate et Jack veillèrent toute la nuit dans la salle réservée à la famille et aux amis des patients hospitalisés. Ils avaient téléphoné aux parents de Tanya, qui avaient aussitôt quitté le Kentucky pour venir les rejoindre. Les médecins étaient en train de fixer des broches dans l'épaule de Tanya et de procéder à un couplage vertébral pour lui rigidifier le dos. Elle souffrait d'une fracture et d'une commotion cérébrale, mais ils étaient soulagés qu'elle ne soit pas plus gravement blessée.

— On dirait qu'ils cherchent à la consolider, comme on le fait pour un meuble, dit Kate tout en frémissant à l'idée que c'étaient des tringles et des plaques métalliques qui soutenaient le corps de son amie.

Elle était si épuisée qu'elle ignorait complètement si ses propos avaient le moindre sens.

— Dieu merci, ses blessures ne sont pas mortelles !

— J'espère qu'elle aura retrouvé toute sa tête quand elle se réveillera, dit Jack en revenant s'asseoir sur le canapé usé de la salle d'attente, après être allé leur chercher du café. D'après le médecin, la commotion pourrait donner lieu à une tumescence cérébrale, et l'anesthésie générale qu'elle vient de subir risque de troubler sa mémoire pendant un certain temps. Parfois, un événement traumatique tel qu'un accident peut provoquer une amnésie durable.

— Je prie le ciel pour qu'elle nous dise qu'elle a glissé sur une de ces feuilles de plastique et qu'elle est tombée toute seule au fond de ce puits, dit Kate. Cela dit, elle a peut-être aperçu la berline, alors qu'elle m'attendait devant la menuiserie. Et, si elle s'en est approchée...

— Arrêtez de vous punir ainsi en imaginant le pire ! répliqua Jack avec une telle hargne que la jeune femme pivota sur elle-même pour lui faire face.

C'était exactement ce que son psychiatre lui répétait.

— Je ne cherche pas à me punir, protesta-t-elle néanmoins. Et je n'imagine rien non plus, car c'est bien Tanya qui a dû prononcer mon nom avant de s'évanouir.

Au moins, songea-t-elle, Jack ne se moquait pas de ses intuitions ainsi que Zink en avait l'habitude.

Il soupira, se tassa sur le canapé pour caler sa tête contre le dossier, et se frotta les yeux.

— Ce que je veux dire, reprit-il, c'est qu'il ne sert à rien de regretter le passé, d'y repenser constamment, de s'accabler de reproches, de se détester...

Sa voix s'éteignit.

Il se redressa brusquement et s'appuya sur ses genoux. Kate posa une main sur son dos pour le masser entre les omoplates, mais ses muscles demeurèrent tendus.

— J'ai tué mon fils, voyez-vous, murmura-t-il sur un ton si posé qu'elle crut avoir avoir mal entendu.

Se penchant vers lui jusqu'à ce que leurs épaules se touchent, elle se força à l'écouter sans faire le moindre commentaire.

— Il avait quatre ans, et il voulait ressembler à son papa, reprit-il. J'étais un vrai fanatique de la forme, à l'époque. Je passais mon temps à courir, à soulever des poids, à suivre des régimes. Toujours est-il qu'il a trouvé mes vitamines dans l'armoire de la salle de bains. Ce n'était que de simples vitamines, ajouta-t-il d'une voix brisée.

Il se tourna vers Kate, les yeux mouillés de larmes.

— Vous saviez, vous, que le fer contenu dans ces vitamines pouvait tuer un gamin ?

Il esquissa un geste désespéré de la main.

— Alors qu'il était en train de mourir d'un empoisonnement général de l'organisme et que toutes ses fonctions vitales s'arrêtaient l'une après l'autre, il m'a dit : « Papa, je croyais qu'en en prenant encore plus que toi, je pourrais devenir aussi grand et fort que toi. »

Kate le dévisagea avec compassion. Tout ce qu'elle avait enduré, jusqu'à présent, n'était rien, comparé à cette épreuve-là. Elle comprenait infiniment mieux cet homme, désormais. Et aussi la raison pour laquelle il permettait à Tanya de se cacher dans son hangar pour poursuivre ses singulières recherches sur les plantes toxiques.

— Mais ce n'était pas votre…

— Oh, par pitié, épargnez-moi ces excuses bidon de psychologue à la manque ! s'écria-t-il en se levant brusquement.

Il se mit à arpenter la salle.

— Bien sûr que ce n'était pas ma faute. Je n'ai jamais encouragé ce petit garçon à avaler un flacon entier de comprimés. Ce n'était qu'un accident, récita-t-il sur un ton sarcastique.

— Mais votre… votre femme vous l'a reproché ? Et elle a fini par vous quitter ?

Elle craignait que ces paroles ne suscitent chez lui une nouvelle flambée de colère, mais il se contenta de hocher la tête et d'écraser son gobelet entre ses doigts avant de le jeter dans la poubelle.

— Affaire classée, dit-il. Personne n'est coupable. Si j'avais été juge, je me serais condamné à la prison à perpétuité.

— Et c'est exactement la peine que vous vous êtes infligée, lui fit remarquer Kate.

Il évita un instant son regard, puis secoua vivement la tête.

— Non, répondit-il avec lenteur en se frottant le menton. Ce n'est pas exactement ça. J'ai plutôt tenté de m'enterrer vivant… jusqu'à ce que plusieurs événements m'obligent à sortir de mon trou.

Comme elle se levait à son tour, il s'avança aussitôt vers elle pour la forcer à se rasseoir. Il s'affala ensuite à son côté, et prit ses mains entre les siennes. Elle aurait tant voulu le serrer dans ses bras, le protéger…

— Premièrement, dit-il, j'ai décidé d'identifier et de combattre le petit malin qui est en train de bousiller mon travail et ma réputation avec ses falsifications. Deuxièmement, j'ai rencontré une femme à laquelle je me suis profondément attaché, alors que jamais je n'aurais cru cela possible.

Il marqua un temps d'hésitation, et laissa ses larmes couler. Kate avait maintenant l'impression que deux Jack se penchaient vers elle.

— Et troisièmement ? chuchota-t-elle, le cœur battant à tout rompre.

— Elle ne ressemble en rien à mon Andy, répondit-il sans pouvoir retenir une grimace, comme si le seul fait de prononcer le nom de son fils lui était affreusement douloureux, mais j'ai contribué à sauver Erin.

Il attira alors la jeune femme contre lui, et ils s'étreignirent un long moment dans la salle d'attente, en se serrant fort l'un contre l'autre.

— Il faut établir un plan pour essayer de savoir qui se tient derrière tout ça, déclara Jack.

Ils étaient revenus de l'hôpital, et prenaient un petit déjeuner tardif dans la cuisine de Jack, bien que Kate n'eût guère d'appétit. Ni l'un ni l'autre n'avaient dormi, jusqu'à l'arrivée des parents de Tanya.

Le chirurgien les avait prévenus que Tanya pouvait reprendre connaissance dans la journée, et la mère de la jeune femme leur avait promis de les appeler, dans ce cas. Kate avait également informé Dane et Adrienne dans la matinée. Dane lui avait assuré qu'ils iraient, dès que possible, veiller Tanya avec ses parents.

— En premier lieu, je pense que vous devriez venir vous installer chez moi, déclara Jack en prenant la main de la jeune femme. Ou passer au moins la nuit ici. Et ne voyez dans cette invitation aucun sous-entendu scabreux. Manifestement, Shaker Run n'est pas le refuge auquel vous aspiriez.

— Je sais, admit-elle en nouant ses doigts aux siens. Et je comprends la gravité de la situation — même si un sous-entendu scabreux ne m'aurait en rien rebutée. Savez-vous si la Buick a été rentrée dans le hangar ?

Il accueillit ce changement de sujet en se redressant sur sa chaise.

— Elle n'y était pas hier, répondit-il, mais hier me paraît remonter à une éternité. Vous auriez voulu inspecter ses pneus pour examiner la boue qui y serait éventuellement incrustée, ou encore pour comparer le dessin de leurs sculptures à celui des pneus de la berline ? On pourrait aussi demander à Zink de venir relever des empreintes digitales.

Kate se représenta son tourmenteur, le chauffeur de la Packard, tel qu'elle l'avait aperçu pour la première fois au cimetière de Toledo, sanglé dans un trench-coat et coiffé d'un chapeau. Elle se rappelait aussi qu'il portait des gants. Elle l'avait interrogé, mais il avait gardé le silence. Or, maintenant, elle devait, coûte que coûte, l'obliger à se montrer.

— Je crois que ces gens-là sont assez intelligents pour ne pas avoir laissé de traces derrière eux, dit-elle à Jack. Quant au reste, c'est le travail de la police. En fait, si la Buick était là, j'essaierais, avant tout, de vérifier qu'elle ne contient pas de pétales de roses. Car je crois bien que c'est la Packard que j'ai vue, cette nuit — mais, bien sûr, je peux me tromper.

Jack opina, puis il prit la clé de la remise, et ils se hâtèrent d'aller en déverrouiller la porte.

Ils n'eurent pas besoin de dépasser le bureau encombré de Tanya ni le coffre en plastique contenant des souvenirs shakers pour constater que la Buick était bel et bien de retour.

Ils se précipitèrent vers elle et essayèrent rapidement les poignées des quatre portières. Hélas, celles-ci étaient toutes fermées à double tour.

— Pouvez-vous ouvrir la porte arrière qui permet de rentrer la voiture ici ? demanda Kate tout en tentant de distinguer, à travers les vitres, l'intérieur de l'automobile.

— Dane est le seul à détenir la clé de cette…

Jack s'interrompit brusquement, puis échangea avec la jeune femme un regard entendu.

— Tanya affirmait avoir découvert la *clé* de l'énigme, lui rappela Kate. Elle ne faisait certainement pas référence à une clé de voiture, mais à la personne qui constituait le lien entre la berline et le trafic de meubles.

— En d'autres termes, il s'agirait de Dane ? Je dois vous avouer que j'y ai déjà pensé. Je n'ai jamais cru que Barstow était assez futé pour organiser une combine de cette envergure — ce qui ne veut pas dire pour autant qu'il ne soit pas complice.

— J'en suis venue, pour ma part, à suspecter plus ou moins tout le monde, mais Dane est maintenant le premier sur ma liste, déclara Kate. Peut-être Adrienne et lui ont-ils jugé utile de m'effrayer pour me forcer à partir de Toledo et s'assurer ainsi que j'accepterais de venir travailler ici ? Dans ce but, ils m'auraient suivie un peu partout, jusqu'à ce que je me trouve à l'endroit idéal pour qu'ils réalisent leur projet : près de la tombe de Sarah, dans le cimetière de Toledo.

— Mais pourquoi apparaître ensuite dans le Kentucky, aux funérailles de la grand-tante de Tanya ?

— Eh bien, peut-être pour me lancer un autre avertissement, en liaison avec le décès d'une seconde collectionneuse d'antiquités shakers... Est-ce que je sais, moi ? Jack, pardonnez-moi, je suis tellement fatiguée...

Elle le serra dans ses bras. Il lui rendit son étreinte avec ferveur. Malheureusement, ce moment de tendresse ne pouvait durer.

— Et si, reprit-elle en raisonnant tout haut, le visage enfoui dans le creux de son cou, Dane et Adrienne avaient souhaité m'engager à cause des meubles de Sarah et non pour mes roses ? Cela expliquerait leur volonté d'éliminer Varina et Palmer : ils voulaient faire de moi l'unique détentrice des pièces qu'ils désiraient garder au village.

— Ou qu'ils comptaient plutôt remplacer par des faux, afin de pouvoir les vendre et offrir ainsi à Adrienne la maison qu'elle rêve d'habiter en France, ainsi que vous me l'avez rapporté. Il est vrai qu'ils ont laissé Palmer en vie, mais il n'a pas d'héritier, et il est toujours dans le coma.

— Comme Tanya. Il y a là plus qu'une coïncidence. Sans doute ont-ils décidé de l'éliminer parce qu'elle avait vu trop de choses à l'entrepôt d'Athens.

— Ou alors, ils ont estimé que c'était le meilleur moyen que le legs de sa grand-tante demeure au village.

— A moins qu'ils n'aient uniquement cherché à me terroriser.

Kate s'écarta de Jack à contre-cœur.

— Le problème, c'est qu'on ne peut pas rester là sans réagir et attendre la suite des événements, dit-il.

— Absolument. Est-ce que vous pouvez nous apporter une lampe de poche, voire plusieurs ? Faute de fracturer ces portières, comme j'en meurs d'envie, on a toujours la possibilité d'examiner l'habitacle. Mais je voudrais d'abord jeter un coup d'œil sur les objets conservés dans cette boîte en plastique. Puisque vous avez déjà fouillé dans les caisses de bois qui étaient rangées ici, j'ai bien le droit d'ouvrir ce coffre, non ?

Jack eut l'air étonné, mais il ne fit aucun commentaire, et se contenta de rebrousser chemin vers la maison.

— On va aussi devoir aller fourrer notre nez dans le hangar que Shaker Run loue à Athens, ajouta-t-il en s'arrêtant sur le seuil de la baraque. Il faut qu'on sache ce que Tanya a trouvé là-bas. Peut-être s'agissait-il de la Packard ? Dane prétend que l'endroit est trop exigu pour contenir une voiture, mais j'ai du mal à le croire. Regardez un peu tout ce qu'on arrive à entasser ici.

— Si Tanya a réussi à obtenir ou à fabriquer un passe pour ouvrir ce hangar, déclara Kate, il se peut qu'il soit encore dans ses affaires, à l'hôpital.

— Lesquelles ont dû être remises à ses parents, fit remarquer Jack. Ni eux ni l'hôpital ne sont, bien évidemment, en mesure de savoir à quoi sert chacune des clés de Tanya. Dane et Adrienne, en revanche, sauront tout de suite reconnaître le passe... et ils n'hésiteront pas à le subtiliser s'ils arrivent là-bas avant nous.

Il se rua donc chez lui pour en revenir avec une grosse torche électrique qu'il tendit à la jeune femme.

Tandis qu'elle en braquait le faisceau à l'intérieur de la Buick, il fouilla dans ses poches à la recherche de ses clés de voiture.

Kate ne distingua aucun pétale de rose ni sur les sièges ni sur le plancher du véhicule. Cependant, il pouvait très bien y en avoir sous ce trench-coat jeté sur le siège avant...

— Un trench-coat, Jack ! s'écria-t-elle avec excitation, alors qu'il sortait enfin ses clés. Le conducteur de l'autre berline portait également un trench-coat.

— Et alors ? Qu'est-ce que ça prouve ? rétorqua-t-il. Zink en possède un, et moi aussi.

Kate se sentit soudain si frustrée qu'elle faillit se jeter sur le capot de la Buick pour en crever les phares à coups de lampe torche.

« Pas Zink ! » pria-t-elle. Pas son protecteur ! Elle savait qu'il l'aimait bien, qu'il tenait à mériter sa confiance et qu'il était toujours prêt à l'aider. Mais il était également déterminé à élucider ces meurtres, jusqu'à l'obsession, et devait être un maître en matière de filature et de planque. Eprouvait-il donc quelque passion perverse à son endroit ? Elle eut un mouvement de tête agacé, comme pour chasser ces élucubrations de son esprit.

— Filez donc à l'hôpital ! lança-t-elle à Jack d'une voix pressante. En plus de chercher le passe, vous pourriez demander à la police d'envoyer un agent pour garder la chambre de Tanya. Quant à moi, je vais fouiller dans cette caisse en plastique et, dès que vous serez revenu, nous nous rendrons ensemble à l'entrepôt d'Athens.

— Très bien. J'emporte mon téléphone portable pour que vous puissiez m'appeler si vous trouvez quelque chose ici ou si vous avez besoin de moi.

« Besoin, non. Envie, oui, » songea la jeune femme. Malgré sa hâte, il prit le temps de la saluer d'un baiser. Pendant un instant, elle eut peur de rester seule sans lui. Mais il allait bientôt revenir, se dit-elle, et ce partage des tâches était encore la meilleure solution. Même s'ils devaient suivre, provisoirement, des chemins différents, ils formaient, désormais, une équipe, tous les deux.

Tandis qu'il s'éloignait en voiture, elle souleva le couvercle du coffre, et sortit les livres et les lettres qui se trouvaient juste en dessous. Si jamais on la surprenait en train de fouiller dans ces affaires, elle n'aurait qu'à prétendre qu'elle recherchait le journal égaré de sœur Jerusha.

Elle déposa la pile sur le bureau de Tanya pour en examiner les éléments. Les papiers étaient des pièces d'archives datant de la réouverture du village, principalement des lettres tapées à la machine, qui portaient la signature de Dane et qui avaient trait aux travaux de restauration des bâtiments. Les livres, en revanche, semblaient plus anciens.

Le premier était un registre concernant les fleurs et les plantes. Il avait été rédigé par un frère shaker du nom de Benjamin Owens, lequel devait, jadis, remplir les fonctions d'herboriste. Nul doute que ce document était susceptible d'intéresser Tanya, songea la jeune femme.

Tout en priant silencieusement pour sa guérison, elle tendit la main vers les papiers qui jonchaient le bureau de son amie, comme si, par ce truchement, elle pouvait également apporter du réconfort à la jeune femme.

Kate prit alors conscience du document qui se trouvait sous ses yeux, ou plutôt de son contenu.

« *Datura stramonium* », y avait écrit l'herboriste de son écriture anguleuse, « de la famille des solanacées, dit aussi Pomme épineuse, Herbe aux sorciers endormis ou Trompette du Diable. Mais les Shakers l'appelaient, pour leur part, la Trompette des Anges. »

Et, plus loin, Tanya avait précisé : « En petites quantités, la Trompette des Anges permet de maîtriser la douleur. A forte dose, son absorption provoque de graves hallucinations et finit par entraîner la mort. »

22.

Des pas résonnent en écho dans la mémoire
Le long du corridor que nous n'avons pas pris
Vers la porte que nous n'avons jamais ouverte
Sur le jardin de roses.

T. S. ELIOT, *Quatre Quatuors.*
(Traduction de Pierre Leyris, Éd. Rombaldi.)

— Cor des anges... trompette des anges, marmonna Kate. Voilà sans doute la clé dont parlait Tanya. Mais une clé qui ouvre sur quoi, exactement ?

Perplexe, effarée, elle parcourut la suite des notes que Tanya avait consacrées à la plante dénommée trompette des anges. Parmi les symptômes d'intoxication consécutive à son ingestion, il y avait une accélération des rythmes cardiaque et respiratoire, une certaine nervosité, de l'abattement, une dilatation des pupilles et de l'insomnie.

— Et aussi de la... polydipsie ?

Le terme était étrange, mais Tanya avait donné la traduction, en marge : « soif intense ».

La trompette des anges, lut Kate un peu plus loin, avait également porté le nom d' « herbe de Jamestown » — *Jamestown*

Weed —, car des soldats britanniques cantonnés dans cette ville avaient « perdu leurs sens » après en avoir dégusté en salade. Certains s'étaient mis à sillonner les rues dans le plus simple appareil, d'autres à danser et à s'agiter en tous sens, manifestant « le plus profond dérèglement », jusqu'à ce qu'on les enferme. Comme ils n'avaient, manifestement, ingéré que des doses minimes, ils ne moururent pas mais quand, après onze jours d'hallucinations, ils reprirent leurs esprits, ils ne gardaient aucun souvenir de leurs emportements.

Kate se souvint alors d'Adrienne qui dansait nue dans la Maison de Réunion, quatre jours auparavant. Se pouvait-il qu'elle ait pris le risque d'avaler du datura pour connaître les extases que cela procurait ? Et si on lui en avait administré à son insu ?

A cette pensée, Kate porta les mains à sa bouche. Le labeur de Mère Ann, comme l'appelaient les Shakers, menait à des séances de danse débridées dont certaines avaient lieu sur le site consacré, et durant lesquelles des frères et des sœurs prétendaient voir des anges ainsi que des amis disparus. Etait-ce parce que, auparavant, ils avaient pris, volontairement ou non, des doses d'une plante similaire à la trompette des anges ? se demanda Kate. Une plante qui était peut-être gardée dans un bahut décoré d'anges en train de jouer du cor ou de la trompette ? Etait-ce donc cela le chaînon manquant évoqué par Tanya au téléphone — le lien qui lui permettait d'étayer sa propre hypothèse — plutôt que la voiture qui aurait pu les conduire au meurtrier de Sarah et de Varina ?

L'esprit en ébullition, la jeune femme se hâta de rassembler les notes de son amie et de prendre, dans la caisse en plastique, autant de documents qu'elle pouvait en transporter. Après avoir fourré le tout dans un grand sac en toile qui devait appartenir à Tanya, elle sortit du hangar, en repoussa la porte et referma le cadenas. Puis, traînant derrière elle son fardeau, elle se mit à courir aussi vite que possible vers le village.

— Dane, Adrienne, vous êtes là depuis longtemps ? lança Jack en s'arrêtant brusquement dans la salle d'attente.

Le couple, telle une paire de sentinelles, encadrait les parents de Tanya. Jack se rendit compte qu'il n'avait pas revu Adrienne depuis un certain temps. Elle avait l'air lessivé. Etait-ce à cause de l'inauguration prochaine du village ? Parce qu'elle était malade ? Parce que l'état de Tanya l'inquiétait ? Il n'aurait su le dire. Il nota que Louise Willis était également là. Habillée de vêtements modernes, elle était assise à l'écart, dans un coin de la salle.

« Super, vraiment super ! » songea-t-il. Il risquait de perturber tout le monde et de mettre la puce à l'oreille de Dane si jamais il suggérait aux parents de Tanya de demander à la police un agent pour garder la chambre de leur fille. Malheureusement, il ne voyait pas comment il allait pouvoir leur en parler en privé. Et encore moins comment il allait se débrouiller pour récupérer le passe de Tanya.

— C'était bien de votre part, à vous et Kate, d'être restés ici cette nuit, déclara Dane en serrant la main de Jack. Adrienne et moi sommes venus sitôt après l'appel de Kate pour apporter notre soutien aux Dodridge.

Jack tendit la main à Ted et à Yvonne Dodridge, que Kate avait déjà eu l'occasion de saluer, aux funérailles de la grand-tante de Tanya. M. Dodridge, un homme aux cheveux grisonnants, était effondré près de sa femme, laquelle avait une mine décomposée.

— Kate va bien ? demanda Dane. Où est-elle ?

— Elle se repose, répondit Jack. Si vous voulez bien m'excuser, j'aimerais m'entretenir en privé avec les Dodridge.

Ces quelques mots réduisirent Dane au silence. Mais peut-être pas pour longtemps, pensa Jack, qui eut bientôt un autre problème sur les bras quand il sentit une main s'abattre sur son bras.

— Bonjour, madame Willis, dit-il en baissant les yeux sur Louise.

Celle-ci ne cessa de tirer sur sa manche, durant tout leur entretien, ce qui accrut d'autant sa nervosité.

— Qui donc garde le village ? demanda-t-il.

— Comme Ben est parti faire des courses, je suppose que c'est Clint Barstow, ce qui ne me rassure guère. Je crains qu'il ne nous faille installer un système de sécurité moderne à Shaker Run, pour éloigner les indésirables, répondit-elle avec aigreur.

— Message reçu.

— Oh, je ne parlais pas de vous ! Cela dit, vous avez bien conscience, j'imagine, que le Foyer familial ouest qui se trouve, pour l'instant, en votre possession devra être, à terme, réintégré au village.

— J'aimerais pouvoir discuter de tout cela avec vous, madame Willis, mais...

— Veuillez, de grâce, m'appeler Louise ou sœur Louise !

Jack la regarda d'un air hagard. Parfois, elle tenait ainsi des propos un peu décalés, mais elle affichait toujours la même fermeté. D'après Kate, elle était plus intelligente et plus douée que la plupart des gens ne le croyaient.

— Excusez-moi, dit Jack sous le coup d'une inspiration soudaine, mais je dois proposer aux parents de Tanya de les héberger, au cas où ils ne souhaiteraient pas aller à l'hôtel.

— Ils voudront sûrement rester près de leur fille ! répliqua Louise, tandis qu'il s'écartait d'elle.

— Monsieur et madame Dodridge ? murmura Jack avec empressement tout en s'efforçant de maintenir les autres à l'écart.

Espérant que sa voix ne portait pas trop loin, il s'accroupit près de l'étroit canapé que se partageaient les parents de Tanya. Ils se tenaient la main, et paraissaient au bord des larmes. Bon sang, se dit-il, comme il détestait ce genre d'endroits où les parents attendaient de savoir si leur gamin pourrait s'en sortir et où ils s'accrochaient les uns aux autres, tout en redoutant la tragédie qui les menaçait tous ! Enfin, ils savaient, au moins, que l'on faisait tout, ici, pour sauver leur enfant…

— Avec votre permission, poursuivit-il, je souhaiterais demander à la police locale de poster un garde à la porte de Tanya, étant donné les circonstances de sa chute…

— J'en ai entendu parler, dit le père de Tanya.

Il relâcha la main de sa femme, puis ôta ses lunettes et les essuya avec son mouchoir.

— La barrière de fortune qui entourait le puits était enfoncée, comme si on avait lutté à proximité. De plus, il semblerait que ma fille n'ait pas été seule sur les lieux. Kate Marburn s'y trouvait également. Si la police ouvre une enquête, elle va sûrement s'intéresser à elle. Dane Thompson n'a pas été très explicite à ce sujet, mais Mme Marburn n'aurait-elle pas déjà eu maille à partir avec la justice ?

Kate dissimula le sac contenant les notes de Tanya ainsi que les archives shakers sous l'établi de l'atelier de distillation, puis elle enfila ses gants de travail, ne souhaitant plus avoir le moindre contact avec les herbes bizarres que conservait Tanya — du moins dans ce bâtiment-ci.

Elle avait maintenant conscience que, si son amie manipulait des plantes inoffensives dans leur échoppe commune ainsi que dans son jardin, cet atelier-ci lui servait de laboratoire de recherche sur les espèces potentiellement dangereuses. Elle espérait seulement que ce type de recherche ne comportait pas d'expériences in vivo et que, pour prouver ses théories, Tanya n'était pas allée jusqu'à administrer certaines de ces plantes à Adrienne... ou à son amie rosiériste. Certains des symptômes qu'elle avait décrits dans ses notes avaient frappé la jeune femme, en particulier celui de l'insomnie. Cela dit, elle avait déjà des problèmes de sommeil, à Toledo, bien avant de connaître Tanya. De plus, son amie lui avait toujours recommandé de ne pas boire trop de tisane à la valériane, un excès de cette plante pouvant être néfaste.

Tout en remuant ces pensées, Kate prit un petit sac en papier et entreprit de vider la réserve de trompettes des anges séchées. Mais elle suspendit bientôt son geste en remarquant que c'était, précisément, dans le logement voisin que l'herboriste gardait la valériane. Elle se demanda immédiatement si Tanya n'avait pas mélangé par mégarde un peu de datura dans la tisane qu'elle lui avait préparée. Oui, songea-t-elle, c'était certainement ça, car jamais son amie n'aurait volontairement cherché à lui nuire.

Elle vida également la réserve de valériane, et enferma les deux herbes dans des sachets distincts. Puis, afin que personne ne puisse avoir accès à ces dangereux remèdes en l'absence de Tanya — car elle se rappelait encore combien Dane avait paru fasciné par ces plantes —, la jeune femme vida le contenu des autres compartiments et tiroirs dans des sacs en papier.

Elle utilisa ensuite sa brouette pour transporter tous ces sachets jusqu'à la Maison du Conseil avant de les monter dans sa chambre, puis elle se hâta de redescendre à l'atelier de distillation pour y récupérer le grand sac en toile contenant les objets shakers qu'elle avait caché sous l'établi. Une fois revenue dans sa cuisine, elle sortit de sa boîte la tisane à la valériane qu'elle prenait tous les soirs, et l'étala sur une assiette. Sur une deuxième assiette, elle renversa le contenu du sachet qu'elle avait ramassé dans l'atelier de Tanya.

Elle compara attentivement les deux échantillons. Ils lui parurent différents, aussi bien par l'aspect que par l'odeur, mais elle doutait qu'on puisse aussi aisément repérer dans son remède contre l'insomnie des traces de trompette des anges si celle-ci n'y avait été adjointe qu'en dose infinitésimale.

Elle se promit qu'en tout cas, elle ne boirait plus de tisane, à l'avenir. *Plus jamais*.

Jack s'efforça de se remettre de la surprise que lui avaient causée les soupçons de M. Dodridge à l'encontre de Kate — ainsi que de l'irritation que lui inspirait l'indiscrétion de Dane. Il avait du mal à croire, cependant, que les parents de Tanya puissent s'attendre à ce que la police inculpe la jeune femme. Ce n'était quand même pas parce qu'elle avait trouvé le corps de Sarah Denbigh que les forces de l'ordre d'Athens allaient la soupçonner d'avoir agressé Tanya !

Hormis le fait de procurer un garde à Tanya et de récupérer son passe, Jack avait une autre mission à remplir dans cet hôpital…

— Kate Marburn est une bonne amie de Tanya, monsieur Dodridge, je peux vous le certifier, assura-t-il au père de la jeune femme tout en s'efforçant de ne pas hausser la voix. Je n'ai pas le temps de vous détailler les raisons pour lesquelles je souhaite qu'un policier demeure en faction devant la chambre de votre fille, mais je vous garantis que ce n'est pas une précaution inutile, et j'espère vivement que vous en ferez la demande à la police. Cela dit, jamais je n'ai voulu insinuer par là que Kate aurait pu nuire à Tanya de quelque façon que ce soit.

— Mais Kate a reconnu que notre fille lui avait téléphoné pour la prévenir de son arrivée au village : elle savait donc que Tanya allait venir, objecta M. Dodridge, tandis que sa femme se penchait vers eux pour mieux les entendre.

— Kate a, au contraire, sauvé la vie de votre fille, rétorqua Jack, avant de s'apercevoir qu'il avait parlé trop fort.

Le couple échangea un bref regard.

— Tu sais, Ted, Tanya pense beaucoup de bien d'elle, dit Mme Dodridge à son mari, et Kate est venue à l'enterrement de tante Samantha. C'était même la seule personne du village à s'être déplacée. Tanya vous estime aussi beaucoup, Jack, et elle admire énormément votre travail.

— Madame Dodridge, je vous demande de me faire confiance, et de faire confiance à Kate, reprit Jack en s'exprimant de nouveau à voix basse, sur un débit précipité. Tanya a sans doute en sa possession, dans son sac à main, peut-être, un certain trousseau de clés. Ces clés, il nous les faut impérativement, à Kate et à moi, pour avoir une chance de découvrir si on a, effectivement, poussé votre fille dans ce puits, et pourquoi.

— Des clés qui ouvrent quoi ? demanda M. Dodridge en remettant ses lunettes sur son nez et en plissant les yeux d'un air soupçonneux.

Jack entendit la voix de Dane se rapprocher. Si jamais il surprenait leur conversation, se dit-il, il exigerait certainement les clés en question, et il y avait de fortes chances qu'il les obtienne.

— C'est précisément ce que j'ai besoin de savoir, répondit-il. Si vous pouviez juste…

Il s'interrompit, et se redressa en sentant Dane s'arrêter juste derrière lui.

— Jack, je m'apprêtais à suggérer aux parents de Tanya de nous accompagner à la cafétéria, histoire de faire une petite pause, vous voyez ? Après, Adrienne et moi comptons retourner au village pour voir si tout est en ordre, là-bas.

Louise prit la parole à son tour, d'une voix si distincte que Jack comprit qu'elle était aussi proche de lui que Dane. Il avait parfois l'impression qu'au lieu de marcher, cette femme planait silencieusement au-dessus du sol.

— Moi, je vais rester là encore un moment, annonça-t-elle. Comme ça, s'il y a le moindre changement dans l'état de Tanya, je pourrai vous le faire savoir aussitôt. Je demanderai à Ben de passer me prendre plus tard.

Voyant les Dodridge se lever, Jack en déduisit qu'ils allaient suivre la suggestion de Dane et qu'il avait perdu la partie. Les Thompson allaient pouvoir récupérer les clés avant qu'il ait de nouveau l'occasion de se retrouver seul avec les parents de Tanya.

Cependant, alors qu'elle se dirigeait vers la porte de la salle, encadrée par Adrienne et son mari, Mme Dodridge se tourna soudain vers lui et lui fit signe d'approcher.

— Veuillez remercier encore une fois Kate de notre part pour avoir appelé les urgences et nous avoir prévenus, hier soir. Je vous demanderai, d'ailleurs, de lui transmettre un petit message que je lui ai écrit, tantôt…

Tournant le dos à l'équipe du village, Yvonne Dodridge se mit à fouiller dans son gros sac à main — ou plutôt, ainsi que le remarqua Jack avec une certaine excitation, dans un autre sac, plus petit, qui était rangé dedans. Au lieu d'en sortir une feuille de papier, elle en extirpa un anneau auquel étaient accrochées quatre clés. Elle les tendit aussitôt à Jack qui les serra fort pour les empêcher de tinter, et les enfouit dans la poche arrière de son jean.

Décidément, songea-t-il, la mère était aussi futée que la fille. Elle avait réussi à cacher la manœuvre à tout le monde, y compris à son mari.

Kate laissa un message sur le répondeur de Jack pour le prévenir qu'elle se trouvait chez elle. Pensant qu'il devait encore être auprès des parents de Tanya, elle préférait ne pas le déranger en l'appelant sur son portable.

Elle se remit ensuite à passer en revue la correspondance aussi bien ancienne que récente que contenait le coffre en plastique et qui donnait parfois des aperçus fascinants sur le passé de Shaker Run. Puis, au bout d'un moment, comme cette lecture finissait par lui donner mal aux yeux, elle décida d'aller la poursuivre dehors.

Ses rosiers étaient plus épanouis que jamais, en dépit de l'agression qu'ils avaient subie, la nuit précédente.

Leur parfum commençait à saturer l'atmosphère. Kate en était réconfortée, mais attristée aussi, car elle se rendait compte qu'elle devrait s'en passer, la nuit prochaine. Elle ne pouvait continuer à dormir ici. Le risque était trop grand. Mieux valait qu'elle accepte l'invitation de Jack.

Quittant sa roseraie, elle se dirigea vers le cimetière et alla s'appuyer sur la murette qui délimitait l'enclos, pour contempler la tombe de sœur Jerusha. Nulle date n'y était gravée, mais Louise lui avait appris que Jerusha avait habité Shaker Run jusque dans les années quarante, époque où les dernières sœurs shakers avaient quitté le village — ce qui n'était évidemment pas son cas, puisqu'elle y était morte et y avait été enterrée.

— Etais-tu au courant de tout ça, Jerusha Lockhart ? murmura-t-elle, prise d'une impulsion subite.

Elle se demandait si Louise n'avait pas égaré à dessein le journal de l'ancienne rosiériste, afin que personne n'y lise que les paradis que voyaient les Shakers en transe étaient parfois des paradis artificiels. Car Jerusha, en plus de ses roses, avait très bien pu s'occuper aussi de plantes médicinales ou, tout au moins, collaborer étroitement avec l'herboriste.

La jeune femme secoua la tête en songeant qu'elle devenait, décidément, aussi bizarre que Louise, à traîner ainsi dans les vieux cimetières pour s'entretenir avec les morts. Mais ce village tout comme la culture shaker dans son ensemble n'étaient-ils pas des sortes de drogues qui donnaient des aperçus sur des univers à peine imaginables ?

Tenant à profiter des quelques heures qui lui restaient avant la tombée de la nuit, elle se força à examiner les papiers qu'elle avait emportés avec elle. Encore des vieilles factures, constata-t-elle avec lassitude. Elle s'apprêtait à les remettre en tas quand elle remarqua le coin d'un papier à en-tête d'aspect moderne. C'était aussi une facture, et elle ne concernait ni des réparations effectuées sur une voiture de collection ni des achats de plantes ni rien qui fût en rapport avec du mobilier shaker. Mais cette feuille de papier n'en retint pas moins son attention, car elle détaillait des travaux de menuiserie effectués dans la Maison du Conseil et, plus exactement, la réouverture de judas à chacun des étages du bâtiment.

Il ne s'agissait nullement de la réfection des regards creusés dans les murs de la Maison de Réunion, regards dont tout un chacun connaissait l'existence et qu'on n'hésitait pas à montrer aux visiteurs. Non : il s'agissait bel et bien du dégagement de fentes d'observation à l'intérieur même de l'édifice où habitait la jeune femme, et cela « à tous les étages » et « dans tous les plafonds » du bâtiment.

Kate revint aussitôt dans la Maison du Conseil, et se jucha sur une chaise pour examiner le plafond. Elle ne vit rien qui ressemblât aux regards de la Maison de Réunion. Elle monta alors sur la longue table à tréteaux.

Et là, en effet, tout au bord du plafond, à l'endroit où celui-ci rejoignait le mur, au niveau de la cage d'escalier, elle aperçut une fente étroite. Celle-ci était manifestement ancienne et devait servir, autrefois, à espionner les réunions. Cependant, la facture récente laissait entendre que d'autres judas, jadis occultés, avaient été découverts dans l'édifice. Kate ressortit ladite facture de sa poche pour en lire la date, et remarqua que ces travaux avaient été effectués l'année précédente — pas plus tard que l'automne dernier.

Elle revint dans le grand vestibule d'où s'élevaient les escaliers jumeaux, mais elle eut beau monter et descendre celui qui se trouvait le plus près de la salle de réunion, elle ne vit aucune ouverture aux endroits où le mur de la salle jouxtait celui de la cage. En outre, elle avait du mal à imaginer un espion en équilibre précaire sur ces marches. Elle avait dû mal comprendre le libellé des factures, pensa-t-elle, ou bien elle était encore victime de son hyperémotivité.

Cependant, la plus ancienne des deux factures était parfaitement claire : elle précisait bien « à tous les étages » et « dans tous les plafonds ».

La jeune femme remonta aussitôt l'escalier, à une telle allure qu'elle éprouva de nouveau des vertiges. Cette sensation l'affola, après tout ce qu'elle avait lu sur les plantes toxiques et les poisons. Mais ce n'était sans doute qu'un léger accès de paranoïa. Elle se sentait bien. Sauf qu'elle était furieuse.

A l'endroit où devait se trouver le regard donnant sur son propre appartement, elle repéra, effectivement, une autre fente, du genre de celle que l'on attribue ordinairement au jeu normal de la charpente dans les vieilles maisons. Seulement, celle-ci avait des bords trop nets pour ne pas être artificielle. Etait-ce dans le but de garder un œil sur elle que Dane et Adrienne avaient insisté pour qu'elle prenne ce logement dans la Maison du Conseil ? Mais pourquoi la surveiller ainsi ? Cela lui rappela les films dans lesquels un miroir sans tain permet aux policiers de surveiller les suspects pendant leur interrogatoire.

Elle chassa cette pensée qui, manifestement, lui était aussi inspirée par sa tendance paranoïaque. Dane avait très bien pu faire restaurer ces regards pour les montrer aux touristes, pensa-t-elle, comme dans la Maison de Réunion, et lorsqu'elle s'était installée ici, il avait simplement oublié de lui en parler. Mais elle n'en avait pas moins la chair de poule à l'idée qu'on ait pu l'espionner ainsi chez elle. Elle jeta un coup d'œil dans la fissure et, en tordant un peu le cou, parvint à distinguer une bonne partie de son séjour, kitchenette comprise. Au moins était-il impossible de l'observer dans sa chambre ou dans la salle de bains, à partir d'ici, se dit-elle avec soulagement. Un examen attentif de son logement lui permit de repérer d'autres fentes entre murs et plafond, mais toutes lui parurent naturelles.

Elle ne put, cependant, s'empêcher de repenser à cette nuit où, peu après le départ de Mike, elle avait fouillé comme une folle son appartement à la recherche d'hypothétiques caméras et micros qui y auraient été dissimulés à son insu. Elle s'était alors sentie basculer dans la folie — devant Erin, qui plus est —, et n'avait eu d'autre choix, pour recouvrer un semblant de santé mentale, que de consulter un psychiatre…

A ce souvenir, elle porta les mains à sa tête. Plus jamais elle ne se laisserait ainsi pousser vers la démence, se promit-elle. C'était totalement exclu.

Elle se précipita dans le couloir qui divisait l'étage en deux secteurs, l'un réservé au repos des femmes, l'autre à celui des hommes, mais ne trouva pas d'autre endroit qui puisse servir de poste d'observation. Les rares fissures qu'elle repéra semblaient, elles aussi, parfaitement naturelles. Aucune ne traversait son mur de part en part. Toutefois, les paroles du cantique shaker intitulé « Vous, les Observateurs et vous, les Saints » continuaient à la hanter.

Mais pourquoi Jack tardait-il tant à rentrer ? se demandat-elle avec humeur. Il s'y connaissait en construction, et il aurait pu éclairer sa lanterne.

Elle redescendit au rez-de-chaussée pour s'assurer qu'elle avait bien verrouillé toutes les portes du bâtiment, à l'avant comme à l'arrière, puis remonta jusqu'à son étage. A partir de ce niveau ne subsistait plus qu'un seul escalier, comme si, au-delà d'une certaine hauteur, hommes et femmes shakers pouvaient se côtoyer sans succomber à la tentation.

Elle grimpa les marches qui menaient au grenier, et scruta le vaste espace nu qui s'étendait sous le toit. La lumière était encore assez vive, dehors, pour envoyer des rayons obliques par les étroites lucarnes ménagées entre les solives.

Kate se demanda pourquoi l'équipe ne stockait pas ici les objets entreposés à Athens. Evidemment, l'escalier était assez raide, et la pente du toit n'était guère accusée.

Le dos courbé, la jeune femme se mit à arpenter le plancher en essayant de localiser les limites de son appartement. La poussière la fit éternuer. Elle pensa que c'était plutôt ici que Louise aurait dû envoyer la jeune fille qui s'occupait du ménage au rez-de-chaussée. Mère Ann n'avait-elle pas déclaré la guerre à la saleté ?

Elle éternua de nouveau. Ce fut alors qu'elle avisa une trappe carrée qui s'ouvrait dans le sol. Elle faillit passer à côté d'elle sans la remarquer, tant le dessin de son bois se confondait avec celui des planches dans lesquelles elle avait été percée. C'était un superbe travail de menuiserie. Kate repéra l'anneau de métal qui permettait de soulever la trappe, et nota qu'elle était presque à l'aplomb du couloir de l'étage inférieur — c'est-à-dire au-dessus des fentes de son appartement.

Un examen plus minutieux lui apprit qu'elle avait été récemment balayée. L'endroit ainsi débarrassé de la poussière avait plus ou moins la forme de deux fesses, comme si on s'était assis au bord du trou pour regarder dedans.

— Parfait, murmura-t-elle en essayant de se redonner du courage. Au moins, ce ne sont pas des fantômes shakers.

Puis, retenant son souffle, l'esprit hanté par l'image de Tanya gisant au fond du vieux puits, elle tira sur l'anneau et souleva la trappe pour voir ce qu'il y avait en dessous.

Toutes les portes orange en tôle ondulée de cet entrepôt de la banlieue d'Athens se ressemblaient aux yeux de Jack. A part leur situation respective, seuls les distinguaient l'une de l'autre le chiffre qui avait été peint dessus à la bombe, ainsi que les graffitis dont certaines étaient recouvertes. Heureusement, grâce à un billet de vingt dollars, Jack avait appris par le gérant des lieux que le hangar loué par la société du village de Shaker Run était le E-11.

Il se doutait que Kate lui en voudrait d'avoir fouillé les lieux sans elle, mais il avait hâte de vérifier si c'était bien là qu'étaient stockées les copies de meubles shakers. Etait-ce donc cela, la clé évoquée par Tanya ? Ou bien fallait-il partir du principe que Dane avait plus d'une voiture ancienne à sa disposition ?

Jack avait déjà eu l'occasion de se rendre chez les Thompson, et il était de nouveau passé devant leur résidence pour venir jusqu'ici. Dane et Adrienne possédaient un garage à deux places. La porte en était ouverte quand il y avait jeté un coup d'œil. Il y avait noté la présence de leur minivan, l'autre emplacement devant être réservé au coupé de madame. Dane n'entreposait donc là aucun véhicule de collection. Mais le contraire aurait étonné Jack, car Zink lui avait appris que la police d'Etat recherchait activement la Packard.

Laissant son moteur tourner au ralenti, au cas où il devrait s'échapper de toute urgence — car il n'était pas exclu que le gérant prévienne le village de son intrusion —, Jack descendit de sa voiture et parcourut des yeux l'alignement de hangars. Tout ce secteur du fond était réservé au stockage des gros objets, les portes y étant plus larges que sur le devant, ce qui était, pour le moins, paradoxal car les engins de levage et les camions avaient, du coup, moins de place pour décharger leur fret. L'autre inconvénient du lieu était que la plupart des allées desservant les entrepôts, y compris celle où Jack se trouvait actuellement, se terminaient en cul-de-sac.

Ayant pris dans une main le gros cadenas du E-11, Jack tenta d'y insérer successivement les trois premières clés du trousseau que la mère de Tanya lui avait confié, à l'hôpital. La quatrième se révéla être la bonne.

Le cœur battant la chamade, Jack se pencha pour soulever le hayon. Celui-ci révéla bientôt une dalle de béton qu'encombraient tout un tas de meubles shakers ne laissant entre eux qu'un mince passage.

— Bingo ! s'exclama Jack avec un grand sourire. Bienvenue au paradis des experts…

Il doutait, cependant, d'avoir à étudier chacune de ces pièces en particulier. Ce n'étaient sans doute que des faux et des imitations. Et Dane devait être à la tête d'un trafic plutôt conséquent, vu le nombre de copies qui se trouvaient là et qui allaient probablement remplacer, à plus ou moins long terme, les originaux. Jack ne put, toutefois, résister à l'envie de procéder à un examen rapide avant de sauter dans sa voiture pour appeler Kate.

Ce fut alors qu'il comprit ce que Tanya avait voulu dire en parlant à Kate de la trompette des anges. Devant lui, au fond de l'étroite allée centrale, se dressait un garde-manger décoré de plaques d'étain ajourées. Il alla le regarder de plus près, et nota que l'un des carrés de métal manquait. Si c'était Tanya qui l'avait emporté, pourquoi ne l'avait-on retrouvé ni dans sa voiture ni dans ses affaires ?

— Parce qu'on le lui a repris avant de la jeter au fond du puits ! se répondit Jack dans un murmure.

A peine avait-il chuchoté ces mots que la porte du hangar se refermait derrière lui avec fracas, le plongeant dans une obscurité totale.

23.

Le roi Henry II avait une maîtresse nommée la fée Rosemonde. La reine Aliénor empoisonna la maîtresse de son époux en masquant le goût du poison mortel avec de l'essence de rose d'apothicaire.

PETER COATS, *Les Fleurs dans l'histoire.*

Quand Kate emprunta l'échelle métallique pour remonter de l'étroit boyau, elle était folle de rage — mais propre. Elle avait supposé que l'espace exigu dans lequel elle allait descendre serait bourré de toiles d'araignées et de poussière, mais il s'était révélé aussi net que n'importe quel mur shaker. Un maniaque de la propreté avait dû utiliser ce passage récemment. Et ce, pour l'espionner, sans l'ombre d'un doute. Cela supposait du soin, de la ruse et une constitution plutôt délicate. Il fallait donc éliminer Clint Barstow de la liste des suspects. Il devait plutôt s'agir d'Adrienne ou de Louise.

Kate repassa fiévreusement dans son esprit toutes les conversations qu'elle avait pu avoir avec Zink ou son avocat — ou encore Jack — dans son appartement, juste à côté de ce poste d'observation. Elle se rappelait, notamment, le jour où Jack était venu lui apprendre qu'il avait trouvé des meubles pour enfants dans la remise, meubles qui s'étaient révélés être des copies de pièces appartenant à la collection de Sarah. Elle lui avait alors dit qu'elle serait prête à tout donner pour ne plus entendre parler de Varina et Palmer. Ils s'étaient ensuite embrassés, peut-être sous un regard indiscret. Et si, effectivement, on les avait observés — et écoutés —, ce jour-là, Jack pouvait fort bien être en danger. Il fallait donc qu'elle le joigne au plus vite.

Kate referma la lourde trappe et redescendit à son étage. Elle doutait que Jack fût encore à l'hôpital mais c'était quand même une possibilité. Et puis, elle voulait des nouvelles de Tanya. Ensuite, elle comptait préparer ses bagages et quitter la Maison du Conseil avant la nuit. Malheureusement, si Jack n'était pas revenu d'ici là, elle ne pourrait pas dormir chez lui.

Comment les Shakers avaient-ils pu vivre ainsi en communauté, tout en se sachant perpétuellement surveillés ? Quant à Dane et Adrienne, ils devaient être fous pour s'être imaginé qu'elle ne découvrirait pas les fissures dans l'escalier...

Pour la première fois depuis plusieurs jours, Kate se sentait affamée. Arrivée dans son bureau, elle s'aperçut avec consternation que Jack n'était joignable ni sur son fixe ni sur son portable. Et, comme elle ne connaissait pas le numéro de l'hôpital, elle se rua dans la cuisine pour consulter l'annuaire. Au passage, elle attrapa une bouteille d'eau et un paquet de biscuits.

Dès qu'elle eut trouvé le numéro de l'hôpital, elle appela.

— Kate Marburn à l'appareil, annonça-t-elle à la réceptionniste. Je voudrais m'entretenir avec Yvonne Dodridge. C'est la mère de l'une de vos patientes, qui se trouve aux soins intensifs.

La réceptionniste ne fit aucune difficulté, mais la sonnerie retentit longuement, après qu'elle lui eut passé le poste qu'elle demandait.

En attendant, Kate fouilla dans le réfrigérateur. Elle en sortit du pain, de la confiture, du beurre de cacahouète et un pot de sauce tomate épicée.

Quelques instants plus tard, elle entendit la voix d'Yvonne Dodridge.

— L'état de Tanya est stationnaire, dit-elle, ce qui peut être interprété comme une bonne et une mauvaise nouvelle. Les médecins craignent toujours une tumescence cérébrale, et j'ai entendu une infirmière confier à une autre qu'ils espéraient que Tanya n'aurait pas d'hématome épidural, car cela les forcerait à évacuer la pression d'une manière ou d'une autre.

« Evacuer la pression d'une manière ou d'une autre... » Ces mots résonnèrent dans l'esprit de Kate.

— Jack est encore là ? demanda-t-elle enfin.

— Oh, non, ça fait longtemps qu'il est parti ! répondit Yvonne avant de baisser la voix. Il faut que je vous prévienne que je lui ai donné les clés de Tanya. D'après lui, vous en aviez besoin pour vérifier quelque chose, et j'ai décidé de lui faire confiance. J'ai toujours été douée pour juger les gens, vous savez ?

Kate dit à Yvonne qu'elle avait bien fait, puis affirma qu'elle rappellerait plus tard.

Elle aussi se croyait douée pour juger les gens, autrefois. Et pourtant, elle avait commis une lourde erreur avec Mike, et cette erreur l'empêchait de se fier à Jack aussi complètement qu'elle l'aurait souhaité.

Les clés en question devaient être celles de l'entrepôt d'Athens, pensa Kate, et Jack s'était certainement rendu là-bas.

Tout en étalant d'une seule main une couche de beurre de cacahouète sur une tranche de pain, elle essaya de nouveau de joindre Jack sur son portable.

— Hé ! s'écria Jack, tout en rebroussant chemin à tâtons dans l'étroit passage qui serpentait entre les meubles et les objets stockés dans le hangar. Il y a quelqu'un à l'intérieur ! Ouvrez !

Seul le silence lui répondit — à croire que la porte s'était refermée toute seule.

Il regretta de n'avoir pas allumé la lumière avant de pénétrer dans le local mais comme, à ce moment-là, le soleil couchant l'éclairait de tous ses feux, il n'y avait pas songé. Il ne savait même pas où se trouvait l'interrupteur. De toute façon, il n'aurait pu atteindre les murs, à moins de grimper par-dessus les meubles… Heureusement que Kate n'était pas là, songea-t-il, car être ainsi piégé avec elle eût été encore pire.

S'étant rapproché de la porte métallique, il la frappa du poing. Il remarqua alors qu'elle n'était pas entièrement rabattue. Il s'agenouilla, puis s'allongea à plat ventre pour regarder par l'étroite ouverture. Comme il était au milieu de l'allée, le corps à angle droit avec la porte, il dut se tordre le cou pour voir à l'extérieur.

Il aperçut des chaussures, des chaussures d'homme marron, d'un modèle ancien. Celles-ci se levèrent l'une après l'autre, tandis que leur propriétaire montait dans *sa* voiture. Le moteur tournait toujours au ralenti.

Bon sang, c'était le pompon ! Voilà qu'en plus, on lui volait son véhicule… Mais il l'avait bien mérité.

Dans le demi-jour, Jack vit la voiture obliquer, puis se diriger avec lenteur vers le fond de l'impasse, et non vers son issue, comme il s'y attendait. Il fouilla dans les poches de sa veste pour prendre son portable et se rappela soudain qu'il l'avait laissé dans son véhicule. Il lâcha un juron avant de tendre de nouveau l'oreille. Des pas se rapprochèrent du hangar, puis le dépassèrent. Peu après, il y eut un nouveau bruit de moteur, de l'autre côté de l'allée ; il devait s'agir d'une autre voiture.

Et, de fait, il discerna bientôt d'énormes pneus à flancs blancs, garnis d'enjoliveurs chromés et supportant un châssis haut sur essieux — trop haut pour être celui d'une voiture moderne. Quant à la calandre constituée de cinq tubes argentés qui s'étendaient sur chaque aile, au-dessus des pneus avant, il ne sut en reconnaître le modèle…

Jack eut une sueur froide en comprenant soudain l'intention du conducteur. Se redressant aussitôt, il se mit à tambouriner avec affolement sur la porte métallique.

Bon sang, pourquoi Jack ne répondait-il pas au téléphone ? Mais si, il décrochait enfin !

— Jack ! C'est Kate. Je suis de retour dans mon appartement. Où êtes-vous ?

Il garda le silence. Pourtant, elle l'entendait respirer… Mais était-ce Jack ? Quelqu'un, en tout cas, l'écoutait sans mot dire.

— Jack, ça va ? Vous ne pouvez pas me parler, peut-être ?

Elle crut discerner un moteur de voiture en arrière-fond, ainsi que le bruit d'un choc métallique. Il était aussi possible qu'il y ait des interférences… Oui, c'était sans doute ça. Jack devait rouler sous des lignes à haute tension ou à proximité d'une source de rayonnements, ce qui déréglait son portable.

— Jack, hurla-t-elle encore, c'est Kate !

Sa voix sonnait étrangement à ses propres oreilles, comme si elle venait de l'extérieur de son corps. Se sentant chanceler, elle agrippa le rebord du comptoir de la cuisine. Son mouvement tendit le cordon du téléphone posé sur son bureau. Voyant le fil dérouler ses spires, elle trouva qu'il ressemblait à un serpent — un serpent dans un jardin de roses.

Kate secoua la tête pour s'éclaircir les idées. D'où lui venait donc cette idée stupide ? se demanda-t-elle. Les serpents n'étaient pas blancs, et cette chose-là était toute fine et tire-bouchonnée.

Et si c'était une espèce venimeuse, pleine de poison ?

Elle pressa plus fort le combiné contre son oreille, essayant d'entendre Jack pour deviner où il se trouvait. Elle avait encore le vertige. Pourtant, elle s'était sentie mieux, un moment plus tôt. Elle ne voulait pas aller à l'hôpital, comme Tanya...

Elle perçut soudain une sorte de chuchotement dans le téléphone. Un sifflement semblable à celui d'un serpent.

Elle cria et jeta le combiné par terre. Grâce à Dieu, la bête s'échappa de la cuisine, se repliant sur ses anneaux.

La jeune femme avait conscience de la confusion qui régnait dans son esprit, mais elle était sûre au moins d'une chose : elle devait savoir ce qui avait rendu ce serpent venimeux, ce qui lui avait donné son poison.

Elle se pencha sous l'évier pour récupérer le sac en toile où elle avait rangé les plantes de Tanya. Elle dut pour cela lâcher le paquet de chips qu'elle tenait à la main. Les herbes, dans leurs sachets froissés qui ressemblaient à des peaux de serpent séchées, n'avaient pas été dérangées.

— Mais moi, je le suis, dérangée, déclara-t-elle tout haut.

Elle s'exprimait d'une voix forte, afin que la personne à l'autre bout de la ligne puisse l'entendre.

— Oui, je suis dérangée. Mais pourquoi ?

Elle s'empara du pot de confiture, et le retourna afin qu'il se vide. C'était rouge. De la bonne confiture de fraise d'une couleur aussi éclatante que celle de ses roses. Elle renversa ensuite la sauce piquante sur le comptoir, et se pencha pour examiner les éclaboussures écarlates. Il y avait des bouts de poivrons verts dedans, des oignons, des piments.

Kate se sentait tour à tour glacée et bouillante. Mais… qu'étaient donc ces morceaux de feuilles qu'elle distinguait dans la sauce ? Du persil ? De l'origan, comme dans les pizzas ? Des morceaux de pizza, des pièces de mobilier, des bouts d'elle-même…

Elle s'efforça d'empêcher ses pensées de dériver ainsi. Quels étaient, déjà, les premiers symptômes de l'intoxication à la trompette des anges ? s'interrogea-t-elle. Il lui fallait appeler l'hôpital pour s'assurer qu'elle n'avait pas été empoisonnée. Mais il était aussi possible que tout ça se passe dans sa tête. N'avait-elle pas fini par se rendre compte qu'elle avait aussi inventé la surveillance dont elle se croyait l'objet, après le départ de Jack ? Ou plutôt, non, c'était après le départ de Mike…

Elle devait, de toute façon, téléphoner à l'hôpital pour demander de l'aide. Hélas, il y avait toujours un serpent venimeux lové sur le plancher, un serpent qui était accroché par ses crocs au combiné, et il était hors de question qu'elle en approche la main.

— Dieu du ciel, aidez-moi ! murmura Jack en revoyant les mêmes chaussures que tout à l'heure sortir du véhicule qui venait de se garer devant la porte du hangar, encore plus près que ne l'était, un moment plus tôt, sa propre voiture.

Il avait renoncé à frapper contre le panneau métallique. Le cou tordu et la joue pressée contre le ciment rugueux, il essayait, maintenant, de voir un peu plus vers le haut, mais c'était quasiment impossible dans sa position et, de plus, la nuit commençait à tomber sur l'étroite allée qui s'étendait entre les deux rangs de hangars.

Les pieds de l'homme disparurent de son champ de vision. Les meubles, sur les côtés du passage où il était couché, l'empêchaient également d'avoir une vue plus dégagée sur l'extérieur. Il entendit, cependant, le bonhomme remuer quelque chose au coin de la porte du local.

Bientôt, les pieds réapparurent et remontèrent dans la voiture. Le type allait repartir... Jack éprouva à la fois de l'affolement et de la fureur en pensant qu'il avait sans doute coincé la porte avec un poids pour la maintenir en position fermée. Pire encore : ce gars était certainement le tourmenteur de Kate, et il devait se féliciter de l'avoir mis hors jeu et de s'être ainsi donné la possibilité de poursuivre son harcèlement en toute tranquillité.

Ces chaussures, cependant, lui disaient vaguement quelque chose. Cette démarche aussi. Il connaissait cet homme, il en était pratiquement sûr. Mais de qui s'agissait-il ?

Jack perçut ensuite le ronflement du moteur, mais la voiture ne bougea pas pour autant. Jack n'eut pas besoin de se servir de son nez pour savoir ensuite ce qui se passait, car il entendait le sifflement qui retentissait à l'angle du local.

Les intentions du type étaient claires, désormais : il allait écarter Jack de son chemin — définitivement.

Jack se remit aussitôt à crier et à frapper sur la porte métallique de toutes ses forces.

Kate était lasse d'avoir exécuté tant de danses shakers, et elle avait nettement l'impression d'avoir perdu toute notion du temps. Au lieu de tournoyer ainsi, pieds nus, dans un si petit espace, elle aurait mieux fait de… Mais où se trouvait-elle, au fait ? Ah, oui, dans une cuisine… Eh bien, quitte à danser encore, elle ferait mieux d'aller dehors. Sur le site consacré, par exemple, pour y caracoler en tenue d'Eve, comme les autres sœurs shakers.

Cependant, comme elle s'approchait de la fenêtre donnant sur la rue pour voir si la nuit était déjà tombée, elle aperçut des phares qui balayaient les façades en face, puis s'évanouissaient dans la pénombre.

Elle s'agenouilla aussitôt près de la fenêtre.

— Les lumières se sont éteintes, chuchota-t-elle. Pourquoi Sarah s'est-elle éteinte, également ? Et Varina ? Et Tanya ? Elles se sont toutes éteintes… elles sont mortes…

Kate rampa pour aller éteindre les lampes, se rappelant qu'elle devait plutôt utiliser des lanternes. Mais elle ne voulait pas non plus tout brûler. Se penchant vers la fenêtre à demi ouverte, elle jeta un nouveau coup d'œil dans la rue.

Une voix d'homme retentit ; une voix de femme lui répondit. Kate espéra que c'était Jack. Elle voulait que Jack soit là. Mais non, il s'agissait des responsables des lieux. Comment s'appelaient-ils, déjà ? Ah, oui : Dane et Adrienne.

Sans qu'elle sache trop pourquoi, cette idée l'effraya et la mit en colère. Une colère noire. Pour quelque raison qui lui échappait encore, elle ne souhaitait pas que ces personnes montent chez elle et la trouvent. Dane allait peut-être la chasser parce qu'elle désirait que les roses soient belles et pas seulement utiles. Elle refusait de couper leurs têtes.

Kate perçut des bruits au rez-de-chaussée. Avaient-ils ouvert la porte en bas ou avait-elle oublié de la fermer ? Elle n'arrivait plus à s'en souvenir. Décidément, sa mémoire lui jouait des tours. Ah, mais Dane n'avait-il pas, justement, son bureau en bas de cette maison ? Peut-être, mais elle sentait qu'il valait mieux les observer à leur insu. Or, elle connaissait justement un endroit d'où elle pourrait tout surveiller, comme de cette fenêtre à moitié ouverte par laquelle elle avait pensé s'envoler, tout à l'heure.

Se saisissant de sa trompette des anges — à savoir de la lampe torche qu'elle avait posée près de la porte —, heureuse de ne pas être vraiment malade dans sa tête, comme Tanya, la pauvre, dont le cerveau était tout enflé, elle se précipita dans le couloir. Les bruits de pas résonnaient, maintenant, dans la cage d'escalier. Il y avait, effectivement, deux personnes. Erin et Mike ? Oui, très certainement. Mais, pour qu'elle se sente aussi lasse, ça devait être l'heure d'aller se coucher...

Elle avait grimpé sur la pointe des pieds la moitié des marches menant au grenier quand elle se figea soudain sur place : elle avait emprunté l'escalier des frères... Mais non, il n'y avait qu'un seul escalier à cet étage. Elle entendit alors la voix de la femme.

— Il m'a dit qu'elle se reposait, mais je suis inquiète pour elle. Tu es sûr qu'on est obligés de faire ça ?

— Oui, absolument, répondit l'homme. Si elle n'a pas encore tout découvert, ça ne saurait tarder.

Dissimulée dans la pénombre de la cage d'escalier, Kate les vit frapper à la porte de son appartement, à l'autre bout du couloir. Comme Dane l'appelait par son prénom, elle faillit se porter à sa rencontre. Cependant, quand elle perçut un tintement de clés et que sa porte s'ouvrit, elle comprit qu'il était plus sage de rester cachée. Cet homme semblait être capable de tout.

Pivotant sur elle-même, elle se hâta de poursuivre son ascension et, une fois dans le grenier, elle alla soulever la trappe du poste d'observation. Elle allait se réfugier tout au fond du puits, se dit-elle, exactement comme Tanya. C'était une cachette idéale, non ?

Ayant coincé la torche entre ses seins, sous son soutien-gorge, elle entama sa descente. Comme elle allait trop vite, l'échelle se mit à vibrer. Soucieuse de garder le silence, elle ralentit l'allure. Quel crime avaient donc commis ces gens-là, au fait ? Et pourquoi diable avait-elle tant de mal à aligner deux pensées cohérentes ?

Elle pensa à *Alice au pays des merveilles*, quand la petite fille tombait dans le terrier de lapin et ne parvenait pas à arrêter sa chute. Elle s'accrocha à l'échelle et la serra contre elle, regrettant que ce ne soit pas Jack. Alice, se rappela-t-elle, avait mangé quelque chose pour grandir, puis autre chose pour rapetisser — un champignon. Kate se demanda si elle n'avait pas elle-même ingéré une sorte de champignon. Elle n'avait, pourtant, distingué aucun champignon dans le beurre de cacahouète ni dans la confiture ni dans le pain ni sur les chips. Et si c'était dans la sauce piquante ?

— Quel désordre ! lança la femme.

Comme la lumière de la torche l'éblouissait, Kate se retint d'une main au barreau pour l'éteindre.

— Mais regarde-moi ça ! reprit la femme. Le téléphone est par terre, comme si elle avait reçu des nouvelles si affreuses qu'elle avait tout laissé en plan. Et ces assiettes pleines d'herbes séchées... Tiens, on dirait les plantes de Tanya ! Et puis ces morceaux de chips, cette confiture sur le carrelage, ce bocal de sauce renversé, ce tas de papiers en désordre — oh, elle est apparemment tombée sur de vieilles archives shakers. Ah, je vois ce que c'est ! Il y a aussi des papiers signés de ta main. On aurait dû les classer depuis longtemps, ceux-là.

Kate plissa les paupières en voyant l'homme — Dane — se pencher vers la femme agenouillée sur le sol pour prendre les papiers qu'elle lui montrait. Il les consulta un instant, et les rejeta aussitôt par terre, sur le seuil entre cuisine et séjour.

— Ce n'est rien de grave, décréta-t-il. J'espère seulement qu'elle n'a pas filé à l'hôpital après avoir appris que l'état de Tanya avait empiré. On ferait peut-être bien d'appeler là-bas. Bon, je laisse ces photos ici. Je lui en parlerai plus tard. Je verrai alors ce qu'elle sait exactement, et nous prendrons les mesures qui s'imposent.

Les yeux écarquillés, Kate le vit ensuite sortir deux feuilles de la poche de sa chemise et les déposer sur la commode du séjour. Puis il les retourna pour écrire quelque chose au verso.

— Allons, viens, lança-t-il ensuite à sa compagne, il faut qu'on la retrouve ! On va d'abord chercher sa voiture. Tanya avait caché la sienne, l'autre soir. Elle se trouve peut-être quelque part dans village, ou bien chez Jack Kilcourse.

Kate entreprit de remonter dans le grenier aussitôt qu'ils eurent quitté son appartement. Elle était beaucoup plus essoufflée qu'elle n'aurait dû l'être à la suite de cette ascension. Et puis, elle avait terriblement soif. Néanmoins, elle se sentait dans la peau d'une vraie shaker, après avoir espionné ainsi tout le monde. Sœur Louise serait très fière de sœur Jerusha, songea-t-elle.

Ayant redescendu l'escalier, elle regagna sur la pointe des pieds la porte de son appartement, et en tourna la poignée. En vain. Non seulement Dane l'avait verrouillée, mais les clés de la jeune femme se trouvaient encore à l'intérieur. Kate était, cependant, certaine que, si elle réfléchissait fort, vraiment très fort, elle trouverait un moyen de l'ouvrir.

Jack pouvait sentir les résidus de combustion qui sortaient du pot d'échappement mais pas le monoxyde de carbone, qui était aussi inodore que mortel. Comme l'arrivée du gaz était au niveau du sol, il pensait pouvoir gagner un peu de temps en grimpant en haut des meubles et, de là, continuer à appeler de l'aide. Mais il doutait que beaucoup de personnes viennent à passer dans l'allée en cul-de-sac d'un entrepôt de banlieue, un lundi soir.

Sitôt qu'il se releva du sol, cependant, il comprit son dilemme — car, en montant sur les meubles, comme il en avait l'intention, il s'éloignait aussi de la seule source d'air frais à sa disposition : l'espace entre le sol en ciment et la porte métallique du hangar. Pour éviter de se fatiguer inutilement et d'aspirer encore plus de fumées, il se força au silence et au calme.

Une idée lui vint bientôt à l'esprit.

Rapidement, il rebroussa chemin vers le fond du local, là où se dressait le garde-manger décoré d'anges jouant de la trompette, et donna un coup de pied dans l'une des parois du meuble. Tout comme Tanya, il réussit bientôt à arracher une plaque d'étain de son cadre de bois. Le bord en était si tranchant qu'il lui entailla la paume. Ignorant cette blessure, il logea le carré de métal au creux de ses reins, sous sa ceinture. Ses angles lui éraflèrent la peau à travers sa chemise et son T-shirt.

Il revint ensuite à tâtons devant la porte et, s'insinuant entre celle-ci et une table à tréteaux renversée, il réussit à faire pivoter le meuble pour le repousser dans le passage. Puis il s'avança dans l'espace ainsi dégagé pour répéter la même manœuvre avec la pièce suivante — un placard d'angle, si sa mémoire ne le trompait pas. Cela lui prit plus de temps, mais ses efforts furent également couronnés de succès.

Il était si nerveux et si épuisé qu'il sentait ses paumes moites de sueur — à moins qu'elles ne soient humides de sang. Enfin, peu importait. Il n'avait d'autre choix que de progresser, de combattre l'épuisement et de rester concentré sur l'exécution de son plan.

Au bout d'un certain temps, il s'était considérablement rapproché de l'angle du hangar, et priait le ciel pour que son agresseur l'ait cru incapable d'atteindre le tuyau relié au pot d'échappement de la voiture. Car il avait la ferme intention de couper ou de boucher celui-ci avec la plaque d'étain tranchante.

Si, du moins, il ne s'évanouissait pas avant.

Kate demeura assise un long moment au pied de l'escalier qui descendait du grenier. Elle se sentait déprimée et léthargique.

Elle se serait bien levée pour valser de nouveau dans le couloir, mais elle était trop fatiguée pour ça. Elle savait, par ailleurs, qu'elle était censée découvrir quelque chose, mais elle n'arrivait pas à deviner quoi.

Le couloir était sombre, les visiteurs n'ayant laissé allumées que les lampes du rez-de-chaussée. Kate s'en fichait. De toute façon, la lumière commençait à lui faire mal aux yeux, et puis elle se sentait capable de voir dans la nuit.

Elle se rappela brusquement qu'elle avait caché quelque part un double de la clé de son appartement, au cas où, précisément, elle se retrouverait enfermée dehors. Elle se redressa aussitôt et, tout en fredonnant, passa sa main le long de l'appui de la seule fenêtre du couloir. Ses doigts tombèrent bientôt sur la clé en question.

Elle s'empressa aussitôt d'ouvrir sa porte et d'aller examiner les deux photographies qui l'attendaient sur la commode du séjour. Elle se rappelait parfaitement avoir vu l'homme les déposer à cet endroit avant d'écrire quelque chose au dos des tirages. La mémoire lui revenait. Elle se sentait un peu mieux... N'avait-elle pas déjà réussi à retrouver le double de sa clé ?

Elle actionna l'interrupteur du plafonnier, et mit sa main en visière pour se protéger de la lumière. La photographie du dessus était un cliché en noir et blanc, jauni par le temps, qui représentait une voiture noire et trapue.

Elle connaissait ce véhicule ! Elle retourna le papier et lut au dos : « Buick Eight du village de Shaker Run, vers 1947. »

— J'ai déjà vu cette voiture quelque part, murmura Kate en regrettant de ne pas avoir les idées plus claires. Elle est parfois garée chez Jack.

Elle lut ensuite l'inscription portée au verso du second cliché : « Photo rare, trouvée aujourd'hui même. Les deux véhicules appartiennent aux Shakers du village : la Buick était la berline des sœurs et la Packard, celle réservée aux frères. »

— Tout en double ! s'exclama la jeune femme. Deux portes, deux escaliers… deux voitures.

Elle retourna le cliché. Il avait été pris de plus loin que le premier, et montrait les deux conduites intérieures côte à côte. Celle de droite, dans laquelle se trouvaient deux frères shakers, était la Buick qu'elle avait vue dans la remise de Jack. Quant à celle de gauche, elle en avait si peur que le seul fait de penser à elle lui donnait mal à la tête. C'était aussi une voiture noire, dans laquelle se serraient cinq sœurs coiffées de leur chapeau. L'image de chacune d'entre elles était reliée par une flèche au prénom qui lui correspondait et qui était inscrit en bas du cliché, à l'encre bleue.

Quatre de ces noms étaient inconnus à la jeune femme, mais le cinquième lui semblait vaguement familier : Jerusha Lockhart.

24.

Un peu de cendre sur la manche
D'un vieillard est toute la cendre
Que laissent les roses brûlées.
De la poudre en suspens dans l'air
Marque une histoire terminée.

T. S. ELIOT, *Quatre Quatuors.*
(Traduction de Pierre Leyris, Éd. Rombaldi.)

— Jack, vous êtes là ? cria Kate dans le combiné. J'ai essayé de vous appeler, tantôt, mais je n'arrivais pas à vous entendre. Il faut que j'aille à l'hôpital, tout comme Tanya. Où êtes-vous ? Vous pouvez venir me chercher ?

Elle avait, finalement, réussi à trouver le courage de ramasser le téléphone. Elle en avait toujours peur car elle trouvait qu'il ressemblait encore un peu au serpent qui s'était introduit dans sa roseraie. Malgré tout, elle composa une nouvelle fois le numéro du portable de Jack.

Elle entendit un murmure sourd au bout de la ligne.

— Je viens.

— Vous pouvez parler ? Moi, j'ai la tête qui tourne, mais je n'ai pas de problème avec ma voix.

— Restez où vous êtes ! ordonna Jack. J'arrive bientôt.

— Vous ne pouvez pas parler plus fort ? Il y a quelqu'un à côté de vous ? Comment va Tanya ?

— Bientôt, bientôt…

Kate jeta par terre le combiné qui se rétracta sur les anneaux de son cordon. « Pourvu que Jack ne tarde pas ! » se dit-elle en plaquant ses doigts contre ses tempes.

Un moment, elle avait cru se sentir mieux, mais, à présent, elle craignait que son état n'ait, au contraire, empiré.

Jack avait une migraine carabinée et les jambes en coton. Plus inquiétant encore, il avait terriblement sommeil, au point qu'il avait même l'impression de rêver. Agenouillé près de l'embouchure du tuyau, il percevait distinctement le sifflement du gaz qui en sortait. Il tendit le bras dans son dos pour récupérer la plaque d'étain qu'il y avait glissée, espérant qu'avec cet outil improvisé, il pourrait couper le tuyau, le repousser ou, à défaut, le boucher.

Il s'efforçait d'économiser son souffle. L'air du hangar était déjà très pollué. Il repensa à Kate. S'il mourait ici, elle se retrouverait seule pour lutter contre l'homme à la voiture et ses éventuels complices. Il souhaitait ardemment pouvoir recommencer sa vie avec elle et avec Erin, fonder une nouvelle famille. Il ne s'était pas permis de caresser de tels projets, jusqu'à présent — et voilà qu'il risquait d'être trop tard. Coincé dans l'espace exigu compris entre les meubles et la porte métallique, il s'affaissa un peu plus vers le sol.

Alors qu'il tentait d'obturer l'extrémité du tuyau avec la plaque de métal, il vit le visage d'Andy. Non pas un Andy agonisant, mais un Andy souriant… Dieu sait depuis combien de temps il aspirait à ce souvenir-là !

— Papa, je voulais être aussi fort que toi, lui dit son fils en lui prenant la main pour l'emmener vers la liberté et la lumière.

Jack aurait aimé être plus fort, lui aussi.

Entendant une deuxième voiture approcher, Kate éteignit la lumière et courut à la fenêtre.

« C'est sûrement Jack ! » pensa-t-elle.

Elle n'apercevait aucun véhicule sur la route, mais se rappelait une berline qui avait jailli des ténèbres pour fondre sur elle et qui l'avait manquée de peu. C'était cette même berline qui avait jeté Tanya au fond du trou profond qui n'avait pas d'échelle. Une berline remplie de sœurs shakers qui se défiaient des hommes. Car il ne fallait jamais monter en voiture avec un homme ni utiliser la même porte ou le même escalier que lui. On dansait avec les hommes mais, à part ça, on ne les approchait pas. Surtout quand ils s'appelaient Mike ou Dane.

La jeune femme passa la tête par la fenêtre et avala une goulée d'air frais. L'obscurité ne la dérangeait pas. En se regardant, tout à l'heure, dans le miroir de la salle de bains, elle avait remarqué que ses yeux semblaient énormes tant leurs pupilles étaient dilatées — comme les pupilles des chats.

La tête penchée, elle inspecta les alentours.

Elle avisa bientôt la voiture représentée sur la photographie, garée à l'autre bout de la rue. Oui, songea-t-elle, c'était bien la même berline, le véhicule des sœurs, qui se tenait tapi là-bas, dans la nuit, telle une ombre sortie d'un cauchemar. Et, s'éloignant d'elle en direction de la Maison du Conseil, une silhouette s'approchait, qu'elle identifia aussitôt à sa taille et à sa démarche.

C'était Zink, son trench-coat flottant dans le vent.

— Zink ! s'écria-t-elle en lui adressant des signes frénétiques. Il faut que j'aille à l'hôpital. J'ai le vertige, je me sens mal… et Jack n'est pas là !

Il leva la tête vers elle et s'approcha en pressant le pas.

— Je suis venu vous chercher, Kate. Et je sais bien que Jack n'est pas là. Qu'est-ce qui vous arrive ? Vous pouvez descendre m'ouvrir la porte ou bien il faut que je la force ?

— Je vais essayer de descendre.

— J'ai reçu votre message au sujet de Tanya, et j'ai préféré venir vous voir, lui expliqua-t-il en arrivant sous sa fenêtre.

Kate rentra la tête à l'intérieur. Elle ne se rappelait pas avoir téléphoné à Zink au sujet de Tanya. D'ailleurs, pourquoi diable lui aurait-elle parlé de la jeune femme ? Soudain, un reste de souvenir vint frôler sa conscience. Son amie était à l'hôpital, se rappela-t-elle. Et elle voulait s'y rendre, elle aussi. Zink allait l'y emmener.

S'appuyant lourdement contre le mur de la cage d'escalier, elle entreprit de regagner lentement le rez-de-chaussée. L'ampoule unique qui éclairait l'endroit était allumée. Kate se rappela que Louise détestait ces éclairages modernes qui, selon elle, gâchaient l'authenticité des lieux. « Des lanternes, ne cessait-elle de leur répéter, utilisez plutôt des lanternes ! » Elle leur conseillait aussi de se servir de cisailles à l'ancienne plutôt que d'un sécateur… Kate était heureuse de constater que sa mémoire n'était pas totalement en berne.

Elle était encore à mi-chemin du vestibule quand elle s'aperçut que Zink l'y avait précédée. Il avait emprunté la porte des sœurs, en profane ignorant qu'il était.

— Quelqu'un a dû oublier de la refermer, lui expliqua-t-il.

Puis il se hâta de la rejoindre, et la prit par la taille. Elle s'appuya sur son bras.

— Kate, cette voiture, là-dehors, à qui appartient-elle ? J'allais appeler le standard pour me renseigner à son sujet quand je vous ai vue à la fenêtre. Qu'est-ce qui se passe ?

— Ce qui se passe ? répéta-t-elle en clignant des yeux pour mieux le distinguer. Je crois que je me suis empoisonnée avec la nourriture — et que quelqu'un m'y a aidée. Mais allez donc vous renseigner sur cette berline. De toute façon, Jack doit arriver bientôt — oui, bientôt, ajouta-t-elle pour rassurer Zink, tout en hochant mécaniquement la tête.

— Pas question d'attendre Jack ! répliqua-t-il. Asseyez-vous sur les marches. Je vais chercher ma voiture et je l'amène juste devant la maison. Ne bougez pas d'ici.

— Mais la berline, là-dehors…

— Je relèverai son numéro au passage, et j'appellerai le standard sur le chemin de l'hôpital. Restez tranquille, je reviens tout de suite. On aura bientôt arrêté le type qui conduit ce véhicule, alors détendez-vous. Faites-moi confiance et ne vous inquiétez plus de rien.

Dès qu'il eut redescendu l'escalier et filé dehors, Kate posa sa tête sur ses genoux. Ses pensées dérivaient, mais elle avait conscience qu'elle ne pouvait pas s'endormir comme ça. Un vague souvenir l'obsédait. Un souvenir lié à Zink, à son trench-coat, à son habitude de la surveillance et des planques, à sa présence inopinée dans le village…

Mais que faisait-il donc ? La berline noire l'avait-elle dévoré ? Voilà un moment qu'il était parti, et il n'était toujours pas revenu. Exactement comme Jack…

— Appel de minuit ! Appel de minuit ! s'exclama une voix dans la nuit.

Kate se réveilla en sursaut. Elle était étendue sur les marches de l'escalier, juste en face des portes de la Maison du Conseil.

Devant elle, sur le seuil du bâtiment, une sœur et un frère shakers agitaient frénétiquement leur balai en s'adonnant à une danse rituelle. Le chapeau plat de l'homme et la haute coiffe de la femme dissimulaient leur visage.

— Debout, sœur Jerusha ! Debout, de grâce ! s'écria la femme d'une voix chantante qui parut terriblement familière à Kate. Ce soir, tous les péchés doivent être confessés et jugés. Les hommes du monde extérieur, avec lesquels vous vous êtes compromise, ont été mis à la porte de notre communauté.

Kate sentit son cœur s'emballer, et fut prise de tremblements convulsifs. Où était Zink ? Cette femme l'avait-elle donc chassé du village ? Et Jack, l'empêchait-on aussi de la rejoindre ?

Elle se redressa laborieusement, et tenta de remonter l'escalier. Elle craignait qu'ils ne la tirent en arrière, aussi fut-elle surprise de sentir la femme l'aider à regagner l'étage. Une lanterne à la main, l'homme ébranlait de son pas lourd l'escalier contigu des frères.

Une fois dans le couloir, ils la prirent chacun par un coude pour l'entraîner dans son appartement qui était plongé dans l'obscurité. Tantôt la poussant, tantôt la tirant, ils finirent par l'installer dans un fauteuil à bascule. Comme l'homme déposait sur la table sa lanterne, celle-ci illumina soudain son visage, cependant que celui de la femme demeurait caché dans les profondeurs de sa coiffe. Kate avait d'abord cru qu'il s'agissait de Dane et Adrienne, mais elle connaissait, désormais, la vérité.

L'homme qui se tenait dans la clarté de la lanterne n'était autre que… *Ben Willis*.

— J'aurais dû m'en douter ! dit-elle tout haut. Louise, que faites-vous ici à cette heure de… ?

— *Sœur* Louise. Et je crains que votre transe shaker ne soit pas suffisamment profonde, repartit l'épouse de Ben d'une voix plus tranchante que jamais.

— Tu m'avais pourtant juré, lança-t-il, qu'elle finirait par ingérer tellement de produit avec la tisane que tu lui avais préparée qu'elle ne distinguerait même plus sa droite de sa gauche, et qu'elle ne nous reconnaîtrait pas non plus, même si on venait lui rire sous le nez !

— A la voir s'agiter comme elle le faisait tout à l'heure, j'ai vraiment cru qu'elle était bien partie, répliqua Louise.

Elle se retourna vers la jeune femme.

— Sœur Jerusha, écoutez-moi, lui ordonna-t-elle en lui tirant si fort le bras que le fauteuil à bascule pencha vers l'avant. Avez-vous mangé le reste de pickles, la moutarde, la sauce mexicaine ou encore le jus de tomate qui se trouvent dans votre réfrigérateur ? Avez-vous recommencé à boire de la tisane ?

Comme Kate gardait le silence et tentait de discerner le regard de Louise, celle-ci la repoussa en arrière avec une telle brutalité que sa tête heurta le dossier du fauteuil, qui se remit à osciller. Ce simple mouvement suffit à accroître le vertige de Kate de manière dramatique.

— J'ai mis de cette fichue plante un peu partout dans sa cuisine ! s'exclama Louise en s'adressant de nouveau à Ben. Mais il faut que je sache quelle quantité exacte elle a ingérée.

Ben s'empara de la lanterne et se rendit dans la cuisine. Roulant douloureusement les yeux pour le suivre, Kate nota qu'il traînait un tantinet la jambe gauche, infirmité qu'il avait dû apprendre à dissimuler, en temps ordinaire — comme bien d'autres travers.

— Je pense qu'elle a mangé de la sauce, dit-il à Louise. Il y en a partout sur le comptoir.

— J'en ai mis beaucoup dans ce pot-là, mais va savoir quelle quantité elle a avalée si elle l'a renversée. C'était assez épicé pour qu'elle ne remarque pas le goût de l'herbe.

— Quelle herbe ? demanda Kate. Valériane ou trompette des anges ?

Elle se rendait bien compte qu'elle aurait mieux fait de ne pas ouvrir la bouche, mais elle était trop en colère pour continuer à se taire, et cet accès de rage semblait l'aider à recouvrer sa lucidité.

— Trop vive, comme toujours ! Je parle de vous, pas de la sauce, rétorqua Louise.

Comme Ben revenait avec la lanterne, elle reprit :

— Peut-être serait-il avisé de redonner un peu de cette sauce fort peu shaker à sœur Jerusha ?

Puis, s'adressant à Kate, elle ajouta :

— Car figurez-vous que ce n'est pas pour rien que j'ai rempli les fonctions d'herboriste avant l'arrivée de sœur Tanya et que je vous ai ensuite surveillées, toutes les deux, attentivement, précisa-t-elle avec suffisance.

Kate devait mener une lutte de tous les instants pour garder les idées claires. S'ils souhaitaient lui administrer une dose supplémentaire de cette drogue, pensa-t-elle, c'est qu'ils avaient l'intention de la tuer ou, du moins, d'effacer tout souvenir de sa mémoire. N'était-ce pas ce qui était arrivé aux soldats de Jamestown lorsqu'ils avaient repris leurs esprits après plusieurs jours de délire ? Il lui fallait donc impérativement persuader les Willis qu'elle avait perdu la boule. Oui, elle devait leur jouer la comédie. Malheureusement, son corps lui paraissait encore plus engourdi que son esprit, et elle ne savait si elle parviendrait à les dominer tous les deux.

Tout en essayant de rester vigilante, elle se mit à fredonner le refrain shaker « Reste éveillée, reste éveillée, de crainte que tu ne sois en deux déchirée », et à lever les bras au ciel en imitant le geste d'offrande que Louise apprenait aux danseurs.

Alors que Ben revenait dans le séjour, non pas avec le pot de sauce piquante mais avec la bouteille de jus de tomate, elle réussit à se lever et à se diriger vers lui en se balançant en cadence. Elle lui arracha ensuite la bouteille des mains et, sous ses yeux ébahis, la porta à ses lèvres comme si elle était disposée à en boire de son propre gré.

Elle remarqua à ce moment-là qu'il avait un revolver coincé dans la ceinture de son pantalon. Cette arme ressemblait à celle que Zink portait constamment sur lui, dans son holster. Elle apparaissait parfois sous sa veste quand celle-ci bâillait ou que le policier s'étirait.

— Eau de rose, toute brillante et rouge, et je couperai toutes les têtes, chantonna-t-elle.

Tout en tournant lentement sur elle-même, elle laissait s'écouler de la bouteille le reste de jus de tomate qui aspergeait le plancher en éclaboussant le pantalon de Ben ainsi que la jupe de Louise, tel le sang d'une blessure ouverte.

— Arrête-la donc, frère Benjamin ! intima Louise à son mari. Si tu es incapable de la maîtriser, moi, je vais m'en charger ! Et assure-toi que tu as bien sur toi le reste de plante écrasée. Sitôt qu'elle cessera d'obéir scrupuleusement aux injonctions de ses aînés, nous veillerons à ce qu'elle en ingère une bonne dose. Evidemment, ajouta-t-elle en poussant la jeune femme contre le mur, la première dose, elle l'a prise volontairement pour contribuer au labeur de Mère Ann.

— C'est exact, sœur Louise, acquiesça Ben. Parfaitement exact.

Ce type n'avait, décidément, rien dans le ventre, songea Kate avec mépris. Mais il était d'autant plus dangereux qu'il était le bras droit de Louise — et un bras armé, en plus ! Quant à sa femme, si elle avait, depuis longtemps, reconnu son dynamisme et ses capacités, elle les avait, manifestement, sous-estimés.

— Tiens-la donc pendant que je lui choisis une tenue appropriée ! dit encore Louise à son mari. Celle qu'elle a sur le dos ne convient absolument pas pour l'appel de minuit.

Prenant la lanterne, elle se rendit ensuite dans la chambre de Kate. Celle-ci regrettait de se sentir aussi faible, car c'était l'occasion rêvée pour repousser Ben et s'enfuir dans le couloir.

Cependant, elle parvenait encore à réfléchir à peu près correctement. La vieille berline, dehors…, songea-t-elle. Ce devait être eux, les conducteurs invisibles derrière les vitres teintées. C'étaient peut-être eux aussi qui dirigeaient le trafic d'antiquités. Avaient-ils tué Sarah parce qu'elle les avait surpris en train de lui voler ses meubles ? Ils avaient également assassiné Varina. De plus, ils avaient blessé Palmer et Tanya. Quant à Jack et Zink, ils les avaient fait disparaître… Quel sort lui réservaient-ils, maintenant ?

L'air satisfait, Louise ressortit de la chambre avec le costume shaker de Kate — sa robe, son tablier, son mouchoir de col et son bonnet en paille — ainsi qu'avec une paire de collants.

— Frère Benjamin, veuillez vous tourner pendant que sœur Jerusha revêt des habits décents.

Son mari s'exécuta. Elle encouragea d'abord Kate à se dépêcher en la poussant avec le manche de son balai, puis, voyant la jeune femme s'emmêler dans les vêtements, elle laissa tomber son instrument pour l'aider à s'habiller.

Kate, qui avait ressenti un mieux temporaire, se sentait maintenant épuisée par la petite danse à laquelle elle venait de se livrer. Elle avait l'impression que les murs de la pièce tournaient encore autour d'elle. Frémissant au contact des doigts de cette femme abominable, elle n'eut aucun mal à simuler le vertige, tandis que Louise mettait la dernière touche à son costume en attachant sous son menton les brides de son bonnet. Au moins pouvait-elle, désormais, leur cacher son visage, se dit-elle. Toutefois, Louise dut avoir la même pensée car elle tira soudain la coiffe en arrière, au risque d'étrangler la jeune femme avec les brides.

— Il faut que je vous dise ce qui est arrivé à cette pauvre sœur Jerusha quand elle a failli compromettre l'existence même de ce village, déclara Louise.

Elle fit signe à Ben d'approcher la lanterne. La lumière frappa directement les yeux dilatés de Kate qui ne put retenir une grimace de douleur.

— Sœur Jerusha ? Moi ? demanda-t-elle sans avoir besoin de feindre la peur.

— Oui, vous, confirma Louise en la scrutant de si près que le rebord de sa coiffe ne cessait de cogner le front de la jeune femme. Elle a trahi notre cause, elle a trahi toute la communauté. En effet, cette sœur, qu'aînés et diacres tenaient en la plus haute estime, s'apprêtait à raconter aux autorités du monde extérieur qu'on forçait les habitants du village à ingérer des drogues.

Tanya avait donc raison, pensa Kate. Mais était-ce bien pour ça que les Willis l'avaient jetée au fond du puits ? N'était-ce pas plutôt parce qu'elle avait découvert qu'ils étaient à la tête du trafic d'antiquités ?

— Sœur Jerusha aime beaucoup les roses, murmura Kate du ton le plus désincarné possible.

Elle devait apprendre où se trouvaient Jack et Zink, et s'enfuir ensuite pour aller leur prêter main-forte. Si seulement elle pouvait arracher ce revolver à Ben…

— Moi aussi… j'aime les roses, reprit-elle en ânonnant. Mes roses shakers et mes meubles shakers — enfin, ceux de Sarah.

— Vous *êtes* sœur Jerusha, lui affirma Louise avec une telle insistance qu'elle crut préférable d'acquiescer d'un signe de tête. Les Shakers, voyez-vous, l'avaient accueillie parmi eux et lui avaient permis de réaliser son rêve en s'occupant de leurs rosiers. Mais elle s'est liée avec frère Benjamin, alors que c'était absolument interdit. Frère Benjamin était l'herboriste du village.

— Et mon grand-père, intervint Ben. C'est de lui que je tiens mon nom — ou plutôt mon prénom. Lui s'appelait Owens, Benjamin Owens.

« L'auteur du registre que j'ai lu tantôt », se dit Kate.

— Après que sœur Jerusha est allée raconter à la police que les Shakers se droguaient, il a dû quitter ce paradis sur terre — et tous les autres avec lui, poursuivit Ben en haussant la voix, gagné par la colère. Plus tard, il se maria et fonda une famille.

— Peu importe ! coupa Louise sèchement.

Kate souhaitait, cependant, continuer à les faire parler.

— Les Croyants ont donc découvert la liaison coupable entre frère Benjamin et sœur Jerusha ? demanda-t-elle. Et ils les ont obligés à partir pour éviter le scandale ?

— C'est pire que ça ! répondit Ben sur un ton amer. Sœur Jerusha a trahi non seulement le village mais aussi frère Benjamin qui, pourtant, était censé être son ami. Elle a prétendu à la police que c'était lui qui prescrivait l'utilisation des drogues dans le village, ces mêmes drogues que les Shakers vendaient, par ailleurs, aux gens de l'extérieur — quoique moins fortement dosées, naturellement. Tous les membres de la communauté se sont ainsi retrouvés sur la sellette, y compris les diacres...

— Des diacres tels que nous, aujourd'hui, à Shaker Run, intervint Louise. Et, tout comme sœur Jerusha, jadis, voilà que vous mettez en danger notre communauté.

— Sœur Jerusha a également gâché la vie des aînés, reprit Ben. Des aînés semblables à Dane et Adrienne, qui ignorent, cependant, tout de notre dévouement au village et des projets que nous avons conçus pour son avenir.

Voilà qui signifiait que Dane et Adrienne n'avaient rien à voir avec le trafic de meubles, pensa Kate en espérant que les autres soupçons qu'elle avait pu concevoir à leur égard étaient également infondés.

— Bref, sœur Jerusha a trahi le village, répéta Louise d'une voix coupante. La police s'en est prise aux Croyants et leur a conseillé de quitter Shaker Run sur-le-champ s'ils ne voulaient pas en être ignominieusement chassés, plus tard, et se retrouver en prison. Pouvez-vous imaginer ça : des frères et des sœurs ayant prononcé le vœu de célibat, en prison ? Alors qu'elle avait été protégée et choyée dans ce paradis que les aînés avaient édifié, sœur Jerusha a tout gâché. Mais la situation s'est retournée contre elle, et elle a été punie comme il se devait, durant la cérémonie d'un appel de minuit. Or, voici que vous, sœur Jerusha, avez suivi ses traces en amenant à Shaker Run des hommes de l'extérieur et en menaçant à votre tour la survie de notre communauté. Pour cela, vous connaîtrez un sort identique : vous partagerez son châtiment.

Priant le ciel pour qu'ils la croient toujours incapable de saisir pleinement la portée de leurs propos, Kate se remit à fredonner un air shaker. Son cœur battait si fort qu'elle avait du mal à s'entendre elle-même. C'était maintenant qu'il lui fallait prendre le large, songea-t-elle, car la punition subie, jadis, par sœur Jerusha ne pouvait être que la mort.

Apercevant les photographies des deux berlines que Dane avait laissées pour elle sur la table, elle sut avec une brusque certitude comment sœur Jerusha était morte. Les Croyants de Shaker Run utilisaient peut-être des véhicules distincts selon leur sexe, mais elle était prête à parier que Jerusha avait été tuée par l'une de ces voitures. Elle ignorait si c'était le Benjamin de l'époque qui la conduisait, mais elle imaginait fort bien le Benjamin de *son* époque au volant de la Packard, sommé par Louise, assise à côté de lui, de terroriser — voire d'assassiner — tous ceux qui osaient les braver ou se mettre en travers de leur chemin. Que ce soient des fous ou d'ingénieux criminels, elle devait leur échapper au plus vite.

Elle passa aussitôt à l'action, et bondit sur Ben pour lui prendre son revolver. Sitôt qu'elle l'eut entre les mains, elle se tourna vers les Willis et, malgré le vertige qui l'assaillait, les menaça avec l'arme.

Louise poussa un hurlement strident, et lança son balai contre la jeune femme. Le coup partit. Ebranlée par le choc du balai — ou par le recul du revolver —, Kate fut projetée en arrière. Ben en profita pour la ceinturer et récupérer son arme. Puis il envoya la jeune femme bouler sur le plancher, où elle se cogna de nouveau la tête. Elle espérait vivement avoir blessé Louise. Hélas, ses espoirs furent de courte durée.

— Heureusement que Shaker Run devient une ville fantôme à la tombée de la nuit, marmonna Louise d'une voix qui parut bien lointaine à la jeune femme. La balle est allée se ficher droit dans l'un des regards, mais le bruit était assez fort pour réveiller nos chers disparus. Bon, finissons-en. Nous la surveillons depuis assez longtemps pour savoir combien elle peut se montrer rusée, à l'occasion. Va chercher un verre d'eau et donne-moi une poignée d'herbes.

Avant que Kate puisse réagir, Louise plaqua le balai sur le haut de son corps mais, cette fois-ci, au niveau de sa gorge. La jeune femme se débattit violemment, cherchant à blesser son assaillante à coups de pied. Cependant, Ben remplaça bientôt son épouse et, tandis qu'il tenait le balai, celle-ci écrasa une pleine poignée de feuilles séchées dans le verre d'eau qu'il avait apporté de la cuisine. Kate dut avaler le breuvage. Une partie de l'infusion lui ressortit par le nez. Cette maudite Louise eut le toupet de lui tapoter le dos.

Kate mâchait encore des bribes de feuilles quand ils la forcèrent à se relever. Elle tenta de se rappeler combien de temps s'était écoulé depuis qu'elle avait ingéré la drogue contenue dans la sauce piquante, mais trouva seulement le délai trop court, affreusement trop court.

Alors qu'elle peinait encore à reprendre son souffle, les Willis lui lièrent les mains dans le dos, puis la poussèrent dans le couloir et refermèrent soigneusement la porte de son logement derrière eux.

Le seul point positif dans toute cette histoire, se dit-elle confusément, tout en descendant d'une démarche chancelante l'escalier des sœurs, c'était qu'elle n'aurait bientôt plus conscience de rien.

Restait à savoir si la dose qu'ils lui avaient administrée, outre sa lucidité, ne lui ôterait pas également la vie.

— Qu'est-ce qui lui est arrivé ?

Jack eut l'impression que la question venait de très loin, comme si la personne qui l'avait posée se trouvait tout au bout d'un long corridor. Il essaya de se rappeler où il était — et aussi *qui* il était.

— Vous croyez qu'il est évanoui ? demanda une femme.

Etait-ce Kate qui venait de parler ?

— Sa peau a vraiment une couleur bizarre. On dirait qu'elle est bleue. Peut-être qu'il a eu une attaque ou un truc comme ça.

— Moi, je pense qu'il s'est retrouvé coincé dans l'un de ces hangars et qu'il a fini par manquer d'air. Ou alors, ce local contient des solvants ou je ne sais quel autre produit chimique qui dégage des vapeurs toxiques. Cela dit, moi, je ne sens rien.

— Vous avez demandé au gérant d'appeler les urgences ?

— Ça y est, les secours arrivent, intervint une autre personne d'une voix essoufflée. Comment t'as su qu'il était là-dedans, Andy ?

— Eh bien, j'ai vu sa main qui dépassait à l'extérieur. Il tenait un morceau de métal.

Cette fois-ci, c'était un petit garçon qui avait parlé. Andy ? Andy était là ? Jack songea aussitôt qu'il était mort et monté au paradis. Il eut aussi le curieux sentiment que Kate devait s'y trouver aussi.

25.

— Arrêtez de traîner les pieds comme ça ! ordonna Louise à Kate en la poussant dehors. Il va falloir quelques minutes à la trompette des anges pour agir, alors ne tentez rien.

— Dans ce cas, épargnez-moi les mensonges et les niaiseries shakers dont vous faites constamment étalage ! répliqua Kate. C'est vous, espèces de faux shakers à la manque, qui dirigez le trafic de meubles, n'est-ce pas ? Je parie que ça vous a rapporté un sacré pactole de voler des pièces originales et de les remplacer par des copies. Mais bon, ce n'est pas ça que je veux savoir.

Louise la fit pivoter avec une telle brusquerie que son dos alla heurter le pilastre séparant les deux vantaux de la porte de la Maison du Conseil.

— Par ces paroles, vous avez scellé votre destin, déclara Louise, tandis que Ben agitait nerveusement son revolver.

Décidément, vous ressemblez bien trop à la défunte sœur Jerusha pour ne pas connaître le même sort qu'elle.

— On ne peut quand même pas lui rouler dessus ! bredouilla Ben.

Comme il se rapprochait de sa femme, Kate remarqua, une nouvelle fois, qu'il avait un problème avec sa jambe gauche. Si seulement elle pouvait assommer Louise, pensa-t-elle, et se jeter sur lui avant qu'il ait le temps de se servir de ce revolver...

— Les profits que nous rapportent les meubles ne sont pas censés assurer notre confort personnel mais l'avenir de ce lieu sacré entre tous, déclara Louise avec ferveur. L'un de nos objectifs est de rendre au village tous ses bâtiments d'origine, y compris ceux que Jack détient actuellement, et de les garnir d'authentiques pièces de mobilier shaker, en hommage à la communauté des Croyants, passée et à venir.

— Je suppose que Dane et Adrienne sont également sur la liste de vos futurs victimes, dit Kate. Comme ça, vous serez les seuls maîtres à bord. Mais sachez que vous êtes recherchés, non seulement par la police mais aussi par les douanes auxquelles Jack a décrit votre trafic d'antiquités à grande échelle.

Au lieu de ramener Louise à la raison, comme l'espérait Kate, son discours l'avait rendue encore plus fébrile.

— Vous vous trompez de coupables, très chère, dit-elle d'une voix moqueuse. En vérité, c'est votre adoré Jack Kilcourse qui est derrière ce trafic. C'est comme avec votre ex-mari : vous avez encore fait le mauvais choix, et vous voilà, une fois de plus, bernée par les hommes — ou plutôt, en l'occurrence, par vous-même.

Mais Kate ne doutait plus de Jack. Elle avait pleinement confiance en lui. Aussi, bien qu'elle sentît la drogue altérer de nouveau son jugement, elle parvint à résister aux arguments spécieux de Louise et à garder un minimum de lucidité.

— Vous mentez, rétorqua-t-elle avec fermeté. Et je peux même vous dire que c'est Clint Barstow qui fabrique vos copies.

— Ce benêt ! s'exclama Louise en plaquant ses mains sur sa jupe. Il n'est bon qu'à obéir aux ordres.

— Tout comme Ben, n'est-ce pas ? repartit Kate.

Elle connut soudain un moment de panique, ne sachant plus trop quel était l'enjeu de cette dispute… Ah, si, ça lui revenait…

— Où est Jack ? demanda-t-elle.

— Nous ne saurions franchement vous dire où il se trouve en ce moment, n'est-ce pas, frère Benjamin ? dit Louise en se tournant vers son mari qu'elle toisa d'un regard menaçant.

— C'est… absolument exact, bredouilla Ben.

— En ce qui concerne l'impossibilité qu'il y aurait à renverser Kate avec la Packard des sœurs parce que cela a déjà été fait, reprit Louise à l'adresse de son mari, je crains qu'il ne te faille emporter ce revolver sacrilège afin que le policier, que nous avons ligoté et enfermé dans le coffre, puisse tirer sur sœur Jerusha avant de retourner l'arme contre lui. Car, vois-tu, il venait l'arrêter pour le meurtre de Sarah Denbigh et elle a essayé de s'enfuir.

Kate tenta de protester, mais aucun son ne sortit de sa bouche. Elle aurait voulu leur hurler qu'ils ne pouvaient ainsi nuire à leur prochain impunément. Mais c'était ce qu'ils faisaient depuis déjà un moment…

— Dites-moi ce qui s'est passé avec Sarah Denbigh, leur demanda-t-elle.

Elle s'efforçait d'articuler avec soin, afin qu'ils ne se rendent pas compte à quel point la drogue agissait vite déjà sur son organisme. C'était exactement la tactique inverse de

414

celle qu'elle avait observée jusqu'alors, mais il lui fallait, désormais, gagner du temps, et elle se sentait sombrer de plus en plus dans le délire.

— Comment avez-vous pu l'agresser, alors qu'elle s'était montrée si généreuse envers ce village ?

— Ce décès-là, répondit Louise en se penchant vers la jeune femme pour la dévisager, était purement accidentel, et nous l'avons profondément regretté. Mais nous n'avions pas le choix, n'est-ce pas, frère Benjamin ? Elle nous est tombée dessus sans crier gare et, de fil en aiguille, l'irréparable est arrivé.

— Nous ne lui avons jamais voulu le moindre mal, ni à elle ni aux autres, renchérit Ben. C'est vous qui avez provoqué leur malheur. Pour notre part, nous souhaitions seulement vous surveiller pour être sûrs que vous vous installeriez ici et que vous sauriez laver le nom de sœur Jerusha de l'infamie qui l'entachait.

— Cependant, l'interrompit Louise, nous nous sommes aperçus que la mort de Sarah avait laissé en vous une empreinte indélébile, et nous avons bien conscience que vous ne passerez pas non plus sur la disparition de Tanya.

— Qui n'est pas encore morte, toutefois, précisa Ben. Mais si, d'aventure, elle sort du coma dans lequel elle est plongée, tout comme le frère de Varina, il faudra qu'on s'occupe de nouveau de son cas.

Il poussa un lourd soupir, tandis que Louise opinait du chef.

Kate écarquilla les yeux devant l'énormité de l'aveu qu'il venait de faire — aveu qui confirmait bien leur intention de la tuer à son tour.

— Pourtant, reprit Louise en s'enflammant de plus en plus, nous avons assisté aux funérailles de la tante de Tanya, tout comme nous avons tenu à rendre hommage à Sarah Denbigh.

Or, voilà que Tanya elle-même nous trahit. Elle découvre les meubles que nous gardons dans un entrepôt en ville, elle s'imagine que ce sont les Thompson qui sont derrière tout ça, et elle en conclut, un peu hâtivement, qu'elle peut nous persuader de collaborer avec elle, vous et Jack.

— C'est parce que vous paraissiez entièrement dévoués à la cause shaker, murmura Kate en s'efforçant de rassembler ses pensées. Elle a estimé que vous étiez incapables de lui nuire. Mais les seules personnes qui vous intéressent... c'est vous-mêmes.

— Ne vous défaussez pas ainsi de vos responsabilités ! lança Louise sur un ton si solennel qu'elle donnait l'impression de prononcer un jugement sans appel. Alors que nous avions tué Varina pour vous et mis sa lavette de frère hors jeu, vous avez continué à nous trahir, encore et encore, et cela plus gravement encore que sœur Tanya. Enfin, quand vous aurez été toutes les deux éliminées, il nous restera quand même une jeune âme que nous comptons bien convertir, ajouta-t-elle sur un ton suffisant, d'autant que cette personne héritera alors de la vaste collection de meubles précieux de Sarah Denbigh.

Kate sentit la chair de poule lui hérisser les bras, et cela non pas à cause de la drogue qui l'enfonçait dans un état d'hébétude de plus en plus marqué, mais en réaction aux paroles que Louise venait de prononcer.

— Kèsvoulédire ? demanda-t-elle avec la voix d'une personne avinée.

— Eh bien, je fais allusion à une certaine personne jeune et influençable qui est fascinée par nos danses sacrées et qui, j'en suis certaine, se dévouera sans compter au village. Une personne qui vit non loin d'ici et qui acceptera sûrement de venir s'installer au village, cet été, en hommage à sa regrettée belle-mère...

« Non ! » cria Kate. Mais, en réalité, aucun son ne sortit de sa bouche. Et, bien qu'elle se sentît sombrer tout au fond d'un puits noir, elle comprit qu'il lui fallait de nouveau passer à l'action — et rapidement.

Les hommes le hissèrent à l'intérieur d'un cercueil roulant dont ils voulurent refermer le couvercle sur lui. Ou plutôt, non, se ravisa Jack : ils le montaient dans une ambulance, tout en s'efforçant d'appliquer sur son visage un masque à oxygène.

— Respirez, monsieur, respirez ! C'est de l'oxygène pur qui vous aidera à chasser le monoxyde de carbone de vos poumons. Je sais que vous êtes désorienté, mais contentez-vous de respirer, pour l'instant. C'est un miracle que vous soyez encore en vie, vous savez ?

Bien que ses membres lui parussent aussi flasques qu'un ballon gonflé d'eau, Jack tenta de repousser le masque.

— Pieds… Petits pieds, murmura-t-il d'une voix si faible que l'infirmier dut se pencher vers lui pour essayer de le comprendre. Pas Dane. Boiterie.

— Il s'inquiète pour ses extrémités, dit l'infirmier à son collègue. Il ne doit plus sentir ses pieds. Il a dit « pas d'air » ; il croit qu'il va garder une claudication.

Ils plaquèrent de nouveau le masque sur le visage de Jack, et glissèrent une bride par-dessus sa tête pour le maintenir en place.

Jack avait terriblement sommeil. Il sentait comme un poids énorme peser sur sa tête et sur son cœur. Il ne cessait de repenser à Andy, à Kate, à Erin, à la berline noire, à l'homme aux petits pieds affecté d'une légère boiterie.

— Ben. C'est Ben, bredouilla-t-il sous le masque.

— Tu peux lire sur ses lèvres ?

— Il dit : « C'est bien… ». Faut croire qu'il commence à se rendre compte que l'oxygène lui fait du bien.

— Tu parles d'une nuit ! Et elle vient juste de commencer…

Mais Jack ne l'entendait plus : il avait de nouveau sombré dans l'inconscience.

— Oublions ce rituel de purification de l'appel de minuit, proposa Ben. Il n'y a qu'à la mettre dans la voiture et l'emmener sur une route, quelque part. C'est toi qui conduis la Packard, cette fois-ci. Moi, je vais prendre le véhicule de l'inspecteur. On ne peut pas faire ça ici.

— Ce serait pourtant bien de la châtier au village, entre le cimetière et le site consacré — mais elle nous doit d'abord un appel de minuit. Ensuite, elle sera punie pour ses péchés et ceux de sœur Jerusha. Je vais aller récupérer les balais.

Malgré le vertige qui l'assaillait, Kate comprit que l'occasion qu'elle attendait se présentait enfin lorsqu'elle vit Louise rentrer dans la Maison du Conseil. Ben lui tenait le bras, fermement mais sans serrer : il devait compter sur la drogue pour lui ôter toutes ses forces. C'était presque le cas. Presque.

Kate le bouscula pour le déséquilibrer, puis elle lui fit un croche-pied. Comme elle avait les mains liées dans le dos, elle réussit seulement à le faire chanceler, mais c'était suffisant pour lui permettre de fuir. D'une démarche hésitante, elle courut vers la façade sombre de l'ancien Foyer familial central.

— Louise ! Louise ! cria Ben.

Redoutant d'entendre la détonation de l'arme, de sentir la balle s'enfoncer dans son corps, Kate s'interdit de regarder en arrière. La tête lui tournait, mais elle continuait à courir.

L'obscurité fondit sur elle tandis qu'elle filait dans les rues de Shaker Run.

Elle évita le côté de la maison où se trouvait le puits, et longea la façade opposée derrière laquelle avait été aménagée l'infirmerie. Au-delà s'étendait le domaine des frères, leurs échoppes et leurs champs.

Pourvu qu'elle ne perde pas l'équilibre !

Elle passa devant une fenêtre dont le châssis était à moitié relevé. Une forte odeur de vernis et de peinture s'en échappait, aussi âcre qu'une bouffée d'ammoniac.

— Par ici !

C'était la voix de Ben. Ils n'étaient pas loin…

Kate heurta du genou l'angle du toit du cellier. La douleur aiguë la secoua de sa léthargie et lui éclaircit suffisamment les idées pour qu'elle prenne conscience qu'elle devait se cacher au lieu de fuir.

Glissant et dérapant en arrière, elle grimpa sur le toit incliné du cellier pour atteindre la fenêtre ouverte. Puis elle l'enjamba, roula dans la pièce et tomba, face contre terre, sur le plancher en s'écorchant le nez et le menton.

Ses yeux s'accoutumaient déjà à la nuit, à moins que ses pupilles ne se dilatent une nouvelle fois sous l'effet de la drogue…

Tout près d'elle se trouvait un placard d'angle. « Si seulement il contenait un remède ! » songea-t-elle. Elle imaginait très bien les sœurs shakers soignant ici les malades, dont certains avaient peut-être abusé de cette drogue qui les amenait à danser et leur apportait des visions de leurs morts.

Ces morts qui hantaient, maintenant, Kate… Varina la poursuivait avec le sécateur électrique, tandis que Sarah lui disait : « Elle déteste mes roses, mais vous, vous les aimez, Kate. Cachez-vous dans ce jardin, cachez-vous dans ce parterre de roses. »

La jeune femme secoua la tête pour lutter contre la dérive de ses pensées. On la poursuivait, se rappela-t-elle, et elle devait absolument se cacher.

— Tiens, cette fenêtre-là est ouverte ! déclara une voix d'homme toute proche.

— Mais elle a toujours les mains liées, n'est-ce pas ? dit une femme. Cet idiot de Clint a dû laisser la fenêtre ouverte pour aérer. Bon sang, on aurait dû persuader Kilcourse de fabriquer ces meubles pour nous, au lieu de dépendre de ce nigaud. Allons, monte donc sur ce cellier ! Il faut au moins jeter un coup d'œil là-dedans. Pendant ce temps, je vais fouiller les bâtiments voisins. Donne-moi donc la lanterne, et sois prudent avec ce revolver.

Kate avisa alors le long et sombre cercueil juste en face d'elle. Sarah avait été enterrée dans un cercueil, elle aussi. Un cercueil sur lequel on aurait dû jeter des brassées de roses…

Les mains toujours liées dans le dos, la jeune femme grimpa dans le berceau pour adultes, tout en espérant qu'il cesserait d'osciller avant que quelqu'un entre dans la pièce. Non seulement il sentait fort, mais il était gluant, et Kate eut l'impression qu'elle risquait de demeurer collée à l'intérieur pour toujours.

Les oscillations ne s'atténuaient que très lentement, accroissant son vertige.

Bientôt, l'homme qui la pourchassait pénétra dans le local, puis se rapprocha lentement de sa cachette. Elle entendait ses pas résonner sur le plancher, et retenait son souffle. Pourquoi l'avait-on ligotée ainsi ? Quelle idée de ficeler les morts dans leur cercueil !

— Alors, elle est là ? demanda une voix de femme, tandis que la pièce s'éclairait un peu plus. Tiens, prends donc cette lanterne, et va m'ouvrir la porte de devant ! Ou plutôt, non :

prends seulement cette lanterne, je vais grimper par là, moi aussi. Je suis pratiquement sûre qu'elle se trouve dans ce bâtiment : il n'y a personne à côté.

Kate demeurait immobile, les membres raides, engloutie dans les profondeurs de son tombeau de bois vernis.

Puis le soleil apparut soudain, et quelqu'un cria son nom avant de la soulever dans les airs.

— Elle est toujours ligotée ?

— Oui. Restons-en là, Louise. Des étrangers au village, c'est déjà assez moche, mais Tanya et Kate, des sœurs shakers…

— Elles ont trahi tout le monde, exactement comme Jerusha, jadis ! Et Kate Marburn *est* Jerusha Lockhart. Elle nous doit la confession de l'appel de minuit, et elle recevra sans plus attendre le châtiment qu'elle mérite !

Jack s'éveilla au moment où on lui enfonçait une aiguille dans le bras. Andy avait vécu ça, lui aussi… Jack avait alors souhaité souffrir à la place de son fils.

Malgré la terrible migraine qui gênait sa vue comme son élocution, il réussit à articuler quelques mots.

— Il faut aller aider Kate. J'habite près de Shaker Run. Allez aider Kate.

— « Aider Kate » ? Ça vous dit quelque chose, ça ? demanda le médecin à l'infirmière. Ce n'est pas chez lui qu'il s'est empoisonné au monoxyde de carbone, n'est-ce pas ?

— Je sais où se trouve Shaker Run, et son adresse est sur son permis de conduire.

— Ce n'est peut-être qu'un délire consécutif à l'asphyxie, mais touchez-en quand même un mot aux autorités. Après tout, c'est là-bas que la police a retrouvé cette pauvre fille qui était tombée dans le puits, non ?

— D'accord, répondit l'infirmière. Je m'en occupe tout de suite, mais vous allez devoir le maintenir allongé et l'obliger à garder ce masque. Il vaudrait mieux pour lui qu'il reste calme.

Ils traînèrent Kate vers la grosse berline noire. La jeune femme détestait cette voiture, mais elle ne savait plus trop pourquoi. Elle croyait entendre battre le cœur de la mécanique car des chocs sourds résonnaient au sein de sa carrosserie, vers l'arrière du véhicule. Cela ressemblait presque aux coups qu'elle avait perçus au téléphone, un peu plus tôt dans la soirée. Etait-ce Erin qui frappait à sa porte ? Erin… Oui, elle devait sauver Erin — mais de quoi ?

— Faites ce qu'on vous dit ou bien vous le regretterez, sœur Jerusha !

Ils se trouvaient à côté de la roseraie. Kate en huma longuement le parfum, heureuse de nettoyer ses poumons de l'horrible odeur qui régnait dans le cercueil.

— Je pensais que tu voulais l'emmener au site consacré, intervint l'homme.

— C'est ici, son site consacré à elle, et c'est là qu'elle se soumettra à ma volonté !

Il faisait sombre dans les rues du village — mais plus sombre encore sous le bonnet de cette femme et dans les méandres de son cerveau, songea Kate.

— Délie-lui les mains, mais n'hésite pas à l'assommer avec ce balai si elle tente de nouveau de désobéir. Malheureusement, on ne pourra pas l'abattre ici même.

Le frère shaker — qui n'avait plus de chapeau — s'exécuta aussitôt.

Quand elle eut les mains libres, Kate frotta ses poignets endoloris, tout en regrettant de ne pouvoir se cacher au milieu de ces rosiers. Malgré son malaise, elle n'eut aucun mal à les reconnaître. Il s'agissait de roses d'apothicaire qui servaient, jadis, de remède. En cet instant, elle aurait eu elle-même grand besoin d'un remède, se dit-elle.

— Prenez ces vieilles cisailles et coupez des fleurs — une douzaine —, lui ordonna la femme. Et, de grâce, ne tentez aucun coup fourré avec cet instrument : je vous surveille de près... Non, non, on tranche d'abord la tête et ensuite la tige. Puisque c'est à vous que nous devons de garder les meubles de Mme Denbigh, la moindre des choses est que nous ornions également votre tombe avec des roses — ou plutôt, les alentours de votre tombe, afin qu'on ne puisse pas remonter jusqu'à nous. Nous regrettons de devoir en venir à cette extrémité, mais tous les péchés doivent être confessés et rachetés à l'appel de minuit.

Kate ne voulait pas couper les roses de cette façon : ça la choquait. Mais la femme l'y obligea en guidant ses mains.

— Frère Benjamin, veuillez recueillir les fleurs dans votre chapeau, dit ensuite la sœur.

— C'est que... je l'ai perdu dans la course.

— Je comprends pourquoi Mère Ann ne pouvait pas supporter les hommes ! lança la femme en ôtant sa propre coiffe.

En dessous, ses cheveux étaient retenus dans une résille par des épingles à l'ancienne mode.

Kate connaissait ce visage et ne l'appréciait plus du tout.

— Allons, mettez les roses là-dedans ! lui ordonna-t-elle en reprenant les cisailles.

Kate et le frère shaker déposèrent docilement les têtes des roses dans le bonnet.

— C'est vous qui porterez les tiges, ajouta-t-elle à l'adresse de la jeune femme, d'une voix forte, comme si elle avait été sourde. Je ne peux plus supporter ces épines !

Ils la poussèrent ensuite jusqu'à la masse sombre de la voiture. Kate recula avec effroi.

— Non, murmura-t-elle. Non, je ne veux pas entrer là-dedans !

Des coups sourds se remirent à ébranler la carrosserie du véhicule.

— Kate ! Kate, c'est vous ?

Elle reconnaissait cette voix… Cependant, avant qu'elle ait pu mettre un nom dessus, la sœur shaker ouvrit l'une des grandes portes arrière et la projeta dans l'habitacle.

Kate eut aussitôt l'impression de vivre son pire cauchemar et de se trouver plongée dans ce qu'elle détestait le plus, dans ce qui lui faisait le plus peur : le puits sombre, l'immense caverne, le cercueil de Sarah, celui de sa propre mère.

— Attache-lui les mains ! commanda la femme.

L'homme obtempéra aussitôt. Il lia les mains de Kate devant elle, cette fois-ci, et à la poignée de la portière. Il déposa ensuite la coiffe remplie de roses sur le plancher de la voiture, et laissa les tiges épineuses sur les genoux de la jeune femme.

Celle-ci, désormais, pouvait aussi bien sentir qu'entendre les chocs en provenance du coffre.

— Qui est là ? cria-t-elle. Je ne peux pas vous faire sortir !

Kate était maintenant certaine qu'il s'agissait de Zink.

— Tu prends la voiture de l'autre et tu me suis, au cas où elle regimberait, dit la femme à son compagnon, sans paraître entendre les appels venant du coffre.

Puis, s'étant assurée que Kate était bien ligotée, elle claqua la portière et contourna la berline pour se glisser derrière le volant. Le moteur se mit bientôt à produire un grondement sourd, et la voiture bondit en avant, plaquant la jeune femme contre le dossier de la banquette. Le collant que l'homme avait utilisé pour la ligoter se resserra autour de ses poignets, tout en se détendant sous le choc, si bien qu'elle pouvait maintenant rester assise au fond du siège, loin de cette maudite femme.

L'homme dans le coffre criait toujours, mais le bruit du moteur était tellement puissant qu'on l'entendait à peine.

Kate aurait aimé qu'il se taise, car elle avait terriblement mal à la tête.

Bientôt, les phares s'allumèrent, de sorte qu'elle distingua la route devant elle. La voiture franchit le pont au-dessus du Ru du Shaker, et se dirigea vers l'autre maison.

La maison de Jack, se rappela soudain Kate. Oui, c'était la maison de Jack, mais tout était si sombre, ici, si obscur. Et puis, elle avait terriblement peur de la berline... bien plus que de la femme qui la conduisait. Si cette voiture le pouvait, pensa-t-elle, elle tuerait ses roses, les arracherait toutes, les décapiterait d'un coup... Ses chères roses, qui étaient comme des filles pour elle, ses roses éclatantes, à la tête rousse comme les cheveux d'Erin.

« Erin ! » Ces gens voulaient du mal à Erin, se rappela-t-elle brusquement, et il était hors de question qu'elle les laisse faire, qu'elle leur permette de couper et de tuer encore d'autres roses. Si seulement elle arrivait à obtenir un peu plus de jeu sur ses liens, elle pourrait attraper cette femme par le cou et lui arracher la tête, à elle aussi.

Dans ses mouvements, elle s'écorcha les bras sur les tiges épineuses qui reposaient sur ses genoux. En dépit de la douleur, elle les rassembla en botte et, tendant les poignets aussi loin qu'elle le pouvait, les abattit sur la tête de la femme dont elle griffa la joue et le cou.

Celle-ci hurla et tourna brusquement le volant. Kate vit alors des phares venir à leur rencontre, des phares surmontés d'une barre lumineuse rouge et bleue dans laquelle clignotait un projecteur blanc.

La berline dérapa et se mit à tournoyer sur elle-même en produisant un cri strident, telle une shaker en transe. Kate fut secouée en tous sens... et se retrouva bientôt les mains libres. Elle entendit des vitres éclater, et ferma les paupières pour se protéger les yeux. Enfin, la voiture s'immobilisa, et l'univers entier parut retrouver son calme.

Rouvrant les yeux, Kate constata qu'elle était, effectivement, libre de ses gestes. Et que la femme derrière le volant avait l'air toute cassée. Du sang maculait le côté de sa tête. Dehors, des lumières vives avaient cerné le véhicule, et des voix d'hommes se rapprochaient. A quatre pattes, Kate s'extirpa de la voiture par la vitre brisée, au risque de se couper.

Elle cilla sous l'éclat des phares. La voiture qui les suivait avait percuté un arbre et s'était retournée sur le toit. Elle entendit de nouveau des cris. On prononçait son nom.

— Kate ? Kate ?

On lui en voulait ! Ces gens souhaitaient la punir à la place de Mike qui leur avait dérobé leur argent et volé leurs rêves...

Elle courut en chancelant se réfugier dans le plus proche bâtiment. Il était plein de meubles shakers. Elle se tassa dans un coin pour se cacher de ses poursuivants. Seules les lumières qui palpitaient dehors éclairaient les pièces de mobilier autour d'elle, tous ces morceaux de sa vie.

Elle savait où elle était ! Elle se trouvait dans le boudoir de Sarah, à Groveland, dans la ville de Toledo, attendant que son amie, qui était comme sa mère, vienne les chercher, Erin et elle... A moins qu'elle ne soit à Shaker Run, ce village où elle était tombée amoureuse de Jack...

Mais elle ne pouvait pas continuer à fuir ainsi, à se cacher perpétuellement. Elle devait affronter ses problèmes, et ne plus jamais avoir peur.

Aussi, bien que cela lui coûtât le peu de force et de santé mentale qu'il lui restait, Kate Marburn se leva au moment où des policiers armés, munis de lampes-torches, s'encadraient dans la porte.

— Il faut aller aider les autres, leur dit-elle, tout en levant un bras pour se protéger les yeux.

— Ils… ne sont plus parmi nous, répondit l'un des hommes. On va appeler les secours pour qu'ils s'occupent de vous.

Kate était persuadée qu'il avait voulu dire : « pour qu'ils s'occupent de Tanya », mais elle acquiesça, malgré tout.

Puis elle aperçut un homme qu'elle connaissait. Un homme qui avait l'air aussi mal en point qu'elle.

— Kate, Dieu merci, vous êtes saine et sauve ! s'exclama-t-il, les larmes aux yeux, en se précipitant vers elle.

Il était couvert de coupures et d'hématomes.

— D'après les gars, Jack et Tanya vont s'en sortir, eux aussi.

— Se sortir des voitures pour venir danser avec nous ? demanda Kate.

Elle-même avait conscience de tenir des propos absurdes. Quelque chose clochait, sans aucun doute.

Le plancher et les meubles se portèrent alors à sa rencontre, et elle craignit que Sarah se cogne la tête.

Plusieurs hommes s'avancèrent aussitôt pour retenir sa chute. Mais elle n'en voulait qu'un…

Kate s'éveillait lentement d'un sommeil profond, se frayant péniblement un chemin vers la lumière du jour. Quand elle parvint enfin à entrouvrir les paupières, la première chose qu'elle vit fut le visage adoré d'Erin — un visage blême, à l'expression grave.

— Com… Combien de temps ? chuchota Kate.

— Quatre jours, répondit sa belle-fille en se penchant vers elle. Tu es salement esquintée, mais tu n'as rien de cassé. D'après les médecins, ce serait grâce à la drogue que tu avais dans le sang. Ça t'aurait suffisamment détendue pour t'empêcher de te briser les os.

Kate sourit en pensant que cela faisait des années qu'elle ne s'était pas sentie vraiment détendue.

— Tu avais complètement perdu la tête, tu sais ? reprit Erin. Tu as énormément parlé, pendant ces quatre jours. La plupart du temps, tu racontais des histoires sans queue ni tête mais, parfois,… c'était plus sensé. Et ça m'a permis de mieux te comprendre.

Kate avait la gorge affreusement sèche. Elle essaya de sourire, mais la peau de son visage lui semblait comme craquelée.

— Je peux t'apporter des glaçons, si tu veux, proposa la jeune fille. Oh, maman, je suis tellement désolée ! ajouta-t-elle en fondant brusquement en larmes. J'ai eu tellement peur de te perdre ! Tu es ma seule famille, la seule personne qui ne m'ait jamais abandonnée, et je te promets de prendre bien soin de toi, désormais.

Tout en prononçant ces mots, elle se jeta dans les bras de Kate.

La jeune femme réussit à lui rendre son étreinte, malgré les tubes et les câbles divers dont elle était affublée.

Au bout d'un moment, elle aperçut le visage de Jack, par-dessus l'épaule de sa belle-fille. Et ce fut la plus merveilleuse vision qu'elle eût jamais contemplée.

— J'espère que tu nous permettras à tous les deux de mener à bien cette tâche, déclara-t-il en s'approchant du lit. Prendre soin de toi, je veux dire.

— Et c'est tout ? murmura Kate, les yeux brouillés de larmes.

Jack se pencha alors vers elle, et la serra dans ses bras.

— A vrai dire, je rêve de devenir ton mari, et aussi le beau-père d'Erin, avoua-t-il d'une voix brisée par l'émotion. Et je crois aussi que je vais me mettre à construire des meubles shakers pour enfants.

Épilogue

Vivez, si m'en croyez, n'attendez à demain.
Cueillez dés aujourd'huy les roses de la vie.

PIERRE RONSARD, *Sonnets à Hélène.*

Le village de Shaker Run fut inauguré le premier samedi de juin, soit un mois seulement après la date initialement prévue. Dane avait pensé qu'une fois oubliée la mauvaise publicité à laquelle ils avaient eu droit dans les journaux, l'événement attirerait peu de monde, mais les prés qui servaient de parkings affichaient complet, et Kate ne cessait d'accueillir des groupes de visiteurs dans son échoppe pour leur montrer comment on procédait à la distillation de l'odorante eau de rose.

— Et dire que j'avais promis le premier lot à Louise ! murmura-t-elle à l'oreille d'Erin.

Habillées toutes deux en sœurs shakers, elles étaient en train de transporter des brouettes entières de pétales d'Apothicaire de la roseraie à l'atelier de distillation. A chacun de leur voyage, Tanya relevait la tête de ses plantes médicinales pour les saluer. Au moins son large bonnet de paille dissimulait-il les bandages qui lui entouraient la tête, songea

Kate. Les médecins lui avaient fait jurer de ne travailler qu'à mi-temps, mais c'était mal la connaître.

Ce qui ravissait le plus Kate, c'était de savoir qui se trouvait actuellement dans l'ancienne maison communautaire qui se dressait de l'autre côté de la rue et abritait l'infirmerie ainsi que la menuiserie.

Curieusement, elle se remit à penser au couple de fanatiques que formaient Louise et Ben, ainsi qu'à la nuit où elle s'était cachée dans ce bâtiment.

Bien que les Willis lui aient soutenu que la revente des authentiques pièces de mobilier shaker qu'ils remplaçaient frauduleusement par des copies était uniquement destinée à financer la reconstruction du village, l'enquête de police avait révélé que la majorité des bénéfices que leur rapportait cette combine retombait, en fait, dans leur propre escarcelle. Des perquisitions opérées dans la cave et le grenier de l'ancienne ferme qu'ils avaient rénovée ainsi que dans le hangar qu'ils louaient à l'entrepôt d'Athens avaient permis de retrouver d'autres meubles originaux volés, ainsi que des falsifications attendant d'être, à leur tour, substituées à des pièces de valeur. Quoiqu'ils aient débuté leur trafic localement et à une petite échelle, l'affaire avait fini par prendre une envergure internationale. Et Kate était toujours stupéfaite à l'idée qu'ils aient pu vivre avec un pied dans le monde réel et l'autre dans un univers de folie où le vol et le meurtre trouvaient une justification.

Toutefois, comme Louise et Ben avaient tous deux péri dans le double accident de voiture survenu cette nuit-là à l'entrée du village, Clint avait été le seul membre de la bande à se retrouver sous les verrous. Et, pour pallier son absence, c'était Jack qui supervisait les activités de la menuiserie — juste pendant la période de l'inauguration, avait-il pris soin de préciser.

— Je sais que tu as envie d'être avec lui, murmura Erin à l'oreille de sa belle-mère. Allez, va donc le retrouver : je suis parfaitement capable de cueillir et de trier les pétales toute seule. Je te laisserai les saler à ton retour.

Voyant sa belle-mère hésiter, elle mit les poings sur ses hanches.

— Je saurai très bien répondre aux questions à ta place ! lui assura-t-elle sur un ton irrité. Je ne suis plus une gamine, quand même !

— Soit, mais je viendrai te relayer avant l'arrivée de Stone, promit Kate.

Elle traversa ensuite la splendide roseraie, non sans regretter que Sarah ne soit pas là, aujourd'hui, avec les autres invités de marque qui avaient aidé le gouverneur Taft à couper le ruban. *Ça*, songea Kate, c'était le type de *bonne* publicité dont le village avait besoin.

Elle n'avait pas encore traversé la rue qu'un homme la héla. Se retournant, elle avisa Zink qui s'approchait en poussant devant lui Palmer Denbigh dans un fauteuil roulant. L'espace d'un instant, la jeune femme demeura figée sur place. Elle en voulait à Zink de lui faire ça le jour de l'inauguration, et sans l'avoir prévenue.

Palmer avait perdu l'usage de ses membres inférieurs depuis qu'il était sorti du coma, mais les médecins n'étaient pas sûrs que cette incapacité fût définitive.

Kate se porta à leur rencontre, et tendit la main à Zink. Il déposa alors dans sa paume une rose de fleuriste. L'extrémité de sa longue tige sans épine était coincée dans un petit sachet de plastique rempli d'eau. Kate en huma les pétales, mais en vain : comme la plupart des roses forcées, celle-ci n'avait pas de parfum.

— Cette rose qui vient de la grande ville, déclara Zink, est censée vous rappeler notre existence. Mais vous êtes une femme trop moderne pour vous contenter des seules variétés anciennes. Savez-vous comment s'appelle ce nouvel hybride de rose thé ?

— Eh bien, eh bien, inspecteur, dit la jeune femme, vous êtes devenu expert en antiquités shakers mais aussi en roses ! Je dirais que c'est une *Honors*.

— Loupé. C'est une *All-American Bride* ou, si vous préférez, une Fiancée des Amériques, répliqua-t-il avec satisfaction, en croisant les bras sur sa poitrine. Car, voyez-vous, Jack Kilcourse ne sait pas garder un secret.

De fait, Jack avait demandé la jeune femme en mariage. Mais celle-ci se sentait gênée d'aborder un sujet aussi intime en présence de Palmer. Ce dernier la dévisageait d'un air si renfrogné qu'elle se prépara au pire.

— Palmer, je suis contente de vous revoir, lui assura-t-elle, tout en pensant qu'il allait certainement lui rétorquer qu'il était uniquement venu voir *ses* meubles. J'étais, justement, en train de regretter que Sarah ne soit pas là aujourd'hui. Elle serait heureuse de savoir que vous la représentez.

— Zink m'a proposé de m'amener en voiture, alors j'ai répondu : « Ouais, pourquoi pas ? »

Il haussa ses épaules massives, et Kate se demanda si son hémiplégie affecterait le nombre de ses conquêtes féminines ou celui de ses voitures.

— Je suis en train de me faire aménager plusieurs véhicules pour pouvoir conduire de nouveau, lui apprit-il, comme s'il avait lu dans ses pensées. J'ai hâte qu'on me les livre, car le modèle dans lequel je me déplace actuellement n'est pas des plus excitants.

Zink s'esclaffa, cependant que Kate restait tendue.

— Je suis sincèrement désolée pour Vari…, commença-t-elle.

— Je voulais vous demander quelque…, disait-il au même moment.

Il s'interrompit soudain, puis toussota d'un air gêné.

— Varina n'était pas une femme heureuse, reprit-il. Je… je crois qu'elle était née ainsi. Mais notre avocat m'a rapporté les propos que vous lui avez tenus, juste avant qu'elle meure — et aussi que vous l'aviez recouverte avec votre veste. Enfin, je voulais simplement vous dire que je vous serais reconnaissant si vous me permettiez de récupérer un ou deux meubles de la collection de ma mère. Peut-être même pourriez-vous choisir pour moi ceux qu'elle affectionnait particulièrement ? Je renonce au reste, voyez-vous. Je… je vous le cède.

Kate joignit les mains, se retenant de le prendre dans ses bras, et se mordit la lèvre inférieure, tandis que des larmes lui montaient aux yeux.

— Sarah était comme une mère pour moi. Je sais que ça doit être pénible à entendre, et que Varina ne m'a jamais crue, mais…

— Moi, je vous crois. Je vous crois, maintenant, affirma Palmer avec tant d'insistance qu'on aurait pu penser qu'il s'exprimait ainsi au nom de tous les habitants de Toledo qui avaient, un jour, blâmé la jeune femme.

— Pour ce qui est des meubles, poursuivit-elle, troublée, vous pouvez compter sur moi. Je choisirai pour vous ceux qu'elle préférait entre tous.

Palmer se contenta de hocher la tête, comme s'il en avait suffisamment dit pour la journée.

Zink gratifia Kate d'une brève accolade avant de s'éloigner avec le frère de Varina.

La jeune femme demeura immobile, debout au milieu de la rue qui séparait les échoppes des frères de celles des sœurs. Puis, entendant la voix virile de Jack, elle s'empressa de pénétrer dans la menuiserie par la porte de gauche.

—Vous pouvez regarder partout, disait-il à un groupe de touristes. Et, si vous avez des questions, n'hésitez pas à me les poser.

Voyant Kate, il s'empressa de la rejoindre à l'entrée de l'atelier, confiant à l'un des ouvriers le soin de détailler à l'intention des visiteurs la fabrication des boîtes shakers, et à deux autres celui d'expliquer les processus de sablage et d'ajustage. Il prit ensuite la jeune femme par le coude, et l'entraîna près du puits, auquel on avait redonné son apparence d'antan.

— J'ai, justement, une question à vous poser, frère Jack, lui dit-elle en essayant de garder son sérieux.

Elle se sentait si comblée, ce jour-là, qu'elle aurait volontiers pleuré de bonheur.

— Je vous écoute, dit-il, alors qu'ils dépassaient un groupe de touristes en train de jeter des pièces de monnaie dans les profondeurs du puits. Mais je n'ai pas beaucoup de temps à vous consacrer, avec toute cette foule.

— Je voulais juste savoir si votre demande en mariage était toujours d'actualité.

Il faillit en perdre l'équilibre.

— Elle l'est, mais un austère village shaker ne me semble guère un cadre approprié pour aborder ce genre de sujet. A moins, ajouta-t-il avec un sourire espiègle, que vous ne souhaitiez me parler d'union spirituelle, et non charnelle, sœur Jeru…

— Sœur Kate, corrigea-t-elle vivement. Dane n'a pas encore eu le temps de changer le nom de mon personnage sur la brochure, mais je tiens à ce que vous m'appeliez sœur Kate — devant tous ces gens, du moins. Quant au nom que vous me donnerez plus tard, dans l'intimité… on verra.

— Ah ça, oui, on verra ! acquiesça-t-il avec vigueur tout en continuant à l'entraîner loin de la foule. Et, pour ce qui est de ma demande, je vous répète qu'elle est toujours valable, et aussi fiable que l'un de mes meubles shakers. A ce propos, avez-vous mis Erin au courant ?

— Absolument. Quand je lui annoncé qu'on allait se marier, elle a applaudi, poussé des vivats et débité deux, trois blagues vaseuses sur les croisements entre roses.

Jack s'esclaffa si bruyamment que plusieurs visiteurs louchè-rent dans leur direction. Ignorant leurs regards — ainsi que tous les préceptes observés par la longue lignée de Shakers ayant, jadis, vécu et peiné en ces lieux —, il emmena Kate à l'intérieur de la petite remise attenante à la menuiserie, et referma la porte sur eux.

NOTE DE L'AUTEUR

Bien que le village de Shaker Run soit imaginaire, certaines agglomérations shakers préservées dans leur authenticité peuvent encore être visitées, de nos jours. Ma préférée est Pleasant Hill, près de Lexington, dans le Kentucky, où il est possible de passer la nuit dans des maisons communautaires admirablement restaurées et de déguster de délicieux plats shakers.

J'ai totalement inventé l'idée selon laquelle les Shakers auraient utilisé des plantes hallucinogènes pour connaître leurs extases mystiques, mais la plupart des autres informations que j'ai rapportées dans ce livre au sujet de cette fascinante secte religieuse sont véridiques. Leurs meubles, notamment, ont atteint une telle cote, aujourd'hui, que le procédé de substitution que j'ai attribué aux Willis pourrait fort bien marcher et s'avérer des plus lucratifs. Les fouilles archéologiques du puits shaker s'inspirent, quant à elles, d'un article du *National Geographic* d'août 1999 décrivant le dégagement d'un puits dans le village shaker de Canterbury, dans le New Hampshire. « Personne ne souhaite attaquer les Shakers », écrit l'auteur de cet article, « mais le fait est qu'ils furent souvent partie intégrante de la vie quotidienne de l'Amérique. » Je crois, pour ma part, que la fascination qu'ils exercent tient plutôt à ce qu'ils étaient extrêmement différents de la plupart des Américains de leur époque.

L'intérêt de Jack et Tanya pour les surdoses potentiellement mortelles de plantes médicinales ou de remèdes naturels renvoie à un problème réel et actuel. Alors que je terminais ce livre, au printemps 2000, j'ai lu un article récent (publié, en l'occurrence, dans le *San Francisco Examiner*) qui avait pour titre : « Alerte sur l'usage des plantes médicinales en Californie. »

L'Ohio University à Athens, dans l'Ohio (à ne pas confondre avec l'Ohio State University à Columbus, dont je suis également diplômée), est celle où j'ai fait mes premières années d'études supérieures, et j'espère avoir bien décrit son adorable campus.

Merci à Tatum Vittengl pour son aide, ainsi qu'à Dean Julia Zimmerman.

Je suis également redevable aux personnes suivantes – les erreurs que j'aurais éventuellement commises en rapportant les informations qu'elles m'ont transmises étant de mon seul fait :

– Cathy Senalik et Don Love pour leur assistance en matière juridique ;

– Craig Tiano pour m'avoir aidée à décrire une berline Packard (si vous désirez voir une photographie en ligne de cette Packard de collection, je vous signale qu'au moment où j'effectuais les recherches pour ce livre, elle se trouvait sur le site www.voicenet.com/ctiano/packard/1947.htm) ;

– Nancy Armstrong et Laurie Miller, infirmières diplômées, pour leur assistance dans le domaine médical ;

– Elisabeth Baldwin pour ses précisions sur la vie des étudiantes de première année ;

– ma mère, experte à Toledo, qui est aussi ma meilleure attachée de presse sur place ;

– Gus Pappas, l'ami de notre famille, qui m'a montré comment il fabriquait ses splendides boîtes shakers.

Et, comme toujours, ma merveilleuse équipe de supporters : Don Harper et Meg Ruley.

Karen Harper
Juin 2000.

ALEX KAVA

L'alliance du mal

Un meurtrier échappe à la peine de mort avec l'aide de son avocat et, aussitôt libéré, entraîne sa sœur et son neveu — seuls au monde et vulnérables — dans un braquage de banque commandité par un mystérieux inconnu.

Mais le jour venu, le braquage tourne mal. Coups de feu, fuite désordonnée, prise d'otage... La cavale sanglante atteint un point de non-retour, tandis que l'alliance du trio, fortement compromise, rend leur fuite encore plus périlleuse...

Une intrigue menée tambour battant. Ce nouveau thriller d'Alex Kava, comme les précédents, tient en haleine jusqu'à la dernière page...

BEST-SELLERS N°31

À PARAÎTRE LE 1ER MARS 2005

Ginna Gray

L'empreinte du passé

Elle l'aimait, mais l'aimait-il assez ? Quand elle avait perdu son bébé, leur mariage n'avait pas tenu le choc. Joe Connally et Olivia Jones étaient partis chacun de son côté…

Devenue décoratrice d'intérieur, Olivia commence à se faire un nom dans la profession, lorsqu'elle décroche un contrat juteux : restaurer Mallengegua, une immense demeure ancienne, située sur une île privée. Mais sitôt arrivée sur les lieux, elle tombe nez à nez avec son ex-mari : Joe Connally n'est autre que l'architecte responsable du projet.

Entre eux, tout est resté pareil : la passion, la douleur du passé, et surtout l'hostilité de la famille de Joe, prête à éloigner Olivia à la première occasion. Tous deux décident cependant de réussir leur projet au mépris des obstacles. Jusqu'au moment où des événements étranges surviennent dans la vieille demeure, mettant cette fois la vie d'Olivia en péril…

« Ginna Gray nous propose une intrigue sentimentale riche et contemporaine, qui enthousiasmera les amateurs de sagas et de drames familiaux. »

BEST-SELLERS N°32

À PARAÎTRE LE 1ER MARS 2005

TAYLOR SMITH

Mortelle filature

Les services secrets américains sont sur la sellette. Le gouvernement, la presse et même l'opinion publique exigent d'eux qu'ils soient irréprochables, infaillibles. C'est pourquoi lorsque la CIA apprend que l'un des siens revend des informations à des groupes terroristes, elle se met aussitôt à la recherche du coupable.

Les indices recueillis semblent mener droit à Drummond MacNeil, sous-directeur aux opérations. Ce dernier, un quinquagénaire un peu arrogant, est aussitôt placé sous surveillance, ainsi que sa femme, Carrie, et leur fils. Et sa culpabilité semble se confirmer lorsqu'il disparaît brusquement...

Pris de court, les services secrets se tournent vers Carrie. Interrogatoires sans fin, fouille systématique de sa maison, intrusion incessante d'agents... L'existence de la jeune femme, jusqu'à ses pensées les plus intimes, est passée au microscope. Un vrai cauchemar, sur lequel continuent de planer d'innombrables questions sans réponses... Une, surtout : et si MacNeil n'était pas le vrai coupable ? Qui, dans ce cas, agit dans l'ombre et... en toute impunité ?

BEST-SELLERS N°33

À PARAÎTRE LE 1ᴇʀ MARS 2005

Maggie Shayne

Le SANG
du crépuscule

Son nom est Sarafina. Sa beauté est envoûtante. Sa faim est insatiable. Son pouvoir est immortel.

Il est lié à elle par un lien surnaturel, mais ne sait comment la rejoindre dans la réalité. Il ignore même que c'est possible…
Jusqu'au jour où, chargé d'une mission secrète, il croise son chemin. Pour la conquérir et, surtout, ne pas la perdre, il va devoir franchir des obstacles devant lesquels tout autre homme renoncerait…

« Nul n'explore mieux que Maggie Shayne les frontières obscures entre réalité et fantastique… Le lecteur est captivé de bout en bout. »

Après *Les morsures de la nuit* (Best n° 202), Maggie Shayne signe là un roman marqué par les thèmes qui irriguent toute son œuvre : monde de l'occulte, passion impossible et désir brûlant sont une nouvelle fois au rendez-vous.

BEST-SELLERS N°34

À PARAÎTRE LE 1ER MARS 2005

Laurie Breton

FATALE DESTINATION

Dix ans plus tôt, pour fuir les lieux où sa sœur a été sauvagement assassinée, elle a quitté Boston, et sacrifié du même coup sa relation avec l'homme qu'elle aimait…

Aujourd'hui, la profiler du FBI Carolyn Monahan et l'inspecteur Conor Rafferty se retrouvent à Boston, autour d'une même affaire criminelle : un serial killer qui terrorise la ville. Il n'y a pas une minute à perdre. Pas plus qu'il n'y a de place pour la passion qui renaît aussitôt entre les deux détectives.

Car un autre meurtre est bientôt commis, et un autre encore. L'assassin ne laisse aucune trace, ne commet aucune imprudence. Privée du moindre indice, Carolyn est forcée d'émettre des hypothèses, qui débouchent toutes sur de fausses pistes. Jusqu'au jour où elle reçoit des photos de sa sœur, prises après sa mort. Le serial killer de Boston et le meurtrier de Meg ne sont-ils qu'une seule et même personne ? Soudain, l'affaire prend pour Carolyn un tour beaucoup plus personnel. Et cette fois, avec l'aide de Conor, elle ne reculera devant rien pour démasquer celui qui a fait basculer son existence dix ans plus tôt.

S'il lui en laisse le temps…

BEST-SELLERS N°35

À PARAÎTRE LE 1er MARS 2005

Composé et édité par les
éditions Harlequin
Achevé d'imprimer en décembre 2004

BUSSIÈRE
GROUPE CPI

à Saint-Amand-Montrond (Cher)
Dépôt légal : janvier 2005
N° d'imprimeur : 45349 — N° d'éditeur : 11001

Imprimé en France